KB013997

책벌레의 여행법

끊임없이 책을 떠올리며 틈나는 대로 기록한
26일간의 인도·스리랑카 여행

책벌레의 여행법

강명관 지음

Humanist

머리말

이 책은 인도 남부와 스리랑카를 주마간산하듯 훑고 지나간 여행의 기록이다. 두 나라의 장구한 문명과 복잡한 사회를 스치듯 살펴본 사람이 하는 이야기에 귀담아들을 만한 것이 무엇이 있겠는가. 나는 한국에서 나고 자랐지만, 이 좁은 땅조차 구석구석 다 돌아보지 못했다. 하물며 인도 아대륙이야 말해 무엇 하겠는가.

이븐 바투타, 마르코 폴로 같은 위대한 여행자가 남긴 여행기는 희귀한 역사적 정보와 새로운 통찰을 제공하지만, 나의 이 여행기는 결코 그렇지 않다. 인도와 스리랑카 여행에 실제 참고할 만한 구체적인 정보도 거의 없다. 그런 정보라면 해마다 갱신되는 두툼한 여행 정보 책자를 보는 것이 더 도움이 될 것이다. 아니, 더 생생한 정보를 얻으려면, 인터넷을 뒤지는 편이 훨씬 나을 것이다. 이 책에는 인도와 스리랑카에 대한 문외한의 얕은 생각이 담겨 있을 뿐이다. 내가 아는 인도 학자나 인도 전문가들이 이 책을 본다면(볼 리도 없겠지만) 쓴웃음을 지을 것이다. 갑자기 부끄러워진다.

문자 그대로 나는 말을 달리며 산을 스쳐 지나가듯 무심히 지나친 여행객이었을 뿐이다. 이 글 역시 가끔 머릿속에 떠오른 생각을 버리기 아까워 엮어놓은 것에 지나지 않는다. 하지만 생각을 달리해보면, 짧은 기간 스쳐 지나간 곳에 대해 무책임한 글을 쓸 수 있는 것은 여행자만의 특권이다. 현지 사람들에게는 당연한 일상을 여행자는 관찰자의 입장이 되어 경이로운 눈으로 바라볼 수 있기 때문이다. 여행자도 한 곳에 주저앉아 살면 처음에 그렇게 낯설었던 풍경과 삶도 조금씩 친숙해질 것이다. 조금 더 지나면 심드렁해지고, 결국은 아무것도 의식하지 않게 될 것이다. 그는 현지인이 되고 만 것이다. 무지한 여행자는 그 반대편 극단에 서 있는 사람이다.

이런 핑계로 길눈 어둡고 무지한 여행자가 무책임이라는 특권 아닌 특권으로 짧은 시간 동안 넓은 세상을 읽고 얻은 거친 생각을 여기에 털어놓으니, 읽는 분들은 부디 용서하시기 바란다.

차례

인 도

스리랑카

뭄바이

서고츠

고아

인 도

여정도

세 번째 혹은 마지막 인도 여행

9시 5분 인천공항 활주로를 벗어났다. 일곱 시간을 날아 방콕 스완나품 공항에 도착했다. 한국 시간 오후 4시. 방콕 시간 오후 2시.

여행과 여행기

연암 박지원은 붓 한 자루, 먹 한 덩이, 벼루 하나, 종이책 한 권을 챙겨 말 위에 올라 중국 북경으로 떠났다. 이제 나는 태블릿 PC, 휴대용 키보드, 스마트폰을 넣은 가방을 메고 비행기에 몸을 실은 채 인도로 떠난다.

20대 중반 인도에 간 적이 있다. 30년을 훌쩍 넘겨 재작년에 북인도의 레와 스리나가르를 찾았다. 그러니까 이번 인도 여행은 세 번째다. 다시 30년이 흐르면 나는 아마도 이 세상에 없을 것이다. 운이 좋아 세상에 머물러 있다 해도, 나에게 그 세상은 불륜의 사랑 끝에 다시 못 만날 연인 같은 존재가 되어 있을 것이다. 이미지로 남아 있을 뿐 붙잡을 수 없는 그런 사람처럼 말이다. 인도 역시 그럴 것 같

11

다는 생각이 든다. 아마도 이번이 마지막이리라.

여행을 어떻게 하리라 특별히 마음먹은 것은 없다. 낯선 땅은 발을 내디디는 그 순간부터 모든 것이 새롭게 다가오는 법이다. 그러니 특별히 무엇을 챙겨 보아야겠다고 생각하는 것은 부질없는 짓이다. 배우려고 깨치려고 하는 것도 있을 수 없다. 쓸데없는 고집을 부려 기필코 찾아가려는 곳도 있기야 하겠지만, 대부분은 시간과 상황에 몸을 맡긴 채 부평초가 물 위를 떠다니듯 돌아다닐 것이다. 무엇에도 얽매이지 않고 그냥 돌아다니겠다는 것이 계획이라면 계획인 셈이다.

여행이란 의지로 혹은 불가피한 우연을 기회로 낯선 곳에 자신을 밀어 넣고 전에 경험하지 못한 것을 경험하는 행위이다. 곧 여행은 이물감(異物感)을 느끼려는 행위다. 내가 닿은 곳에 대해 아는 것이 거의 없거나 풍문을 통해 얻은 빈약한 정보만 있어, 낯선 공간 속에서 처음으로 이런저런 경험을 하면서 마음 깊은 곳에서 일어나는 경이로움으로 인해 자신도 모르게 가늘게 몸을 떨 때야말로 참다운 여행을 하고 있는 것일 터이다.

그 참다운 여행이란 또 달리 말해 이븐 바투타와 마르코 폴로, 홍대용, 박지원처럼 말이나 낙타를 타고 낯선 공간을 천천히 이동해야만 경험할 수 있는 것이겠지만, 그런 여행은 사라진 지 이미 오래다. 비행기, 기차, 자동차의 속도로 이동하는 여행은 거리를 폭력적으로 좁힌다. 연암은 하룻밤 사이에 아홉 번 강을 건넜지만, 나는 하룻밤 사이에 아홉 나라를 건널 것이다. 그러니 내가 하는 여행은 단언컨대 참다운 여행이라고 말할 수 없을 것이다.

또한 내가 가려는 인도는 이미 여행지로서 알려질 대로 알려진 곳이다. 어지간한 정보는 책으로 영상으로 인터넷으로 얻을 수 있다. 숱한 사람들이 이미 그곳을 다녀왔다. 그럼에도 나는 왜 군이 그곳으로 가려는 것인가. 궁색한 변명을 늘어놓자면, '나는 나'이기 때문이다. 나는 그 무엇으로도 대체될 수 없다. 연애와 결혼이 어떻게 시작되고 어떻게 끝나는지 이미 알려져 있지만, 어리석게도 인간은 또 그 빤한 사랑에 빠지고 짝을 맺는다. 또 헤어지기도 한다. 태어나서 살고 죽는 그 모든 과정을 익히 알지만, 우리 모두 예외 없이 그 범상한 삶을 살아가지만, 나에게 삶이란 단 한 번만 허락된 특별한 체험이다. 다시 말해 수많은 사람들이 무한히 반복하는 삶이라 할지라도, 나에게 그 삶은 처음으로 겪는 과정인 것이다. 여행도 그럴 것이다. 모든 정보가 알려졌어도 나의 몸과 마음은 그것을 아직 체험해보지 않았다. 그렇기에, 수많은 사람들이 반복한 것이라 할지라도 나는 나에게 최초인 여행을 떠난다.

깊은 명상에 잠긴 수도승의 호흡처럼 한없이 느리게 흐르는 시간 속에서, 자신이 본 낯선 물상(物像)과 사람들의 삶을 다시 떠올리고, 그것을 자신의 경험 혹은 지식과 대조하면서 곱씹은 결과 얻은 새로운 깨침을 체로 거르듯 낱낱이 골라내어 정교한 언어로 엮어야 한 편의 여행기를 쓸 수 있을 것이다. 어린아이 같은 마음과 예민한 오관을 가진 사람이 날카롭게 벼린 언어를 구사할 수 있을 때에야 그것은 비로소 가능할 것이다. 하지만 부끄럽게도 나에게는 그런 능력이 없다. 그러기에는 나는 너무나 무디다. 하여, 내가 쓰는 여행기는, 전에 경험하지 못했던 낯선 것들과 접촉했을 때 얼핏 떠올랐다 사라지려는 생각과 감정의 조각을 겨우 붙잡아 글로 옮긴 것일 뿐이다.

방콕 공항에서

　뭄바이 행 비행기로 갈아타기 위해 방콕 공항에 갇혀 있다. 시간을 보내는 방법은 의자에 앉아 단조로운 바깥 풍경을 하염없이 보든가, 불편한 잠을 애써 청하든가, 아니면 면세점을 돌아다니는 것이다. 어느 쪽도 흥미가 없다. 목적은 비행기를 갈아타는 것이니, 공항에 이렇게 머물러 있는 것은 정말 의미 없는 일이다.

　멍하게 앉아 지나가는 사람들을 바라본다. 피부색과 언어와 옷차림이 가지각색인 사람들이 흘러 지나간다. 공항에서 비로소 인종과 문화의 다양성을 실감한다. 사람들이 공항에 모여드는 건 떠나기 위해서다. 공항은 정주하는 곳이 아니다. 흩어질 사람들, 흩어지는 사람들을 보면, 불꽃놀이 같지 않은가. 불꽃은 사방으로 터지며 사라져 버린다. 비행기도 사방으로 흩어져 어디론가 사라진다. 사람이 이 세상에 잠시 머물렀다가 떠나는 것과 다르지 않다. 어디서 어떻게 나타났는지 모를 사람들이 모여들어 웅성거리다가 하나 둘 다시 사라지고, 결국은 아무도 남지 않는다.

　면세점은 들뜬 소비욕을 충족시키는 곳이다. 나는 그곳과 별 상관없는 사람이지만, 그래도 시간을 죽이기 위해 서성대고 기웃거린다. 넘쳐나는 상품들 중 오직 술 한 병을 바랄 뿐, 나머지는 나에게 소용없는 것들이다. 1766년 1월, 담헌 홍대용은 북경의 상가에 흘러넘치는 상품들을 보고 인간의 양생송사(養生送死)에 소용없는 사치품이라고 비판했다. 그것을 읽었는지 초정 박제가는 《북학의》에서 청산백운은 먹을 수 없는 것이지만 사람들이 모두 좋아하지 않느냐고 되물었다. 근엄한 유학자 담헌에게 기본적인 의식주와 유가적 예(禮)를 집행하는 데 필요한 물품 이외의 것들은 모두 불필요했을 터이다. 하지만 문제는 그리 간단하지 않다. 초정은 그 지점을 물었다. 그래, 그렇게 생각할 수도 있다. 하지만 인간의 삶이 의식주로만 충족될 수는 없는 법이다. 누가 옳은 것인가.

21세기 자본주의 경제는 소비상품들을 대량 생산한다. 인간의 역사가 어떤 목적지를 향해 진보해온 것이 사실이라면, 그 목적지는 거대한 쇼핑몰(오프라인이건 온라인이건)일 것이다. 인간의 진보는 오직 쇼핑몰을 향한 진보인 셈이다. 하지만 아무리 상품이 흘러넘쳐도 화폐가 없으면 소비할 수 없다. 그리하여 개인의 현실적 목표는 화폐를 획득하는 것이고, 최종 목적은 상품의 소비가 된다. 상품을 소비하는 것이 행복이라는 공식은 자본주의가 본격화된 이후에 생겨난 관념이다. 화려한 면세점에 흘러넘치는 저 물건들은 궁극적으로 인간의 행복한 삶과 어떤 관계가 있는가? 인간은 얼마나 소비해야 행복한 것인가?

면세점에서 파는 상품들 중 화장품이 가장 흥미롭다. 인간은 뇌가 들어 있고 시각 · 청각 · 후각 기관과 호흡하고 음식을 섭취하는 기관이 위치한 타원형 부위에 매우 큰 관심을 쏟는다. 그 부위의 성능이 아니라 크기, 형태, 상호 비례적 관계, 그것을 감싸고 있는 거죽의 멜라닌 도포 상태, 탄력성 등이 절대적 관심의 대상이고, 그 관심을 부추기고 돕는 것이 화장품이다. 화장에는 인간의 어떤 욕망이 장착되어 있는 것일까?

자본주의 문명은 낭비의 문명이고, 그것을 떠받치고 있는 경제학은 낭비의 경제학이다. 이 문명에 대한 발본적 비판과 반성이 없다면, 인간은 결국 지구의 모든 것을 소모한 뒤 멸종할 것이다. 불행한 일이지만 정말 그렇게 될 거라는 생각이 문득 머리를 스친다. 하긴, 나도 할 말은 없다. 이렇게 비행기를 타고 먼 곳으로 떠나는 것 또한 지구를 소모하고 더럽히는, 대표적인 낭비 행위가 아닌가.

뭄바이

뭄바이를 통해 인도 땅에 첫발을 들여놓을 예정이다.

뭄바이는 마하라슈트라 주(州)의 주도(州都)다. 작은 어촌에 불과하던 이곳이 거대한 도시로 성장한 것은 서구 열강의 침략 때문이다. 포르투갈의 바스코 다 가마가 1498년 5월 20일 캘리컷에 도착하고부터 포르투갈인들이 인도의 서쪽 연안에 얼쩡거리기 시작했고, 결국 토후 바하두르는 1534년 결국 포르투갈에 땅을 넘겨주었다. 바하두르는 그 일로 인해 훗날 인도의 민중이 감내하기 어려운 고통을 겪게 될 것을 까맣게 몰랐을 것이다.

네루의 《세계사 편력》에는 "1662년 영국의 찰스 2세는 포르투갈 브라간사 왕가의 캐서린과 결혼하여 지참금 대신 봄베이 섬을 손에 넣었다. 그리고 얼마 후 그 섬을 매우 싼 값으로 동인도회사에 불하

하였다. 이것은 아우랑제브 시대의 일이다"라고 적혀 있다. 영국의 지배하에 들어갔던 그 작은 섬 뭄바이는 현재 인구 1200만 명이 넘는 거대 도시가 되었다.

방콕 시간 오후 6시 55분 출발. 거의 밤 12시가 되어 뭄바이에 도착했다. 재작년에는 비자를 받고 오지 않아 입국장을 통과하는 데 꽤나 시간이 걸렸지만, 이번에는 E-비자를 받아서 온 덕분에 빨리 빠져나올 수 있었다.

공항 밖은 생각 외로 덥지 않다. 낮 최고기온이 30도 정도라고 한다. 미니버스를 타고 호텔로 가는 길에 밖을 보니, 길거리에 누워서 자는 사람들이 있다. 어림잡아 열댓 명 정도다. 그 사람들 말고도 군데군데 더 있었다. 인도에서는 길바닥에서 자는 사람들이 흔히 보인다. 낮에도 그렇다. 육교나 보도 옆에 그냥 누워 잠을 청한다. 그런 사람들은 대개 맨발이다. 일가족이 길거리에 앉아 먹고 이야기하는 광경도 흔하다. 뒤에 뭄바이 콜라바 거리에서 점심을 먹고 나오는데, 자동차가 다니는 이면도로 길바닥에 한 가족으로 보이는 여섯 사람이 앉아 있었다. 길바닥을 집으로 삼고 사는 사람들이었다.

아룬다티 로이의 《9월이여, 오라》에서 본 뉴델리의 노숙자 수가 떠올랐다. 로이는 뉴델리 인구의 40퍼센트가 전기, 수도, 하수 처리 시스템이 없는 무허가 주택에 살고, 5만 명이 집이 없어 길에서 잔다고 했다. 재작년 뉴델리에 갔을 때도 한여름의 태양 아래 길바닥에 모로 누워 자는 사람을 보았다. 이곳 뭄바이도 그 비율은 별로 다르지 않을 것이다. 노숙자들을 보니 마음 한구석이 아려왔다. 물론 인도에만 노숙자가 있는 것은 아니다. 한국에도 있다. 일본 도쿄의 빌

딩 주차장 한쪽에도 노숙자가 있었다. 문화에 따라 노숙하는 모양새도 다른지, 일본 노숙자는 박스로 집을 짓고 깨끗한 빨래를 널어놓았고, 거기서 출퇴근을 했다. 한국과 일본의 경우 신자유주의 이후 노숙자가 본격적으로 생겨났다.

호텔 근처에 다다르자, 한밤중에 이슬람 사원에서 불을 밝힌 채 춤추고 노래하는 모습이 보였다. 이슬람 사원에서 저러는 것은 처음 본다.

공항을 떠난 지 30분 만에 호텔에 도착했다. 호텔 이름은 밝힐 수 없다. 이 호텔에 대해 험담을 할 수밖에 없기 때문이다. 외국 이곳저곳을 여행하면서 주로 값싼 호텔만 이용한 터라 시설이 열악한 곳도 숱하게 보았지만, 이런 호텔은 보다보다 처음 보았다. 너무 좁고 더럽다. 5년 전 튀니지 사막 한가운데 있는 오아시스 도시의 호텔에 묵었을 때 그 호텔이야말로 최악이라고 생각했다. 방 한가운데에 아름드리 기둥이 있고, 그 양쪽에 침대가 있었다. 너무 추워서, 옷을 입은 채 두꺼운 양털 담요를 두 겹이나 덮고도 덜덜 떨었다. 하지만 그 방은 넓기라도 했다. 20대 중반에 하루 묵었던 도쿄의 시나가와 프린스 호텔은 침대 두 개를 세로로 붙여놓은 이상하게 좁은 방이었지만 무척 깨끗했다. 그런데 뭄바이의 이 호텔은 침대가 방의 공간 대부분을 차지해, 남은 공간에 신발을 겨우 놓을 수 있을 정도다. 화장실에서 나는 암모니아 냄새가 방 안 가득 퍼져 있다. 뭄바이는 대도시이고 물가가 워낙 비싼 곳이라, 특급 호텔이 아니면 그런 지경을 감수해야 한다고들 한다. 한밤중이라 다른 곳으로 옮길 방법도 없지만,

괴로운 것은 어쩔 수 없다. 하기야 몇 시간만 견디면 된다. 날이 밝으면 호텔을 벗어나 뭄바이 시내를 돌아다니다가 야간 기차로 고아로 떠날 테니 참아야 할 뿐이다. 겨우 일고여덟 시간 머무를 곳인데 무슨 상관이랴.

간디의 물레

몹시 피곤했던 덕분인지 호텔 방이 좁고 더러웠음에도 불구하고 단잠을 잤다.

아침 8시에 숙소에서 나왔다. 아침거리를 사기 위해서다. 호텔에서는 조식을 팔지 않고, 주변 지리를 모르기에 식당도 찾을 수 없다. 재작년의 경험이지만, 인도에서는 '아침 식사 됩니다'라는 문구를 찾아볼 수 없다. 길거리에 간단한 요깃거리를 파는 수레들이 있고, 그 주위에 둘러서서 종이나 바나나 잎에 담긴 음식을 손으로 먹는 인도인들을 많이 보았지만, 어쩐지 어색하게 느껴져 따라 해볼 마음은 나지 않았다. 게다가 아침에는 그런 길거리 음식점조차 보이지 않는다.

매연 범벅이었던 전날의 공기가 차분히 가라앉았는지 뜻밖에도 청량감이 느껴진다. 아침의 거리를 구경하는 것은 확실히 재미있다. 아직 잠에서 깨지 않은 노숙자들이 얇은 천을 덮고 보도 이곳저곳에 누워 있다. 부지런한 사람들은 이미 하루를 시작했다. 출근길에 골목 구석의 작은 신상(神像) 앞에서 경건한 얼굴로 허리 숙여 절하는 사람, 방금 사원에서 나온 듯한, 맨발에 하얀 가사를 입고 작은 구리 그릇을 옆구리에 낀 승려, 말쑥한 양복 차림의 회사원들이 거리를 지나간다.

노숙자 옆을 돌아 사거리 쪽으로 내려가니 아침 시장이 서 있다. 주로 채소와 과일을 판다. 오토바이를 타고 채소를 사러 온 부부가 시장 구경을 하는 나와 몽가를 호기심 어린 눈으로 바라본다. 한국에서는 볼 수 없는 검은 밤처럼 생긴 열매를 쪼개어 파는 것이 신기해 다가가 구경하니, 상점 주인이 주머니칼로 하나를 쪼개어 건네주며 먹어보란다. 맛이 한국에서 파는 물밤 같다. 우리를 바라보던 남자에게 열매 이름을 물으니 '신갈라'라고 한다. 한 봉지를 샀다. 돌아오는 길에 작은 바나나도 반 송이 샀다. 아침거리다.

바나나로 아침을 때우고 9시경 콜라바 지역으로 가기 위해 찬드니 로드 역에서 두 정거장 떨어진 처치게이트 역으로 갔다. 도시가 사람으로 들끓기 시작한다. 기지개를 켜면서 가게 문을 여는 상인이 있고, 노점을 에워싸고 아침을 먹는 사람들도 있다. 자동차가 밀려 경적을 울려대고, 그 사이를 삼륜 오토릭샤가 곡예를 하면서 빠져나간다. 그런 풍경이야 한국도 크게 다를 것이 없지만, 한국에서 볼 수 없는 것도 있다. 길가에서 어떤 여성이 무엇인지 가늠이 안 되는 당구공처럼 생긴 물건과 기다란 풀을 파는데, 말쑥하게 차려입은 젊은이가 그것을 사서 소에게 먹이고 있다. 당구공처럼 생긴 것은 소의 별식인 모양이다. 인도 사람들이 소를 숭배한다는 것은 잘 알려진 사실이지만, 출근하는 젊은이가 길거리의 소에게 여물을 사서 먹이는 광경은 처음 보는지라 아주 신기했다.

이광수 교수가 번역한 인도의 역사학자 D. N. 자의 《성스러운 암소의 신화》에 의하면, 암소 숭배는 내셔널리즘에 의해 만들어진 신화에 불과하다고 한다. 자 교수는 방대한 문헌을 근거 삼아 과거 브라만 계급은 쇠고기를 먹었고, 암소 숭배 따위는 없었다고 주장했다. 붓다도 버섯 요리를 먹고 죽었다는 설보다 돼지고기 요리를 먹고 죽었다는 설이 더욱 설득력을 얻고 있으니, 인도에는 과거부터 육식의 전통이 있었고, 당연히 쇠고기도 먹었던 것이다. 미국의 인류학자 마빈 해리스는 소를 잡아먹는 것보다 살려두고 유제품과 소똥(연료)을 얻는 것이 훨씬 더 이익이었기에 소에 대한 숭배가 생겼을 거라고 유추하고 있다. 홉스 봄은 《만들어진 전통》에서 근대 국민국가의 성립과 함께 국가의 과거를 상징적으로 조작하는 일이 이루어졌다고 했는데, 인도에도 그것을 적용할 수 있을 것이다. 근대 인도의 개혁주의자 중 한 사람인 다야난다 사라스바티(1824~1883)가 세운 힌두교 개혁단체 아리아 사마지에서 암소를 보호하자고 주장하기 시작했고, 이것이 훗날 힌두 민족주의의 기원이 되었다. 1881년 어느 이슬람 신자가 암소를 죽여 제물로 쓰려고 하자 다야난다 사라스바티가 지역 당국에 암소 도축 금지를 요청했고, 이로 인해 이슬람교와 힌두교 사이의 갈등이 시작되었다. 특정한 식품에 대한 금기는 개인적 혹은 문화적 차원에서 있을 수 있는 일이다. 하지만 남에게 강요할 일은 아니다.

　암소가 거룩하다는 말을 지어내고 떠드는 자들은 그것으로 뭔가 이익을 보려는 사람들이라고 한다. 아마도 힌두 민족주의를 기반으로 하여 정치권력을 탐하는 자들, 종교를 직업으로 삼아 이익을 보는 자들이 바로 그런 자들일 것이다. 종교적 금기는 어떤 사건을 계기로 우연히 생겨나기도 하고, 특정한 의도를 가진 사람이나 집단이 만들어내기도 한다. 시간이 흐르면 종교를 빙자해 이익을 챙기는 교활한 지식인들이 신화와 전설을 덧씌워 그것에 권위를 부여한다. 일단 그렇게 되면 거기서 벗어나기 어렵다.

정호영의《인도는 울퉁불퉁하다》를 보면, 인도인과 쇠고기 이야기가 소상히 적혀 있는데, 재미있게도 공산당이 집권하고 있는 웨스트벵골의 콜카타 시내 한복판에는 쇠고기를 파는 정육점들이 늘어서 있고 쇠고기 요리를 파는 식당도 흔하다고 한다. 어떤 정파가 집권하느냐에 따라 그렇게 달라지는 것을 보면, 힌두교도가 쇠고기를 먹지 않는다는 것도 우스운 이야기다. 돼지고기와 쇠고기를 먹느냐 먹지 않느냐를 두고 증오는 물론 살인까지 불사하니, 납득할 수 없는 일이다. 인간이라는 짐승은 도대체 언제 철이 들까?

콜라바 지역은 뭄바이 반도의 끝이다. 여기에 게이트오브인디아, 타지마할 호텔, 프린스 오브 웨일스 뮤지엄(Prince of Wales Museum) 등이 몰려 있다. 여행자 거리도 형성되어 있어 환전도 그곳에서 하는 것이 가장 낫다고 한다. 처치게이트 역에서 내려 콜라바 지역까지 걸어가기로 했으나, 동서남북을 알 수가 없다. 가능한 한 도보로 이동한다는 것이 원칙이기 때문에 어지간한 거리는 걷고 싶다. 하지만 길을 모르니 방법이 없다. 게다가 날이 벌써 뜨거워졌다. 한국의 여름은 아침나절에는 시원하다가 오전 11시쯤 되면 더워진다. 하지만 인도는 해가 뜨면 곧바로 땡볕이다. 재작년 여름 뉴델리에서 아침 9시경에 시장 구경을 갔다가 불볕에 몸이 익어버릴 뻔했다. 지금은 겨울인데도 30도가 넘는다. 여름이면 어떨지 짐작이 간다.

결국 택시를 탔고, 얼마 안 가 게이트오브인디아 앞에 내렸다. 빅토리아 여왕이 사망한 뒤 1911년에 즉위한 조지 5세는 당연히 인도 황제도 겸했다. 그래서 즉위식을 하기 위해 인도를 방문했는데, 그 기념으로 게이트오브인디아와 프린스 오브 웨일스 뮤지엄을 세운 것이다. 1911년 인도는 이미 내셔널리즘이 형성되어 반영(反英) 민족운동이 시작된 터였다. 1905년 영국이 벵골 분할령을 내렸다가 격렬한 반대에 부딪쳐 1911년에 철회했으니, 조지 5세의 인도 방문에는 이런 저항을 무마하고자 하는 의도도 있었을 것이다.

게이트오브인디아는 사라센 양식과 구자라트 양식을 섞어서 만든 서양식 개선문인데, 내게는 그냥 둔중한 석조 건물로 여겨질 뿐 별로 매력적이지 않다. 제국주의의 우두머리가 제 위세를 뽐내느라 식민지에 거창하게 꾸민 건물(높이가 무려 26미터다)에 무슨 예술적 흥취가 감돌겠는가. 그 거창함이 거북하고 불편할 뿐, 아름다움을 느낄 수는 없다. 또 왜 바닷가에 뜬금없이 이런 건물이 있어야 하는지 납득할 수 없다. 다만 이곳에서 바다를 바라보는 것은 시원해서 괜찮다. 뭄바이 시민들은 바람을 쐬러 여기에 오는 것 같았다. 바닷가를 빙 둘러 만든 난간에 앉아 이야기도 하고 음료수도 마신다.

게이트 맞은편에는 타지마할 호텔이 있다. 흔히 타지 호텔이라고 부르는 곳이다. 이 호텔은 알려진 바와 같이 현재 인도의 거대 재벌인 타타 그룹의 창시자 잠셋지 타타가 인도인이라는 이유로 아폴로 호텔 문지기에게 쫓겨나는 모욕을 당한 뒤 화가 나서 그 일대의 땅을 모두 사들여 지은 것이다. 내부는 어떤지 모르겠으나, 외관이 사각형으로 갑갑하고 미련스럽게 보인다. 워낙 호사스러운 호텔이라고 소문이 나서, 일부러 들어가 커피숍에서 음료를 마시고 내부를 구경하는 사람도 있다고 한다. 하지만 굳이 돈을 써가면서까지 그렇게 하고 싶지는 않다.

인도사에 대해 아는 것이 별로 없어서 예전부터 궁금한 것이 있으면 네루의 《세계사 편력》을 들추어보는데, 잠셋지 타타에 대한 정보 역시 이 책에서 얻은 것이다. 그의 정식 이름은 잠셋지 나사르완지 타타다. 타타는 1907년 비하르 주의 사크치에 타타 철강회사를 세워 1921년부터 철강을 생산하기 시작했다. 한국으로 치면 포항제철을 건설한 박태준쯤 되는 인물이다. 제철소가 없던 인도에 이것은 큰 사건이었고, 1차 세계대전 중 타타는 영국의 전쟁 수행에서 엄청나게 중요한 역할을 맡았다. 사크치는 그의 이름을 넣어 잠셰드푸르시(市)가 되었고, 조금 떨어진, 정거장이 있는 곳은 타타나가르라고 불리게 되었다.

게이트오브인디아 광장에는 큰 동상이 하나 있다. 좌대 위에 약간 근엄한 표정의 안경 낀 사내가 팔짱을 끼고 서 있다. 좌대는 그의 키만큼 높은데, 붉고 노란 꽃을 실에 꿰어 위에서 아래로 늘어뜨려놓았다. 좌대는 꽃에 완전히 가려 있다. 사람들은 별로 눈길을 주지 않지만, 이 동상의 주인공이야말로 인도 근대사에서 빼놓을 수 없는 인물이다. 바로 비베카난다다. 인도식 발음으로는 '위웨까난다'라고 하는데, 힌디어를 모르는 나는 영어식 발음이 편하다. 비베카난다를 공부하거나 연구하는 단체인 듯한, 같은 옷을 입은 청년 열두 명이 동상 앞에서 사진을 찍는다.

비베카난다(1863~1902)는 힌두교와 인도 사회의 개혁을 이끈 개혁사

상가다. 그는 1863년 콜카타의 크샤트리아 집안에서 태어나 서양식 교육을 받았지만 서양의 계몽주의로는 인도의 문제를 해결할 수 없다고 판단해 당시 최고의 종교가였던 라마크리슈나의 제자가 되었고, 1897년 콜카타에 '라마크리슈나 미션'이라는 교단을 만든다. 류경희 교수의 《인도의 종교와 종교문화》에 의하면, 그는 람모헌 로이와는 달리, 상(像) 숭배와 다신교를 배제하지 않으면서 힌두교를 이상화시켰다고 한다. 유교를 제외한 거의 모든 종교들이 현실을 미망으로 본다. 현실의 물질적 조건들을 미망이나 환영으로 보고 그 너머에 존재하는 실재를 진리로 보아, 현실을 버리거나 떠나서 실재로서의 진리를 파악하라고 주문한다. 힌두교 역시 마찬가지다. 힌두교는 세계는 환영에 불과한 것이고, 그 환영 너머에 궁극적 실재가 있다고 말한다. 그럴 법한 논리지만, 그렇다면 환영에 불과한 현실에서 무슨 브라만을 만들고 불가촉천민을 만들며, 힌두교 사원은 왜 짓는가. 또 재물은 왜 그리 좋아하는가? 어쨌거나 이런 전제 아래에서 현실을 개혁하기란 어렵다. 비베카난다는 이 전제를 뒤엎었다. 세계는 환영이나 미망으로 존재하는 것이 아니라, 실제로 존재한다는 것이다. 이로부터 현실을 정확히 인식하여 개혁할 지평이 열린 것이다. 그가 라마크리슈나 미션을 통해 사회개혁에 몰두할 수 있었던 것도 이 때문이다. 실제로 그는 병원을 짓고, 교육사업을 벌이고, 가난한 민중을 구제했다.

《인도는 울퉁불퉁하다》를 보면, 비베카난다의 이야기가 자세히 나온다. 그는 카스트 제도가 힌두교의 기본원리에 어긋난다고 지적했고, 브라만들이 쇠고기를 먹었다고 말했다. 용기 있는 발언이 아

책벌레의 여행법

닐 수 없다. 비베카난다는 1893년 미국에 갔을 때 인도에 필요한 것은 종교가 아니라 빵이라고 말하고, 굶어 죽어가는 사람에게 형이상학을 가르치는 것은 모욕이라고 질타했다. 그런가 하면, 그는 미국의 인종차별도 비판했다. 힌두교가 죽었다고 선언했고, 타락한 상층계급이 아니라 대중에게 희망이 있다고 말했다. 또 인간의 고귀함은 카스트가 아닌 노동에 있다고 말했다. 《베다》를 중심에 두고 힌두교를 재해석하여 인도의 정신이 서양의 정신에 뒤떨어지지 않음을 설파했고, 카스트의 정당성을 주장하는 《마누 법전》 등은 힌두교의 타락이라고 말했다.

흥미로운 것은 깊은 정신의 세계로 빠져들어갔던 이 위대한 명상가가 세속의 사업가 잠셋지 타타를 만났다는 것이다. 비베카난다는 1893년 세계종교회의에 참석하기 위해 배를 탔다가 잠셋지 타타를 만난다. 타타는 제철소 건설에 필요한 기술을 도입하기 위해 미국으로 가던 참이었다. 비베카난다는 기술도 기술이지만 그것의 바탕을 이루는 학문적 연구가 국내에서 이루어져야 할 것이라고 조언했고, 타타는 그 말을 새겨듣고 뒤에 인도과학대학(India Institute of Science)을 설립했다. 이 대학이 들어선 곳이 벵갈루루인데, 이곳은 오늘날 인도의 실리콘밸리가 되었다.

비베카난다 동상 앞에 한참 앉았다가, 프린스 오브 웨일스 뮤지엄으로 갔다. 걸어서 5분이면 갈 수 있는 곳이다. 정식 명칭은 뭄바이박물관(The Museum Mumbai)이지만, 안내 책자에는 여전히 '프린스 오브 웨일스 뮤지엄'이라고 써놓았다. 영국의 한 지방인 웨일스가 뜬금

없이 뭄바이에 등장하는 것은 '인도의 문(게이트오브인디아)'을 만든 조지 5세가 '웨일스 왕자'이기 때문이다. 웨일스는 원래 켈트족의 땅인데, 1282년 에드워드 1세가 웨일스 왕국을 멸망시키고 잉글랜드 왕의 장자를 '웨일스 왕자'로 봉한 뒤부터 잉글랜드 왕자의 땅이 되었다. 조지 5세는 1910년 형 앨버트가 죽자 '웨일스 왕자'가 되었고, 빅토리아 여왕의 뒤를 이어 왕위에 올랐다.

박물관 건물은 1914년 이전에 완성되었지만 다른 용도로 사용되다가, 1922년 '더 프린스 오브 웨일스 뮤지엄 오브 웨스턴 인디아(The Prince of Wales Museum of Western India)'라는 이름을 달고 본격적으로 박물관으로 사용되었다. 오래된 건물이지만 내 눈을 특별히 사로잡는 아름다움은 보이지 않는다. 다만 전시실이 여럿이고 유물도 풍성하다. 이 나라 저 나라에서 이런 유의 박물관을 적잖게 보아서인지 썩 감동적인 것은 없다. 진열장 안에 보관되어 있는 도자기, 칼, 세밀화는 전에도 수없이 본 것들이다. 청화백자가 꽤나 많았는데, 과거 중국의 대표 수출품이었기 때문이다. 동남아와 남아프리카에도 수출되었고 당연히 유럽에까지 건너갔으니, 인도의 박물관에 청화백자가 가득 차 있다 해도 놀랄 것은 없다. 아래층 전시실에는 힌두교 신상과 불상이 가득했는데, 앞으로도 수없이 만나게 될 것들이었다. 신상을 돌아보고 있으니, 20대 중반 처음으로 인도 여행을 할 때가 떠올랐다. 어느 도시였던가, 박물관 마당 한쪽에 불상들이 무더기로 쌓여 작은 언덕을 이룬 것을 보고 무척 놀랐다. 한국에 있으면 좋은 대접을 받았을 텐데, 워낙 불상이 많은 나라라서 저렇게 나뒹굴고 그냥 무더기로 언덕을 이루고 있구나 하는 생각이 들었다.

이 박물관에서 가장 인상적인 유물은 직물 특별 전시실에서 본 작은 실크 직조기였다. 작은 복사기만 한 직조기는 어떻게 저럴 수가 있을까 할 정도로 정교하고 섬세했다. 직조기에 걸려 있는 천은 황금실을 넣어 짠 실크였는데, 유리처럼 투명했다. 이런 직조기를 어디서 찾아냈을까? 인도 하면 간디고, 간디 하면 물레다('프린스 오브 웨일스 뮤지엄' 바로 앞의 대로 이름도 '마하트마 간디 대로'다). 물레로 자아낸 실을 직조기에 걸어 천을 짠다. 《간디 자서전》을 보면, 간디가 물레를 돌려 실을 잣게 된 내력이 나온다. 간디는 1909년에 발표한 저서 《힌두 스와라지》에서 베틀과 물레로 인도의 빈곤을 해결할 수 있다고 말했고 또 그가 실을 잣는 사진을 여러 차례 본 적이 있어서 인도에 오면 물레와 베틀을 흔히 볼 수 있을 거라 생각했지만, 그것은 나의 어쭙잖은 생각일 뿐이다. 인도에서 실제로 사용하는 물레와 베틀을 보기란 거의 불가능할 것이다. 간디가 1915년 남아프리카에서 돌아왔을 때에도 물레와 베틀을 찾기 어려웠다고 한다. 시바르티아에 사티아그라하 아슈람을 세울 때 간디는 직접 천을 짜기로 결정했지만, 베틀도 물레도 구할 수 없어 애를 먹기도 했다. 산업혁명기의 기계화를 거치며 인도의 직물업이 초토화된 탓에 베틀도 물레도 기술도 다시 구하고 살리기가 어려웠던 것이다. 박물관 유리장 안에 얌전히 놓인 저 실크 직조기 역시 제 역할을 잃고 어딘가에 묻혀 있다가 나왔을 터이다.

건물 바깥으로 나가니, 교복을 단정하게 갖춰 입은 초등학생 꼬맹이들이 줄을 서서 재잘거리고 있다. 한국도 그렇고, 어느 나라든 박물관 입장객 중 학생이 가장 많은 수를 차지한다. 이 꼬맹이들이 무슨 식견이 있어서 유물을 알아볼 것인가. 유물은 스쳐 지나가지만, 전체적으로 내뿜는 아우라가 그들에게 스며든다는 것이 중요하다. 국가가 만든 박물관의 유물이 머금고 있는 내셔널리즘은 스쳐만 지나가도 자연스럽게 꼬맹이들의 영혼에 스며들 것이다.

이런 대단한 문화를 꽃피운 거대한 나라가 서구의 후진국인 영국, 그것도 인구가 수백만 명에 불과한 작은 섬나라의 식민지가 되었다는 사실은 참으로 납득하기 어렵다. 인도 아대륙 전체가 한 번도 통일된 적이 없다는 사실, 다시 말해 중부 이남에 다수의 왕조가 분립하여 대립하고 있었다는 사실, 북쪽의 무굴 제국이 쇠락해가고 있었다는 사실, 무굴 제국에 해군이 없었다는 사실 등은 그 이유의 극히 일부일 뿐이다. 한편 아시아나 아메리카, 아프리카의 식민지화의 원인을 그들의 후진성에서 찾는 것(달리 말해 서구의 우월성에서 찾는 것)은 그야말로 서구 중심주의적 사고의 발로이고, 서구가 인류사에 저지른 범죄를 용인하는 것일 터이다.

영국 혹은 서구가 인도와 중국을 식민지로 삼아 지배할 수 있었던 것은 이윤을 지고지선의 가치로 여기는 자본주의와 그것을 지지하는 국가, 그리고 그것에 완전히 의식화된 인간과 사회 때문이 아닐까? 인간은 오직 자신의 이익을 위해 행동하는 이기적 존재라는 생각, 이타적 행위도 결국 이기심의 우회적 표현이라는 궤변, 깨끗한 부의 축적(깨끗한 부라는 것이 있기나 할까?)은 신도 허용한다는 사상 말이다. 한마디로 요약하면 그것은 경제에서 윤리를 축출해버리고, 오직 경제를 인간의 삶 전면에 내세운, 문명의 탈을 쓴 야만이 아닐까?

영국인이 인도에 대해 내뱉었다는 유명한 말이 있다. "인도를 주어도 셰익스피어와 바꾸지 않겠다." 이런 말은 오직 야만의 인간만이 태연히 내뱉을 수 있을 것이다.

유대주의에 기원을 둔 기독교의 선민사상은 자신을 문명으로, 그 외의 민족은 야만으로 여겼다. 그래서 이른바 '원주민'을 인간이 아닌 열등한 존재로 보았으니, 이런 생각을 품고 온갖 비열한 술수로 무장한 야만인들을 문명인이 어떻게 이길 수 있었겠는가? 젊은 날 인도사를 읽으면서, 영국의 기계로 짠 직물이 인도의 면방직 수공업을 완전히 절멸시킨 나머지 죽은 면방직공들의 해골이 들판을 하얗게 뒤덮었다는 대목에 망치로 뒷머리를 맞은 것처럼 큰 충격을 받았다. 영국의 기계식 방직기는 산업혁명의 결과물인바, 그때까지 나는 산업혁명을 인류사의 진보로 알았기 때문이다. 누구에게는 역사의 진보인 것이 다른 사람들에게는 죽음을 의미한다니! 노동의 고통을 잊게 하려고 자국 노동자들에게 값싼 독주와 함께 팔아먹던 아편을 중국에 수출하고, 중국이 그것을 금지하자 전쟁을 일으켰던 야만인들을 도덕주의자들이 이길 수는 없는 법이다.

박물관까지 보고 나니 점심때가 한참 지났다. 괜찮게 보이는 식당을 찾아 이곳저곳 다녔지만, 워낙 정보가 없으니 그게 그거다. 사람이 너무 많이 들끓는 곳보다는 조용한 곳이 좋을 것 같아, 약간 한적해 보이는 무슬림 식당으로 갔다. 하얗고 둥근 모자(이걸 뭐라고 부르는지 모르겠다)를 쓰고 수염을 길게 기르고 흰 통옷을 입은 사람들이 들락거린다. 주인도 같은 복색이다. 재작년 북인도의 잠무-카슈미르에 갔을 때 거리에 흔히 보이던 옷이다. TV에서 본 파키스탄이나 아프가니스탄 사람들이 입고 있던 옷이기도 하다. 메뉴판에는 온갖 음식 이름이 빽빽하게 적혀 있다. 그래도 고민할 것은 없다. 치킨커리, 차파티, 샐러드를 시키면 무난하다. 음식은 예상 외로 맛있었다. 게다가 저렴하기도 하니, 주머니가 넉넉하지 않은 여행자에게는 안성맞춤이다. 식사를 마치고 맛있다고 했더니, 서빙 하는 청년이 흰 이를 드러내며 영어로 "생큐!"라고 한다.

콜라바 거리를 돌아다니며 한참 동안 가게 구경을 했더니 지친다. 겨울이라지만 역시 인도는 인도다. 너무 덥다. 잠시 쉴 요량으로 커피숍에 들러 냉커피를 한 잔 마셨다. 커피를 나르는 스무 살쯤 된 총각이 호감을 보이며 말을 건넨다. 자기도 나 같은 아버지가 있다며 퍽 친절하게 군다. 농담을 주고받노라니 열기가 가시고 기운이 돌아온다. 다시 도시철도를 타고 간디 기념관 마니 바반을 찾아갔다. 마니 바반은 처치게이트 역에서 세 정거장 거리인 그랜트 역 근처에 있다. 아주 가깝다. 재작년 뉴델리에 갔을 때 일정 조정에 실패하여 간디 기념관에 가지 못한 것이 무척 섭섭했는데, 오늘 소원을 푸는 셈이다. 간디를 기념하는 공간은 인도 곳곳에 있지만, 이곳은 간디가 실제로 생활했던 곳이기에 더욱 의미가 있다. 지도를 보면 간단히 찾을 수 있을 것 같지만, 그랜트 역 앞이 오거리여서 어느 길로 가야 할지 갈피를 잡을 수 없다. 이 사람 저 사람 붙들고 물어물어 찾아가는 수밖에. 돌아오는 길에 보니, 그랜트 역 앞에 있는 원형 육교를 올라가면 쉽게 찾아갈 수 있는 곳이었다. 역시 모르면 지척도 천 리 길이다.

　마니 바반은 약간 한적하고 고급스러운 주택가에 있다. 열대의 푸른 나무가 거리를 덮고 있다. 거리 이름은 눔바르눔 길(Laburnum Road)이다. 집 앞에 'MANI BHAVAN'이라는 팻말이 붙어 있다. 간디지(Gandhiji)가 1917년에서 1934년까지 살던 집이고, 여기서 1919년에 사티아그라하(비폭력 저항운동)를, 1932년에 불복종운동을 시작했다고 간단히 써놓았다. 이 집은 원래 간디의 소유가 아니라, 그의 친구인 레바샹카르 자그지반 자베리의 집이다. 바반(BHAVAN)이 집을 뜻한다는 건 알았지만, 마니(MANI)는 무슨 뜻인지 모르겠다.

　간디는 1891년 스물한 살의 나이로 뭄바이에서 변호사 사무실을 열었으나 여섯 달 만에 접고 이듬해 남아프리카로 간다. 거기서 인도인의 권리를 위해 투쟁하고, 1915년 마흔다섯의 나이로 이곳 뭄바이로 돌아온다. 하지만 뭄바이에 줄곧 머무르지 않고 이곳저곳 여행을 한 끝에 1915년 5월 25일 구자라트의 주도 아마다바드에 사티아그라하 아슈람을 세우고 거기에 거주했다. 그리고 1917년 상반기에 남아프리카로 가는 인도인에 대한 이민법안 폐지를 위한 운동을 하기 위해 뭄바이로 돌아가는데, 아마도 그때부터 이곳 마니 바반을 거처로 삼았던 것이 아닌가 한다. 7월 말에 이 법안이 폐지된 뒤, 그는 참파란 인디고 농장의 농민해방운동에 참여했다.

　마니 바반의 아래층은 책을 보관해둔 도서관이다. 간디가 읽었던 책, 가지고 있던 책, 간디와 관련된 책이 사방 서가를 채우고 있다. 책들은 한눈에 봐도 낡은 흔적이 역력하다. 2층에는 간디의 모습이 담긴 사진과 그의 일생을 모형으로 제작한 디오라마가 전시되어 있었다. 이런 식으로 간디의 일생을 재현해둔 곳은 인도 곳곳에 있다. 디오라마 속 인형이 좀 조잡하다. 이곳은 중앙정부가 조성한 기금으로 관리하는 곳인데, 약간 허술하다는 생각이 들었다. 가장 인상적인 것은 간디가 거처하던 방이다. 타일로 별 무늬를 놓은 깨끗한 바닥에 간디가 앉던 흰 보료와 등받이가 있고, 그 앞에는 작은 책상, 경상(經床), 부채, 샌들 등이 있다. 그리고 오른쪽 벽에 그 유명한 물레가 있다.

정말 간디가 쓰던 것인지는 알 수 없지만, 물레야말로 한때 인도인을 사로잡았던, 또 인도의 경제적·정치적 독립을 이끌었던 상징물이 아닌가. 간디는 《힌두 스와라지》에서 기계, 곧 산업주의의 장치를 저주했다. 간디에게 기계는 현대문명의 대표적 상징이자 커다란 죄악의 상징물이기도 했다. 그는, 노동자들은 이미 기계의 노예가 되었다고 말하기도 했고, 신성한 고대의 손베틀을 가정에 들여놓음으로써 기계를 대체할 수 있다고 말하기도 했다. 다만 《힌두 스와라지》에는 베틀과 물레 사용에 대한 본격적 제안은 없다. 《힌두 스와라지》는 1909년에 발표되었으나, 간디가 베틀과 물레를 사용하자고 강력하게 제안한 것은 1915년 귀국 이후인 것이다.

1962년에 편집된 《빌리지 스와라지》(한국어 번역본 제목은 《마을이 세계를 구한다》)의 '카디와 실잣기'를 보면, 간디는 목화를 심고 실을 잣고 베를 짜는 노동과 그것의 중요성에 대해 역설한다. 그런데 인도 독립 이후는 말할 것도 없고, 독립 이전에 '카디와 실잣기'가 얼마나 실천되었는지, 영국에서 수입되는 직물을 얼마나 대체했는지, 그 결과

간디의 방. 간디의 물레는 궁극적으로 물질주의로부터의 독립을 지향하는 것이 아니었던가.

카디와 실잣기가 영국으로부터의 경제적 독립에 어느 정도 영향을 미쳤는지에 대해서는 전혀 알려져 있지 않다. 아마도 거의 대체하지 못했을 것이다. 간디는 물레를 통해 기계를 비판했지만, 기계 자체가 거부의 대상일 수는 없다. 엄밀한 의미에서 물레 역시 기계일 수 있다. 다만 인간을 종속시키고 노동의 의미를 지워버리는, 오직 소비를 삶의 궁극적 목적으로 삼는, 자본주의와 결합한 기계는 비판의 대상이 되어야 할 것이다.

간디의 물레는 궁극적으로 물질주의로부터의 독립을 지향하는 것이 아니었던가. 사티아그라하는 물질주의를 초월하려는 것, 곧 자본주의를 넘어서려는 것이 아니었던가. 지금 인도는 간디의 정신을 계승하고 있는가. 그의 동상은 인도 어디에나 있다. 그의 이름을 딴 도로도 어디에나 있다. 화폐에도 그의 얼굴이 떡하니 자리 잡고 있다. 재작년 바라나시의 어느 기념품 가게에서 본, 피골이 상접한 채 지팡이를 짚고 있는 간디의 작은 목상은 인도 어디를 가나 팔리고 있었다. 문득 간디와 사티아그라하는 인도의 내셔널리즘에 의해 소비되는 상징에 지나지 않을지도 모르겠다는 생각이 들었다. 체 게바라의 초상이 그의 혁명정신과는 상관없이 젊은이들의 티셔츠에 찍혀서 팔리듯 말이다.

마니 바반에서 문득 떠오른 것은 암베드카르다. 10년 전 《암베드카르 평전》을 처음 읽고 깜짝 놀랐다. 암베드카르는 오직 간디를 통해서만 기억하던 인도를 전혀 새롭게 인식하는 계기가 된 인물이었다. 암베드카르는 불가촉천민 출신으로, 인도 헌법을 기초한 사람이다. 그 암베드카르가 간디를 만나기 위해 이곳 마니 바반을 찾아왔다. 간디는 불가촉천민의 권리를 위해 마하드와 나시크에서 두 차례 사티아그라하 운동을 이끌었던 암베드카르에 크게 주목하고 그를 초청했다. 두 사람은 1931년 8월 14일 마니 바반에서 만난다. 그러나 이들은 불가촉천민을 두고 근원적으로 대립한다. 그 장면이 《암베드카르 평전》에 나와 있다.

암베드카르: 간디 선생님, 저에게는 조국이 없습니다.
간디: (놀라는 표정을 지으며 암베드카르의 말을 끊는다) 조국이 없다니, 무슨 말씀입니까? 박사님에게는 분명 조국이 있습니다. 그리고 박

사님께서 제1차 원탁회의에서 활약하신 내용으로 보건대, 박사님이 야말로 그 누구보다도 훌륭한 애국자이십니다.

암베드카르: 이 땅이 우리에게 가하는 불의와 고통은 너무나 엄청납니다. 그러니 우리가 부지불식간에 이 나라에 대해 불충한 생각을 품더라도 그 책임은 전적으로 이 나라에 있는 것이지 우리에게 있는 것이 아닙니다. 사람들이 저를 반역자로 취급하더라도 저는 전혀 개의치 않습니다. 우리의 행동에 대한 책임은 저를 반역자로 취급하는 바로 그 사람들에게 있기 때문입니다.

그리고 선생님께서 말씀하시듯이 제가 이 나라에 도움이 되는 어떤 애국적 행위를 했다 하더라도, 그것은 어디까지나 아직은 때가 묻지 않은 저의 양심에서 나온 것이지 결코 이 나라에 대한 애국심에서 나온 것이 아님을 알아주시기 바랍니다. 오랜 세월 동안 이 땅에서 억눌리고 짓밟히며 살아온 민중의 인권회복을 위한 저의 투쟁이 이 나라에 다소간의 누를 끼치더라도 그것이 죄가 될 수는 없을 것입니다. 하지만 지금까지 저는 이 나라에 어떠한 누도 끼치지 않기 위해 저의 양심이 지시하는 바에 따라 인권투쟁을 벌여왔습니다.

간디는 암베드카르의 주장이 수용되어 불가촉천민이 정치적 권리를 행사할 수 있게 되면 힌두교에 커다란 분열이 생길 것이고, 그것은 자살 행위와 다를 바 없다고 주장했다. 자신은 불가촉천민들이 이슬람교로 개종하든 그리스도교로 개종하든 전혀 개의치 않지만, 인도가 분열되어 힌두교의 저력이 뿌리째 흔들리는 것만큼은 참을 수 없다고 말한다. '불가촉천민'의 정치적 권리를 옹호하는 사람들

가운데는 인도를 전혀 모를뿐더러 오늘날의 인도 사회가 어떻게 서 있는지를 모르는 사람이 많다는 것이 간디의 주장이었다.

간디의 말은 정말 놀랍다. 차별받는 불가촉천민의 고통보다 '힌두교의 분열'이 더 걱정이란 말인가. '힌두교의 저력이 뿌리째 흔들리는 것'이 바로 그 힌두교에 의해 수천만 명의 사람들이 일상적으로 차별과 학대, 가난에 시달리는 것보다 더 중요한 문제라는 것인가. 도대체 종교가 먼저인가, 인간이 먼저인가. 세계의 근원을 이해하는 종교가 있다 할지라도, 그것이 인간을 차별하는 논리를 만들어낸다면, 그 종교는 불필요할 뿐 아니라 사악한 것이기도 하다. 이 점에서 나는 양보할 생각이 전혀 없다.

《암베드카르 평전》에 의하면, 1932년 8월 20일 영국 수상의 '중재령'에 의해 불가촉천민에게도 독자적으로 대표를 선출해 '지역 의회'에 파견할 권리가 주어지자 간디는 그 중재령에 반대하여 죽기를 작정하고 9월 20일부터 단식을 시작했다. 간디의 단식은 큰 힘을 발휘했다. 결국 대표를 선출해 파견하는 것은 불가능해졌고, 불가촉천민에게 일정수의 의석을 분배하도록 결론이 났다. 이 사건을 계기로 간디는 불가촉천민에 대해 숙고하게 되었다. 불가촉천민을 일컫는 '하리잔(신의 자녀)'이라는 명칭도 이 일 이후에 쓴 것이다. 실제로 그는 불가촉천민의 권익을 위해 행동했다. 단식 이후 사원, 우물, 도로 등 각종 공공시설을 불가촉천민에게 개방할 것을 주장하면서 그들의 정치적 권리를 인정하게 된 것이다.

간디는 나름대로 불가촉천민을 위해 노력했지만, 나는 그 방법이 올바르지는 못했다고 생각한다. 암베드카르는 "권리의 회복은 억압

책벌레의 여행법

하는 자들에게 구걸하거나 그들의 양심에 호소한다고 해서 되는 일이 아니라, 오로지 줄기찬 투쟁을 통해서만 가능하다"고 말했다. 그렇다, 부와 권력을 가진 자들이 언제 스스로 양보한 적이 있었던가. 사티아그라하의 방법을 개발한 사람은 분명 간디였다. 하지만 이 무기를 '불가촉'이라는 사회적 저주와의 싸움터에서 실제로 활용한 사람은 간디가 아니라 암베드카르였다.

1924년 마하드 시(市) 당국자들이 '봄베이 입법회의'의 결의에 따라 '초다르 저수지'의 식수 사용을 불가촉천민에게 전격적으로 개방하자 상층 카스트 주민들은 그에 반대했고, 이에 암베드카르는 만여 명의 불가촉천민과 함께 초다르 저수지로 행진해 그 물을 떠서 마신다. 1927년 12월 25일에는 카스트에 대한 규정이 담긴《마누 법전》을 불태워버리는 의식을 거행했고, 1930년 나시크에서는 불가촉천민도 힌두 사원에 출입할 수 있는 권리를 얻기 위해 투쟁했다. 오랜 협상 끝에 불가촉천민도 라마 신상을 태운 꽃마차에 손을 댈 수 있다는 나시크 칼라 사원의 결정을 끌어냈다. 실제로 행진할 때 그것을 막는 상층 카스트의 폭력 행위가 일어났고, 암베드카르와 수많은 불가촉천민들이 부상을 입었다. 하지만 운동은 계속되었다.

《암베드카르 평전》은 간디가 불가촉천민들이 고등교육을 받는 것을 원치 않고 오직 조상 대대로 전해 내려오는 조악한 직종에 충실하기만을 원했다고 말한다. 간디는 1934년에 자신의 사바르마티 아슈람을 '피압박 계층'을 위한 운동에 기증하고 나서 아슈람 재정을 위해 수공업 공장을 설치, 운영하면서도 불가촉천민에게는 아무런 기술도 가르쳐주려 하지 않았다는 것이다. 직접 물레를 돌리고 천을 짜면서 다른 사람들에게도 그것을 권했던 간디가 불가촉천민은 그것조차 배울 자격이 없다고 생각한 것을 나는 도저히 이해할 수 없다. 간디는 시대착오적이게도 조상 대대로 전해 내려오는 직종을 그대로 지켜야 한다는 카스트 원칙을 옹호했다. 《평전》은 이어서 영적 지도자인 브라만과 청소부가 각자 자기의 소임을 충실히 수행하면 동등한 가치를 지닌다는 주장이 터무니없다고 말한다.

간디는 《자서전》에서 "불가촉천민이 힌두교의 한 부분이라면, 그것은 썩어빠진 부분이거나 그렇지 않으면 군더더기일 것이다"라고 말했다. 불가촉천민이 힌두교의 썩어빠진 한 부분이라면, 왜 암베드카르의 주장을 따라 불가촉천민의 존재 자체를 부정하고 현실적으로 없애버릴 생각은 하지 않았을까? 거듭 말하거니와, 나는 간디를 도저히 이해할 수 없다. 간디는 카스트 제도에는 과학적 근거가 있으며 그것을 폐지할 어떤 이유도 없다고 말했다. 자신은 카스트 제도를 확고하게 믿는다고 했고, 카스트와 카르마의 법칙이 있는 한 불가촉천민은 모든 힌두 사원에 들어갈 수 없다고 말했다. 낮은 카스트로 태어났다면 높은 카스트를 바라서도 탓해서도 안 된다고 했다. 카스트는 출생에 의해 주어지는 것이므로 자신의 카스트를 지키며 사는 것이 최상이라고 했다. 불가촉천민으로 태어났으면 불가촉천민으로 사는 것이 최선이라는 것이다.

간디는 남아프리카에서 영국 식민주의자에 의해 기차에서 쫓겨나는 경험을 했다. 인도인으로서 차별받는 것을 뼈저리게 경험한 사람이 왜 카스트 제도의 차별에 대해서는 이다지도 관대했던가. 그가 카스트 제도에 의해 고통받지는 않았다는 것이 답인가. 자티에 의해 주어지는 직종이 신성불가침이라는 그의 판단은 어떤 논리로도 이해되지 않는다. 짐승의 시신을 처리하는 사람, 악취 나는 가죽을 만지는 사람, 열 살 이후부터 빨래터에서 고된 노동에 시달리는 사람이 그 일을 후손에게 영원히 물려주는 것이 신에게 가까이 가는 행위라는 것인가.

인도 헌법은 불가촉천민에 대한 차별을 금지하고 있지만, 법조문에서만 그렇다. 실생활에서 차별은 여전하다. 조 사코의 만화 〈쿠시나가르〉(《저널리즘》, 씨앗을뿌리는사람들, 2014, 186~187쪽)를 보면 희한한 장면이 나온다. 인도에서 가장 가난한 주인 우타르 프라데시 주의 총리 마야와티는 달리트(불가촉천민) 출신으로 자칭 탄압받는 천민의 대변자라고 하면서 권력을 잡았지만, 불가촉천민의 삶은 전혀 개선하지 않았다는 것이다. 놀라운 일이 아닐 수 없다. 그녀는 주도 러크나우에 광대한 대지를 닦아 이집트 파라오 뺨치는 규모와 비용으로 달리트 명문가를 위한 기념 건축물을 짓고 자신의 거대한 조각상도 세웠다고 한다. 사코는 이 서술 옆에 그 건축물을 사실적으로 그리고, 그 밑에 '60개의 코끼리상이 있는 브힘라오 암베드카르 기념관'이라고 써놓았다. 한심한 일이다. 한국에 돌아와 여행기를 정리하던 중 《르몽드 디플로마티크》를 보았는데, 영국의 인도인 커뮤니티에서 상대방이 인도에서 어떤 카스트에 속했는지 밝혀내고 차별한다는 기사를 보았다. 나는 인도 사람이 아니지만 분한 마음이 일었다.

마니 바반을 보고 돌아오다가 파르시 음식을 파는 식당을 보았다. 그래, 이곳 뭄바이는 파르시 공동체가 있는 곳이었지. 호기심이 바싹 일었지만 지친 탓인지 들어가볼 마음이 나지 않는다. 점심 먹은 것도 아직 소화가 되지 않았다. 언젠가 다시 이곳을 찾아온다면 한번 들러볼까. 식당은 스치고 지나쳤지만, 그래도 뇌 한쪽에 저장되어 있던 파르시라는 명사를 떠올리게 되었으니 다행이 아닌가. 파르시는 원래 지금의 이란 지방에 살던 사람들로, 8세기경 이슬람교도에게 축출되어 인도로 건너온 조로아스터교도들이다. 류경희 교수가 쓴《인도의 종교와 종교문화》에 따르면, 파르시의 수는 1991년 7만 6000여 명에서 2001년 6만 9000명 남짓으로 줄어들었다고 한다.

뭄바이 남서쪽 말라바르 언덕에 파르시의 묘지가 있는데, 원래 조장(鳥葬)이 이루어지던 곳이다. 하지만 요즘은 대기오염으로 인해 독수리의 개체수가 줄어드는 통에 조장을 지내기가 어려워졌다는 이야기를 들었다. 또 하나 생각나는 것은 네루의 사위다. 알다시피 네루는 딸 하나만 두었는데, 다름 아닌 인디라 간디다. 인디라 간디는 파르시인 페로제 간디와 결혼했다. 페로제 간디는 원래 인디라의 어머니 카말라를 연모했고, 카말라가 로잔에서 죽을 때 그 곁을 지켰다. 인디라는 페로제가 자기 어머니에게 충실한 것에 끌려 사귀게 되었다고 한다. 일반적으로 힌두와 파르시의 결합은 어려웠지만, 인디라는 네루의 딸이었다. 또 간디의 축복을 받았으니, 힌두교도들은 불만이 많아도 참을 수밖에. 결국 파르시의 자식들이 네루 왕조를 계승한 셈이다.

다시 그랜트 역으로 가서 찬드니로드 역으로 가는 열차를 탔다. 역 앞에는 인도 전통 모자 토피를 쓴 도시락 배달꾼 다바왈라들이 잔뜩 모여 있다. 대개 남편이 직장으로 출근하면 아내가 도시락을 싸서 다바왈라에게 맡기고, 다바왈라들은 열차를 이용해 그것을 직장으로 정확하게 배달해준다. TV에서 다바왈라에 관한 프로그램을 본 적이 있는데, 뭄바이의 다바왈라는 모두 5000명이고 그들이 하루에 20만 개의 도시락을 배달한다고 한다. 한 사람이 나르는 도시락 무게는 모두 합쳐 65킬로그램이고, 한 달에 150파운드 정도를 번다고 한다.

다바왈라를 눈앞에서 보니, 2014년 부산국제영화제의 개막작이었던 인도 영화 〈런치박스〉가 생각난다. 영화는 직장을 그만두게 된 늙은 남자와 남편이 바람피우는 것을 알게 된 젊은 여성 사이의 정신적 교감을 수수하게 그린다. 다바왈라가 여자의 남편에게 배달해야 할 도시락을 늙은 남자에게 잘못 전달한 것이 계기가 되어 두 사람은 서로의 존재를 알게 된다. 도시락을 통해 주고받은 편지로 호감을 갖게 된 결과, 두 사람은 함께 달아날 마음까지 품게 되고 실제 만나기로 약속한다. 하지만 늙은 남자는 약속 장소에 나타난 '젊은' 여성을 멀리서 보고 마음을 접는다. 현명한 판단이다. "너의 젊음이 너의 노력으로 얻은 상이 아니듯이 내 늙음도 내 잘못으로 받은 벌이 아니다"라는 《은교》의 대사는 멋있지만, 그 말을 한 사람 역시 젊음을 이미 누리지 않았는가. 젊음은 젊은 사람의 몫이다. 다시 뜬금없는 생각 하나. 그 영화에서는 부탄이 삶의 고뇌를 벗어던질 수 있는 곳으로 그려지고 있었다. 인도인에게 부탄은 샹그릴라인가!

찬드니로드 역에 내려 호텔로 돌아오는데, 길이 너무 낯설다. 정확하게 기억했다고 생각했는데, 동서남북을 구분할 수가 없다. 아침에 떠날 때는 상가들도 거의 열리지 않았고 길거리에 사람도 많지 않았다. 하지만 지금은 거리에 인파가 가득하고 상점의 불빛이 휘황하다. 길가의 과일 가게에 들어가 물어보니 호텔로 가는 길이 맞는다고 한다. 같은 길이어도 방향이 다르면 모르는 길이 되는구나. 사람살이도 이와 다를 것이 없는 것 같다.

호텔의 위치를 확인하고 저녁 먹을 식당을 찾았다. 안나푸르나라는 식당이 좋다고 해서 갔더니 문을 닫았다. 옆의 식당이 깨끗하게 보여 들어가보니 '도사'라는 음식을 판다. 멍청하게도 주인에게 맛있느냐고 물었더니, 웃으며 그렇다고 한다. 도사가 무슨 음식이냐고 물으니, 한마디로 대답하기 어렵다고 한다. 직접 먹어보는 수밖에. 식탁에 펼쳐진 것은 쌀과 렌즈콩 가루를 넣어 넓은 철판에 구운 얇은 전병이다. 토핑에 따라 다양한 이름의 도사가 있다고 한다. 두 가지를 시켰는데, 별로 입에 맞지 않아 거의 다 남기고 일어섰다.

밤 9시에 찬드니로드 역으로 가서 10시 30분에 기차를 탔다. 찬드니로드 역은 그 유명한 차트라파티 시바지 기차역이다. 이곳은 한때는 빅토리아 역으로 불리기도 했다. 19세기 말에 고딕 양식으로 지은, 유네스코 세계문화유산으로 등재된 건물이다. 이곳저곳 둘러보다가 너무 지쳐 건물 밖 큰 기둥에 몸을 기대고 앉아 한참을 쉬었다. 건물을 꼼꼼히 감상할 시간도 체력도 남아 있지 않다.

재작년 아그라와 바라나시로 갈 때 기차를 탔으니, 꼭 1년 반 만에 다시 기차를 탄 셈이다. 밤새도록 가야 하니 당연히 침대칸이다. 침대는 3층인데 1층이 가장 좋다. 하지만 2층 사람이 잔다고 하면 나도 무조건 눕는 수밖에 없다. 1층 뒷면이 2층의 바닥면이기 때문에, 2층 사람이 눕겠다고 하면 무조건 침대를 펼쳐야 하는 것이다. 3층은 원래 펼쳐져 있어서 간섭받을 일은 없지만, 오르내리기가 너무 불편하다. 2층과 3층은 사람에 따라 선호가 갈린다. 어쨌든 나는 3층이 싫다. 하지만 배정받은 곳은 3층이다. 앉으면 천장에 머리가 닿기 때문에, 드러눕는 것 외에는 다른 선택지가 없다. 모로 누울 수도 없고 오직 바로 누워야만 한다. 누워도 선풍기 팬 돌아가는 소리, 아래와 건너편 승객의 코 고는 소리, 이야기 소리 등으로 사방이 소란해서 잠이 쉬 오지 않는다.

한참을 뒤척이다, 아예 자지 않기로 작정했다. 잠이 오면 자고 안 오면 자지 말자, 이렇게 생각하니 도리어 마음이 편하다. 오만 가지 생각이 다 떠오른다. 한 생각에서 다른 엉뚱한 생각이 튀어나오고, 그 생각에서 또 다른 생각이 연결된다. 다시 인도 생각을 했다. 영국은 어떻게 이 거대한 나라를 식민지로 삼을 수 있었을까. 간디는 인도인의 무능이 영국을 불러들였다고 했지만 그건 수사적 표현일 뿐이고, 실제로 인도인이 영국의 압제를 끌어들인 것은 아니다. 변방의 섬나라가 거대한 인도를 식민지로 만들 수 있었던 것은, 앞서 말한 것처럼 그들이 야만이었기 때문이다. 문명은 대부분 야만을 이기지만, 때로는 야만이 문명을 이기기도 한다. 다만 서구는 자본주의라는, 그간의 역사에서 볼 수 없던 새로운 야만성을 장착하고 있었다.

영국의 기계에서 쏟아져나온 직물(그것도 인도의 면화를 가져다가 짠!)이 들어온 뒤, 인도 직조공들의 뼈가 들판을 하얗게 뒤덮었다. 그들은 인도 직조공의 손을 잘라 직조기에 손도 대지 못하게 만들었다.

그러고도 아무렇지도 않았다. 이윤에 눈이 뒤집힌 영국인들은 인도의 아편을 중국에 팔았다. 아편으로 사람들이 병들고 국부가 새어나가는 것을 목도한 중국은 당신들은 윤리도 도덕도 없느냐고 항의했지만, 영국인들은 한마디 대꾸도 없었다.

인간 욕망의 가장 정제된 형태로서의 자본은 인간 자신에게서 나온 것임에도 불구하고 완벽하게 비인격적이다. 순수한 욕망인 자본은 끊임없이 증식하는 과정을 통해서만 살 수 있다. 자기 증식 외에는 그 어떤 목적도 없다. 그것은 비인격적인 것이기에, 이윤을 획득하는 과정에서 어떠한 비윤리적 · 비도덕적 행위도 저지를 수 있다. 그리고 그 결과에 대해 아무런 책임도 느끼지 않는다. 자본이 나를 대리하기에, 나는 그 일부를 투자한 사람에 불과하기에, 나와 자본 그리고 이윤의 대상 사이에 인격적 관계가 단절된다.

보다 쉽게 말해, 주식회사의 주주는 이윤획득의 실제 과정과 격리되어 있으므로, 인도와 아시아, 아메리카, 아프리카의 '인간'들이 비인간적 방법으로 사물처럼 취급당해도 그들을 직접 대면하지 않으므로 양심의 가책을 전혀 느끼지 않는다. 경영자 또한 자신의 자본이 아니므로 역시 아무런 가책도 느끼지 않는다. 내가 타는 승용차에 사용되는 기름이 밀림을 파헤치고 인디오를 그들의 땅에서 내몰아 죽게 만들어도 나와는 상관없는 일이다. 야만도 이런 야만이 없다. 다시 인도사를 떠올리면, 거대한 인도가 식민지가 되었던 것은 문명이 전에 경험하지 못했던 비인격적인 야만의 괴물을 상대하다가 패배했기 때문일 것이다.

네루는《세계사 편력》에서 인도를 지배, 착취하는 실체를 산업 자본주의와 그 배후에 있는 영국과 인도의 부르주아지로 파악하고 그 것을 송두리째 배제하는 수밖에 없다고 말했다. 정곡을 찌른 셈이 지만, 그것만으로 자본의 야만성이 충분히 드러난 것은 아니다.

전통

인도는 수백 년 동안 식민지의 역사를 거쳤지만, 종교와 전통은 변함없이 이어지고 있다. 힌두교가 여전히 대다수 인도인의 일상과 생각을 지배하고 있는 것으로 보인다. 인도 춤과 인도 음악의 위세도 여전한 것 같다. 인도 여성들은 사리를 주로 입고, 사리만큼 많이 입지는 않지만 남자들도 여전히 전통 옷 도티를 입는다. 여성들은 사리 외에 쿠르타라는 윗옷을 입는다.

한국은 참 많이 변했다. 남자들은 평소에는 물론이고 명절에도 한복을 거의 입지 않는다. 여성의 한복만 의식용으로 남아 있을 뿐이다. 그 변화의 정도는 한·중·일 동아시아 삼국 중에서도 한국이 가장 심하다. 한국은 과거를 거의 남김없이 파괴했다. 남은 것은 내셔널리즘에 동원된 박제된 전통뿐이다.

국가

인도는 파키스탄과 방글라데시를 포함해 완전히 통일된 적이 한 번도 없다. 파키스탄과 방글라데시가 떨어져나가기는 했지만, 지금처럼 거대한 영토를 보유한 국가의 출현은 인도 아대륙이 생기고 처음 있는 일이다.

파키스탄이 떨어져나가는 것을 막으려 했던 간디는 파키스탄과 방글라데시까지 포함해서 인도라고 생각했을 것이다. 하지만 그것이 인도라는 생각은 어떻게 만들어졌을까? 인도 아대륙에는 아주 다양한 인종과 언어, 종교가 존재한다. 이 모든 다양성을 '인도' 혹은 '인도인'으로 포괄하는, 부정할 수 없는 불변의 요소는 무엇이란 말인가. 예컨대 인도의 최북단 라다크 지방 사람들, 곧 '라다키'는 힌두교도도 아니고 이슬람교도도 아니다. 물론 라다크의 주도인 레에는 이슬람 사원이 한 곳 있다. 하지만 라다키들은 티베트 불교를 믿고, 티베트 사찰인 '곰파'가 곳곳에 있다. 인종도 언어도 종교도 다른 이들이 왜 한 나라 사람으로 엮이는가? 찬찬히 생각해보면, 인도와 인도인을 가르는 정확한 경계는 존재하지 않는다. 편의적으로 인도, 인도인이라고 하는 불명확하고 어렴풋한 경계만 존재할 뿐이다.

재작년 잠무-카슈미르의 지방을 여행할 때의 일이다. 카르길을 거쳐 스리나가르로 가는 길에서 만난 사람들은 내가 지금 여행 중에 있는 인도 남부의 사람들과는 완전히 다른 인종이었다. 그쪽 사람들은 피부가 희고 키가 크지만, 남쪽 사람들은 검은 피부에 키가 작다. 종교도 이슬람교와 힌두교로 서로 다르다. 당연히 말도 다르다. 잠무-카슈미르 지방 사람들은 1947년 영국으로부터 독립할 때 파키스탄으로 들어가는 것이 당연했다. 그런데 그곳의 번왕(藩王)이 힌두교도였기에 인도로 편입된 것이다. 이것이 빌미가 되어 1947년과

1965년 두 차례 전쟁이 일어났고, 1999년에는 파키스탄군이 국경을 넘어 카르길을 점령해 또다시 전쟁이 벌어졌다. 잠무-카슈미르에서 무장한 인도군이 거의 100미터마다 한 명씩 서 있는 것을 보았다. 전쟁의 여파다. 그렇다면 간디가 생각한 것처럼 파키스탄과 방글라데시까지 포함해 인도가 출범했다면 문제가 없었을까. 아니, 그것은 갈등을 안으로 끌어들인 것에 지나지 않을 것이다.

네루는 《세계사 편력》에서 아프샤르 왕조(1736~1796)의 나디르 샤가 북인도를 공격해 인더스 강까지 영토를 넓힌 것을 두고, "돌이켜볼 때 아프가니스탄은 《마하바라타》나 간다라의 시대부터 인도의 역사 속에 깊숙이 연결되었다. 그러나 이제 아프가니스탄은 인도와 떨어지게 되었다"라고 평가했다. 18세기 중반에 비로소 아프가니스탄이 인도에서 분리되었다고 말했으니, 네루의 생각에 그 전까지 인도는 아프가니스탄까지 포함하는 광대한 영역이었던 것이다. 문득 네루의 말에서 기묘한 공포감을 느낀다. 어떤 계기가 생기면 그런 생각에 근거해 다른 나라를 집어삼킬 수도 있기 때문이다. 젊은 사람들은 그렇지 않다고 생각하지만, 나이 든 중국인들은 지금도 대한민국과 북한, 일본을 외국이라 생각하지 않는다는 말을 얼핏 들은 적이 있는데, 지금 인도인들이 파키스탄, 방글라데시, 네팔, 스리랑카를 모두 인도라고 생각하는 것과 다르지 않은 사고라 하겠다.

인도의 역사는 존재하는가? 존재한다면 그것은 종족의 역사인가, 땅의 역사인가. 역사를 인간 단위, 그러니까 종족 단위로 쓰는 순간 모순이 발생한다. 인도 아대륙에 하나의 종족이란 존재하지 않기 때문이다. 따라서 종족의 역사를 쓰는 것은 원천적으로 불가능하다. 종족을 특정하려는 의지가 있을 뿐이고, 그 의지에 의해 임의적으로 구성된 종족의 가공된 역사가 있을 뿐이다. 존재하는 것은 사람이 경험한 역사가 아니라, 땅의 역사가 아닐까? 땅은 드라비다인과 인도유러피언과 힌두교와 이슬람교를 차례로 경험하고 그 경험을 자신의 몸에 새긴다. 땅에는 일정한 물리적 실체가 있다. 길이와 면적으로 주어지는 그 실체 속에 새겨진 인간의 복잡하고 다양한 경험들은 언어로 기술될 수 있다. 그것이 바로 역사일지도 모르겠다.

국가는 다양한 종족과 문화, 땅 등 다양한 요소들의 일시적 결합일 뿐이다. 그것을 하나로 묶는 것은 폭력이다. 거대 국가는 따라서 그 크기에 비례하는 폭력을 갖는다. 거대한 토지와 인구, 재산을 보유한 국가는 대외적으로는 다른 국가 공동체에, 대내적으로는 국민에게 감당할 수 없는 힘으로 작용한다. 외부로는 다른 나라에 위협이 되고, 안으로는 그 구성원(민중)을 억압하는 존재가 된다. 미국과 중국, 러시아가 국제사회에 어떤 일을 했고, 하고 있으며, 할 것인지를 생각해보면 간단히 알 수 있는 문제다. 만약 미국의 각 주들이 독립 국가라면, 러시아의 각 공화국들이 정말 독립 공화국이라면, 핵무기 따위는 만들지 않았을 것이다. 핵무기를 싣고 다니는 잠수함 따위도 만들지 않았을 것이다. 국가는 작으면 작을수록 좋은 것이다.

간디는 파키스탄과 인도의 분리를 막으려다가 목숨을 잃었다. 나는 이 점이 납득되지 않는다. 간디는 작은 농촌 공동체 판차야트의 병렬로 존재하는 인도를 상상했다. 그렇다면 군이 인도 아대륙이 하나의 국가가 되어야 할 필요가 무엇인가. 거대 국가에는 필연적으로 권력이 집중된다는 것, 그리고 그 집중된 권력을 장악한 세력이 자기 이익을 추구할 경우 어떤 비극이 일어날지 몰랐던 것인가.

카스트

인도에서 카스트 제도가 점차 소멸되어간다고 하지만, 특히 대도
시에서는 카스트를 따지는 관습이 희미해지고 있다고 하지만, 그 정
도가 어떤지 나로서는 알 수 없는 일이다. 다만 카스트 제도를 통해
이익을 보는 집단이 존재하는 한, 또 카스트로 인해 피해를 보는 집
단이 맹렬히 저항하지 않는 한, 카스트는 쉽게 없어지지 않을 것이
다. 특히 농촌에서는 쉽게 없어지지 않을 것이다. 조 사코의 《저널리
즘》에는 붓다가 태어나고 활동했던 쿠시나가르의 상황이 손에 잡
힐 듯 그려져 있다. 그곳에서는 카스트 제도가 여전히 위세를 발휘
하고 있다. 바뀐 것이 별로 없다.

카스트가 없어진다면, 아마도 그것은 상층 카스트의 양보도 하층
카스트의 저항도 아닌 오직 자본에 의해 이루어질 수 있는 일일 것
이다. 소유한 자본, 화폐 보유량, 소비 능력 등이 사람의 등급을 나누
는 새로운 기준이 될 때 카스트를 대체할 것이다. 하지만 그것은 새
로운 계급제도의 탄생을 의미할 터이다. 또 카스트가 잔존하여 이
새로운 계급제도와 얽히게 되면 문제는 더욱 해결하기 어려워질 것
이다.

인도 밖에서도 힌두교를 믿는다. 인도네시아에도 주류는 아니지만
힌두교를 믿는 사람들이 있다. 하지만 인도네시아 힌두교에는 카스

트가 없다. 따라서 힌두교에서 카스트의 정당성을 찾으려는 논리, 혹은 힌두교를 옹호하기 위해 카스트를 정당화하려는 논리는 모두 헛소리일 뿐이다. 내세론과 윤회론의 가장 음험한 의도는 현세의 불평등과 차별을 합리화하는 것이지만, 카스트 제도처럼 직업까지 정해주면서 그것을 영속화하지는 않는다.

철도와 기차

간디가 《힌두 스와라지》에서 기차를 맹렬히 비판하던 대목이 떠올랐다. 철도는 영국이 인도 지배를 위해 놓은 것이고, 지금도 인도 사람들이 잘 이용하고 있다. 그런데 철도가 놓이기 전 인도 아대륙 사람들은 제각각 살았다. 벵골 사람과 케랄라 사람은 인도에 어떤 일이 벌어지고 있는지, 서로 어떤 생각을 하고 어떤 일을 하는지 알 수 없었고, 만날 수도 없었다. 서로 남남이었던 것이다. 그 격리감을 해소한 것이 기차였다. 선량한 의도로 건설된 것은 아니지만, 철도라는 근대문명의 상징적 도구가 인도인을 하나로 묶는 데 결정적 역할을 한 것이다. 그런데 간디는 인도에서 철도를 모두 걷어버린다 해도 미동도 하지 않을 거라고 말했다. 이것은 모순이 아닌가.

자비에르를 이끈 힘

3층에서 뒤척이다가 새벽녘에야 얼핏 잠이 들었는데, 아래층이 갑자기 소란스럽다. 다 왔단다. 기차가 8시에 마드가온 역에 닿는다. 마드가온 역은 크고 혼잡한 뭄바이 역과는 비교할 수 없을 정도로 작고 조용하다. 2층짜리 붉은 건물과 그 앞의 탁 트인 마당은 정겹기조차 하다. 마치 다른 나라에 온 것 같다. 역사 앞의 프리페이드 택시 스탠드 위에 '마드가온'이라고 적혀 있다.

마드가온은 고아 주의 두 번째 도시다. 이곳 고아에서 가장 먼저 보아야 할 곳은 주도인 파나지와 올드고아다. 파나지의 옛 이름은 판짐이다. 인도식으로는 '빠나지' 혹은 '빤짐'으로 읽는다. 파나지는 포르투갈인들이, 자신들이 원래 건설해 살았던 올드고아를 질병(말라리아) 때문에 버리고 강 아래로 내려와 건설한 도시다. 말하자면 올드고아에 대한 뉴고아인 셈이다. 물론 고아라는 지명은 파나지와 올드고아만을 가리키는 것은 아니다. 마드가온도 고아에 속한다. 또 하나 보아야 할 곳은 고아의 해변이다. 파나지부터 마드가온 일대에 이르는 해변은 무척 유명하니 꼭 보라는 말을 들었다. 부산 해운대에 살면서 동해안 바닷가를 무시로 찾아가는 나에게 고아의 해변이 무슨 감흥이 있을까 싶지만, 그래도 워낙 유명하다니 한 곳은 가볼 생각이다.

고아

    도무지 연유를 알 수 없지만, 어떤 지명은 희한하게도 듣는 순간 아련하고 신비한 느낌이 들어서 쉽게 지워지지 않는다. 우크라이나의 오데사 같은 곳이 그렇다. 10년 전 모스크바 공항 안내방송에서 흘러나온 '오데사!'라는 단어는 영원히 도달할 수 없는 환상 속 도시가 실재한다는 선언 같았다. 고아 역시 그렇다. 나에게 고아는 영원히 도달할 수 없는 곳으로 남아 있었다. 물론 그곳 역시 내가 사는 도시와 본질적으로 다를 것이 없고, 나와 같은 범상한 사람들이 살고 있는 곳이라는 것, 실제로 가보면 환상이 산산조각 난다는 것을 너무나 잘 알고 있지만 말이다.

    고아가 포르투갈 땅이 된 내력이 《세계사 편력》에 간단히 나온다. 바스코 다 가마가 희망봉을 돌아 1498년 인도 서안 캘리컷에 도착하고 열두 해가 지난 뒤 포르투갈은 비자푸르 영내에 있던 고아를 점령했다(1510년). 14세기 초 인도 남부에는 바흐마니 왕국과 비자야나가르 왕국이 있었는데, 16세기 초 바흐마니 왕국이 비자푸르 아마드나가르, 골콘다 비다르, 베라르로 분열되어 서로 경쟁하다가 1565년 하나로 뭉쳐 탈리코타 회전에서 비자야나가르 왕국을 멸망시킨다. 내가 여러 해 전부터 가기를 열망해온, 고아 다음으로 찾아갈 함피가 바로 비자야나가르 왕국의 수도다.

    포르투갈이 마수를 뻗쳤을 당시 고아는 비자푸르의 영역이었다. 다만 포르투갈은 고아 일대만 점령했을 뿐 내륙으로 들어가지는 않았다. 그들의 목적은 다른 데 있었던 것이다. 포르투갈의 동방총독 알부케르크는 1511년 말라카를 점령하고 무슬림 무역상을 물리친다. 말라카를 지나 동쪽으로 조금 가면 말루쿠 제도, 이른바 '향료 제도'가 나온다. 유럽인들이 환장하는 후추를 비롯한 향료는 남인도나 실론에서도 조금 나지만, 대부분 말루쿠 제도에서 나기 때문에, 포르투갈이 말라카를 점령했다는 것은 동방의 향료무역을 독점했다는 뜻이다. 그렇게 포르투갈이 유럽 무역을 장악했고, 리스본은 향료와 동양의 산물이 모이는 중심지가 되었다.

아마도 이런 이유로 포르투갈은 더 이상 인도 내륙으로 들어갈 마음을 먹지 않았을 것이다. 하지만 인도로서는 고아의 포르투갈이 성가시기 짝이 없었다. 뻔뻔스럽게도 어느 날 갑자기 대포를 실은 배를 끌고 남의 땅에 와서 그냥 주저앉아 주인 행세를 하니 말이다. 인도는 포르투갈인을 쫓아내기 위해 온갖 노력을 다했으나 실패했다. 알부케르크는 여자와 아이들을 가리지 않고 학살했다. 무굴 제국의 가장 위대한 왕이라 일컬어지는 악바르(1542~1605)도 고아를 손에 넣으려고 공격을 가한 일이 있으나 성공하지 못했다. 흥미롭게도 무굴 제국에는 해군이 없었다. 애당초 포르투갈을 이길 수가 없었던 것이다.

훗날 영국이 스페인 무적함대를 물리친 뒤 네덜란드와 영국이 극동으로 진출해 스페인과 포르투갈을 공격했다. 말라카는 1641년 네덜란드의 지배를 받기 시작했고, 뒤에는 영국이 지배했다. 포르투갈은 고아에 움츠리고 있는 수밖에 달리 도리가 없었다. 재미있는 것은 1947년 인도가 독립한 뒤에도 포르투갈이 고아를 차지하고 있었다는 것이다. 1961년 인도 군대가 들이닥치자 포르투갈은 그제야 자리를 털고 일어섰다. 스스로 떠나는 식민 세력은 없다는 진리를 다시 한 번 확인해준 셈이다.

파나지

마드가온 역에서 오토릭샤를 타니 금방 호텔이다. 이곳에서 이틀을 머무를 것이다. 우드랜드 호텔(Woodland Hotel)은 작지만 깔끔하다. 뭄바이의 그 끔찍했던 호텔, 그리고 지난밤의 좁고 낮은 열차 침대칸과 견주면, 이 '숲의 땅'은 마치 천국 같다.

호텔 방에서 샤워를 한 뒤 바나나 두 개, 피스타치오 한 줌으로 얼요기를 하고 파나지로 향했다. 호텔에서 버스 타는 곳에 대해 들었지만, 막상 길을 나서니 어릿어릿하다. 한참 길을 헤맨 끝에 호텔 건너편 버스 스탠드로 갔다. 여기서 시내버스를 타고 카담바 시외버스 터미널로 가야 한다. 재미있는 것은 남자 차장이 버스에서 내려 어디 가는 버스라고 소리치며 승객을 불러모은다는 것이다. 1960년대의 한국 시내버스 같다. 카담바 시외버스 터미널은 호텔에서 그리 멀지 않아서 이 버스 스탠드에서는 거의 모든 버스가 그곳으로 간다.

카담바 시외버스 터미널은 한국의 옛날 시골 버스 터미널과 똑같다. 넓은 공터에 버스들이 줄지어 있고, 보통이를 든 촌로와 촌부들이 와글거린다. 인도답지 않게 버스가 제 시간에 떠난다. 차창 밖을 보니 온통 농촌 풍경이다. 키 큰 코코넛 나무가 줄지어 서 있고, 중간에 군데군데 논이 보인다. 인도 농촌에 대한 사뭇 부정적인 글을 읽은 적이 있는데,

이곳 사정이 어떤지 국외자인 나로서는 알 수 없는 일이다. 어쨌거나 눈에 보이는 풍경은 아름답고 풍요롭다.

파나지에 도착하니 거의 정오다. 허기가 져서 식당을 찾았지만 식당이 별로 없다. 뒤에 안 사실이지만, 이곳 버스 스탠드는 도시 외곽에 속하는, 말쑥한 빌딩들이 몰려 있는 신시가지다. '패토 센터(PATTO CENTER)'라고 부른다 한다. 파나지로 들어가려면 릭샤를 타고 샛강을 건너야 한다. 식당도 그쪽에 많다. 하지만 그런 사실을 몰랐으니 어쩔 수 없이 길 가는 사람에게 물어볼 수밖에. 물어물어 식당 한 곳을 골라 겨우 앉았다. 조금 전에 들러볼까 하고 기웃거리던 곳이다. 킹피시, 차파티, 치킨커리를 시켰다. 킹피시는 이곳에서 많이 잡히는 물고기인 듯한데, 커리로 요리한 것이라 커리 맛만 나고 생선 맛은 잘 모르겠다. 인도 사람들에게는 어떨지 모르지만 치킨커리도 그저 그렇다.

식당에서 조금 걸어가면 고아 주립박물관이 있다. 주립박물관이라 기대를 했건만, 이렇게 실망해보기는 처음이다. 관리를 제대로 하지 않는지, 습기를 머금은 마당에 풀이 수북이 자라 있었다. 건물은 어둡고 낡고 축축했다. 전시된 유물 역시 주목할 만한 것이 없었다. 입장료가 없다는 것이 그나마 좋았다고 할까. 박물관을 관람하고 이렇게 아무 감흥을 느끼지 못하는 것도 드문 일이다.

패토 센터를 벗어나 샛강을 건너 파나지 시내로 갔다. 먼저 찾은 곳은 성모 무염시태 성당(Immaculate Conception Church)이다. 1540년에 지었으니 꽤나 오래되었다. 성모 마리아가 원죄 없이 잉태했다는 천주교 교리에 입각해서 붙인 명칭이다. 무염시태 성당은 멀리서 보아야 제대로 보인다. 언덕 위의 성당은 온통 흰색이다. 멀리서 보면 순백의 건물이 눈에 확 들어온다. 다만 중간 난간을 푸른색으로 칠해놓았고 군데군데 안치된 조각과 문자에도 푸른색을 써서 선명한 조화를 이룬다. 성당 건물은 전체적으로 안정된 삼각형을 이루고 있다. 아래쪽에 갈지자 모양으로 계단이 나 있고, 그 위에 사각형의 성당 건물을 올려놓았다. 건물 꼭대기는 종탑이다. 건물 색이 이토록 흰 것은 무염시태를 강조하기 위해서일 것이다. 문이 잠겨서 성당 내부에는 들어갈 수 없었다.

성당은 언덕 위에 있다. 올라서면 아래로 파나지 시내가 보인다. 양쪽으로 가로수가 있고 가운데에 큰 길이 있다. 그리고 오른쪽에 주로 포르투갈 식민지 시대에 지은 옛날 건물들이 있다. 이곳만 따로 보면 서구의 도시 같다. 언덕을 내려와 성 세바스찬 채플을 찾았으나 끝내 찾지 못했다. 지도에는 분명히 나오는데, 도무지 가는 길을 모르겠다. 힌두 사원인 마하락시미 사원 맞은편에 있다고 해서 한참을 헤맸다. 현지인들도 이쪽인가 저쪽인가 하며 각각 다르게 말했고, 마침내 물어본 사람은 아예 딴 동네를 지목해서 포기하고 말았다. 그렇게 돌아다니는 동안, 손바닥만 한 파나지 시내에 있는 식민지 시대의 건물은 물리도록 보았다. 마하락시미 사원은 락슈미 여신을 모신 곳이다. 락슈미 여신은 비슈누 신의 아내다. 부와 풍요의 상징이기 때문에 상인들이 특히 숭배한다고 한다. 한국으로 치면 재물신이다. 부와 풍요를 가져다주는 여신이니 이곳에서만 숭배하지는 않는다. 당연히 인도 여러 곳에 있다. 이곳 고아의 마하락시미 사원은 붉은색이 인상적이었다.

몹시 지쳐 쉴 곳을 찾았지만 마땅한 곳이 없다. 한국 도시에 지천으로 널려 있는 커피숍이 인도에는 아주 드물다. 뭄바이나 첸나이 같은 대도시에나 스타벅스 같은 커피 체인점이 있을 뿐, 중소도시에는 없다고 보는 것이 맞을 것이다. 물어물어 찾으니 한 곳이 있기는 했다. 들어가보니 무슨 서비스 경영대회에서 상은 받은 집이란다. 물론 그런 건 내가 알 바 아니다. 찬 커피를 마시며 더위에 지친 몸을 달랬다. 이상하게 생긴 '아시아인'이라 그런지 종업원들이 흘끔흘끔 바라본다.

커피숍에서 기운을 차린 뒤 올드고아로 갔다. 뭄바이에서는 보이지 않던 오토릭샤를 타고 만도비 강을 따라 올라갔다. 강은 수량이 아주 풍부하다. 포르투갈인들도 배를 타고 이 강을 따라 올드고아와 파나지를 오르내렸을 것이다. 이 강을 길로 삼아 군대와 대포를 실어오고, 고아의 부(富)를 밖으로 실어 날랐을 것이다. 하지만 그건 다 흘러간 옛일이고, 지금 강은 조용할 뿐이다. 얼굴에 부닥치는 강바람이 선선하다. 'San Pedro Church'라고 써붙인 작은 성당이 보인다. 유적이 아니고 지금도 사람들이 다니는 마을 성당이다. 올드고아 쪽으로 가까이 갈수록 이런 작은 마을 성당이 자주 보인다. 사실 올드고아의 성당에는 별 기대를 하지 않는다. 이스탄불의 아야소피아 성당을 본 뒤로 다른 성당은 별로 보고 싶지 않았다. 게다가 3, 4년 전 스페인과 몰타에서 거창하고 화려한 성당들을 물리도록 본 터라, 이곳 성당에는 사실 큰 관심이 가지 않는다. 나는 다만 옛날의 고아를 느끼고 싶은 것이다. 물론 실패할 공산이 크지만 말이다.

올드고아에 도착하니 휑하게 빈 공간이다. 정주민의 흔적을 찾을 수 없는 공원 같은 느낌이다. 이곳의 핵심이 되는 곳은 간디 서클(Gandhi Circle), 한국식으로 표현하면 '간디 로터리'(아, 여기에도 간디가 있다!) 왼쪽에 조성된 거대한 잔디 공원에 있는 성당들이다. 간디 서클로 이어지는 대로 아래쪽에 봄 예수 교회(Basilica of Bom Jesus)가 있고, 그 위쪽에 성 캐서린 채플(The Chapel of St. Catherine), 성 프란시스 교회(Church of Francis of Assisi), 세 성당(Se Cathedral)이 한 건물로 붙어 있다. 이 건물 안에는 인도 고고학 연구소(Archaeological Survey of India)도 있다. 거기서 강 쪽으로 약간 내려가면 올드고아 페리 터미널에서 올라오는 좁은 길이 보이는데, 돌로 만든 '승리의 아치(Victory's Arch)'가 있고(이곳은 사진 찍기 좋다!) 그 옆에 성 카제탄 성당(Church of Cajetan)이 있다. 이 외에 기독교 박물관도 있다. 볼 것이 많으나 생략하고 봄 교회, 성 프란시스 교회, 세 성당만 둘러보았다(사실 시간을 두고 천천히 둘러보아야 할 곳들이다!).

봄 교회는 바실리카 양식이다. 바깥에 거대한 지지벽이 있다. 지붕의 무게를 감당하기 위해 바깥에 쌓은 것이다. 같은 지지대를 이스탄불의 아야소피아 성당에서 본 적이 있다. 안으로 들어서니 제단과 감실이 화려하고 섬세한 조각으로 꾸며져 있다. 금으로 도금한 듯 황금색이 찬란하다. 이런 제단과 감실이야 유럽 가톨릭 국가 어디서나 찾아볼 수 있는 것이라 사실 별 감흥은 없다. 다만 이 성당에 안치되어 있는 성 프란시스 자비에르의 유해는 관심의 대상이 된다. 프란시스 자비에르(1506~1552)는 로욜라와 함께 예수회를 창립하고 일본에 가톨릭교를 전한 사람이다. 자비에르는 중국 선교를 꿈꾸다가 광둥에서 열병으로 죽고, 그를 이어 마테오 리치가 중국 선교를 실현한다.

마테오 리치의 《중국 선교사》를 보면, 자비에르와 중국 선교 이야기가 조금 나온다. 자비에르는 일본에서 선교활동을 하던 중 일본인들이 중국의 지혜를 최종적 피난처로 삼는 것을 보고 중국인들에게 가톨릭을 전파하기로 결심한다. 그는 고아로 가서 인도 주재 포르투갈 총독 알폰소 나로니아(Alphonso Naronia)와 고아 주교 조반니 알부케르크(Giovanni

Albuquerque)를 만나 자신의 생각을 말하고, 총독이 발행한 여권, 주교의 소개 편지 등을 가지고 1552년 4월 14일 고아를 떠났다. 그는 우여곡절을 거쳐 마카오가 세워지기 전 중국과 포르투갈의 교역소가 있던 상천도(上川島, 해안에서 90해리쯤 떨어져 있는 무인도)에 상륙하지만, 열병에 걸려 같은 해 12월 2일 45세의 나이로 사망한다. 결국 중국 선교는 실패하고 만 것이다.

나는 가톨릭 신자였을 때(지금은 아니다) '방지거'라는 세례명이 참으로 이상하다고 생각했는데, 나중에야 그것이 '방제각(方濟各)'의 중국식 발음이라는 것을 알았다. 예전에 한자로 적힌 《성서》를 번역할 때도 '방제각'이 아니고 왜 방지거라 했는지 그 이유가 궁금하다. 또 방제각이 '프란치스코'의 음역이라는 것도 알았지만, 프란치스코가 어떻게 방지거가 되었는지 도무지 알 길이 없다.

자비에르의 관은 유리장 안에 단정히 놓여 있다. 마테오 리치는 《중국선교사》에서, 기적이 일어나 생석회에 묻힌 자비에르의 시신이 부패하지 않았고, 시신을 고아로 옮기는 도중에도 기적이 일어났다고 말한다(어떤 기적인지는 말하지 않고 있다). 예전에는 10년마다 한 번씩 자비에르의 유해를 공개했고, 사람들은 썩지 않고 보존된 유해에 감탄했다고 한다[아마도 가톨릭 신자들은 성인(聖人)이라서 기적이 일어났다고 생각했을 것이다]. 그런데 최근에는 부패가 심하게 진행되어 공개하지 않는다고 한다. 대신 유리장 위에 시신의 사진이 있었는데, 그저 그런 시신일 뿐이었다. 사람은 죽으면 그냥 다시 물질이 될 뿐이다. 기적이란 있을 수 없다.

성 프란시스 교회 안에 들어가니, 자비에 관해 적어놓은 패널 같은 것이 잔뜩 있었다. 우습다. 포르투갈 사람들이 이곳 고아까지 와서 인도인을 지배하고 학살한 것은 다 뭐란 말인가. 성서 어디에 군함과 대포를 앞세워 남의 나라에 들어가 그곳 주민을 노예로 삼고 노동력을 착취하라는 말이 있는가. 자비라는 말이 부끄럽다.

세 성당은 알렉산드리아의 성녀 캐서린에게 헌정된 성당이다. 1619년에 완공되었다고 하는데, 외벽이 모두 흰색이다. 예전에 성당을 다닐 때 여성 신자 중에 '카타리나'라는 세례명을 가진 이들이 많이 있었는데, 그 카타리나가 바로 캐서린이다. 알렉산드리아의 캐서린은 지식이 있는 아름다운 여성으로, 어느 날 환상을 본 뒤 기독교인이 된다. 그녀는 막센티우스 황제(재위 306~312)의 기독교 박해에도 굴하지 않고 끝까지 배교하지 않았으니, 신앙심의 깊이가 남달랐던 인물이다. 배교하면 왕비로 삼겠다는 솔깃한 제안도 거부하고 순교의 길을 택했으니, 성인의 반열에 올라도 이상할 것이 없다. 성당의 내부도 흰색이다. 생각한 것만큼 화려하지 않고 도리어 소박한 편이다. 다만 제대 뒷면에 캐서린의 생애가 부조되어 있는데, 황금으로 도금을 해서 꽤나 화려한 편이다.

가장 나중에 본 성당은 성 카제탄 성당이다. 성 카제탄(Saint Cajetan, 1480~1547)은 종교개혁가이고 테티아노 수도 참사회를 창설하는 데 기여했다고 한다. 가톨릭 사전을 보니 이 수도회는 무소유와 엄격하게 절제된 생활을 원칙으로 했다고 한다. 이 성당 역시 외벽이 흰색이다. 내벽도 그렇다. 17세기 후반에 로마의 성 베드로 성당을 본떠 지은 것이라 한다. 전체적인 규모는 작지만, 내부 무게를 지탱해주는 기둥이 어마어마하게 크다. 천장 부분이 돔인데도 그렇다. 내부 공간도 단순하다. 벽과 지붕은 모두 흰색이고, 성체를 모신 정면의 감실은 약간 붉은색이 도는 나무로 만들었다. 어울리지 않는다는 느낌을 강하게 받았다.

성당을 다 보고 나니 해가 저문다. 지나가는 시내버스를 타고 다시 파나지로 돌아왔다. 처음 내렸던 시외버스 터미널에서 마드가온으로 가는 직행버스를 타고 숙소로 돌아왔다. 저녁거리로 메기라면과 달걀을 샀다.

종교 잡담

무엇이 프란시스 자비에르를 낯설고 뜨거운 고아로 이끌었을까? 또 그를 일본으로, 중국으로 가게 한 걸까? 존재하지도 않는 신과 그 신을 믿자고 제안하는 종교가 그를 떠밀었을 것이다. 그는 죽을 때 신의 존재를 확신했을까? 느꼈을까?

많은 곳을 다녀보지는 않았지만, 어느 나라건 볼 만한 유적지에는 모두 종교적 건물이 있었다. 20대에 처음 인도에 왔을 때, 엘로라의 석굴 사원을 보고 말문이 막혔다. 바위산을 위에서 파고 내려가 중간에 지금의 5층 건물 높이쯤 되는 암괴를 남긴 뒤, 다시 그 암괴를 깎고 파서 건물을 만들고 그 주위의 바위를 파고 들어가 사원을 조성한 것을 보았을 때, 또 그 모든 과정을 완성하는 데 200년이 걸렸다는 말을 들었을 때, 그 석조 건물 윗부분의 조각 양식과 아랫부분의 양식이 시간적 차이 때문에 서로 다르다는 이야기를 들었을 때, 인간에게 종교란 과연 무엇인가 하는 의문이 절로 들었다.

인간은 물질이다. 다만 우연적 진화의 결과로 의식을 갖게 된 물질일 뿐이다. 물질이 의식을 갖게 된 그 최초의 순간에 종교가 생겨난 것은 아닐까? 아마도 창세기는 진흙 덩어리, 곧 물질이 의식을 가지게 된 후 처음으로 자신과 세계를 인식하게 된 것에 대한 이야기일 것이다. 아담이 선악과를 먹고 눈이 밝아진 뒤 맨 먼저 한 일은 알몸을 가리는 것이었다. 아담은 자의식을 갖게 된 최초의 물질이다. 자의식을 가진 물질은 더 이상 자연 속에 묻힌 존재가 아니다. 부끄러움 때문에 알몸을 가리는 것은 자연과의 분리를 의미하기 때문이다.

물질로서 의식을 갖게 된 인간이 자신과 세계를 구분했을 때의 느낌은 어떤 것이었을까? 잠든 어린아이를 누가 어디론가 데려간다. 잠에서 깬 아이는 사방을 둘러보며 어리둥절하다가 이내 놀라 엄마를 찾는다. '여기는 어디지? 나는 어디서 온 거지? 엄마는 어디 있지?' 이런 심정이 아닐까? 정확한 답은 당연히 알 수 없다. 인간은 스스로 자신을 만들지 않았기 때문이다. 오직 창조자만 창조의 목적과 과정을 알 수 있는 법이다. 인간은 자연의 피조물에 불과하다는 것이 창세기의 통찰이다. 바울은 그것을 토기장이와 토기에 비유했다. 어떤 용도로 만들어지든 토기는 토기장이에게 항의할 수 없다. 토기는 토기장이의 의도를 알 수 없고 항의할 수도 없다.

물질의 특정한 조합으로서의 나의 신체와 그 신체의 경험의 결합이 '나'를 이룬다. 신체는 탄생하는 그 순간부터 오직 죽음, 즉 소멸을 향해 가는 물질일 뿐이다. 또 신체라는 물질은 당연히 물질의 법칙과 질서를 따른다. 의식을 갖게 된 인간은 자신은 물질이 아니라 물질보다 위대한 존재라고 생각하지만, 이것이야말로 주제넘은 생각이 아닌가. 내 서가에 꽂혀 있는 1100페이지짜리 생물학 개론서의 첫머리는 세포에 관한 설명으로 시작된다. 그리고 그 세포에 관한 서술은 원자의 구조와 원소주기율표로 시작된다. 원자의 결합이 생명을 낳고, 인간을 만들고, 최종적으로 의식을 만든다. 물질의 자기조직화가 생명과 의식을 만들어낸 것이다. 인간이 위대하고 의식이 대단한 것이 아니라, 자기조직화를 통해 생명과 의식을 만들어낸 물질이 위대하고 대단한 것이다. 물질의 단순한 자기조직화가 만들어낸 이 복잡하고 다채로운 세계는 얼마나 경이롭고 아름다운가!

물질을 생명의 형태로 붙들고 있던 프로그램이 작동을 멈추면 신체는 생명을 잃고 물질-원소로 돌아가고, 의식도 사라진다. 나는 바닥없는 암흑의 심연 속으로 가라앉으며 소멸해간다. 우주의 빈 공간에 떨어져도 별빛이 있기에 나는 존재한다. 존재한다는 것은 상대적이다. 나는 나로서 존재하는 것이 아니라, 나 아닌 그 무엇이 있음으로써 존재한다. 하지만 바닥없는 암흑의 심연 속에서 나 아닌 그 무엇도 인식할 수가 없기에, 나는 완전히 무(無)가 된다. 죽음은 특수한 조합으로서의 물질이 세계를 인지하던 문이 닫히는 것이다. 이것은 곧 죽음은 나의 소멸일 뿐 아니라 모든 것이 사라진다는 것을 의미한다. 나는 내가 알던 사람의 죽음을 목도하고 나 자신과 세상이 존재하고 있음을 안다. 하지만 그 죽은 사람에게, 혹은 죽은 나에게 세상은 완전히 무의미하다. 그것은 나에게 세상이 존재하지 않는다는 것, 특히 '무의미하게' 존재한다는 것이다. 나는 바닥없는 암흑의 심연, 그 절대적 어둠 속으로 가라앉고 있다는 것, 그 암흑과 무의미의 세계로 들어서고 있다는 것조차 모른다. 의식 없는 물질이 되었기 때문이다.

별이 죽어갈 때 만들어진 원소들이 우주를 떠돌다가 우연히 뭉쳐져 지구가 되었다. 거기서 한여름 장마 끝에 피어난 버섯이 죽든 살든 우주에는 아무런 의미가 없다. 그처럼 인간은 궁극적으로 의미 없는 존재다.

1월 13일 고아: 자비에르를 이끈 힘

달리 말해 인간은 스스로를 만들지 않았기에 자신이 왜 존재하게 되었는지 모른다. 인간은 자신의 이유 없는 존재에, 곧 생의 무의미함에 몸서리친다. 또한 인간은 자신의 내부에 죽음이 설계되어 있는 것을 알고 경악한다. 세상이 무의미하고 죽음을 통해 세상이 소멸한다는 것을 알기에 인간은 생에 집착하는 한편, 저승과 천국을 만들고 윤회를 고안해 생이 무한하며 의미가 있다고 필사적으로 우기는 것이 아닐까? 또 무의미에서 느끼는 허망함 때문에 신을 만들어 필사적으로 매달리는 것일 터이다. 하지만 그 누가 사후세계를 경험했으며 인간이 짐승으로, 벌레로 다시 태어난다는 것을 증명했는가. 그것은 허무를 회피해보려는 가련한 시도, 날조된 이야기일 뿐이다.

과학 역시 종교다. 근대과학은 궁극의 실재를 찾아 헤맨 끝에 마침내 원자와 미립자를 거쳐 초끈이론에까지 도달했지만, 그것은 인간이 경험적으로 알 수 있는 세계가 아니다. 그 세계를 알려주는 언어인 수학은 고도로 훈련된 소수의 사제들만 이해할 수 있는 비전(祕典)이다. 설령 그 비전을 이해하더라도 그것이 참임을 어떻게 보증할 수 있겠는가. 아니, 수학마저도 러셀의 역설과 괴델의 불완전성 정리 이후 세계를 이해하는 부동의 근거가 아님이 입증되지 않았던가. 인간에게 세계는 신체라는 렌즈를 통과해 맺힌 이미지일 뿐이다. 세계의 빛은 렌즈를 통과하는 순간 왜곡된다. 인간은 그 왜곡된 상을 볼 뿐이다. 생존에 유리한 생명체가 되기 위해 진화한 인간의 신체와 뇌가 세계를 인지하고 이해하는 방식과 논리가 이 세계를 정확하게 인지하고 이해하는 절대적으로 타당하다는 것을 어떻게 보증할 수 있을까? 따라서 우리가 철석같이 믿고 있는 과학 역시 세계를 이해하고자 하는 가련한 인간이 만든 또 다른 종교에 불과할지도 모른다. 그래, 그렇게 해서 나의 살아생전에 궁극의 진리를 알았다 치자. 그렇다 한들 그것이 곧 닥쳐올 죽음 앞에 선 유한한 인간에게 무슨 의미가 있겠는가.

인간은 유한한 생에 절망해 영생을 꿈꾼다. 하지만 영생이 가능하다면 어떻게 될까. 시몬 보부아르는 소설 《인간은 모두 죽는다》에서 이 물음에 답한다. 고대의 어떤 왕이 죄지은 늙은이를 잡아 사형에 처하려 하자, 늙은이는 자신을 살려주면 영원히 죽지 않는 약을 주겠노라고 말한다. 왕은 그 약을 먹인 생쥐가 죽지 않는 것을 확인한 뒤 그 약을 먹고 불사의 몸이 된다. 그는 서구의 역사에 수없이 개입한다. 하지만 결국 모두 죽고 그 홀로 남는다. 그는 모든 인간과 생명이 소멸한 뒤 자신과 생쥐 한 마리만 남아 있는 광경을 떠올리며 몸서리친다. 그의 유일한 소원은 죽는 것이다. 요컨대 인간은 영원한 삶을 꿈꾸지만, 그 영원도 인간을 구제할 수는 없다. 영생도 고통일 뿐이다. 죽음도 영생도 선택할 수 없는 것이 가련한 인간의 운명이다.

나의 생명은 물질의 특수한 존재형태다. 이 우주에서 내가 의식을 가진 물질일 수 있는 확률은 거의 0에 가까운 것이다. 그야말로 나는 우연에 가깝게 의식이 있는 물질-생명으로 존재한다. 길어도 백 년을 넘을 수 없는 짧은 우연으로 존재하는 이 생명과 의식이 너무나 소중한 것이다. 또한 우주 속의 인간 개체는 의미 없는 것이지만, 그렇기에 이 유한하고 소중한 시간 속에서 스스로 의미를 찾는 삶을 살 필요가 있지 않을까? 그래, 인간은 텅 빈 의미 없는 존재다. 그러니 유한한 삶 속에서 그 의미를 채워나가야 하지 않을까. 삶의 의미는 어떤 절대적 존재에 의해 주어지는 것이 아니라, 오직 생명이 있는 동안 인간 스스로 찾고 만들어가야 할 것이다.

버스 창밖에 농촌 풍경이 다시 펼쳐진다. 해는 기운을 잃고 서산으로 떨어진다. 마드가온으로 돌아오는 버스 안에서 붉은 서쪽 하늘을 멍하니 바라보고 있으니, 별의별 생각이 머리를 스치고 지나간다. 한국에서의 팽팽한 일상에서 놓여난 덕분에 긴장하고 있던 뇌가 풀려버린 것인가?

인도의 언어

어제 저녁 너무 피곤해서 일찍 잠이 든 바람에 이른 아침에 잠이 깼다. 호텔 밖에는 조식을 파는 곳이 없다. 호텔 안에도 식당이 없다. 하는 수 없이 또 메기라면을 끓이고 바나나 하나로 아침을 대신했다. 인도에 와서 가장 많이 먹은 메기라면은 인도에서 만든 것이 아니라, 스위스 식품 회사인 네슬레에서 만든 것이다. 작년에 납 함유량이 높다 아니다 소동이 있었는데 지금도 파는 걸 보니, 문제가 해결되었나보다. 맛은 끔찍이도 없다. 양이 한국 라면에 비해 3분의 2밖에 되지 않고 밀가루 냄새까지 풀풀 난다. 마살라 가루를 넣어 밀가루 냄새를 막아보지만, 그래도 당기지 않는 것은 마찬가지다. 그저 공복을 면하기 위해 목구멍으로 우정 밀어넣을 뿐이다.

8시 30분에 숙소를 나섰다. 지금 머무르고 있는 도시 마드가온을 돌아보기 위해서다. 인도 사람들은 마드가온을 '마르가오'라고 부른다. 마드가온은 인구가 10만 명 정도 되는 작은 상업도시다. 먼저 호텔 인근에 있는 올드마켓을 보고 다른 곳으로 가야 할 것이다. 대체로 시장 구경은 여행객을 실망시키는 법이 없으니까. 몇 해 전 네팔 카트만두의 타멜 거

69

리 옆에 있는 전통시장 어산초크를 둘러보면서 잠시 행복감에 젖었다. 그곳이야말로 카트만두 보통 사람들의 일상적 삶이 충만한 곳이 아니었던가. 호텔을 나와 걷노라니, 길가에 포르투갈 식민지 시절에 지은 유럽풍 건물들이 즐비하다. 붉은 기와를 올린 2층집은 처마를 조금 넓게 밖으로 내어 기둥을 세우고 그 아래에 길을 만들었다. 아마도 옛날 상가 같다. 지금도 사람이 살고 있는 가정집들 역시 넓은 테라스가 있다. 넓고 단정한 마당에는 수목이 무성하고, 사이사이에 붉고 노란 꽃들이 활짝 피어 있다. 다만 건물들이 대부분 낡았다. 먼지와 때가 잔뜩 묻은, 낡고 추레해서 금방이라도 무너질 것 같은 건물들이 이어진다. 하지만 과거의 영화를 읽어내기에는 부족하지 않다. 아마도 포르투갈이 물러간 뒤 손을 보지 않아 이 지경이 되었을 것이다.

서양풍 건물들을 보며 한참을 걸었는데도 시장 같은 곳이 도무지 보이지 않는다. 길 가는 사람에게 물으니 걸어가기는 좀 멀다고 한다. 버스를 타니 10분도 채 걸리지 않는다. 그런데 정작 올드마켓은 볼 것이 없었다. 몇몇 노점상이 좌판 위에 채소며 과일, 육류를 늘어놓고 팔고 있을 뿐이었다. 너무 일찍 나온 탓인가, 아니면 늦게 나온 탓인가. 그도 아니라면 올드마켓 자체가 쇠락해버린 것인가.

올드마켓을 떠나 목적지 없이 거리를 헤매 다닌다. 낯선 도시를 구경하는 가장 좋은 방법은 목적지 없이 돌아다니는 것이다. 가끔은 일부러 길을 잃을 필요도 있다. 사람이 살고 있는 흔적이 보이지 않는, 낡아서 무너지기 직전의 건물도 많고, 정원을 꽃과 나무로 곱게 꾸민 집도 많다. 이곳저곳 구경하며 걷다보니, 붉은색의 힌두 사원이 보인다. 'RAM TEMPLE'이란다. 라마 신을 모시는 사원이다. 슬쩍 안을 보니 여느 힌두 사원답지 않게 깨끗하다. 마치 한국의 불당 같다. 사원 옆은 넓은 공터다. 출입문 앞에서 오토바이에 시동을 걸고 있는 중년 여성에게 성령성당(Holy Spirit Church)으로 가는 길을 물으니, 여행객인 줄 알고는 한쪽을 가리키며 오래된 건물들이 아주 많이 있는 곳으로 가라고 친절하게 가르쳐준다.

골목 구경을 하며 천천히 걸어 알려준 쪽으로 가니 과연 큰 성당 하나가 나타난다. 앞은 무척 넓은 마당이고, 옆쪽에는 지금도 사용하는 식민지 시대의 건물들이 늘어서 있다. 아마도 성당의 부속건물이었을 것이다. 성당 안으로 들어가려 했지만 수리 중이란다. 마드가온에는 곳곳에 성당이 있지만 이 성령성당을 본 것으로 만족하기로 한다. 성당을 나서니 주변에 식민지 시대의 건물들이 즐비했다. 큰 별을 매단 집들이 많았다. 물어보니 지난 크리스마스 때 장식용으로 매단 것이란다. 마드가온은 우리가 보통 떠올리는 인도의 분위기가 거의 느껴지지 않는 곳이다. 힌두 사원이 없는 것은 아니지만 퍽 드물고, 대신 성당이 압도적으로 많다.

성령성당을 보고 돌아오는 길에 프리젠테이션 수도원 고등학교(Presentation Convent High School) 담벼락에 유리를 씌운 푸른색 감실이 있는 것을 보았다. 위쪽의 큰 유리장 안에 남자 상(像)이 들어 있고, 아래쪽 작은 유리장 안에는 마리아가 예수를 안고 있었다. 위쪽의 남자는 어떤 성인 같았다. 큰 유리장 안에 지폐 몇 장이 있고, 그 앞에는 꽃이 끼워져 있었다. 또 감실 앞에는 촛불을 켜는 곳이 있었다. 이 학교 부근의 가정집 마당 앞에서도 예수나 마리아 상을 모신, 같은 형태의 감실을 종종 볼 수 있었다. 그런가 하면, 노천에 십자가를 그려놓고 차파티 같은 것을 제물로 드리고 촛불을 켜도록 한 예배시설도 볼 수 있었다. 꼭 한국의 서낭당 같았다. 추측컨대, 길거리에 작은 신상을 모시고 아침에 푸자를 드리는 힌두 문화에서 온 것이 아닌가 한다. 물론 추측일 뿐이다.

이곳저곳 쏘다닌 탓에 너무 피곤하여 길거리 음식점에서 간단히 요기를 한 뒤 겨우 오후 2시에 숙소로 돌아왔다. 오는 길에 영어학교를 보았다. 학교 이름이 생각나지 않아 아쉽다. 믿을 만한 것인지는 모르지만, 예전에 인도인은 세 가지 언어를 알아야 살아가는 데 불편이 없다는 말을 들었다. 영어와 힌디어, 그리고 자신의 종족어가 그것이다. 물론 영어가 최상의 언어다. 레스토랑에서 음식을 주문하면 가끔 종업원이 다른 사람을 데리고 오는 경우가 있는데, 영어를 하지 못해서이다. 인도에서 영어는 계급 구분의 주요 지표인 셈이다.

인도 말

인도는 다양한 언어의 나라다. 인도의 국어는 모두 22개다. 그중 힌디어는 국민의 약 60퍼센트가 사용하는 언어이기에 영어와 함께 공용어가 되었지만, 그렇다고 해서 1퍼센트 이하가 사용하는 신탈리어, 카슈미르어가 차별받는 것은 아니다. 또 구어로는 전혀 사용되지 않는 산스크리트어 역시 22개 국어에 끼여 있다. 이번에 내가 여행하는 마하라슈트라 주(주도는 뭄바이), 카르나타카 주, 케랄라 주, 타밀나두 주는 각각 마라티어, 칸나다어, 말라얄람어, 타밀어를 사용한다. 마하라슈트라 주의 북쪽에는 구자라트 주가 있는데, 원래 한 주로 독립했지만 언어가 달라 결국 구자라트어를 쓰는 쪽이 구자라트 주로 분리되고 남쪽은 마라티어를 쓰는 마하라슈트라 주가 되었다.

북부 주들은 언어가 다르기는 하지만, 그래도 산스크리트어에 근원을 둔 언어가 많다. 힌디어, 벵골어, 마라티어, 구자라트어는 모두 산스크리트어를 모어(母語)로 한다. 힌디어에서 파생된 언어도 있다. 네루의 《세계사 편력》에 의하면, 힌두교도가 무슬림 궁정에서 쓰는 페르시아어를 배우는 과정에서 임시로 지은 간이 막사 또는 시장에서 새로운 말이 만들어졌고, 그 말을 '임시로 지은 조그만 집'을 뜻하는 '우르두'라는 이름으로 부르게 되었다고 한다. 이것이 곧 인도 인구의 5퍼센트 정도가 사용한다는 우르두어다. 우르두어는 페르시아어의 어휘를 다수 차용했지만, 통사구조는 힌디어라고 한다.

남쪽의 드라비다어 계통은 산스크리트어와는 완전히 다르다. 텔루구어나 타밀어, 말라얄람어, 칸나다어는 북부의 언어들과는 어휘도 문법도 다른 것이다. 서로 다른 언어를 쓰는 사람들이 만나면 통역을 세워야 한단다. 중국의 경우도 광둥어와 북경어는 완전히 다르다. 한자를 쓴다는 것이 같을 뿐! 한자는 위대하구나! 인도가 독립할 때 남쪽 언어권은 '인도'에 들어가지 않으려 했고, 이에 언어의 독립성을 인정해주기로 약속하자, 그제야 비로소 '인도'의 일원이 되었다고 한다.

콜바비치

이곳 고아는 원래 해변이 아름답기로 유명한 곳이다. 파나지 위쪽부터 마드가온 아래쪽에 이르기까지 '비치'라는 이름이 붙은 아름다운 해변이 숱하게 많다. 그중 한 곳만 가보기로 했다. 마드가온에서 엎어지면 코 닿을 듯 가까운 콜바비치다.

호텔로 돌아와 일단 체크아웃을 한 뒤 프런트에 짐을 맡기면서 콜바비치의 위치를 물어보니, 카매트 호텔(Kamat Hotel) 앞에서 버스를 타라는데, 아무리 가깝다고 해도 도무지 방향을 모르겠다. 호텔을 나와 한참을 헤매다보니 정말 엎어지면 코 닿을 곳이다. 15루피로 요금이 싸지만 버스는 무지 낡았다. 한국의 1960년대 버스 같다고나 할까. 차 안은 찌는 듯 덥고 승객이 가득 차서 몸을 세우기조차 어렵다. 키가 작고 피부가 검은 전형적인 남인도 남자들이 희한한 구경거리라도 생긴 듯 흘끔흘끔 쳐다본다.

20분 정도를 달리니 콜바비치다. 갑갑한 버스에서 내려서 좋다 했더니, 남인도 바다의 강렬한 햇볕이 바늘처럼 살갗을 찌른다. 바다는 조금도 인상적이지 않다. 특별히 깨끗하지도 특별히 이국적이지도 않다. 같은 바다, 같은 수평선이지만, 사실 바다는 각각 다르다. 태종대에서 바라보는 바다와 해운대에서 보는 바다가 다른 것이다. 고아의 다른 해변은 어떨지 몰라도 이곳 콜바비치는 그저 그렇다. 해변으로 들어가니, 해산물 요리를 파는 가게들이 백사장을 따라 늘어서 있다. 가게 앞에 늘어놓은 비치베드에는 서양 젊은이들이 드러누워 있다. 종업원들이 다가와 자기 가게로 오라고 호객을 하지만, 이미 이 해변에 흥미를 잃은 터라 대꾸조차 하고 싶지 않다. 가지 않아도 그만일 거라 생각하지만, 가지 않을 경우 뭔가 놓칠 것 같아 혹시나 하는 심정으로 찾았다가 역시 하고 돌아설 때가 종종 있는데, 이 콜바비치도 그런 경우다.

해변에서 나와 식당을 찾았다. 'PURE VEG'라고 쓴 식당으로 갔다.

그런데 아래층에서는 'VEG'와 'NON VEG' 모두 판다고 한다. 들어가보니 일종의 패밀리 레스토랑이다. 인도인 부부가 딸 넷을 데리고 와서 식사를 한다. 식당은 깨끗하다. 벽에는 예수상과 십자가가 있다. 아마도 주인이 기독교인인 듯하다. 그러고 보니 아까 타고 온 버스 앞쪽에도 'JESUS CROSS'라고 적혀 있었더랬다. 길거리에도 작은 십자가가 있었다. 갈릭 난과 매운 볶음밥을 시켜 먹었는데, 속이 시원할 정도로 아주 맛있었다. 하지만 그것이 오후 내내 겪은 고통의 원인이 될 줄은 꿈에도 몰랐다.

배탈이 난 탓에 필설로 형용할 수 없는 고통을 겪으며 버스를 두 번이나 갈아타고 마드가온 시내로 돌아왔다. 신기한 것은 시내로 돌아오니 탈이 났던 배가 멀쩡해졌다는 것이다. 다시 거리를 돌아다니며 구경에 전념할 수밖에. 시내가 좁아서인지 엄청 복잡하다. 사람들이 저녁에만 나타나는 빵 파는 노점에서 저녁거리를 산다. 인도인 수녀도 지나간다. 낡은 극장도 있다. 거리는 복잡하고 먼지가 풀풀 날린다. 자동차들은 곡예를 하듯 달린다.

저녁에 이번 여행의 중요한 목적지인 함피로 출발한다.

7시에 호텔로 돌아와 배낭을 지고 버스를 타고 카담바 버스 터미널로 갔다. 터미널 근방에 있는 KFC의 넓은 2층 한쪽에서 9시에 출발한다는 야간버스를 기다렸다. KFC는 젊은이들의 장소다. 건너편에 대학생쯤으로 보이는 남녀가 사랑을 속삭이는 중이다. 남자는 뭔가 좀 대담하게 보이고 말도 많다. 여자는 고개를 숙이고 이따금 조곤조곤 이야기하다가 수줍은 듯 당싯 웃기도 한다.

야간버스의 서양인

 버스는 당연히 제 시간에 오지 않았다. 거의 한 시간이 지나 10시를 넘겨서 왔고, 10여 분을 꾸물거린 뒤 출발했다. 야간 침대 버스는 처음 타본다. 2층이고 통로를 중심으로 양쪽에 180센티미터 남짓한 길이의 공간이 차례로 배열되어 두 사람이 겨우 나란히 눕게 되어 있다. 한심한 꼴을 보니 벌써 잠이 달아난다. 게다가 내 자리는 아래층이다. 기차는 아래층이 좋지만, 야간 침대 버스 아래층은 지옥이다.

 버스 안에 들어서니, 서양 청년 하나가 위층에서 정강이를 아래로 늘어뜨리고 인사를 한다.

 "헬로."

 누군가 "헬로" 하고 답을 하니, 그 청년이 다시 "헬로 키티!"라고 되받는다.

 내 자리는 그 청년의 아래칸이다. 막 자리에 배낭을 던지는데, 술 냄새가 확 끼친다. 이어서 그 녀석이 여자들을 보고 혀 꼬부라진 소리로 농담인 듯 희롱인 듯한 영어를 연신 던진다. 맞은편에 공간을 배정받은 젊은 여성 둘이 커튼을 확 닫아버린다. 녀석을 보니 입성이 꾀죄죄하다. 바지며 윗도리에 이미 여행의 때가 잔뜩 끼었다. 머리는 언제 감았는지 까치집을 지은 지 오래고 수염도 덥수룩하다. 혼자 인도를 떠도는 떠돌이 여행자의 전형이다. 인도에서 이런 서양 것들을 많이 보았다.

 서양 것은 잠들지 않고 노래를 부르기도 하고 중얼거리기도 하여 여행에 지친 승객들을 괴롭히더니, 한참 뒤에야 조용해졌다. 불행하게도 그 서양 것의 아래쪽 자리를 배정받은 나는 고통이 훨씬 심했다. 서양 것이 조금 잠잠해지자, 이제는 버스 뒷바퀴의 진동이 느껴진다. 내 자리가 뒷바퀴 바로 위쪽인 탓이다. 낡은 버스의 쇠로 된 부속품들이 서로 부딪치고 비벼대며 밤새도록 끽끽거리고 찢어지는 소리를 낸다. 자는 것을 아예 포기하니 도리어 마음도 몸도 편해지는 느낌이다.

버스는 과연 인도 버스답게 언제 어느 휴게소에서 얼마를 쉬는지 가르쳐주지 않는다. 그저 모든 것이 운수소관이거니 하고 기다릴 뿐이다. 버스가 멈추는 느낌이 들어서 시계를 보니 출발하고 세 시간 반이 흘렀다. 온갖 공상으로 그 시간을 보낸 것이다. 20분을 쉬고 다시 다섯 시간을 달리다가 또 쉰다. 정식 휴게 시간이 아니라, 운전사와 조수들이 차이를 마신다고 잠시 멈춘 것이다. 생전 처음 타보는 야간버스에서 꼬박 열 시간을 뜬눈으로 지새웠다. 술에 취해 곯아떨어진 서양 청년을 이해할 것도 같았다. 그 청년은 내가 버스를 탈 때 이미 타 있었고 내가 내릴 때도 내리지 않았으니, 나보다 훨씬 먼 거리를 이동하는 것 같았다. 그러니 어찌 취하지 않을 수 있겠는가.

영어

잠이 오지 않아 이런저런 생각을 한다. 낮에 본 영어학교 생각이 났다. 근대 인도의 아버지로 불리는 람 모한 로이(1772~1833)는 힌두교 신들의 의인성(擬人性)과 상(像) 숭배를 비판하고 기독교와 유사한 구조를 갖는 힌두 신앙을 재정립함으로써 일종의 종교개혁을 시도하고, 일부다처제 반대, 남편이 죽었을 때 아내를 순장하는 사티의 철폐 등을 주장하였다. 그는 브라마 사마지라는 개혁단체를 설립하고, 신문을 간행하고, 교육사업에 뛰어들었는데, 이런 계몽적 목적을 관철하는 데 가장 필요한 것이 영어교육이라 생각해 1871년 콜카타에 영어학교를 세운다. 이후 19세기 중엽에 인도에 학교와 대학이 잇달아 설립되면서 영어는 서양 사상을 받아들이는 교육언어가 되었다. 지식인들은 영어로 소통하기 시작했다.

한국은 광복을 맞이하자 일본어를 척결하기 시작했다. 일본어를 사용하지 않는 것은 당연한 일이었다. 즉시 일상어 및 전문 영역에 침투해 있는 어휘를 한국어로 바꾸는 작업에 착수했다. 일본어는 쓸어버려야 할 식민의 잔재였던 것이다. 영어를 없애지 않고 공용어로 받아들인 인도와는 너무나 다른 현상이다. 사실 영어는 인도를 통합하는 언어다. 인도는 언어가 100개가 넘기 때문에 국민국가를 유지하는 수단으로서 중립적 언어가 필요했는데, 영어가 그 역할을 하기에 적합했던 것이다.

몇 해 전 알제리에 갔을 때 프랑스어가 여전히 공용어로 사용되는 것에 약간 충격을 받았다. 모로코 페스의 메디나에서 만난 소년은 말이 통하지 않자 다짜고짜 나더러 프랑스어를 하느냐고 물었다. 북아프리카는 오랫동안 프랑스의 식민지였으니 프랑스어가 깊이 침투한 것이다. 프랑스에 대한 알제리인들의 혐오는 유난스러울 정도로 심한데, 프랑스어를 내치지 않고 공용어로 사용한다는 것이 이해되지 않았다. 하지만 그 이유는 인도와 다를 바 없을 것이다. 일본의 경우는 영국이나 프랑스와는 다른 것 같다. 잔인하게도 한국어를 아예 없애려 들었으니 말이다. 이에 반해 프랑스어는 아랍어를 대체하지는 않았다. 아마 프랑스어는 고급 언어로 사용되었을 것이다.

앞서 언급한 바와 같이 외국어는 계급을 나누는 구실을 한다. 호텔 식당 혹은 약간 고급스러운 자리에서 음식을 주문하면 다른 사람을 데리고 오는 경우가 있다. 영어를 전혀 할 줄 몰라서이다. 영어는 곧 계급인 것이다. 비즈니스를 하는 사람은 반드시 영어로 소통한다고 한다. 영어는 상위층의 언어다. 한편 생각해보면, 영어는 이미 단일한 언어가 아니다. 인도식 영어는 알아듣기 어렵다. 영어는 에스페란토의 역할을 하고 있지만, 한편으로는 크레올화하고 있다. 필리핀식 영어도 있는 것이다. 한국이 걱정이다. 한국도 영어로 계급이 나뉠 것 같기도 하다. 한쪽에서는 지나친 언어민족주의가 횡행하고 다른 한쪽에서는 이중 언어를 주장하니 어찌 된 일인가? 하지만 지나친 걱정은 말자. 컴퓨터와 인터넷이 자동 통번역기 개발에 열을 올리고 있으니 말이다.

폐허가 된 왕국의 수도

아침 7시 30분에 호스펫에 도착했다. 왜 함피가 아니냐 하면, 함피는 유적지일 뿐 거주민이 없는 곳이기 때문이다. 함피에 가자면 호스펫에서 내려 버스를 타야 한다. 릭샤를 타고 숙소인 밀리가 호텔(Milliga Hotel)에 5분 만에 도착했다. 내일 체크아웃이 밤 9시 30분으로 예정되어 있으니, 이틀 동안 함피를 열심히 보아야 한다.

어제 저녁을 거른 탓에 몹시 시장했다. 호텔 앞에 있는 조용하고 깨끗한 식당에 가서 샌드위치를 시켜 먹었다. 가락지처럼 생긴 튀긴 빵과 쪄서 익힌 흰색의 작은 빵(한국의 술빵 같다)이 이곳의 주식이라고 해서 같이 달라고 했다. 소스에 찍어 먹는데, 맛이 담백하다. 식사를 마치고 방에 올라가니 8시 30분이다. 밤을 꼬박 새운 끝이라 잠이 쏟아진다.

12시 조금 넘어 호스펫 버스 스탠드로 갔다. 호스펫은 작은 도시라, 밀리가 호텔은 시내 중심가에 있다. 가게 구경을 하며 채 10분도 걷지 않았는데, 저쪽에 버스 스탠드가 보인다. "함피!" 하고 소리를 지르니, 사람들이 버스 한 대를 가리키며 타라고 한다. 차장이 마드가온에서처럼 작은 호각을 불어 운전사에게 출발 사인을 보낸다. 버스가 출발하자 차장은 사람들 틈을 비집고 다니면서 차비를 받고, 휴대용 전자식 영수증 발행기로 영수증을 끊어준다. 버스 요금은 15루피인데, 한국 돈으로 300원 정도다. 이 돈을 내고 영수증을 받으니 신기하다는 생각이 든다. 영수증을 주는 문화는 아마도 영국 식민지 시절에 정착되었을 것이다. 버스는 15분 정도 달려 함피에 도착했다.

함피다! 정말 함피에 오고 싶었다. 사원만 남고 폐허가 된 왕국의 수도! 함피는 비자야나가르 왕국의 수도다. 비자야나가르는 '승리의 도시'라는 뜻이다. 전성기에는 인구가 50만에 이르렀다고 한다. 네루의 《세계사 편력》에 이 왕국의 성립과 몰락이 상세히 나온다. 10세기경부터 이슬람 세력이 인도 북부로 밀려들어 델리에 술탄 왕조를 세우자, 결국 촐라 왕국이 무너진다. 1336년 촐라 왕국의 잔존 세력과 델리에서 밀려난 힌두 집단이 비자야나가르 왕국을 건설했다. 비자야나가르 왕국 북부에는 앞에서 잠깐 언급했듯 바흐마니 왕국이 있었고, 바흐마니 왕국은 여섯 개 나라로 분열했다. 이들은 서로 싸웠는데, 대체로 이슬람 왕국이었던 이들은 힌두 왕국인 비자야나가르를 상대로 뭉쳐 1565년 탈리코타 전투에서 비자야나가르를 결정적으로 패퇴시켰다. 비자야나가르는 쇠락의 길을 걷다가 1649년에 멸망한다.

비자야나가르는 한때 대단한 세력을 떨친 나라였다. 마이소르, 트라방코르와 지금의 마드라스 주가 모두 이 왕국의 일부였다고 한다. 비자야나가르를 방문한 기록도 다수 남아 있다. 1420년 이탈리아인 니콜로 콘티(Niccolo Conti), 1443년 티무르 제국에서 파견한 헤라트(Herat)의 압두르 라자크(Abdur Razzaq), 1522년 포르투갈인 파에스(Paes) 등의 기록과 악바르 시대에 페리슈타(Fershta)라는 사람이 방문한 뒤 페르시아에서 쓴 책 등이 그것이다. 페리슈타는 비자야나가르는 도로에 금사나 그와 비슷한 천을 깔았다고 했고, 라자크는 비자야나가르로 가는 도중 망갈로르 부근에서 놋쇠만으로 이루어진, 높이 15피트, 가로세로 각각 30피트의 사원을 보았다고 했다. 라자크는 비자야나가르에 도착하자 "이 도시는 지금까지 세상에서 비교할 만한 것을 눈으로 본 적 없고 귀로 들은 적이 없을 정도다"라고 찬탄했다. 한편 파에스는 비자야나가르의 수도는 "그 규모는 족히 로마에 비할 수 있고 또 매우 아름다웠다"라고 전했다. 함피는 지금으로 말하면 도시계획이 잘된 도시였다. 1400년에 이미 음용수를 공급하기 위한 수도시설이 완비되어 있었다고 한다. 강을 막아 거대한 저수지를 만들었고, 그 물이 수도를 통해 도시로 흘러들었는데, 수도의 길이가 15마일이나 되었으며 바위를 뚫고 만든 수도도 도처에 많았다고 한다.

함피에는 비자야나가르 왕국의 영광이 석조 건물로 남아 있다. 여기서 봐야 할 것은 역시 힌두 사원이다. 사원은 하나가 아니고 여럿이다. 흩어져 있거나 사원에 딸려 있던 작은 건물들까지 합치면 실로 어마어마한 수다. 여기에 로터스 마할(Lotus Mahal) 쪽의 왕궁과 귀족들의 주거지까지 합치면 하루 안에는 다 돌아볼 수 없을 정도로 넓은 유적지가 된다. 인도 내륙 한구석에 이런 유적이 있는 줄은 꿈에도 생각하지 못했다.

버스가 종점 근처에 이르자, 좁은 길에 사람과 자동차들이 엉켜 혼잡스럽기 짝이 없다. 버스는 한참을 굼벵이처럼 꾸물대더니, 언덕 꼭대기에 힘겹게 올라 사람을 토해놓는다. 언덕 바로 밑 가까운 곳에 작은 석조 건물들이 듬성듬성 보인다. 그 아래쪽을 보니 유적지가 넓게 펼쳐져 있다. 이 넓은 곳을 오후 동안 다 볼 수는 없는 일이다. 오늘 일단 가까운 비루팍샤 사원 쪽의 유적군을 보고, 내일은 반대쪽 로터스 마할 쪽을 가보기로 한다.

비루팍샤 사원은 굳이 찾을 것도 없다. 언덕에서 아래쪽을 보면 넓은 평지에 하늘 높이 치솟은 사원의 고푸람이 보이기 때문이다. 길을 따라 언덕을 내려가다 보니, 일대가 모두 화강암 지대다. 아이들 예닐곱이 지면에 노출된 넓고 경사진 화강암 위를 오르락내리락하며 미끄럼을 타고 있다. 어릴 적 묏등 타던 기억이 나서 세상 아이들이란 다 똑같은 법이지 하고 사진을 찍으려 하니, 몰려들어 '텐 루피'를 외친다. 카메라를 들이대지 말고 그냥 보기나 할 것을, 공연히 사진을 찍으려 했다가 동심도 잃고 사진도 잃고 말았다. 비루팍샤 사원으로 가는 언덕은 발 디디기가 난처할 정도로 분변 천지다. 성스러운 암소가 만든 연료가 아니라, 아담과 이브의 후손이 만든 냄새 나는 물건이다. 흉하다.

비루팍샤 사원 앞은 툭 트인 광장이다. 꽃, 코코넛, 과일, 기름에 튀긴 주전부리, 플라스틱으로 만든 아이들 장난감 등 온갖 잡살뱅이를 파는 장사치가 길 양옆에 늘어서 있고, 그 사이로 사원을 찾은 참배객들이 인산인해를 이룬다. 사원보다 장사꾼들, 사람들 구경이 더 재미있다. 빨간색, 노란색, 파란색의 선명한 빈디 가루를 대야에 산처럼 쌓아놓은 것이 하도 인상적이어서 사진을 찍자 했더니, 장사꾼 영감이 싱글싱글 웃으며 포즈까지 취해준다.

비루팍샤 사원은 시바를 모신 사원이다. 비루팍샤는 시바의 화신인데, 시바는 이 지역의 여신 팜파파티의 남편이므로 팜파파티 사원이라고도 부른다. 사원 앞에 서면 높이 50미터가 넘는 고푸람이 사람을 압도한다.

고푸람은 사원의 동서남북 사방에 높이 솟아 있어 멀리서도 보인다. 고푸람은 사원 출입문 위에 온갖 힌두교 신들의 형상을 쌓아올린 만신전이다. 크리슈나데바 라야왕이 16세기에 지었다는 가장 높은 동쪽 고푸람을 통과하면 중간에 다시 탑이 있다. 그 아래의 문을 통과하면 본신전이 나온다. 신전은 긴 회랑으로 둘러싸여 있다. 아치를 전혀 쓰지 않고, 함피의 모든 건물들의 재료인 화강암으로 기둥을 만들어 세우고 그 위에 같은 재질의 넓적한 돌을 얹는 방식으로 지었다. 함피의 어느 건물이나 같다.

거대한 규모도 놀랍거니와, 신전이 지금도 살아 있어 사람들을 끊임없이 끌어들인다는 점이 더더욱 놀랍다. 사람들이 줄지어 있어서 뒤에 서보니, 기도하기 위해 신전 안으로 들어가는 대열이다. 줄을 따라가다가 회랑 계단 위로 올라서니 커다란 코끼리 한 마리가 귀를 펄럭이면서 연신 사탕수수 줄기를 씹고 있다. 사람들이 동전을 건네면 코로 집어 옆에 앉아 있는 주인에게 주고, 코로 사람의 머리를 한번 쓰다듬어준다. 짐승을 훈련시켜 돈벌이에 동원하다니 무슨 짓거리인가 싶다. 하지만 종교시설에서 이목을 끄는 짓거리로 돈벌이를 하는 것은 동서고금을 막론하고 다 있는 일이니 놀라울 것도 없다.

참배하는 대열에서 나와 몽가는 호기심의 대상이다. 검은 피부의 젊은 여인네들이 하얀 이를 드러내고 상긋 웃으며 몽가의 팔에 손을 슬쩍 대어보고, 팔찌를 잠깐 만져보기도 한다. 서툰 영어로 자기 팔찌와 교환하자고 하는 사람도 있다. 이곳 여자들은 새까맣고 윤기가 흐르는 머리를 땋아 뒤로 늘어뜨리고 등나무 꽃처럼 생긴 자줏빛 생화를 꽂는다. 장신구를 하지 않은 여성은 없다. 금이나 구리, 혹은 플라스틱으로 만든 것이다.

한 줄로만 가게 되어 있어서 줄은 아주 천천히 움직인다. 사람이 너무 많다. 거의 끝부분에 도착하니 어두운 신전 안이 보인다. 그 안쪽이 신상들이 봉안되어 있는 비마나[聖所]일 것이다. 원래 사원의 구조는 하나의 상징적 체계다. 즉 힌두교도에게 사원은 이 미망의 현실 너머에 있는 신과 진리를 표현한 상징적 공간이므로, 사원의 심부로 들어가는 것은 신에 가까이 가는 것, 곧 진리를 깨닫는 행위로 인식된다. 물론 나에게는 이 공간과 사람들의 행위가 무의미할 뿐이다. 비마나 앞에서 사람들이 사제들에게 코코넛 열매를 건네고, 사제는 그것을 받아 돌로 된 바닥에 세게 던져 깨뜨린다. 신에게 바치는 의식이다. 코코넛 즙이 질펀하다. 파리가 코코넛 즙을 빨기 위해 달려든다. 나는 코코넛도 없고 힌두교 의식을 치르고 싶지 않아 비마나 바로 앞에서 빠져나왔다. 신전 안으로 들어가볼걸 하는 생각도 들었지만, 아마도 허락받지 못했을 것이다.

비루팍샤 사원에서 나오니, 다시 상인들이 모여 있는 광장이다. 들어갈 때 얼핏 본, 2층 건물 높이의 나무로 얼기설기 엮고 함석을 댄 가건물이 눈에 뜨인다. 안을 들여다보니, 잘 보이지는 않지만 큰 수레 같은 것이 있다. 힌두교 축제 때 신상을 싣고 가는 수레, 즉 라타 같다. 광장 양쪽으로 화강암 기둥 위에 역시 화강암으로 된 넓은 판을 얹은 긴 회랑이 한참 이어진다. 그 가운데로 넓은 길이 나 있는데, 함피 바자 스트리트(Hampi Bazar Street)이다. 이 회랑은 옛날 비자야나가르 왕조 때 상점가였다고 한다. 사원을 찾은 사람들은 이 상점가에서 신에게 바칠 물건들을 샀을 것이다. 물론 이제는 상점가가 아니고 그냥 폐허가 된 유적지일 뿐이다. 가족 단위로 나들이 나온 사람들이 회랑에서 보자기를 펼치고 도시락을 먹고 있다. 지나면서 보니 꽤나 풍성해 보인다. 비루팍샤 사원은 종교적 성소(聖所)이면서 동시에 시민들의 공원이고 휴식처인 것이다.

바자 스트리트 끝에 언덕으로 이어지는 계단이 있고, 언덕 왼쪽에 시바 신이 타고 다녔다는 성스러운 황소 난디 상이 있다. 언덕을 넘어 비탈라 사원으로 가는 정확한 길을 몰라 태블릿 PC를 꺼내 지도를 보고 있으니, 꼬마들이 몰려들어 무슨 물건이냐고 묻는다. 답도 하기 전에 그 중 한 녀석이 "태블릿 컴퓨터야" 하고는 한참 뚫어지게 보다가 떠난다.

꼬마들이 가고 나니 청년 넷이 와서 같이 사진을 찍잔다. 그들에게 비탈라 사원을 물었더니, 언덕을 내려가는 길을 가리키며 그 길을 쭈욱 따라가라고 한다. 얼마를 더 가니 오른쪽에 균형미가 빼어난 아름다운 사원 하나가 나온다. 비탈라 사원은 아니고, 아추타라야 사원이다. 1534년에 지어진 이 사원은 비자야나가르의 왕 아추타라야(1499~1542)의 이름을 딴 것이다. 안내판에 의하면, 사원을 지은 건축가는 히리야 티루말라 라자라는 인물인데, 그에 관한 구체적인 사실은 전혀 알 수 없다. 이름을 안다 해도 도움 될 것이 없는 셈이다. 입구에 들어서니 비계를 엮어 보수 공사를 하는 중이다. 사원은 사방의 회랑도 멀쩡하고 돌로 만든 처마도 많이 남아 있어 본래의 모습을 거의 온전히 간직하고 있다. 건물의 몸체는 물론 기둥마다 섬세하고 화려한 조각들이 있고, 많이 무너지기는 했지만 석조 건물 위에 쌓아올린 고푸람 역시 아름답기 짝이 없다. 사원 내부는 깨끗하고 조용하다. 함피를 떠날 때 든 생각인데, 입장료가 비싸고 사람들이 들끓는 비탈라 사원보다 아추타라야 사원 쪽이 훨씬 한적하고 아름다웠다. 이곳을 다시 찾는다면 아추타라야 사원 쪽이다. 사원

이곳저곳을 구경하는데, 귀여운 인도 소녀 둘이 수줍은 표정으로 주춤 주춤 다가와 사진을 찍자고 한다. 아이들이 원하지 않아도 내가 먼저 그 러고 싶었다.

사원을 나오니 탁 트인 넓은 길인데, 양쪽으로 돌기둥이 열립해 있다. 힘을 잃은 오후의 부드럽고 노란 햇살을 받으며 가자니, 마치 추수를 끝 낸 한국의 가을 들판을 걷는 것 같다. 얼마 안 가 왼쪽에 거대한 석조 목 욕탕이 나타난다. 사방에 돌로 만든 계단이 있고, 돌기둥이 그 외곽을 에워싸고 있다. 목욕탕 한가운데에 다시 석조 건물을 세웠다. 수백 명이 동시에 들어가도 남을 규모다. 신을 참배하기 전 정화하는 의미로 목욕 을 해야 하기 때문에 사원 앞에는 으레 목욕탕이 있다(한편으로는 워낙 더 운 날씨라 목욕을 하지 않을 수 없을 것이다).

목욕탕 주변을 둘러보고 있는데, 갑자기 사람 소리가 나며 소란스러 워지더니, 10대 열댓 명이 우르르 다가와 관심을 보인다. 어디서 왔나요? 한국에서 왔어! 한국이란 말에 고개를 갸우뚱한다. 한국을 아느냐고 물 으니 모른단다. 그러고는 자기들은 비탈라 사원으로 간다면서 거기서 만나잔다. 한 덩어리로 뭉쳐 있던 소년들이 와르르 흩어져 내달리더니, 순식간에 저 멀리 점이 되어 사라진다.

계속 아래로 내려가니 퉁가바드라 강이 보인다. 이 강은 비루팍샤 사 원 앞을 지나 퉁가바드라 저수지로 흘러 들어간다. 강에 들어가 미역을 감는 사람이 많다. 아이들이 가게 앞에서 떠들며 음료수를 마시고 있다. 강이 유원지인 셈이다. 비탈라 사원 방향을 몰라 경찰에게 물어보니, 사람 들이 많이 걸어가는 쪽으로 가란다. 한참을 걸어 비탈라 사원에 이르니,

외국인이라고 250루피를 내란다. 비싸다는 생각이 들었지만 별수 없다.

비탈라 사원은 비자야나가르 왕국의 건축물 중 가장 뛰어난 작품이라고 한다. 언제 짓기 시작했는지는 알 수 없지만, 비루팍샤 사원의 동쪽 고푸람을 지은 크리슈나데바 라야왕이 최대의 후원자였다고 한다. 사원의 구조는 중정(中庭) 가운데에 본채가 있고 회랑이 사방을 두르고 있다. 이것은 힌두 사원들이 대체로 지키는 양식이다. 사원을 구성하는 각 부분들에는 빠짐없이 조각이 있는데, 엄청나게 정교하고 아름답다. 사원 본채 앞에는 비탈라 사원을 소개할 때마다 빠지지 않는 바퀴 달린 석제 라타가 서 있다. 라타는 비루팍샤 사원 앞 가건물 안에 있던 수레와 같은 것이다. 힌두교 축제 때 라타에 신상을 싣고 사원 밖으로 나온다고 하니, 일종의 이동식 사원인 셈이다.

힌두교에 관한 책에는 라타를 '산차(山車)'라고 번역하고 있는데, 하필이면 왜 '산(山)'자가 앞에 붙어 있는지 도무지 알 수가 없었다. 여행을 마치고 귀국한 뒤 일어일문학과의 오경환 교수님과 점심을 먹고 잠시 한담을 나누었다. 비탈라 사원 이야기를 하다가 라타를 산차라고 번역한 이유를 모르겠다고 말했더니, 고개를 갸우뚱하며 일본의 마츠리 때 악기를 싣고 연주하며 다니는 수레를 산차라고 한다고 했다. 아마도 내가 읽은 힌두교 책을 번역한 분이 일본 책을 참고한 것인지도 모르겠다.

비탈라 사원의 이 라타에 대해서는 이미 들은 바 있지만, 실제로 보니 그 섬세함과 정교함이 상상을 초월한다. 라타 양쪽에 둥글게 깎아 만든 바퀴가 각각 두 개씩 있는데, 실제로 움직일 수 있게 분리되어 있다. 그 위에는 역시 돌을 깎아 만든 정교하기 짝이 없는 사당이 있다. 오로지 돌로만 만든 이 라타는 실제로 축제 때 사원 안에 있는 신상을 싣고 사원 밖으로 나갔다고 하는데, 도저히 믿을 수가 없다. 아무리 움직이게 만들었다고 하지만, 저 거대한 돌덩이가 과연 움직일 수 있는지, 그 엄청난 무게를 견딜 수 있는지 의심하지 않을 수 없다. 움직이는 것을 내 눈으로 보기 전에는 믿지 않을 것이다.

라타 외에 사원의 다른 조각들도 너무나 정교하고 아름답다. 어떤 신앙과 열정이 이런 형상을 창조하도록 장인을 이끌었을까? 팔아서 이문을 남기는 것도 아니고, 그 기술로 예술가 대접을 받고 대학에 자리 잡아 권위를 세울 수 있는 것도 아니니 말이다. 어쨌거나 힌두교와 인도 신화에 대한 지식이 있었더라면, 공부를 하고 왔더라면 하는 후회가 스친다. 무지는 용서할 수 없는 죄인 것 같다.

비탈라 사원을 본 뒤 왔던 길로 되짚어가지 않고 반대편 길로 나왔다. 길 양쪽은 넓은 평지다. 한참을 가니 버스 스탠드가 있다. 호스펫 가는 버스는 막 떠났단다. 할 수 없이 오토릭샤를 타고 호스펫 숙소로 돌아왔다. 돌아오는 길에 함피의 지형을 찬찬히 볼 수 있었다. 함피는 낮은 구릉지대다. 대부분 평지고 높은 산이 없다. 구릉은 화강암이 갈라져 마치 바위를 쌓아놓은 것처럼 보인다. 그런데 비탈라 사원으로 가는 길에 화강암으로만 이루어진 넓고 평평한 지대가 있는 것으로 보아 아마도 아래쪽은 화강암 석괴일 것이고, 밖으로 노출된 부분이 햇볕과 빗물에 풍화되어 이런 독특한 형태, 곧 균열된 형태가 되었을 것이다. 평야지대의 물과 평탄한 토지의 생산력, 화강암 등이 비자야나가르의 경제력의 바탕이 되었을 것이고, 결과적으로 이런 사원군을 조성했을 것이다. 지나다 보니 수량이 풍부한 강이 보인다. 강둑 아래 땅이 강보다 낮다. 아

사원의 조각들은 모두 정교하고 아름답다. 어떤 신앙과 열정이 이런 형상을 창
조하도록 장인을 이끌었을까?

마도 퉁가바드라 강의 지류일 것이다. 들판에는 사탕수수와 바나나를 많이 심었다. 코코넛 나무는 지천이다. 길에 돼지가 돌아다니고, 양을 끌고 가는 사람도 보인다. 길거리를 어슬렁거리는 개도 있고 누워서 잠을 자는 개도 있다. 소는 쓰레기 더미를 뒤지고 있다.

인도 영화

지금 머무르고 있는 밀리가 호텔 옆 건물은 영화관이다. 간판과 포스터에 공히 등장하는 사람은 결기에 찬 눈빛을 한, 키가 크고 근육이 단단한 남자다. 당연히 콧수염도 길렀다. 미남이다. 어제와 그제 머무른 마드가온 시내에도 낡은 영화관이 있었다. 건물 가장 높은 곳에 'CINE'라는 글자가 크게 붙어 있고 그 아래에 영화 간판 두 개가 있었는데, 그중 하나의 제목이 〈SCHOOL TEACHER〉였다. 간판의 그림이 묘했다. 반쯤 벗은 흰 피부의 젊은 여성이 황홀한 표정을 지으며 고개를 젖히고 서 있고, 젊은 남자(아니, 학생!)가 여성의 배에 입을 대고 있었다. 내용은 대충 짐작이 갔다. 이번 여행에서 시간이 나면 영화를 한 편 보려고 했지만 시간에 쫓겨 기회가 없었다. 마두라이에서는 시간이 있었지만, 보고 싶은 영화는 모두 매진이었다.

인도 영화관에서 영화를 본 적은 있다. 재작년 아그라에서다. 아침 일찍부터 서둘러 아그라 성(城)(Red Fort)과 타지마할을 둘러본 뒤 오후에 제법 시간이 남았다. 그러던 중 갑자기 소낙비가 쏟아져 패스트푸드 가게에서 비를 피한 뒤 영화를 보러 가기로 한 것이다. 물어물어 영화관을 찾아가니, 매표소의 젊은 인도 아가씨가 물었다. "힌디어인데 괜찮으시겠어요?" "노 프라블럼!" 당연히 언어는 문제가 되지 않는다. 보려고 하는 영화의 포스터만으로도 이미 그 내용을 충분히 짐작할 수 있었기 때문이다. 티켓은 에보니와 골드, 실버로 나뉘어 있었다. 에보니는 맨 위쪽 한 줄이고, 그 아래는 골드, 그 아래 스크린과 가까운 곳이 실버였다. 편안한 팔걸이가 갖춰진 에보니석은 푹신한 좌석이 배로 넓고 다리를 쭉 뻗을 수 있는, 호사스럽기 짝이 없는 좌석이었다. 맨 위쪽에 있어서 뒷좌석 사람들을 의식할 필요도 없었다. 요금이 실버석의 두 배가 넘었다.

영화는 잘생긴 청년과 아름다운 젊은 여성의 비극적인 연애담이었다. 둘이 만나 좋아했는데 방해하는 패거리가 생겨 여자가 죽고 남자가 복수하는 이야기였다. 복수도 원수를 직접 찾아다니며 주먹과 발로 응징하는 물리적 복수였다. 지금도 한국 TV 드라마와 영화에서 반복되는, 아니, 동서고금을 막론하고 수없이 반복되는 세상에서 가장 재미있는 이야기가 아닌가? 당연히 매우 아름답고 날씬한 젊은 여성이 나왔고, 남자 역시 피부가 희고 잘생기고 날렵하고 균형 잡힌 매끈한 근육을 갖춘 배우였다. 당연히 싸움도 엄청 잘했다. 힌디어를 한마디도 모르지만, 영화를 감상하는 데 아무런 지장이 없었다. 아니, 힌디어를 모르기에 도리어 스토리를 내 나름대로 구성해가며 감상하는 재미가 쏠쏠했다. 발리우드에서 제작하는 절대 다수의 영화와 드라마는 이제까지 알려지지 않은 이야기가 아니라, 다 알려진 이야기를 반복하는 것이다. 동일한 구조에 색만 달리 입힌 건물인 셈이다. 한국도 할리우드도 다를 것이 없다. 사실 영화는 아편이다. 현실에서 경험할 수 없는 판타지의 세계를 보여주면서 현실을 잊게 한다.

인도 영화는 많이 보지는 않았지만, 이색적인 느낌이어서 본 것은 대체로 기억하는 편이다. 하지만 크게 인상적인 경우는 별로 없었다. 단 하나 〈밴디트 퀸〉을 제외하면 말이다. 인도 정부를 골치 아프게 만들었던 강도단의 여두목 풀란 데비의 일생을 그린 이 영화는 인도의 종교와 제도, 습속이 분식하고 있는 카스트의 근원적 차별과 성차별을 정면에서 치받는다. 하층민인 수드라로 태어난 풀란은 가난 탓에 자전거 한 대와 암소 한 마리에 팔려 나이 많은 남자와 결혼한다. 그다음 과정은 뻔하다. 풀란은 남편에게 폭행당하고, 학대받고, 산적에게 납치되고, 윤간을 당한다. 삶을 완전히 짓밟힌 풀란은 목숨을 건진 뒤 산적단을 조직해 자신을 폭행한 자들에게 똑같은 방식으로 복수한다(총으로 그들의 성기를 쏘아 죽인다). 세상에서 가장 웃기는 일은 약자에게 이유 없이 무자비한 폭력을 가할 때는 폭력이라고 부르지 않다가, 폭력에 짓밟힌 약자가 폭력으로 대항하면 그것에 따옴표를 붙여 '폭력'이라 부르며 법과 질서, 정의의 이름으로 응징하려 드는 것이다. 풀란이 폭행당하고 학대받고 납치되고 윤간당했을 때의 시공간은 법과 제도가 사라진 시공간이다. 풀란은 스스로 입법자가 되어 그들을 직접 처벌하는 수밖에 없었다. 그것이 인간으로서의 권리고 정의다. 인도 정부는 당연히 한국에서 이 영화를 상영하는 데 반대했다. 카스트 제도와 남성중심주의의 폭력이 드러나는 것이 부끄러웠던 것인가.

1월 16일 함피

사원과 종교

아침 6시 반에 일어났다. 메기라면으로 아침을 때우고 메모한 것을 정리한 뒤 어제처럼 호스펫 버스 스테이션에서 함피로 향했다. 버스 승객이 서넛뿐이라 오늘은 편안히 앉아서 간다. 함피에 도착해보니 그곳에도 사람이 거의 없다. 오늘은 비루팍샤 사원 반대쪽으로 내려간다. 역시 사원군이다. 크리슈나 사원, 나라싱하 상, 링가 상, 시바 지하사원을 보고 로터스 마할 쪽으로 갈 예정이다.

먼저 언덕 바로 아래에 있는 크리슈나 사원으로 간다. 크리슈나는 비슈누 신의 아바타이기도 하다. 또《마하바라타》의 주인공 격인 판다바 다섯 형제 중 둘째인 전사 아르주나의 전차몰이꾼으로 화해 그에게《바가바드기타》를 설하는 인물이기도 하다. 크리슈나 사원은 돌로 쌓은 장방형 건물로, 거의 온전히 남아 있다. 출입문이 무척 거창해 그 자체로 하나의 건물이다. 앞에 네 개의 기둥이 있고 중간에 문을 내었다. 화강암으로 축조한 출입문 위에는 붉은 벽돌을 쌓아 여러 신들의 소상(小像)을 안치했다. 전체가 다 남아 있다면 아마도 상당히 높았을 것이다. 추측건대 이 출입문은 아마도 고푸람이 무너지고 남은 것일 터이다. 사원의 문이 이토록 거창한 것은 문을 통과해 영원으로 옮겨간다는 의미가 있기 때문이라고 한다. 문 안으로 들어서면 중간에 다시 신을 모신 건물이 따로 있다. 그 구조는 일반적인 힌두 사원과 그리 다를 바 없다. 기둥과 벽면에 새긴 조각 역시 무척 섬세하고 복잡해 사람의 눈을 어지럽게 만든다.

크리슈나 사원을 보고 언덕 아래 평지로 내려가니 나라싱하 상이 있었다. 처음 보는 조각이라 괴기하다. 인도의 고대 설화들을 모아놓은 푸라나 중 《비슈누 푸라나》에 의하면, 창조의 신 브라흐마는 낮이나 밤, 인간이나 짐승, 집 안이나 집 밖 어디서도 죽일 수 없는 악마 히란야카쉬푸를 총애한다. 그리고 히란야카쉬푸는 아들 프라할라다가 비슈누를 숭배한다는 이유로 죽이려 한다. 하지만 아무리 해도 죽일 수가 없다. 이에 비슈누는 자신의 숭배자인 아들을 죽이려 하는 히란야카쉬푸를 죽이기 위해 인간도 짐승도 아닌 '인간사자' 나라싱하로 화신해 낮도 밤도 아닌 황혼 무렵에 집 안도 아니고 바깥도 아닌 문지방에서 그를 죽인다. 이때부터 나라싱하는 문지방의 신이 된다.

나라싱하 상 바로 옆에는 3미터에 이르는 거대한 링가 상이 있다. 화강암 벽돌로 만든 감실 안에 맷돌처럼 깎은 큰 요니 상이 있고 그 위에 원통형의 링가가 박혀 있다. 천장 부분은 뚫려서 빛이 들어온다. 이 링가 상은 나라싱하 상을 만든 돌에서 떼어낸 돌로 만든 것이라 한다. 링가는 시바 신을 상징하는 남근상이다. 대개 시바 상은 사람의 모습을 한 것은 보기 어렵고 링가의 형태를 띤다. 인도의 힌두교 사원에서 흔히 볼 수 있는데, 이 링가 상은 특별히 크다. 이 간단한 돌덩이에서 예술적 향취라는 것은 느낄 수 없다.

구릉지대 아래로 계속 걸어 내려간다. 길 양옆으로 사탕수수 밭과 코코넛 숲이 이어지더니, 이내 아무것도 자라지 않는 평탄한 지대가 펼쳐진다. 무척 넓은 곳이다보니 유적도 곳곳에 흩어져 있다. 화강암을 가공해 만든 사원도 곳곳에 있고, 벽을 계단식으로 만든 목욕탕도 자주 눈에 뜨인다. 채석장도 보인다. 기둥 모양으로 길게 잘라낸 화강암이 풀숲에 버려져 있고, 돌을 떼어내기 위해 쇠로 심을 박았던 자리가 있는 큰 바위도 있다. 비루퍅샤 사원 앞 함피 바자 스트리트의 회랑에 사용한 그 돌기둥들이다. 돌기둥들은 장식이 전혀 없는 밋밋한 네모 막대기처럼 생겼다. 이 넓은 개활지는 과거 함피가 비자야나가르의 수도였던 시절에는 사람들로 가득 차 있었을 것이다. 문득 무너진 돌무더기를 일으켜 세우고, 그 위에 지붕을 올린다. 사방 빈 곳이 건물로 가득 차고, 길거리는 오가는 사람들과 수레, 짐승들로 분잡해진다. 창밖을 내다보며 누군가를 부르는 사람, 길을 가다 아는 이를 만나 마주 보고 대화하는 사람, 길 한쪽에 태연히 앉아 되새김질을 하는 암소, 그 앞을 뛰어가는 강아지, 먼지를 일으키며 지나가는 수레 등 화려했던 도시가 머릿속에 펼쳐진다.

한참을 가니 지하에 조성한 시바 신전이 나타난다. 계단을 내려가면 돌로 조성한 사원 출입문이 나온다. 아마도 이 문 위에 고푸람이 있었을 테지만, 지금은 흔적도 없다. 사원 본채로 들어가려 했지만, 바닥에 물이 차서 들어갈 수가 없다. 외곽에 수로를 파놓은 것을 보니 이런 사태를 미연에 방지하려고 했지만 해결되지 않은 것이다. 서양 관광객들이 신을 벗고 신전 내부로 들어갔지만, 나는 굳이 그렇게까지는 하고 싶지 않았다. 바깥에서도 충분히 보이기 때문이다.

로터스 마할 조금 못 가 귀족들의 거주지라고 써놓은 곳이 있다. 들어 갈 수가 없어서 밖에서 보니, 별다른 유적은 눈에 띄지 않는다. 조금 더 가니 탁 트인 넓은 왕궁 지역(Royal Enclosure)이 나타난다. 그 입구에 하자라라마 사원(HAZARARAMA TEMPLE)이 있다. 비슈누 신을 모시는 이 사원은 왕궁 지역의 유일한 사원이다. 사원은 원형에 가깝게 남아 있다. 내부도 아주 깨끗하고 조각들도 훌륭하다. 특히 진흙으로 만든 소조상 이 아주 정교하다.

하자라라마 사원에서 조금만 더 걸으면 로터스 마할이다. 이곳은 제나나 구역(Zenana Enclosure)이다. '제나나'는 힌두어로 '여자의', '여자에 속하는'이라는 뜻이라고 한다. 곧 '여자의 구역'이라는 의미이다. 들어갈 때 표를 구입해야 하는데, 어제 비탈라 사원에서 산 입장권을 내밀었더니, 문지기 둘이 한참 동안 고개를 갸우뚱거리고 못마땅한 표정을 지으며 들어가란다. 비탈라 사원에서 산 250루피짜리 입장권은 함피 전체의 유적에 들어갈 수 있는 것이다. 어제 저녁에 사서 비탈라 사원에서만 사용한 것이 아까워 그냥 내밀었는데, 어제 사원 매표소에서 도장을 성의 없이 꽝 찍어서 날짜가 흐릿하다. 그런 까닭에 문지기가 긴가민가 망설이느라 시간이 걸린 것이다.

안으로 들어가서 맨 먼저 볼 것은 로터스 마할이다. 마할이 저택이나 궁전을 의미하므로 로터스 마할은 '연꽃의 집'이라는 뜻이다. 왕비를 위한 별장으로 지어진 건물이라고 한다. 아마도 이것이 '제나나 구역'이라는 이름이 붙은 근거가 아닌가 한다. 건물은 평지에 똑 떨어지게 단독으로 지어졌는데, 마치 연꽃처럼 생겨서 그런 이름이 붙었다고 한다. 1층은 돌기둥 위에 이슬람식 오지 아치(ogee arch)를 얹은 교차 궁륭으로 이루어져 있다. 2층에 창문이 여럿 나 있는 것으로 보아, 2층이 거주하는 공간이 아닌가 한다. 로터스 마할 아래쪽에 돔 열 개를 지붕에 얹은 장방형의 긴 건물이 있다. 중심부에는 탑이 약간 높게 솟아 있다. 아마 더 높았을 테지만, 허물어지고 일부만 남은 것 같다. 건물은 단정하고 균형이 있지만, 용도는 옛날 비자야나가르 왕조에서 코끼리를 키우던 코끼리 우리다. 엘리펀트 스테이블(Elephant Stable)이라고 부른다.

로터스 마할 주변에는 이 외에도 볼 것이 더러 있지만, 무리해서 더 보지는 않기로 했다. 오후에는 비루팍샤 사원 아래 나루터에서 퉁가바드라 강을 건너 원숭이 사원으로 갈 생각이다. 조금 무리하면 충분히 걸을 수 있는 길이지만 오전 내내 걸은 탓에 지친 나머지 오토릭샤를 타고 비루팍샤 사원 앞에서 내렸다. 나루터로 가는 길에 작은 기념품 가게와 식당, 숙소가 몰려 있는 여행자 거리를 지났다. 돌아올 때 좀 더 자세히 보기로 하고 그냥 지나쳤다.

나루터는 퉁가바드라 강의 폭이 좁아지는 곳에 있다. 그리 깊지 않다. 먹을 감기로 작정하고 뛰어들면 단숨에 건널 수 있을 정도다. 나루터니 당연히 배도 있고 사공도 있다. 모터보트를 타면 10루피, 사람이 손으로 젓는, 서너 명쯤 탈 수 있는 큰 광주리처럼 생긴 배는 50루피다. 어차피 건너는 데 전자는 1분, 후자는 5분이다. 뱃놀이를 할 것도 아닌 터라 당연히 모터보트를 탔다.

물은 약간 탁하다. 원래 흙탕물이어서 그런 것은 아니고, 생활하수로 오염된 것 같다. 오염되었건 어쨌건 사람들은 물가에서 간단한 종교 의식을 올리고 코를 쥐고 물속에 들어갔다가 나오기도 한다. 강 주변에 인도인 가족이 소풍을 나와 자리를 펼치고 음식을 먹는다. 인도인들이 즐겨 찾는 소풍지인 셈이다. 다만 곳곳에 분뇨가 있어서 결코 유쾌하지 않다. 어제 오후에 본 비루퍅샤 사원도 오물 천지였다. 사원 바닥은 가공한 돌로 포장되어 있지만, 야자를 깬 물이 흘러서 질척하고 거기에 파리까지 꼬여서 맨발(사원에 들어갈 때는 신발을 벗어야 한다)로 걷기가 께름하였다. 물론 함피의 힌두 사원만 그런 것이 아니라, 인도의 힌두 사원에서는 거의 대부분 불결한 느낌을 받았다. 몇 해 전 찾아갔던 네팔 카트만두의 파슈파티나트 사원도 그랬다. 아마도 제물로 바치는 식물과 동물(닭이나 염소, 양 등)의 피 때문이 아닌가 한다. 다만 돈을 받는 유적은 아주 깨끗했다. 비탈라 사원과 로터스 마할 등 입장료를 과하게 받는 사원도 깨끗하기 이를 데 없었다. 남의 나라이긴 하지만, 중요한 유적이니 좀 더 깔끔하게 관리해주었으면 하는 생각이 들었다.

강물을 건너니 좀 더 본격적인 여행자 거리가 나타났다. 게스트하우스, 식당, 기념품점이 밀집해 있는 곳이다. 여행자들이 많이 몰리는 여행자 거리가 으레 그렇듯, 이곳도 호사스러운 것과는 거리가 멀어도 아주 멀다. 남루를 겨우 면한 꼴이다. 이용자의 대부분이 젊은이들이니 그럴 수밖에 없을 것이다. 이곳저곳 식당을 찾아 헤매다가, 이탈리아 식당이라고 써놓은 곳으로 들어갔다. 식당 내부는 매우 넓지만 어둡다. 의자를 두고 앉는 탁자식도 있고, 그냥 방석에 앉아서 먹는 앉은뱅이 좌식 탁자도 있다. 좌식 탁자 곁에는 몸을 기댈 수 있도록 큰 베개 같은 것들이 있다. 뭔가 분위기가 수상하다.

파스타, 오믈렛, 수박 주스를 시켰다. 주문을 받는 키 작은 인도인 젊은이가 음료는 더 필요 없느냐고 묻는다.

"응, 그게 다야."

"콜라도?"

"응, 필요 없어."

"비어도 필요 없나요?"

"응."

"그럼 와인은?"

"필요 없어."

농담을 하자는 이야기다.

"위스키도?"

"응, 필요 없어."

"코냑도?"

"응, 그래."

"인도는 날이 더우니 술을 마시면 열이 오르겠죠."

제 놈이 이유까지 다 말한다. 다시 보니 약간 검은 피부에 날렵한 몸매의, 스무 살이 갓 넘은 청년이다. 눈동자가 초롱초롱한 것이 아주 영민해 보인다.

"너 참 잘생겼다."

"아들 있어요?"

"너처럼 잘생긴 아들이 있지."

입꼬리가 올라간다.

"여자친구는 있니? 잘생겼으니 있겠지."

"없어요."

청년은 실쭉한다.

넓은 홀의 젊은 여자들을 가리키며 저기에 여자들이 저렇게 많지 않으냐고 했더니, 그들은 하루에 한 번 남자를 바꾼다면서 인디언 피플은 한 여자에게 한 남자란다.

"인도인 여자친구는 없니?"

"나는 블랙이잖아요."

피부가 검어서라니! 갑자기 입맛이 쓰다. 문득 카스트가 색깔과 유관하다는 것을 읽은 기억이 떠올랐다. 브라만은 흰색(정결과 밝음), 크샤트리야는 붉은색(열정과 에너지), 바이샤는 노란색(지구의 빛깔), 수드라는 검은색(어두움과 무기력함)과 관련이 있다고 했다. 그런가? 피부색과 카스트에 어떤 연관성도 있을 리 없건만, 이 무슨 말인가.

식사를 마치고 화장실에 가려고 담장 아래의 축축하고 좁은 통로를 지나는데, 그 앞쪽에 작은 방들이 붙어 있다. 이 식당에서 하는 게스트하우스다. 옛날 영화에서 본 마약 하는 곳이 아닐까 하는 생각이 얼핏 들었다.

식당을 나와 원숭이 사원으로 갔다. 왕복 10킬로미터쯤 된다. 그냥 걸어가려고 했지만 햇살이 너무 따갑다. 오전부터 이미 지친 상태라, 따라오면서 계속 타고 가라고 채근하는 오토릭샤를 타고 말았다. 그런데 타고 보니 그럴 만한 거리다. 화강암으로 이루어진 산 아래에 이르니, 릭샤 운전사가 자기를 기억했다가 돌아올 때 꼭 찾아달란다.

원숭이 사원은 그리 높지 않은 암산(巖山) 꼭대기에 있다. 원숭이가 살

101

고 있어서 원숭이 사원이 아니라, 하누만 신이 태어난 곳이라서 원숭이 사원이란다. 사원은 겨우 방 하나 정도 크기고 최근에 지은 것이다. 올라가는 길은 모두 계단이다. 10분 정도면 오를 수 있다. 늙은 할머니가 가장 많고, 할아버지 그리고 젊은 사람들이다. 계단을 오르는 사람들은 "제이 스리 람"이라는 말을 반복한다. 계단 양쪽 벽에도 그렇게 써놓았다. 나도 따라서 "제이 스리 람"이라 말하니, 모두들 반가운 듯 미소로 답한다. '스리 람'에서 '스리'가 존칭인 것은 알겠는데, 앞의 '제이'는 무슨 뜻인지 모르겠다. 간디가 힌두 극우주의자 나투람 고드세가 쏜 총에 맞아 죽을 때도 "헤 람"이라고 했다. '오, 신이여!'란 뜻이다. '람'은 곧 '신'인 것이다. '람'의 기원은 《마하바라타》와 함께 인도 2대 서사시인 《라마야나》에 나오는 '라마 신'이다. 《라마야나》는 랑카의 왕 라바나가 라마 왕의 아내 시타를 빼앗아가자 라마 왕이 되찾으러 가는 이야기다.

원숭이 사원에서 모시는 신 하누만은 원숭이 신이다. 하누만은 《라마야나》의 라마와 관계가 있다. 라마는 시타를 되찾기 위해 떠난 여정에서 키슈킨다라는 숲의 원숭이 왕국에 들러 그곳 왕인 수그리바의 문제를 해결해준다. 수그리바는 형 발리에게 내쫓기고 아내까지 빼앗겼는데, 라마가 발리를 대신 죽인다. 수그리바의 친구이자 부하인 하누만은 젊은 시절 아버지로부터 비슈누 신을 섬기라는 당부를 받았는데, 라마를 보는 순간 그가 비슈누의 아바타라는 것을 알고 결국 라마를 따라가 라바나를 물리치고 시타를 되찾아오는 일을 돕는다. 이렇듯 하누만은 라마의 가장 충직한 신하였기에 인도인들이 가장 좋아하는 신이 되었다.

인도 사람들은 라마 왕이 다스리던 시대를 이상적인 시대로 여긴다. 잃어버린 이상국가나 시대에 관한 이야기는 세계 어느 지역에나 있다.

하지만 그것은 이야기일 뿐 실재하지 않는다. 이상국가에 대한 이야기는 불평등하고 평화롭지 않은 세상을 강하게 반증할 뿐이다. 힌두 근본주의자들은 인도 동북부에 있는 아요디아가 라마가 태어난 곳이라고 믿는데(물론 당연히 근거는 없다), 그곳에는 이슬람 사원 바브리 마스지드가 있다. 《인도는 울퉁불퉁하다》에 의하면, BJP(인도인민당)의 자매단체 VHP(세계힌두협의회)와 RSS(민족자원봉사단, 인도의 극우 힌두 단체)가 전국을 돌며 집회를 열어 이슬람 사원을 철거하고 이곳에 이슬람 사원을 세워야 한다고 주장하면서부터 힌두와 이슬람 사이에 갈등이 일어났고, 급기야 1992년 바브리 마스지드가 파괴되고 사람 수백 명이 죽는 어처구니없는 사건이 일어났다.

또 RSS의 청년조직 '바지랑 달(하누만의 군대)'은 하누만을 상징으로 하고 있다고 한다. 이들은 하누만처럼 살 것을 맹세하고 활동하는데, 이슬람교도나 하층 카스트에 끔찍한 폭력을 자행하는 것으로 악명 높다. 하누만이 그런 짓거리를 사주한 것은 당연히 아닐 터이다. 오직 상상력이 만들어낸 허구의 신화가 폭력의 도구가 된다니 한심한 일이 아닐 수 없다.

BJP는 바브리 사원 파괴를 계기로 대중적 인기를 얻어 1998년 총선에서 승리했고 2004년에는 중앙정부를 장악했다. 이 사태의 이면에 놓인 힌두 근본주의는 모든 종류의 근본주의가 그렇듯 비이성적이다. 아요디아 사태는 정치하는 인간들, 권력을 잡아 이익을 보려는 인간들이 만든 이야기에 대중이 마취되었을 때 나타나는 결과일 것이다. 실재하지 않는 신, 실재하지 않은 왕국을 사실로 믿고 증오와 폭력, 살인을 저지른다면, 그것은 이미 종교가 아니다. 하기야 이것은 인도 힌두교만의 이야기가 아니다. 한국에서도 양상이야 다소 다르지만 현재 진행형으로 벌어지는 일이 아닌가.

이런 생각 저런 생각을 하다보니 어느 덧 산정이다. 휴, 하고 숨을 내
쉬는데, 갑자기 웬 어린 여자아이가 생긋 웃으며 하얀 꽃 한 송이를 내
민다. 영문은 모르지만 "고마워" 하고 답하니, 발그레한 얼굴로 달아난
다. 소녀가 달아난 곳을 보니, 가족인 듯 보이는 사람들이 서 있다. 이곳
함피는 인도에서도 시골이다. 외국인이 많기는 하지만, 거개 서양 사람
이라서 나 같은 '아시아 외국인'은 드문 모양이다. 틀림없이 함피 근처에
사는 가족이 구경을 나왔다가 아시아 외국인을 만나 신기하게 여긴 것
이리라. 산정의 좁은 공간에 들어앉은 사원은 최근에 지은 조잡한 건물
이고 크기도 손바닥만 해서 볼 것이 없다. 산 아래에서 본 비루팍샤 사
원이나 비탈라 사원에 비하면 아무것도 아니다.

사원에서 내려와 강을 건너 비루팍샤 사원 앞의 여행자 거리로 다시
나왔다. 이곳에는 작은 식당과 값싼 숙소, 기념품과 옷가지 등을 파는
가게들이 몰려 있다. 날이 하도 더워 면으로 된 남방셔츠나 하나 사려고
했지만, 마음에 드는 것이 없다. 인도인처럼 보이지 않는 부부가 가게를
보고 있어서 물으니 티베트 사람이고 인도에 온 지 몇 대가 되었단다.

비루팍샤 사원 위쪽으로 걸어가 버스 정류장에서 호스펫으로 가는 버
스를 탔다. 맨 뒷자리에 앉으니, 초등학생으로 보이는 여자아이, 남자아
이가 앞자리에 앉는다. 사내아이가 플라스틱 호각을 삑 하고 분다. 시끄
럽다는 표정으로 귀를 가리자, 재미있는지 다시 분다. 외국인에 대한 호
기심과 친밀감의 표시일 것이다. 말을 붙여보니 영어로 답을 한다. 여자

대한민국의 아이들은 지금도 학교와 학원을 순회하고 있을 것이다. 인도 시골에서 아이들의 천진한 눈망울을 보니 도리어 가슴이 답답해졌다.

아이는 열 살, 초등학교 3학년이고 남자아이는 여덟 살, 1학년이다. 둘은 남매다. 여자아이가 건너편에 앉아 있는 부모에게 뭐라고 한다. 아마도 외국인과 대화한 것을 자랑하는 이야기일 게다. 속눈썹이 길고 눈동자에 선한 기운이 담뿍 묻어 있다. 하도 똘망똘망해서 이쁘다고 말해주니, 당싯 웃고는 고개를 숙이며 수줍어한다.

　대한민국의 아이들은 지금도 학교와 학원을 순회하고 있을 것이다. '공부'하기 위해서 말이다. 학교와 학원에서 하는 공부란 도대체 무엇인가. 공부 잘하는 사람은 조금만 있으면 된다. 그들은 공부가 적성에 맞는 것일 뿐이다. 공부가 집 짓는 기술보다, 농사보다 나을 것도 없다. 경영도 마찬가지다. 경영자가 노동자보다 더 중요할 것도 없다. 대한민국은 공부를 구실로 아이들을 학습하는 노예로 만들고, 어른들은 공부를 도구로 돈벌이를 한다. 학교와 학원은 공부산업체가 된 지 오래다. 인도 시골에서 아이들의 천진한 눈망울을 보니 도리어 가슴이 답답해졌다.

호스펫 가까이 오니 작은 힌두 사원이 보인다. 평범한 동네 사람들이 드나들고 있었다. 동네 한가운데에 사원이 있고, 주민들이 드나들 수 있는 곳에서 종교가 생활과 교직되어 있다. 종교는 삶과 교직될 때 종교다. 그 점에서 일요일에만 혹은 특정한 절일(節日)에만 종교를 믿는 한국과는 다르다. 하지만 생활과 교직되면 종교는 사실상 인간을 지배하게된다. 세포에까지 스며든 종교로부터 벗어날 수 없는 것이다. 사실 종교는 인간에게 없어도 별로 상관없는 것이다.

오늘 밤 마이소르로 가는 기차를 타야 한다. 짐을 챙긴 뒤 호텔 앞 식당에서 볶음밥 한 그릇을 시켜 먹고 호스펫 역으로 갔다. 기차는 9시 5분 출발이다. 아직 한 시간이나 남았다. 호스펫 역은 우리나라 시골 간이역보다 조금 큰 규모다. 인도의 기차역은 문과 창문을 따로 달지 않는 경우가 대부분이다. 한데나 진배없다. 역 밖 수풀 속에 며칠 굶은 모기떼가 있나보다. 사람의 피 맛을 보려고 마구 달려든다. 물리칠 도리가 없어에라 모르겠다 하는 심정으로 피로 보시를 하고 있는데, 젖을 축 늘어뜨린 개 한 마리가 사람들이 모여 있는 곳을 기웃거린다. 몽가가 "새끼를 낳았나봐" 하며 점심때 먹다 남은 빵을 떼어 던져주었다. 그 순간 대합실 바깥에 있던 수캐 두 마리가 번개처럼 뛰어들어 빵을 낚아챈다. 불쌍한 암컷은 다시 대합실을 빙빙 돈다.

열차는 한 시간가량 늦어 10시가 다 되어 왔다. 이 정도의 연착은 매우 양호한 편이다.

사원론 혹은 종교론

함피는 사원 혹은 신전들의 군집처다. 석재로 지은 힌두 사원은 4세기 굽타 왕조 때 시작되었다고 한다. 이후 인도 전역에 수많은 사원이 지어졌지만, 11세기 이슬람의 침입으로 북인도의 중요한 사원들이 파괴되었고, 남인도 쪽은 이슬람 세력이 미치지 않아 사원들이 온전히 보존될 수 있었다고 한다. 이곳 함피 역시 그런 이유로 많은 사원들이 남아 있는 것이다.

신전, 곧 신들의 거처는 거창하고, 엄숙하고, 신비스럽고, 겹겹이 싸여 있지만, 그 가장 안쪽에는 아무것도 없다. 예루살렘으로 쳐들어간 로마 군인들은 유대교 신전의 지성소가 텅 빈 공간이라는 것을 알고 충격을 받았다고 한다. 이집트의 룩소르, 아부심벨 등의 신전, 스페인의 그 거창한 성당도 마찬가지다. 신전은 '신전'이란 명명으로 인해 의미를 갖는 것이다. 사실 신을 모신 신전의 심부는 아무 의미도 없는 텅 빈 공간일 뿐이다. 신은 원래 형태가 없고, 신이 머무는 공간도 텅 빈 곳이라야 마땅하다. 신상은 인간의 상상의 산물일 뿐이다. 힌두교 사원도 다를 바 없다. 힌두교 사원의 맨 안쪽은 가르바그리하라고 불리는 지성소다. 여기에 신상이나 신을 상징하는 물건(예컨대 시바를 상징하는 링가)이 있다. 힌두교도들은 그 신상이나 상징물에 신이 머무른다고 믿겠지만, 석수(石手)

가 돌을 깎아 만든 물건에 무슨 신성이 있겠는가. 인간이 만든 물건에 신이 깃들 리 없다. 그것이 놓인 공간도 그냥 사물이 놓인 보통의 공간일 뿐이다.

예수는 성당과 교회를 지으라고 말하지 않았다. 예수는 가죽 슬리퍼를 신고 허름한 옷을 걸치고 다니며 "사람의 아들은 머리 둘 곳도 없다"라고 말했다. 제자들을 한 벌의 옷과 간단한 먹을 것만 지니고 각 지방으로 떠나게 하였다. 병을 고쳐줘도 대가를 받지 않게 하였다. 붓다가 살아 있을 때 기원정사는 비와 햇볕을 피할 수 있는 허름한 공간에 불과했다. 거창한 건물은 없었다. 공자의 경우도 다르지 않다. 공자는 자신을 등용해줄 왕을 찾아 천하를 돌아다녔고, 만년에 고향으로 돌아와 자기 집에서 학원을 열었다. 그 학원은 조선 시대 지방 향교의 10분의 1 규모도 되지 않았을 것이다.

가톨릭 국가인 스페인과 몰타에서 본 크고 화려한 성당은 수많은 인간들의 노동력이 축적된 결과물이다. 크고 화려한 성당에서 기도를 올리면 신이 좀 더 귀를 기울였을까? 그 성당에서 미사를 드릴 수 있는 사람은 아마도 귀족들이었을 것이다. 슬리퍼에 허름한 옷 한 벌을 걸치고 다니던 예수가 금와 은과 보석으로 치장한, 바티칸의 화려한 성당을 본다면 무슨 생각을 할까? 예수는 가난하고 소외받는 민중을 위해 이 땅에 왔지, 찬란한 수를 놓은 비단옷을 입고 금과 은으로 치장한 성물로 올리는 미사를 받기 위해 오지 않았을 것이다. 수만 명이 모이는 거창한 교회에는 예수가 임하지 않을 것이며, 돈 많기로 소문난 절에는 부처가 없을 것이다.

거창한 사원은 보통 사람이 범접할 수 없는, 보통 사람의 일상과 격리되고 성별된 공간이다. 그런 사원이나 신전은 신과 인간을 격리한다. 그런 공간에서만 신과 접촉할 수 있다면, 그 신은 그 건물 관리인의 지배를 받는 존재에 불과할 것이다. 인도에서 더 관심이 가는 사원은 거리에 있는 사원, 시골의 동네마다 있는 사원이었다. 그런 곳이야말로 범민(凡民)이 자기 소원을 말하며 위로를 받는 곳 같았기 때문이다.

인간이라면 누구나 이 세계의 기원 혹은 본질에 대해, 또 어떻게 살아야 할 것인가에 대해 질문을 던진다. 그 질문에 답하는 것이 종교다. 종교의 창시자로 알려진 종교적 천재들의 설교 역시 그 질문에 대한 답이다. 종교적 천재가 생각해낸 세계의 기원은 해석 여하에 따라 수긍할 수 있는 것도 있고, 수긍할 수 없는 것도 있다. 하지만 어떤 종교든 진지한 윤리학적 문제를 포함하고 있으며, 그것이 자기 욕망의 절제, 타자에 대한 사랑(이타성)으로 이루어져 있다는 것은 동일하다.

이런 절실하고 간절한 물음과 그 물음에 대한 진지한 답의 묶음을 본래적 종교라고 한다면, 교단과 교리로 구성된 종교는 제도적 종교다. 제도적 종교는 본래적 종교의 세계의 기원에 대한 진지한 물음을 저버리고, 욕망의 절제와 이타성 따위는 구두선으로 치부한다. 그런 말들은 사람을 낚는 도구일 뿐이다. 이따금 그것을 실천하는 사람이 나오지만 예외일 뿐이다. 아니, 그 사람의 존재는 제도적 종교의 타락을 감추는 구실을 할 수도 있다. 제도적 종교는 필연적으로 권력이 되어 인간을 억압하고 특히 약자를 착취한다.

나는 종교에 냉담한 편이다. 종교를 가진 적이 없는 것은 아니다. 본래적 종교 혹은 종교의 기원이 된 이른바 성인(聖人)들에 대한 존경의 염을 거둔 것도 아니다. 다만 신의 창조가 세계의 기원이라는 주장은 전혀 합리적이지 않기에 믿을 수 없다. 3000년 전 시나이 사막과 팔레스타인을 떠돌던 청동기시대 유목민이 발견한 신, 혹은 그들이 바빌론에 끌려가서 배워온 신화를 믿을 근거가 어디에 있단 말인가. 세계의 기원을 아는 데는 물리학이 더 유효하지 않을까? 하기야 빅뱅과 미립자물리학, 초끈이론조차 신이 창조한 것이라고 말하면 할 말은 없지만.

내가 경험한 성직자와 신자들의 행각도 종교와 멀어지는 데 중요한 역할을 한 것 같다. 어떤 종교의 신실한 신자라면서, 자신의 사적 욕망을 채우기 위해 많은 사람이 공감하고 동의한 공적인 일을 방해하는 자들을 숱하게 보았다. 오직 자신의 권력욕과 물욕을 채우기 위해 별별 악업을 쌓다가 쫓겨나고는, 얼마 지나지 않아 태연히 얼굴을 들고 다시 나타나는 자도 있었다. 그자의 얼굴에는 쇠로 만든 가면이 덮여 있을 거라는 것이 중론이었다. 어떤 비평가가 날카롭게 정곡을 찔렀다. 그는 이미 자신이 섬기는 신과 교통해 모든 죄를 용서받았기에 양심의 가책이 있을 수 없고, 사람들을 만나는 데도 조금의 거리낌이 없다고! 참으로 편리한 종교가 아닌가.

나의 경험으로는 종교를 믿는 사람이라고 해서 특별히 더 윤리적이거나 이타적이지 않았다. 종교인이나 신자들 중 선인이 있다면, 보통 사람들 중 선인의 비율과 동일할 것이다. 아니다! 역사적으로 종교인이나 신자들이 더 이기적이고 욕망으로 뭉쳐 있는 경우가 많았고, 그 이기심이 정치권력과 결합한 경우 무서운 결과를 낳기도 하였다. 종교적 확신을 가진 권력자들이 저지른 비극이 얼마나 많은가.

힌두교 신들

힌두교 사원에서 신상을 보면 매우 혼란스럽다. 특히 사원 출입구 위에 조성된 고푸람의 무수한 신들은 머리가 어지러울 정도다. 힌두교의 수많은 신상들은 그 배후에 있는 이런저런 신화를 알아야 비로소 이해할 수 있지만, 다른 문명권에 속하는 나는 자세한 지식이 없으니 힌두교 사원에 들를 때마다 의미를 알 수 없는 무수한 신상들에 주눅이 들곤 한다. 그리스 신화를 제대로 이해하기 위해서는 헤시오도스의 《신들의 계보》를 읽어야 한다. 또 《마하바라타》를 이해하기 위해서는 고대 인도 신들의 계보를 반드시 알아야 한다. 힌두교 신자가 아니고 힌두교를 공부하지도 않은 사람으로서 자세한 내용을 알 수 없고 알 필요도 없지만, 여행을 위해 약간의 정리를 할 필요는 있을 것 같다.

유일한 신 브라흐만은 이름도 형태도 없고 발현하지 않는 속성 그리고 이름과 형태가 있고 발현하는 속성을 동시에 가진다. 앞의 속성을 가리켜 니르구나 브라흐만이라 하고, 뒤의 속성을 가리켜 사구나 브라흐만이라 한다. 인간에게 현현하는 힌두교의 신은 후자로서 인간적 성격을 지닌다. 이렇게 인간적 성격으로 현현하는 신을 이슈와라라고 한다. 이슈와라는 우주를 창조, 유지, 해체하는 기능을 하는 브라흐마, 그것을 유지하는 비슈누, 해체하는 시바로 나타난다. 기독교의 삼위일체론과 비슷하다. 힌두교의 삼위일체론을 트리무르티라고 한다.

그다음은 쉽다. 수많은 신들을 브라흐마, 비슈누, 시바의 아바타로 설명하면 된다. 또 여신은 이 신들과 결혼한 사이로 설정한다. 당연히 여러 여신과 결혼할 수 있다. 결혼이 가능하면 자식과 형제도 가능하다. 그렇게 해서 수많은 신들을 포섭할 수 있다. 아마도 이것은 힌두교가 없던 지역의 신들을 포섭하는 데 매우 유리한 장치가 되었을 것이다. 기독교가 로마 제국의 공인 종교가 되면서 로마의 신들을 포섭해 들였던 것처럼 말이다.

이런 방식으로 엮인 신들의 계보는 복잡하다. 예컨대 비슈누 신의 아바타는 모두 열인데, 그중 가장 중요한 신이 《라마야나》의 주인공 라마 신이다. 《마하바라타》의 주인공 격인 크리슈나는 원래 토착신이었다가 비슈누의 아바타로 포섭되었다고 한다. 여신도 아바타와 접속한다. 라마의 아내 시타, 크리슈나의 연인 라다 역시 모두 결혼관계로 비슈누 신의 아바타에 포섭되는 것이다.

인도 어디를 가나 흔히 볼 수 있는 코끼리의 모습을 한 가네샤는 시바 신과 그의 아내 파르바티 사이에서 태어난 아들이다. 어느 날 파르바티가 목욕을 하는데 시바가 들어가려 하자, 가네샤가 막았다. 화가 난 시바는 가네샤의 목을 베었고, 파르바티가 그 광경을 목격하고 원망하자, 시바는 마침 옆에 있던 코끼리의 목을 베어 붙였다. 이것이 가네샤가 코끼리의 얼굴을 하고 있는 이유다.

트리무르티, 아바타, 결혼, 출산으로 인한 신 계보의 확장성은 신 자체로부터 나온 것이 아니라, 인간의 사회적 관계와 상상력의 소산일 뿐이다. 신이 결혼한 것을 누가 보았단 말인가. 신이 자식을 낳은 것을 또 누가 보았단 말인가. 믿을 근거도 없는 이야기지만 사람들은 믿는다. 하긴 모든 종교가 그렇다.

인도의 화장실

어젯밤 10시에 호스펫 역에서 열차를 타고 밤새 달려 오전 9시 반에 마이소르 역에 도착했다. 원래 9시 5분에 출발하기로 한 열차가 거의 한 시간을 연착하여 늦게 출발한 탓에 마이소르에 늦게 도착할 줄 알았는데, 뜻밖에도 도착 시간은 지킨 것이다.

호텔에 도착하니 10시다. MB 인터내셔널 호텔(MB International Hotel)이다. MB가 무슨 단어를 줄인 것인지는 모르지만, 이곳 인도에 와서 MB의 신세를 지다니! 결단코 달갑지 않은 일이다. 호텔에 도착하니 피곤한 몸이 빨리 침대 위에 쓰러지라고 나를 몰아세운다. 하지만 호텔 측은 손님들이 체크아웃 하는 대로 청소를 하고 방을 내주겠단다. 12시까지 기다릴 수밖에.

짐을 프런트에 맡기고, 호텔 뒤편에 있는 성당(Saint Philomena Church)을 찾아갔다. 성당은 오래된 것인 듯하다. 인도인 신자들이 성당 뜰에 가득하다. 한쪽의 마리아 상에 기도하는 사람도 있다. 한데 뭔가 번잡한 느낌이 들었다. 인도 하면 힌두교에 대한 인상이 워낙 짙기에 인도인 천주교 신자라고 하니 뭔가 생경한 느낌도 들었다. 성당 내부를 보니, 붉고 푸른 천을 천장에 묶어 좌우로 갈라 벽에 쭈욱 매달아두었다. 서양이나

113

한국의 성당과는 분위기가 사뭇 다르다. 몽가는 힌두교 신전 분위기가 있다고 말했다. 외래 종교가 들어가면 그 나라 문화에 의해 착색되기 마련이니까. 한국 성당도 이탈리아나 스페인의 성당과는 확실히 다르지 않은가.

12시라고 하더니, 그 전에 방 열쇠를 건네준다. 11시 15분에 숙소에 짐을 넣을 수 있었다. 아침은 호텔 5층의 허술한 식당에서 삶은 달걀과 토스트 반쪽으로 때웠다. 짐 정리를 하니 12시가 넘었다. 잠이 쏟아진다.

마이소르

이곳 마이소르는 영국 식민지 시절 영국의 직할령이 아니라, 왕이 다스리던 토후국이었다. 영국은 인도를 식민지로 삼았지만, 인도 전체를 직접 통치하지는 않았다. 직할령 외에도 약 70퍼센트 정도가 토후령이었다고 한다. 내정은 토후가 맡고, 국방과 외교는 영국이 맡았다. 규모가 큰 토후령으로는 하이데라바드, 카슈미르, 마이소르, 괄리오르 등이 있었다. 비교적 큰 토후령에는 주재관(The Resident)이라는 영국인 관리가 주재하며 행정의 총수 역할을 했다. 토후령을 둔 것은 인도의 전통적 지배계급과 민중을 분할 통치하고 통치 비용을 줄이기 위해서였다.

영국인은 1757년 플라시 전투에서 프랑스를 이기고부터 본격적으로 인도를 지배하기 시작했지만, 그럼에도 불구하고 인도 남부에는 여전히 강한 저항이 있었다. 이곳 마이소르의 왕 하이다르 알리(재위 1761~1782)가 가장 강력한 저항세력이었다. 그는 영국과의 전투에서 여러 차례 승리했다. 영국이 마드라스를 점령하자, 하이다르 알리는 1차 마이소르 전쟁(1766~1769)에 돌입해 승리를 거둔 뒤 1769년 유리한 조건으로 강화를 했다. 2차 마이소르 전쟁(1780~1784)에서는 알리의 아들 티푸 술탄(재위 1782~1799)이 영국군을 격파하고 1784년 망갈로르 조약(Treaty of Mangalore)을 맺었다.

마이소르는 3차 마이소르 전쟁(1789~1792)에서 패배한다. 2차 마이소르 전쟁에서 마이소르와 동맹관계였던 프랑스가 1789년 대혁명으로 마이소르를 돕지 못했고, 마이소르 자체도 해군력이 약해 패배했다. 티푸 술탄의 두 아들을 영국에 인질로 보내기로 하고 전쟁을 끝냈다. 영국의 침략을 예견한 티푸 술탄이 다시 전쟁을 준비하던 중 부하가 영국에 가담해 그를 살해한다. 이로 인해 4차 마이소르 전쟁(1798~1799)은 영국의 일방적 승리로 끝났다. 영국은 우드야 왕국의 왕 크리슈나라자 와디야르 3세(재위 1799~1868)를 마이소르의 왕으로 앉혔다. 마이소르가 지방 토후령(Indian State)이 된 것이다. 인도에 오기 전 마이소르에 대해 공부한 내용이며, 모두 《세계사 편력》에서 읽은 것이다.

데바라자 시장

잠시 눈을 붙였는데 눈을 뜨니 오후 3시 반이다. 몸에 다시 기운이 고였다. 먼저 가야 할 곳은 데바라자 시장(Devaraja Market)이다. 데바(deva)는 힌두교의 신성한 존재나 신을, 라자(raja)는 왕을 의미하니, 데바라자는 '신성한 왕의 시장' 혹은 '신왕(神王)의 시장'이라는 뜻인가보다.

포도를 산처럼 쌓아놓고 파는 수레 앞에 선량하게 생긴 청년 둘이 서 있다. 사진을 찍자고 하니,
환하게 웃으며 좋다고 한다. 이런 웃음을 보면 내 마음도 환해진다.

호텔 앞에서 오토릭샤를 타니 시장까지는 5분도 채 걸리지 않았다. 걸
어올걸 하는 생각이 들었다. 시장 바깥에는 툭 트인 광장이 있어 과일과
채소, 꽃, 잡화를 파는 노점상이 즐비하다. 포도를 산처럼 쌓아놓고 파
는 수레 앞에 선량하게 생긴 청년 둘이 서 있다. 사장님이 둘인 셈이다.
사진을 찍자고 하니, 환하게 웃으며 좋다고 한다. 이런 웃음을 보면 내
마음도 환해진다.

시장 안으로 들어가자, 생전 처음 보는 꽃시장이 펼쳐진다. 가로로 세
로로 골목이 무수히 나뉘고, 골목마다 장미·금잔화·국화·재스민 등의
꽃이 즐비해 눈이 뜻밖의 호사를 누린다. 장미만 해도 분홍색·노란색·

빨간색 등 색깔이 다양하다. 꽃은 꽃송이만 판다. 그냥 파는 것도 있고, 실에 꿰어 파는 것도 있다. 이렇게만 말하면 이 시장의 꽃을 너무 적게 보는 것이다. 내가 이름을 모르는 꽃들이 훨씬 더 많다. 예전에 꽃과 나무에 대해 해박한 어떤 교수님이 부러워 짬이 나면 나도 공부를 좀 해두려 했는데, 실천에 옮기지 못한 것이 후회가 된다. 세상은 공부하는 만큼 넓어지는 법인데, 늘 생각만 하고 짬을 내지 못하니 한심한 일이다.

꽃 가게 골목은 파는 사람, 사는 사람으로 발 디딜 틈이 없다. 한 종류의 꽃만 파는 가게도 있고 여러 종류의 꽃을 한꺼번에 파는 곳도 있다. 버젓한 가게가 있는가 하면, 노점도 있다. 꽃을 저울에 다는 사람, 한 가지 꽃만 부대에 넣고 있는 사람, 꽃을 꽉 채운 부대를 지고 가는 사람, 흥정하는 사람, 꽃 이름을 말하면서 사라고 소리치는 사람들이 각각 제 할 일을 하느라 겨를이 없고, 거기에 서양인 관광객까지 몰려와 이 화려한 꽃 천지를 카메라에 담느라 바쁘다. 나 역시 밀원(蜜源)이 몰려 있는 꽃밭에서 이 꽃 저 꽃으로 옮겨다니기 바쁜 꿀벌처럼 이 가게 저 가게로 돌아다녔다.

꽃이 이렇게 많이 팔리는 것은 그만큼 수요가 많기 때문이다. 힌두교에서 푸자를 드릴 때 꽃은 필수적이다. 도처에 사원이 있고 사원마다 신상이 있다. 신상에는 반드시 꽃다발을 걸거나 앞에 꽃송이를 올린다. 꽃을 무더기로 쌓아놓고 신상에 던져올리는 광경도 보았다. 대부분은 이 용도일 것이다. 그 외에 인도 여성들이 머리 뒤에 생화를 꽂아 장식하는 경우도 많이 보았다. 많지는 않지만 그런 것도 수요의 일부를 이룰 것이다. 그런 꽃을 재배하는 곳도 당연히 있을 터이다. 언젠가 다큐멘터리 프로그램에서 꽃만 재배하는 인도 농촌을 본 적이 있다.

꽃 골목 옆은 과일 골목이다. 포도·사과·수박·석류·파파야·바나나·잭프루트 등등 우리가 아는 과일은 다 판다. 당연히 모르는 과일이 더 많다. 이름을 모르니 여기에 적을 수가 없다. 바나나 잎사귀로 만든 그릇도 판다. 그냥 바나나 잎을 묶어 팔기도 하고, 말려서 그릇 형태로 엮어 팔기도 한다. 친환경적이라는 생각이 들었다. 사진을 찍으려 하니, 상인들이 웃으면서 포즈를 취해준다. 싫어하는 기색이 전혀 없고, 하나같이 표정이 순박하다.

꽃 가게 외곽의 골목은 잡화를 파는 곳이다. 어슬렁어슬렁 돌아다니니, 어떤 이가 자기가 파는 볶은 쌀이며 튀김을 건네며 먹어보라고 권한다. 그 옆의 작은 가게에서 두부처럼 보이는 네모난 덩어리를 팔기에 물어보니 사탕수수 즙을 졸인 것이라 한다. 색깔이 누런 것도 있고 약간 붉은 것도 있다. 조금 떼어서 맛을 보니, 한국에서 먹는 설탕과는 사뭇 다르다. 뭔가 약이 될 것 같은 맛이다. 값도 어지간히 싸다(한국 돈 1000원쯤 한다). 두 덩이를 샀다.

시장 구경을 하다보니 시장기가 몰려온다. 늦은 아침을 먹고 간밤에 잃은 잠을 자느라 점심때를 놓친 것이다. 간디 스퀘어에 있는 RRR이라는 식당이 유명하다고 해서 찾아갔지만, 오후 5시 반에 문을 닫았단다. 5시 반에! 어처구니없었지만, 나중에 들으니 점심 영업을 마치고 저녁 영업을 시작하기 위해 갖는 브레이크 타임이라고 한다. 하는 수 없이 맞은편의 실파슈리(Shilpashri) 레스토랑에서 저녁을 먹었다. 식당은 건물 옥상에 있다. 날이 더운 인도에는 건물 옥상에 자리한 식당이 많다. 새우 튀김과 볶음밥을 먹었는데, 점심 겸 저녁인 셈이다.

음식을 시켜놓고 멍하니 아래쪽 거리를 내려다보니 장례 행렬이 지나간다. 칠성판 위에 천을 씌우고 꽃을 덮은 시신을 여러 사람이 떠메고 간다. 갑자기 엉뚱한 생각이 머리를 스친다. 지금 저 거리로 내려가 인파 속에 스며들면, 다시는 한국으로 돌아갈 수 없으리라. 한국은 육신의 힘으로 도달할 수 있는 곳이 아니다. 지금까지의 삶을 버리고 다른 삶을 살고 싶으면 저곳으로 뛰어들면 그만인 것이다.

강산이 세 번도 바뀌고 남았을 오래전인 20대에 처음 인도에 왔을 때 들은 프랑스 젊은이 이야기가 생각났다. 유럽 여행팀이 인도에 왔다가 젊은이 한 명이 실종되었다. 아무리 찾아도 찾지 못해서 어쩔 수 없이 그냥 귀국하고 말았다. 그 여행팀에 속했던 사람이 훗날 다시 인도를 방문했는데, 깨달음을 얻기 위해 고행하는 사두 한 명이 길거리에서 구걸을 하고 있었다. 아무래도 낯이 익어 자세히 보니, 옛날에 실종된 그 젊은이였다(아니, 그때는 이미 중년의 나이였지만). 돌아가자고, 고향에서 부모와 형제, 친구들이 얼마나 찾았는지 모른다고, 지금도 그리워하고 있다고 말했지만, 젊은이는 돌아가지 않겠다고 했다. 그대로 사두로 남기를 원했던 것이다.

나 역시 여권을 버리고 저 거리로 뛰어들면 몇 년 뒤 인도 사람이 되어 있을 것이다. 그렇게 섞여 살아도 사람들은 조금도 이상하게 여기지 않을 것이다. 워낙 다양한 인종이 살고 있기 때문이다. 내가 한국 사람인 것은 우연의 결과다. 나는 나를 낳지 않았고, 나를 만들지 않았다. 내가 인도로 스며들어가 인도인이 된들 이상할 것도 없다. 내가 사는 해운대 장산에는 비 온 뒤 온갖 버섯들이 우연 끝에 장소를 달리하며 피어난다. 인간의 삶도 다르지 않다.

마이소르 왕궁

옥상에서의 식사는 괜찮았다. 메기라면과 삶은 달걀을 매일 먹다가 오랜만에 제대로 만든 음식을 먹으니 약간은 감격스럽다. 이제 기운을 내어 마이소르 왕궁으로 갈 차례다. 그 왕궁은 티푸 술탄을 패배시킨 영국이 앉힌 왕 크리슈나라자 와디야르 III세 이후의 마이소르 왕국 것이다. 제국주의의 충견이 되어 제 나라 백성을 쥐어짠 왕조의 왕궁이라 별로 호감이 가지 않는다. 물론 내 일도 아니고, 지금의 일도 아닌 옛날 일이지만 말이다. 밤에 마이소르 왕궁을 찾아간 것은 전등 쇼를 한다고 해서다. 왕궁 건물 전체의 윤곽이 드러나도록 전등을 빽빽하게 설치하고 오후 7시에 켜는 것이다. 한때 한국에서 유행한 루미나리에 같은 것이다. 왕궁의 뒤쪽 문으로 들어갈 수 있으려나 했는데, 문을 열어주지 않는다. 대신 문 바로 앞에 작은 힌두 사원이 있어서 의식을 진행하는 것을 볼 수 있었다. 신상(무슨 신상인지는 가려져서 보이지 않았다) 앞에서 사제가 웃통을 벗은 채 경건한 자세를 취하고 있었다.

한참을 걸어 궁전 정문으로 들어가니, 인도인과 서양 관광객, 그리고 한국인으로 정원이 복닥거린다. 모두 좋은 자리를 차지하고 전등이 켜지기를 기다린다. 7시 정각에 불이 들어오고, 발광체가 된 궁전이 화사한 윤곽을 내보인다. 사람들의 와 하는 탄성과 함께 악대가 궁전 뜨락에서 행진곡풍의 음악을 연주한다. 잠깐의 눈요깃거리일 뿐, 달리 감흥이 있는 것은 아니다.

궁전 내부는 내일 볼 것이다. 호텔로 돌아오니 7시 40분이다.

작은 가게, 소상인들

데바라자 시장을 떠나며 이상한 것을 깨달았다. 이제까지 들른 마드가온과 호스펫도 그랬지만, 이 도시도 큰 슈퍼마켓 같은 것을 찾아보기 어렵다. 우리나라의 편의점 같은 것, 혹은 아파트 단지 내에 있는 약간 큰 슈퍼마켓, 또는 그보다 큰 이마트나 홈플러스 같은 대형 마트가 없다. 물론 뉴델리나 뭄바이, 첸나이 같은 대도시에는 당연히 있다. 데바라자 시장 역시 작은 가게들이 모여 형성된 곳이고, 외곽에는 노점상들이 즐비했다.

소상인이 많다는 것은 한편으로 다행한 일이다. 만약 대규모의 마트가 들어선다면 대부분의 사람들이 실직할 것이다. 정호영의 《인도는 울퉁불퉁하다》를 보니, 인도에서는 전통적으로 가족끼리 운영하는 소규모 가게들이 2006년도를 기준으로 전체 소매유통의 97퍼센트를 차지한다고 한다. 또 이들은 전체 고용인구의 8퍼센트, 3500만 명쯤 된다고 한다. 그러니 대기업들이 인도의 소매유통업에 군침을 흘리는 것도 당연한 일이다.

데바라자 시장의 작은 가게들을 생각하다 보니, 모로코 페스의 수크가 문득 떠오른다. 의자 하나가 겨우 들어갈 만한 작은 가게에서 장인이 작업을 하고 있었다. 딱 두 사람만 앉을 수 있는 식당도 있었다. 그렇게 작은 가게들은 각각 한 가정의 삶의 근거가 된다. 그런데 페스에서 점심을 먹었던 식당 주인은 페스에서 파는 가격이 싼 물건들은 대부분 중국제라고 했다. 세계 자본주의 체제에서 수크의 수공업은 견딜 수 있을까? 유통업의 현대화 어쩌고 하면서 서구 대기업이 인도의 유통업으로 진출

121

하는 길이 열리면 어떻게 될까? 한국에서도 대형 마트가 들어서면서 동네의 소규모 슈퍼마켓들이 줄지어 문을 닫지 않았던가. 그 꼴이 반복될 것이다. 생각해보니 참혹한 일이다.

몇 년 전 TV에서 본 구자라트의 유명한 직물 장인이 한 말이 떠올랐다. 사장인 그는 수작업으로 염색을 하는 사람이었다. 그는 기계를 사용할 수도 있지만 보다 많은 사람에게 일자리를 주기 위해 수작업을 버리지 않는다고 했다. 만약 거대 기업이 꽃의 가격을 낮추고 유통을 합리화한다는 구실로 마이소르 시장 옆에 거창한 꽃 마트, 꽃 쇼핑몰을 짓는다면, 그것은 과연 마이소르 시민을 위해 좋은 일일까? 인도의 평범한 사람들을 위해 좋은 일일까?

작은 가게들은 문도 일찍 닫는다. 호텔 바로 옆의 구멍가게에 마실 물을 사려고 갔더니 7시 40분인데 벌써 문을 닫았다. 옆의 다른 어지간한 가게들도 모두 문을 닫았고, 거리는 캄캄하다. 시내 중심가를 벗어나면 대체로 이렇다. 한국인들은 이런 광경을 보고 놀란다. 알제리의 수도 알제에 갔을 때다. 호텔에 짐을 부리고 저녁을 먹으러 나가니 사방이 깜깜했다. 호텔 아래쪽 상가의 상점들도 모두 불을 껐고 거리에는 가로등조차 거의 없었다. 젊은이들만 무리를 지어 다녔다. 어두운 거리를 한참이나 헤맨 끝에 겨우 식당을 찾아 끼니를 해결했다. 하염없이 불편했지만, 그것이 옳은 것 아닌가. 저녁 늦게까지, 혹은 밤새워 일하는 것은 특수한 직종이 아니면 있어서는 안 될 일이다. 24시간 영업을 부지런하다고 찬양하는 사회는 결코 행복한 사회가 아니다. 인간의 삶을 짓밟는 사회일 뿐이다. 문득 과학과 기술의 발달이 과연 인간의 삶에 유리한 것인가 하는 생각도 든다. 전등과 시계는 근대의 발명품이다. 그것 덕분에 밤에도 노동할 수 있게 되었고, 노동량을 측정할 수도 있게 되었다. 시간은 분할해서 판매할 수 있는 물리량이 되었고, 급기야 아인슈타인의 물리학을 가능하게 했다. 하지만 시계와 전등으로 인간은 여유를 잃었다. 오늘날 과학과 기술은 도리어 인간의 자유를 박탈하는 도구가 된 것은 아닌가.

인도 TV

숙소에서 인도에 와서 처음으로 편안한 마음으로 TV를 보았다. 전에 묵었던 호텔은 TV가 나오지 않거나 나와도 볼 틈도 없이 쓰러져 자기 바빴다. 아니면 짐을 챙기고 메모를 정리하느라 TV 쪽에는 눈 돌릴 겨를이 없었다.

중국제 하이얼 TV를 켜니 홈쇼핑 채널이다. 한국과 같다. 아니, 이건 세계가 다 같다. 이리저리 돌려보니 영화 채널이 많다. 뜻밖에도 인도 영화는 많지 않고 할리우드 영화, 홍콩 영화가 대부분이다. 〈울버린〉 〈컨저링〉 〈에일리언〉 〈폼페이〉 등이 상영 중이고, 주성치가 나오는 유명한 코미디 영화 〈쿵푸허슬〉도 방영 예정이다. 미국 시트콤 〈프렌즈〉, 〈아메리카 갓 탤런트 시즌 9〉도 한다. 살바토레 페라가모의 패션쇼도 한창이다. 미국 할리우드 영화의 폭격인 셈이다. 홈쇼핑이 세계화한 것처럼 할리우드 영화의 세계화가 이루어졌으니, 인도만 예외일 수는 없다. 발리우드도 TV 안에서만은 할리우드에 밀리는 형국이다.

채널을 돌려보니 엄청 많다. 디스커버리 채널, 내셔널 지오그래픽, 폭

123

스 채널, CNN, BBC 등도 물론 있다. 종교 채널도 허다하다. 당연히 가장 많은 채널이 힌두교 쪽이고, 가톨릭, 개신교도 있다. 종교 지도자의 설교, 의식, 힌두교의 신화를 다룬 서사물 등이 주류를 이룬다. 이리저리 채널을 돌리며 화면을 주유하다가, 전통 복장과 화장을 한 여성이 홀로 추는 춤을 눈을 떼지 못하고 보게 되었다. 인도 전통 춤인데, 동작은 크지 않지만 한국에서 볼 수 없는 독특한 춤사위였다. 춤 이름을 모르니 다시 볼 기회는 없을 것이다. 아쉽기 짝이 없다.

화장실

이곳 호텔은 식당에 따로 화장실이 없다. 프런트 층에도 따로 화장실이 없다. 화장실은 오직 객실에만 있다. 따라서 객실에 들어가지 않고는 화장실 문제를 해결할 방법이 없다. 호텔이 워낙 작기도 하지만 이건 좀 곤란하지 않은가. 호텔만 그런 것도 아니다. 콜바비치의 커피데이 커피숍에도 화장실이 없었다. 커피데이는 인도 여러 곳에 가게를 내고 있는 커피 프랜차이즈다. 한국으로 치면 카페베네나 엔젤리너스쯤 된다. 이런 프랜차이즈 기업도 화장실을 두지 않는 것은 인도의 문화인 것인가. 화장실이 없는 식당도 많았다. 인도 사람들은 급한 경우 어떻게 문제를 해결하는지 궁금했다. 열차를 타고 마이소르에 거의 다 왔을 때 창밖을 보니 가까이 보이는 들판에 한 사내가 볼기를 드러내고 앉아 있었는데, 대도시에서는 이런 방법이 통하지 않을 것이다. 유료 화장실은 많다. 그러니 늘 동전을 준비해서 다녀야 한다. 대개 한 번 사용하는 데 2루피 정도를 받았다. 공용 버스 터미널의 화장실도 그랬다. 너무하는 것 아닌가 하는 생각도 들었지만, 한편으로는 그것도 일자리라는 생각이 들었다.

화장실 문제는 인도의 오랜 숙제다. 간디는 신출내기 변호사 시절 남 아프리카에서 처음으로 명성을 얻었는데, 프리토리아에서 처음 한 연설 에서 이렇게 말했다. "나는 우리 인도인의 습관이 주위에 있는 영국인과 비교할 때 비위생적인 것을 알았으므로, 그 점에서 그들의 주의를 불러 일으켰다." 그 뒤 나탈에 정착하고 계약 노동자 문제로 싸울 때도 간디 는 인도인의 청결 문제를 떠올렸다. 원래 남아프리카 나탈의 유럽인들 은 사탕수수 재배에 필요한 노동력을 인도 노동자로 채웠다. 인도 노동 자는 5년을 일하면 풀려나 토지를 소유하고 살 수 있었다. 백인들은 인 도인들이 남아서 농업을 발전시킬 거라 기대했던 것이다. 하지만 인도인 들은 농업만이 아니라 무역에도 종사해 백인 무역상과 경쟁하기 시작했 다. 그러자 나탈 정부는 계약 노동자에게 매년 25파운드의 세금을 부과 하려 했다. 간디는 당연히 반대했다. 간디가 생각하기에 백인들이 인도 인 무역상에 대해 적대심을 갖게 된 결정적인 근거는 인도인의 사업 재 능이었다. 그 외에 인도인들이 '건강과 위생 원리에 무관심한 것, 주변을 깨끗하고 산뜻하게 하기를 게을리하는 버릇, 인색한 성향 탓에 집수리 를 할 줄 모르는 것'도 원인의 하나로 꼽았다. 청결과 위생에 대한 무관 심은 화장실 문제와 이어진다.

1896년 간디가 가족을 데리러 인도에 일시 귀국했을 때의 일이다. 뭄 바이로 가는 도중 간디는 라지코트에 들러 남아프리카의 상황에 대한 소책자를 쓴다. 이때 뭄바이에 전염병이 돌았고 그것은 라지코트에도 번 질 수 있었다. 간디는 위생국에 조력하겠다는 신청서를 냈고 사태조사위원회의 일원이 되었다. 그는 화장실의 청결의 특히 강조했다. 이때 사태조사위원회의 조사 결과가 《자서전》에 나와 있는데, 참고가 될까 하여 옮겨둔다.

가난한 사람들은 자기네 변소 검사하는 것을 반대하지 않았고, 도리어 지시한 대로 개량을 잘 실행해주었다. 그런데 우리가 상류층의 주택을 검사하러 들어갔을 때는 우리를 안에 들이려고 하지 않았고, 지시는 더구나 들으려 하지 않았다. 우리가 경험한 바로는, 상류층일수록 변소가 더러웠다. 그들의 변소들은 어둡고, 냄새가 코를 찌르고, 오줌과 똥이 흘러나오고, 구더기가 득실거렸다. 우리가 지시한 개량이란 것은 아주 간단한 것이었다.

말하자면 이런 것들이다. 대변을 땅에 보지 말고 통을 준비해둘 것, 소변도 땅에 보아 젖어들게 하지 말고 통을 준비하여 볼 것, 바깥담과 변소 사이의 벽을 없애서 햇빛과 공기가 잘 통하고 청소부가 변소를 손쉽게 칠 수 있도록 할 것 등이다. 상류층에서는 이 나중 사항에 갖가지 반대를 일으켜 대개는 그대로 시행되지 않았다.

가난한 사람들은 화장실 검사도 반대하지 않고, 지시하는 대로 개량을 잘 실행했지만, 상류층은 화장실이 더러웠던 것은 물론이고 지시를 전혀 들으려 하지 않았다는 것이다.

사태조사위원회는 불가촉천민의 거주지역도 검사했는데, 그들의 집에는 아예 화장실이란 것이 없었다고 한다. 하지만 집 안은 너무나 깨끗하게 청소가 되어 전염병이 발생할 염려가 전혀 없었다고 한다. 문제는 상류층이었다. 간디는 이렇게 말하고 있다.

상류층 지역에서 본 변소 하나는 좀 자세히 쓰지 않을 수 없다. 방마다 하수시설이 있었는데, 거기에 물도 소변도 버리는 것이었다. 그러다보니 집 전체에서 코를 찌르는 냄새가 났다. 한 집에서는 침실이 위아래층으로 되어 있었는데, 방 안에 하수시설이 있어서 거기서 대소변을 다 보게 되어 있었다. 그 하수통의 파이프가 아래층으로 내려와 있었는데, 고약한 냄새 때문에 방 안에 서 있을 수가 없었다. 그러니 그 방에서 사람이 어떻게 잠을 잘 수 있었는지 그것은 독자의 상상에 맡긴다.

이 글을 읽어보면 오늘날 인도의 화장실도 여기서 아주 벗어난 것은 아닌 것 같다.

위세품과 권력

아침 7시에 일어났다. 어제 돌아올 때 호텔 근처에서 산 메기라면과 달걀로 식사를 대신했다. 음, 이제 이 라면의 밀가루 냄새, 마살라 냄새가 아주 지겹다.

일찍 나가고 싶지만, 상점들은 대개 10시 이후에 연다. 10시가 되기를 기다려 체크아웃 한 뒤 프런트에 짐을 맡기고 마하라자 궁전으로 걸어갔다. 어제 오토릭샤를 타고 갈 때 길을 꼼꼼히 보아두었기 때문에 쉽게 갈 수 있었다. 또 이곳 마이소르 시내는 좁은 편이고 마하라자 궁전은 워낙 크고 유명한 곳이기에 찾기 어렵지 않다. 길을 약간 두르기는 했지만, 출발한 지 30분 만에 도착했다. 가는 도중 가게들과 교회, 성당, 사원 등을 보았다.

마이소르 시내를 가로지르는 가장 넓은 길인 앨버트 빅토르 로드(Albert Victor Road)는 왼쪽으로 K. R 서클(K. R circle), 중간에 차마라자 서클(Chamaraja Circle), 오른쪽으로는 하딘지 서클(Hardinge Circle), 이 세 로터리 아래쪽의 넓은 지역을 차지한다. 참고로 마이소르에는 지표가 되는 이런 로터리가 많다. 앞에서 말한 간디 스퀘어 역시 앨버트 로드 위쪽에 있는 로터리다.

마이소르 궁전

마이소르 궁전은 입장료가 200루피다. 현지인이 40루피니 외국인에게는 다섯 배를 받는 것이다. 신발을 벗어 맡겨야 하고, 사진도 찍을 수 없다. 또 정해진 코스로만 다닐 수 있다. 궁전 전체는 베르사유 궁전 풍이다. 하지만 자세히 보면 아랍식과 인도식, 서양식이 섞여 있다. 벽면에는 이슬람식 오지 아치 형태의 무늬를 넣었고, 기둥 끝부분에는 서양 건축물에서 흔히 보이는 조각들이 새겨져 있다.

1층 벽에는 그림이 가득하다. 마이소르 왕(토후)이 군대를 사열하는 모습, 근위대 등을 그려놓았다. 누구라고 쓴 것을 보았는데 기억이 나지 않는다. 영국의 침략에 저항했던 티푸 술탄에 이어 왕이 된 사람들일 것이다. 그림 아래의 해설문을 옮겨적으려다가 그만두었다. 영국의 응견(鷹犬)이 되어 제 나라 백성 위에 군림한 자에 대해 알면 또 무엇 하겠는가? 뭐 이런 이유였는데, 돌아보니 쓸데없는 생각이었다. 두 번째 방에는 유화가 가득한데, 왕실 가족의 초상화들이다. 2층은 넓은 테라스식 공간에 기둥들이 열립해 있다. 앞이 트여 있어 넓은 마당을 볼 수 있는데, 한쪽은 관람석으로 꾸며놓았다. 이곳에서 어젯밤 악대의 연주를 본다면 아주 괜찮을 것이다.

궁전 내부는 매우 화려하다. 2층에는 화려한 부조(浮彫)를 한 은제 문이 있다. 손상이 갈까 유리를 덧씌워놓았다. 화려한 궁전을 보고 있으니 엉뚱한 생각이 일어난다. 왕과 신하들이 위엄을 과시하는 이 궁전의 지붕과 벽을 누가 공중에서 들어낸다면 어떤 꼴이 될까. 그들의 옷을 모두 벗겨버린다면 어떻게 될까? 백주대낮에 허허벌판에서 나체가 되어도 그들은 위엄이 설까, 위세가 있을까?

권력은 대부분 위세품을 통해 행사된다. 위세품 없이 권력이 행사되는 경우는 극히 드물다. 아니, 없다! 따라서 위세품은 권력 그 자체다. 크고 웅장한 건물, 복잡한 구조, 중첩된 문, 많은 문지기들, 고급스러운 실내 장식, 화려한 의상 등은 권력을 집행하는 수단 정도에 머무르지 않는다. 권력 그 자체다. 사람들은 고치를 보고 그 고치 속의 애벌레가 원래부터 권력이 있는 줄 안다. 권력은 제도와 조직, 위세품으로 형성된다. 본디 권력자는 그것에 의지하여 권력을 행사하는 애벌레일 뿐이다.

돌아서 나오니, 마이소르 궁전 주거 공간(Mysore Palace Residential Wing)으로 들어가는 표를 파는 매표소가 보인다. 이런 곳이 더 볼 만하지만, 입장료를 보니 인도인은 40루피, 외국인은 285루피다. 이런 곳을 구경하기 좋아하는 것이 나의 취향이기는 하지만, 외국인에게 폭리를 취하는 것 같아 표를 사지 않았다. 씁쓸하다. 하기야 나는 원래 왕궁 따위를 좋아하지 않는다. 아니, 왕이라는 존재 자체에 전혀 호감을 느끼지 않는다. 왕은 왜 왕이 되었는가. 왕조를 연 왕을 제외하면, 모두 어쩌다 왕의 자식으로 태어나서 왕이 되었을 뿐이다. 그런 인간이 왕이 되면 그저 지배할 뿐이다. 그런 사람이 살았던 집이라 해서 더 흥미로울 것은 없는 것이다.

왕궁을 나와 걸어서 '스리 자야차마라젠드라 아트 갤러리(Sri Jayacha-marajendra Art Gallery)'로 갔다. 미술관인 줄은 알겠지만, 앞의 긴 고유명사가 의미하는 것을 모르겠다. 미술관으로 들어서니 전면에 흰 인도식 건물이 보인다. 이 건물은 원래 궁전(조간모한 궁전)이다. 1861년 완공된 이 건물은 오데야르 왕이 궁전으로 사용했다. 원래는 마이소르 궁전이 정궁(正宮)이지만, 화재로 소실되어 재건축 중이었기 때문이다. 아트 갤러리가 된 것은 1915년이고, 지금의 이름이 붙은 것은 1955년이다.

입장료는 외국인 120루피다(내국인은 20루피). 원래 궁궐이었는지는 몰라도 건물 자체가 매우 지저분하다. 정면의 희고 아름다운 건물은 극장으로 사용되고 있었고, 우리가 방문했을 때도 '파랑가토트사바'라는 제목의 공연을 하고 있었다. 무슨 말인지는 모르나 플래카드에 'A National Level Festival of Classical Dance & Music'이라고 쓰여 있으니 인도 전통 춤과 음악 공연인 줄은 알겠다.

미술관은 이 건물 뒷부분에 붙어 있는데 낡고 지저분하다. 특히 1층에는 전시를 해놓지 않은 빈 공간이 있는데, 무척 을씨년스럽다. 아마도 건물을 손본 지 오래된 것 같다. 전시품의 진열 상태 역시 별로 좋지 않다. 먼지가 잔뜩 앉아 보기에도 흉물스럽다. 1층에 서양 자명종, 일본 화조도, 각종 생활용품 그리고 'Story of shri Krishna and Sudhama'라는 일련의 세밀화들이 있다. 이것은 크리슈나와 그의 어릴 적 친구인 수다마의 이야기를 그린 그림이라는 뜻이다. 내용이야 문외한인 나로서는 알 수 없다. 이 외에 거대한 영국제 오르골도 있다.

다른 방에는 큰 초상화가 있다. 모두 26명을 그린 것이다. 제목은 'His highness The Late Krishnaraja WadiyarⅢ, in European Durbar'이다. 마이소르 전쟁으로 티푸가 패배한 뒤 토후가 된 와디야르 왕조의 크리슈나라자 3세가 유럽(영국인 듯)에 있을 때 그린 그림인가? 1층의 또 다른 방에는 '티푸 왕 관련 전시품(Exhibits Relating to Tippu)'이 있는데, 주로 마이소르 전쟁을 그린 것으로 보인다. 그 외의 전시실에는 큰 초상화가 눈에 뜨인다. 역시 와디야르 왕조의 자타차마 왕의 초상화다.

1층에 들어서서 가장 먼저 눈에 뜨인 것은 검은 비단에 희게 그린 대나무 그림이다. 한시 한 수가 그 옆에 적혀 있다. 겨울이 되어도 대나무가 시들지 않음을 찬양하는 내용이다. 시 옆에 '關羽之印, 漢壽亭侯'라는 전자체(篆字體) 도서(圖署)가 찍혀 있다.《삼국지연의》에 의하면, 관우(關羽)가 원소(袁紹)의 맹장 안량(顔良)과 싸워 그를 죽이자, 조조(曹操)가 관우에게 '한수정후(漢壽亭侯)'라고 새긴 도장을 보냈다는데, 이것이 그 도장인가. 우습다! 설명서에 의하면 대나무 그림은 일본에서 그린 것이라고 한다. 한나라 말기 한수정후 도장을 찍은 대나무 그림이 일본에서 그린 것이라니, 정말 괴이한 일이다. 어쨌거나 겨울의 추위에도 절개를 자랑하는 대나무 그림이 멀리 더운 인도까지 와서 고생하는구나!

2층에는 자개로 만든 의자, 침상, 체스판이 진열되어 있다. 유화로 그린 초상화도 많다. 공작새 꼬리가 등받이인 나무 의자 등이 이채롭다. 크리슈나를 그린 유화도 있다. 역시 신화의 나라다. 3층에는 희한하게 만든 체스판과 여러 악기가 진열되어 있다. Temboors, Veenas, Dilruba, Sitar, Sarang & Fiddle 등 이름도 다양한데, 이제까지 한 번도 보지 못한 것들이다.

미술관을 나오니 기념품을 파는 가게들이 줄지어 있다. 문득 낡고 어둡고 먼지 가득한 이 미술관의 물건들을 사용하던 사람들은 한 명도 남지 않고 다 사라져버렸다는 생각이 들었다.

점심을 먹기 위해 로열 오키드 호텔(Royal Orchid Hotel)을 찾아갔다. 그동안 식사 시간을 넘기기 일쑤였고 메기라면과 달걀, 바나나를 상식으로 삼다보니, 제대로 차려진 음식이 먹고 싶었다. 굳이 로열 오키드 호텔로 온 것은, 여행 책자에 오키드 호텔 점심 뷔페가 아주 괜찮고 값도 250루피 정도면 된다는 정보가 실려 있었기 때문이다. 250루피면 한국 돈으로 4000원 남짓이다. 당도해보니 호텔은 그리 크지 않지만 중정이 깨끗하고 시원했다. 식사도 매우 훌륭했다. 인도에 와서 처음으로 생선다운 생선도 먹었다. 조용한 분위기에서 식사를 마친 뒤 계산서를 받아보고 약간 충격을 받았다. 내가 본 여행 책자가 무척 오래전에 나온 것임을 깜빡한 것이다.

오후에 차문디 언덕(Chamundi Hill)을 찾아갔다. 이곳은 힌두 사원인 차문디 템플이 있어서 유명한 곳이다. 힌두 사원에 대해 워낙 아는 것이 없어서 차문디 사원에도 큰 관심은 가지 않는다. 차문디 언덕이 평지인 마이소르에서 높이 솟아 있어 조망하기 좋아서 겸사겸사 올라가는 것이다. 얼마나 먼지 모르겠고 버스 타기도 애매하여 오토릭샤를 불러서 타고 갔다. 짧은 흥정 끝에 바가지요금을 씌워 기분이 좋았는지, 중년의 운전사는 한참 신나게 달리더니 산허리쯤에서 갑자기 멈춘다. 아래쪽 한 곳을 가리키며 저쪽이 뉴마이소르고 중간에 백악관처럼 솟아 있는 건물이 가장 최근에 지은 최고급 호텔이란다. 음, 그런 고급 호텔에는 난 관심 없수다! 높은 곳에 올라가니 도시 전체가 보인다.

운전사는 한참을 가더니 길가의 소를 가리키며 왜 소에 색칠을 했는지 아느냐고 묻는다. 안 그래도 마이소르에 처음 도착했을 때 붉은 소, 푸른 소, 노란 소 등 이상한 빛깔의 소들이 길거리를 돌아다녀 궁금해하던 차였다. 설명인즉슨 '마카라 상크란티'(정확하게 받아적은 것인지 모르겠다)

축제 때 칠한 것이란다. 1월 14일은 더 이상 날이 더워지지 않는 날이기 때문에 특별히 축제를 열고, 소의 뿔과 몸에 물감을 칠해 기념한단다. 영어로 속사포처럼 지껄이는 말이라 정확하게 이해할 수 없었다. 나의 기억에는 아마도 오류가 있을 것이다.

운전사가 또 릭샤를 세우더니, 아래쪽 마을 하나를 가리킨다. 실크를 제조하는 마을이란다. 그런 마을이 마이소르에 약 200개가 있고, 마이소르의 실크는 인도 전역에서 품질이 가장 좋기로 유명하고, 수출도 많이 한단다. 그리고 길 옆의 나무를 가리키며, 백단향인데 이 향 역시 마이소르 특산물이란다. 차문디 언덕을 보고 내려가면 실크, 백단향 제품 가게로 끌고 가려는 것이다. "기사 양반, 나는 비단과 향료에 아무 관심이 없수다! 필요하지 않수다"라고 거듭 똑 부러지게 말하니, 서운한 기색이 역력하다. 하지만 이렇게 말하지 않으면 제 맘대로 끌고 갈지 모른다.

정상에 올라가니 바로 차문디 사원 앞이다. 한국의 절집도 그렇거니와, 버스 정류장 앞에는 기념품과 음식을 파는 가게들이 늘어서 있다. 사원은 사방에 회랑을 두른 정방형 건물이고 모두 노란색으로 칠했다. 입구에는 고푸람이 하늘로 치솟아 있다. 고푸람 아래의 입구로 가니 'SHRI CHAMUNDESHWARI TEMPLE'이라고 쓴 간판이 있고, 그 위에 가네샤 상이 있다. 차문디스와리라는 사원 이름은 샥티(Shakti)의 가장 맹렬한 형태로, 차문디스와리 혹은 두르가 여신의 이름을 따서 지은 것이라 한다. 샥티는 시바 신의 에너지를 말한다. 대개 힌두교에서 여신은 남신(男神)의 에너지가 형상화한 것이니, 시바 신의 배우자는 샥티가 현현한 존재이다. 시바 신의 배우자인 여신은 사티, 파르바티, 두르가, 칼리 등 다양한데, 차문디스와리 역시 시바 신의 배우자인 모양이다. 다만 여신은 긍정적인 모습 또는 부정적인 모습으로 나타날 수 있는데, 파르바티 여신은 온화하고 긍정적인 모습으로 나타나고, 차문디스와리와 칼리 여신은 죽음과 공포를 나타낸다고 한다.

사람들이 사원 입구에 길게 줄을 지어 기다린다. 물어보니 사원은 3시 반에 열린다고 한다. 50분 뒤다. 하지만 저 긴 줄 뒤에 서야 하니, 내가 들어갈 수 있는 시간은 그보다 더 뒤일 수 있다. 또 나 같은 이교도를 안으로 들여보내준다는 확신도 없다. 그래도 기다려볼까 하다가, 함피에서 힌두 사원을 질리도록 본 것을 핑계 삼아 사원 밖만 한 바퀴 빙 둘러보고 말았다. 그래, 그냥 높은 곳에서 마이소르의 풍광이나 실컷 보자꾸나! 앞에서도 말했다시피, 차문디 언덕은 마이소르를 내려다보기에 좋은 곳이다. 이쪽 지방은 모두 평원이고 산이 없다. 사흘 전 함피의 원숭이 사원이 높아 보인 것 역시 이쪽 지방이 모두 평원이기 때문이다. 끝이 보이지 않을 정도로 넓은 평원이 펼쳐져 있다. 모두 숲이다. 그 가운데 사람이 사는 마을과 도시가 들어서 있다. 산이 많아 산과 산 사이의 좁은 공간에 도시가 들어앉아 있는 한국에서는 볼 수 없는 풍광이다.

버스를 타고 내려와 다시 데바라자 시장으로 갔다. 버스 스탠드 아래쪽은 마하라자 궁전이고 위쪽은 데바라자 시장이다. 가장 볼 만한 것은 역시 꽃 가게다. 한국에서 꽃은 감상용이고 가끔 의식용으로 쓰인다. 그에 비하면 인도에서 꽃은 생활 그 자체다. 시장을 돌아보고 나와 대로를 건너니, 슈퍼마켓이라고 써놓은 간판이 보인다. 슈퍼마켓은 처음 본다. 들어가보니 일상생활에 사용하는 잡화를 파는 곳이다. 화장비누, 플라스틱 제품, 장난감 같은 것 말이다. 식품은 전혀 팔지 않는다. 내가 사는 아파트의 지하에 있는 마트보다 작은 규모다. 슈퍼마켓은 3~4평쯤 되는 네 개의 공간으로 나뉘어 있는데, 각 공간마다 점원이 서넛이다. 사실 이 점원들은 슈퍼마켓에서 물건을 구입하는 데 전혀 필요 없는 인원이다. 임금이 낮으니 고용했을 터인데, 이렇게라도 고용하는 것이 실업자를 양산해 길거리로 내모는 것보다 훨씬 나을 것이다.

시장을 한참 돌아다니니 지친다. 잠시 쉴 곳을 찾았지만, 이 도시에는 도무지 커피숍 같은 것이 없다. 길가에 있는 작은 가게에 들어가 커피숍이 있는 곳을 물어보니, 오른쪽·왼쪽·직진 등 방향을 친절하게 지시한다. 지시하는 대로 갔지만, 그곳은 커피를 테이크아웃 하는 가게이지 머물러 쉴 수 있는 커피숍이 아니다. 거리를 두리번거리다가 새로 지은 깨끗한 상가 건물이 있어서 들어가보니 과연 1층에 커피숍이 있기는 하다. 하지만 그야말로 엉덩이를 붙일 수 있는 의자만 예닐곱 개 있는 작은 공간이고, 탁자는 없다. 하는 수 없이 같은 건물 안의 KFC로 가서 메모한 것을 한참 동안 정리했다. 한국에서도 전혀 찾지 않는 패스트푸드점을 인도의 마이소르에서 찾다니, 역시 여행을 오면 평소 하지 않던 일도 하는 법인가. 이 건물은 꽤나 고급 상가다. 하지만 2층까지만 영업을 한다. 3층에는 KFC와 전자오락장만 있고, 나머지는 모두 비었다. 상가가 텅 텅 비어 있는 것이다.

저녁때다. 데바라자 시장 근처에 티베트 식당이 있다고 해서 찾아나섰다. 티베트 식당에 가면 툭바(칼국수), 텐툭(수제비), 모모(만두) 등을 먹을 수 있기 때문이다. 그런데 날이 갑자기 어두워져서 길 찾기에 실패하고 말았다. 하나 괜찮았던 것은 티베트 식당을 찾아가는 길에 헌책방이 몰려 있는 거리를 발견했다는 것이다. 시장에서 내려와 RK 로터리를 오른쪽으로 돌면 큰 대로가 나오는데, 그곳에 마치 청계천 헌책방 거리와 같은 거리가 조성되어 있었다. 아주 작은 가게들이 대학 교재 등을 쌓아놓고 판다. XEROX라고 써붙인 가게가 많다. 책이나 문서를 복사해주는 곳인 듯하다. 생각해보면 책은 굳이 새 책일 필요가 없다. 공연히 나무만 없앨 뿐이다. 복사도 괜찮다.

티베트 식당은 결국 찾지 못하고, 여행 책자에 소개된, 간디 스퀘어에 있는 RRR이라는 곳에 가서 먹었다. 원래 어제 찾아갔다가 오후 영업이 끝났다고 해서 나온 곳이다. 막상 들어가서 보니, 별로 주문하고 싶은 것이 없다. 또 인도 음식을 잘 알지도 못한다. 아는 단어라고는 '치킨 비리야니'뿐이라 그걸 주문했더니, 노란 향신료와 닭고기를 조금 넣고 볶은 밥을 큰 그릇에 산더미처럼 담아 내온다. 값은 겨우 155루피다. 따로 넓은 바나나 잎을 가져다 깔아주는데, 거기에 밥을 덜어먹으라는 뜻이다.

용감하게 5분의 1쯤 덜어 먹어보았지만 더 이상 넘어가지 않는다. 점심이 부실했다면 나의 위장은 어떻게든 그 장립종(長粒種) 쌀알을 향신료와 함께 거두어들였을 것이다. 하지만 위장은 행복했던 점심을 아직도 기억하고 있다. 거의 절반을 밀어넣고 항복했다. 건너편 인도인을 보니, 주문한 치킨 비리야니를 다 먹고 종업원을 불러 "라이스!"라고 큰 소리로 외친다. 종업원은 엄청 큰 양푼 같은 것을 옆구리에 끼고 와서 바나나 잎에 흰 밥을 두어 공기 남짓 덜어놓는다. 그리고는 다시 양념통 같은 것을 끼고 와서(예전에 우리나라 가정에서 쓰던 커피와 설탕과 프림을 담는 작은 플라스틱 단지 셋을 한데 묶은 용기와 똑같다) 커리를 덜어놓는다. 사내는 오른

손으로 밥과 커리를 섞어 맛있게 먹는다. 식사는 그것으로 끝이다. 다른 반찬 같은 것은 없다.

사기꾼 운전사

호텔에 가서 짐을 찾아 코치로 떠나는 야간버스를 타러 간다. 야간버스는 시내버스 스탠드 앞에서 출발한다. 시내버스 스탠드에는 시내와 가까운 교외를 왕복하는 버스만 다니고, 뭄바이나 코치처럼 장거리를 가는 버스는 그 건너편에 있는, 장거리 운행을 담당하는 버스 회사 매표소 앞에 버스가 도착하는 즉시 타고 떠난다. 따로 시외버스 터미널 같은 것은 없다. 칼라다(Kallada) 버스 회사 매표소 앞에 9시 30분에 도착하니, 버스는 11시 15분에 온다고 한다.

매표소는 무척 좁다. 의자가 다섯 개 놓여 있다. 한담이 벌어졌다. 한국인 여대생 둘이 오늘 크게 낭패 본 이야기를 한다. 함피에서 선량한 오토릭샤 운전사를 만나 저렴한 가격에 유적지 일대를 돌아보았는데, 이곳 마이소르에서도 천만다행으로 아주 친절하게 생긴 오토릭샤 운전사를 만나서 200루피라는(내가 생각하기에 이것은 정말 말도 안 되게 싼 가격이다) 파격적인 가격으로 마하라자 궁전, 차문디 힐 등을 모두 돌아보기로 '계약'했더란다. 하지만 이 운전사는 가기로 한 마하라자 궁전에는 가지 않고 실크 가게, 보석 가게, 옷 가게 등을 차례로 들르면서 물건을 사라고 강요하더란다. 견딜 수 없어 "팰리스!"라고 수없이 외친 끝에 겨우 '마하라자 팰리스'에 내릴 수 있었더란다. 그런데 그러는 도중에 이 운전사라는 인간이 두 여학생에게 여기는 마리화나나 아편이 불법이 아니고 얼마든지 할 수 있는 '안전한 장소'가 있으니, 말만 하면 데려다주겠다고 하더란다. 하도 어이가 없어 빨리 팰리스로 가자고 거듭 채근했지만, 아랑곳하지 않고 몇 시까지 어디로 와라, 인도에서 할 수 없다면 한국으로 보내주겠다, 오일에 섞어서 보내면 절대 안전(?)하다고 흰소리를 치더란다.

이곳 인도는 한때 히피들의 천국이었다. 함피의 강 건너 원숭이 사원 아래 값싼 숙소들이 몰려 있는 곳에서 그런 분위기를 느꼈다. 식당들도 한쪽은 의자와 테이블이 있는 공간이지만, 한쪽은 베개가 있고 길게 누울 수 있는 공간이었다. 그것을 보니, 과거 영화에서 본 중국의 아편굴이 떠올랐다. 아니, 재작년 인도 북부 마날리에 갔을 때 길가에 야생 대마가 있다고 했다. 마날리 역시 과거 히피들의 천국이었다.

캐나다 교포 노인장

캐나다 교포라는 분이 자기 이야기를 늘어놓았다. 이분은 자신의 나이보다 둘이 적은 76개 국을 여행한 분이다. 올해 두 나라 이상을 여행해 여행한 국가가 78개 국 이상이 되면 자기 나이를 돌파하는 셈이라고 은근히 자랑을 한다. 연세치고는 얼굴에 주름이 거의 없고, 키도 크고, 몸도 단단하다. 등에 진 배낭도 젊은 사람들 것보다 훨씬 크고 무겁다. 캐나다에 40년 가까이 살아 영어로 의사소통하는 데 큰 문제가 없다. 혼자 돌아다닐 정도로 자신감도 있다. 스스로 삶을 성공적으로 일궈온 노인의 표정에는 어딘가 단단함이 묻어난다.

충청도 태생이라 그런지 말씨가 점잖다. 여행 다니며 얻은 경험을 이야기해주는데, 귀담아들을 정보가 많다. 저렴하지만 알차게 여행할 수 있는 방법들이다. 내가 앞으로 몽가와 남미를 여행할 예정이라고 하니, 남미 여러 곳의 지명을 들어가며 여행의 요령을 소상히 일러준다. 아래는 여행 이야기 외에 그분에게 들은 이야기를 간단히 정리한 것이다.

"나는 6·25 때 인민재판 하는 것을 봤지. 사람들이 잔뜩 모여 있고 말이야. 그 사람들(공산당원을 말하는 것임) 서넛은 암 말도 안 해. 땅 가진 사람, 부자들을 모아놓고, 사람들에게 묻는 거야. '이 사람 죄가 있습니까?' 동네에서 머슴 살던 사람들이 그렇다고 하면 잡아가서 죽이는 거야. 나는 어려서 죽이는 건 보지 못했지만, 본 사람들 이야기를 들으니 돌을 던져 죽였다 하데. 머리가 깨져 피가 흘렀다고 그러데."

"아, 군대 갔다 오고 스물여섯인가에 독일에 광부로 갔지. 거기서 1년 반을 있다가 남미 파라과이로 갔지 뭐야. 거기서 결혼을 하고 몇 해 있다가 캐나다로 갔지. 그리고 캐나다 사람이 됐지 뭐야. 캐나다 살기 좋아. 나하고 마누라 앞으로 연금 꼬박꼬박 나오고, 그게 다달이 현금으로 통장에 꽂히니 모아서 외국 여행 가고. 직업이 없는 사람은 병원비도 안 받아. 그냥 공짜라는 거야. 물론 세금 많이 내지. 하지만 돈 많이 버는 사람은 많이 내고 적게 버는 사람은 적게 내니 좋은 일이지 뭐야. 뭐, 사회주의적인 정책이라고? 그건 잘 모르겠고, 어쨌거나 사람 살기 좋으면 그만이지 뭐야."

"내가 한국 사람이냐고. 아니, 나는 캐나다 사람이지. 물론 친척들은 한국에 있지. 하지만 모두 손아래 사람이라, 한국에 가도 친척집에는 안 가. 게스트하우스에 머물다가 돌아가지. 그게 마음이 편해. 캐나다 사람인데 한국에 무슨 관심이 그렇게 많으냐고. 물론 그렇기는 하지. 하지만 한국이 잘살아야, 잘되어야 교포들도 대우를 받는 법이라고. 처음 캐나다에 갔을 때보다 지금은 대우를 잘 받는 편이지."

"박정희 대통령 덕분이지. 옛날 박정희 대통령이 경부고속도로 만들 때 김대중이가 나라에 먹고살 것도 없고 자동차도 없는데 무슨 고속도로냐 하면서 반대를 했지. 뭐, 그냥 그 도로에 드러눕겠다 했다지. 그런 이야기를 어디서 들었냐고? 테레비에서 봤지. 다 나와 있다고. 박 대통령이 그러셨다지. 김대중이 김영삼이는 비판만 했지 한 번이라도 나라를 위해 협조한 적이 있느냐고 말이야."

"한명숙인가, 국무총리 지낸 그 여자 있잖아. 아니, 대한민국 국기를 밟고 말이야. 그게 있을 수 있는 이야기야? 뭐, 어디서 들었냐고? 그런 사진이 있어. 다 증거가 있다고."

"아니, 아이가 학교에 갔다 오더니, 미국 국기에 낙서를 하고 뾰족한 침(다트를 말하는 듯)을 던지더라는 게야. 아버지가 왜 그러냐고 물으니, 학교 선생이 미국은 나쁜 나라라고 말했다는 게야. 전교조야, 전교조! 우리가 어떻게 살았는지도 모르고. 그런데 그쪽도 얼핏 들으니 선생이라고 하던데, 혹시 전교조요? 응, 고등학교 선생님이 아니시라고. 그렇다면 다행이로구먼."

"거기서도 한국 드라마, 뉴스를 다 봐. 그런데 보면 개판이야. 어느 날 TV
를 보았는데, 대학 교수란 인간이 술을 마시다가 친구들에게 잠시 나갔다
온다고 하고는 집으로 가 부모를 죽이고 다시 술자리로 돌아와 술을 마
셨다지. 알리바이를 만들려고 말이야. 한국은 미친 것 같아. 돈밖에 모르
는 세상이 되었어. 캐나다는 그렇지는 않아. 캐나다에 어학연수 하러 오는
한국 아이들 보면 아주 개판이야. 부모들은 제 자식이 마약을 하는지 동
거를 하는지 아무것도 모른다고."

노인장의 이야기를 한참 들었는데도 버스는 감감무소식이다. 11시 15
분에 출발한다던 버스는 결국 한 시간을 지나 12시 15분에 왔고, 30분
이나 되어서 출발한다. 출발하기 전에 버스 스탠드에 있는 공중 화장실
(2루피를 받는다)에 가니, 암모니아 냄새가 코를 찔러 1분도 서 있기 힘들
다. 그런데 그 한쪽에 한 사내가 종이 박스를 깔고 얇은 천 조각을 덮고
는 모로 누워 잠들어 있다. 어떤 사회적 조건이 이들에게 노숙을 강제한
것인가. 오늘 오후 간디 스퀘어 옆 고급 사리 가게 앞에는 온갖 장신구
로 몸을 꾸민 여성들이 장사진을 치고 있었다. 그 부조화에 마음이 적잖
이 불편하다.

공산당 깃발

버스는 잠시도 쉬지 않고 달린다. 지난번에 탄 슬리퍼 버스와는 달리, 좌석에 앉아서 간다. 좌석을 특별히 많이 젖힐 수 있어 잠을 자기에는 좋다. 그러나 운전사가 좌로 우로 쉴 새 없이 핸들을 꺾는 통에 잠을 이룰 수가 없다. 버스에서 내려 들으니, 데칸 고원으로 가는 굽은 도로를 지나느라 그랬다고 한다. 하지만 깜깜한 밤중이었으니 그곳이 데칸 고원인지 데칸 평원인지 알아차릴 도리가 없었다. 자는 것도 깬 것도 아닌 가수면 상태로 있는 수밖에. 이제껏 들른 곳들의 토막 난 이미지들, 요즘 쓰고 있는 책과 관련된 문장들, 해운대 집, 장산, 송정 바닷가, 학교 연구실, 학생들, 별별 기억과 생각들이 낡은 영화 필름처럼 툭툭 끊어졌다가 다시 이어졌다가 하면서 머릿속을 지나간다. 붙잡아 연결시키려 해도 되지 않는다. 들리는 것은 버스의 엔진 소리뿐이다. 깊이 잠든 사람의 코 고는 소리도 들린다.

창밖이 밝아오면서 그렇게 지루하던 밤도 끝났다. 밖이 보인다. 8시쯤 되었을 때, 붉은 바탕의 천에 흰색으로 망치와 낫을 그린 깃발이 길을 따라 꽂혀 있는 것이 눈에 들어온다. 한참을 가니, 인도 국기 안에 수레 대신 물레를 그린 깃발이 나온다. 수는 적지만 녹색 바탕에 흰색으로 초승달과 별을 그린 깃발도 있다. 모두 정당의 깃발이다. 베레모를 쓴 체 게바라도 가로 2미터쯤 되는 큰 광고판에서 어딘가를 바라보고 있다. 아니, 인도에는 국가보안법도 없는가. 공산당 이름을 버젓이 달고 나오다니! 아마도 인도는 얼마 지나지 않아 적화(?)될지도 모르겠다. 심히 걱정스럽다!

뜬금없이 "'김일성 만세' 한국의 언론자유의 출발은 이것을 인정하는 데 있는데"라고 한 김수영의 시 한 구절이 떠오른다. 코치가 있는 케랄라 주는 인도 독립 이후 최초로 공산당이 집권한 지방이다. 독립 이후 케랄라는 공산당과 국민회의가 번갈아 집권하고 있는데, 국민회의조차도 사회주의적 전통이 강하다고 한다. 한국인들에게 인도는 대개 간디로 기억되고 있고, 1991년 경제개방 이후에는 IT로 알려져 있지만, 마오이스트(마오쩌둥주의자)들이 지금도 왕성하게 활동(?)하고 있다는 사실은 거의 알려져 있지 않다.

케랄라 주의 공산당 깃발을 보고, 정치란 단순한 것이어야 한다는 생각이 들었다. 암모니아 냄새가 코를 찌르는 마이소르 버스 스탠드 화장실 한쪽 구석에서 종이를 깔고 잠을 청하던 사내를 자기 집 침상에 누울 수 있게 하는 것이 정치다. 한국으로 말하면, 서울역 노숙자가 다시 자기 집에서 잠을 잘 수 있게 하는 것이다. 한국 정치의 주류들은 노숙자의 존재가 정치 문제라는 것을 생각해본 적이 없을 것이다. 그냥 사회가 으깨어 뱉어버린, 불결한 분비물이라고 생각할 것이다.

인도는 엄청난 인구대국이고 문맹률이 무척 높지만, 그래도 민주주의를 실천하는 나라라는 말이 있다. 굳이 부정할 이유는 없을 것이다. 네루가 집권한 이래 민주주의라는 원칙은 그럭저럭 지켜지고 있으니 말이다. 그렇다! 인디라 간디가 산아제한을 한다면서 길거리에서 남자들을 잡아다가 일 년에 750만 명을 거세해버리고, 1984년 암리차르의 시크교 성지 황금사원을 공격해 순례 중이던 시크교도 수백 명을 죽이는 등 독재로 일관했지만, 그 역시 선거에 패배하자 깨끗이 물러났으니까. 하지만 이것으로 정말 끝인가?

아마도 아닐 것이다. 민주주의 국가라는 구호 아래 사회적·경제적 불평등은 그대로 남았다. 불가촉천민들은 여전히 불가촉천민이다. 인도의 민주주의가 돈과 부패로 얼룩져 있는 것은 엄연한 사실이다. 그나마 이곳 케랄라 주는 문맹률이 낮고 공산당이 집권해서 사정이 나은 편이라 한다. 대한민국도 형식적으로는 민주주의 국가다. 하지만 1퍼센트의 99퍼센트에 대한 일방적 지배와 극단적인 경제적 불평등은 더욱 심화되고 있다. 경제적·사회적 평등이 실현되지 않은 민주주의란 구호에 불과하다.

코치 쪽으로 내려가면서도 넓은 평원이 이어진다. 코코넛 나무, 바나나 나무가 흔하다. 산은 없다. 이런 넓은 땅이 있음에도 화장실에서 잠을 청하는 사람이 있다는 것은 도대체 무슨 의미인가. 작은 도시를 지난다. 녹색 버스가 지나간다. 바깥에 'Moving Palace'라고 적어놓은 것을 보고 혼자 웃었다.

소박한 아방궁

19일 오전 11시 30분에 코치에 도착했다. 버스는 한길 가에 승객들을 내려준다. 왜 그러는지는 말도 하지 않는다. 다시 오토릭샤를 타고 숙소 (Abad Metro Hotel)에 도착하니 12시였다. 마이소르에서 거의 열두 시간이 걸린 것이다. 호텔로 오면서 작은 해프닝이 있었다. 내 커다란 배낭을 릭샤 뒤에 실었는데, 도로가 울퉁불퉁한 탓에 중간에 떨어지고 만 것이다. 호텔에 도착해보니 배낭이 없어 일순 당황했다. 뒤에 같은 호텔로 오던 사람이 주워 가지고 왔다면서 건네준다. 고맙기 짝이 없다.

호텔은 아주 작고, 방은 '소박한' 것보다 낮은 수준이다. 하기야 인도 에 온 이래 좋은 느낌을 주는 방에서 자본 적이 없다. 한국의 모텔보다 훨씬 못한 곳이었다. 하지만 열두 시간 동안 버스에서 거의 뜬눈으로 밤 을 새운 나에게는 아방궁과 다름없다. 짐을 방에 넣어놓고, 점심을 먹기 위해 나섰다. 호텔 부근에는 식당이 없다. 한참을 걸어 내려가 시내 쪽으 로 가니, 아주 큰 쇼핑몰이 보인다. 뭄바이에서도 보지 못했던 것이다(물 론 뭄바이에도 있겠지만). 쇼핑몰은 어느 나라나 다 같지 않은가. 1층과 2층 에 브랜드 의류점이 입점해 있고, 그 위층에 음식점, 그 위층에 영화관이 있다. 국수 한 그릇으로 빈속을 달래고 정신을 수습해 둘러보니, 건너편이 식품과 생필품을 파는 마트다. 여기서 오늘 저녁거리와 내일 아침거리를 장만해야 한다. 메기라면, 달걀, 생수, 바나나를 사서 돌아왔다. 빨래를 해서 널고 침대에 누우니, 몸이 쇠망치처럼 밑바닥으로 한없이 가라앉는다. 원래는 도착하면 점심을 먹고 카타칼리 공연을 보러 갈 생각이었지만, 가라앉은 몸은 도통 수면 위로 떠오르지 못한다. 거의 혼절을 했다가 깨어나니 오후 6시다. 바깥으로 나갈 생각을 접었다. 그냥 방에서 내처 쉬었다.

완벽한 자유를 누리는 직업

아침 5시 30분에 일어났다. 늘 그랬던 것처럼 작은 전기포트에 라면을 넣어 끓이고 달걀을 삶아 아침을 대신했다. 원래 어제의 계획은 오후에 포트코친을 찾아가 성 프란시스 성당 등 유적을 보고 저녁에 카타칼리 공연을 보는 것이었으나, 일찍 곯아떨어지는 바람에 아무것도 보지 못했다. 하지만 몸은 개운하다. 이제 포트코친으로 가야 한다. 코치 시도 돌아보면 좋겠지만, 어제의 시간 손실로 그럴 겨를이 없다.

8시 40분에 숙소를 나섰다. 그동안 지나온 고아와 마드가온은 힌두교 색깔이 거의 없었다. 이곳 코치는 더더욱 그렇다. 코치에는 1500년부터 포르투갈 사람들이 거주하기 시작했다. 인도에 최초로 건설된 유럽인 거주지다. 그 뒤 쭉 포르투갈이 지배했고, 1663년 네덜란드가 포르투갈인을 내몰고, 1795년 영국에 빼앗길 때까지 차지하고 있었다. 그러니까 코치는 1500년 이후 1947년 인도가 독립할 때까지 447년 동안 식민지로 있었던 것이다.

어제 오면서 본, 인도 국기 안에 소련 깃발과 물레를 그린 깃발이 거리에 펄럭인다. 공산당과 국민당 당기(黨旗)다. 버스는 공사 중인 고가

도로 옆을 달린다. 고가도로에는 아마도 전철을 놓을 예정 같다. 지나는 길에 보니, 코치에는 인도의 다른 도시들과는 달리 소가 보이지 않는다. 길거리에서 잠을 자는 개도 없다. 집들도 깨끗하고 고급스럽다. 큰 상가와 쇼핑몰이 많고, 자동차가 흘러넘친다. 고층 건물이 즐비하고 교통체증도 심하다. 버스는 창문이 없고, 천 같은 것을 말아서 올려놓았다. 어떤 버스에는 'HOLY MARY'라고 쓰여 있다. 이곳이 가톨릭의 영향이 강한 곳임을 짐작할 수 있다. 'St. Mary School'도 보인다.

코치는 예수의 열두 제자 중 한 사람이자 예수가 부활한 뒤 믿지 못하겠다고 했다가 뒤에 예수를 만나 못 박힌 자리와 창에 찔린 옆구리에 손을 넣어보고서야 믿었다는 사도 도마, 곧 '의심하는 도마(Doubting Thomas)'가 와서 전교했다는 곳이다. 예수는 도마를 인도에 보내 전교하게 했다는데, 그 내용은 《토마스 행전》에 나와 있다. 요즘에는 《토마스 행전》도 한국어로 번역되어 있어 쉽게 읽을 수 있다. 코치는 케랄라 주에 속하고 이 일대를 또 말라바르라고 하는데, 그래서 이곳의 기독교를 특별히 '말라바르 기독교' 또는 '토마스 교회'라고 한다. 도마는 서기 52년에 이곳에 왔고, 마드라스 부근에서 죽었다고 한다. 이 일대의 기독교는 인도와 무역을 하던 동(東)시리아로부터 전해진 것으로 추정된다. 그런 까닭에 '시리아 교회'라고도 부른다. 어쨌든 12사도 중 한 사람이 인도까지 와서 전교했다니 놀라운 일이다. 하지만 16세기 후반 이곳에 온 예수회원들이 고아에 종교재판소를 열고 코치의 토마스 교회 신자들을 화형에 처하는 등 탄압을 가했다고 한다. 가톨릭이 도마에게 '인도에 간 사도'라는 이름을 붙여 도마의 인도 전교를 인정한 것은 1972년이다. 물론 이 지역의 기독교는 포르투갈인들이 온 뒤 퍼트린 로마 가톨릭이 주류를 이룬다. 아, 도마의 시신은 첸나이의 성 토마스 성당에 안치되어 있다. 앞으로 들르게 될 칸냐쿠마리도 도마가 전교한 곳이라 한다.

9시 50분에 코치의 수로에 도착해 배를 탔다. 수로 양안은 코코넛 숲이다. 도심을 약간 벗어났을 뿐인데, 자연과 정적이 지배하는 전혀 다른 공간이다. 강폭이 100미터는 될 것 같다. 배는 대나무로 골격을 만들고 대나무를 얇게 저며 삿자리를 만들어 지붕을 얹었다. 사공 둘이 삿대질로 큰 배를 천천히 움직인다. 사공은 예순을 훌쩍 넘긴 늙은이들이다.

건너편 숲에서 새소리가 들린다. 찌우찌우, 까악까악, 삐잇삐잇, 찟찟, 오만 가지 새소리가 다 들린다. 수면 위로 낮게 일직선으로 날아가다가 치솟는 놈, 허공을 훨훨 나는 놈, 공중에서 내리꽂히다가 다시 솟구쳐 오르는 놈, 별별 새가 다 있다. 머리 부분은 희고 날개 끝은 검고 나머지 부분은 옅은 갈색인 새 한 마리가 부리로 물고기를 잡아올린다. 날다가 고단한지 강안의 관목에 몰려앉은 놈들도 있었다. 이런 광경은 한국에서는 흔히 볼 수 없는 것이다.

큰 수로로 가던 배가 왼쪽으로 방향을 꺾더니, 작은 수로로 느릿느릿 들어간다. 코코넛 나무 사이로 드문드문 붉은 기와를 얹은 낮은 집이 보인다. 붉고 푸른 빨래들이 코코넛 나무 사이에 널려 있고, 그 아래에 얼룩송아지 한 마리가 엎드려 잠을 청하고 있다. 사람들이 살림을 하며 사는 곳이다. 물결이 일지 않아 잔잔한 수면에 숲의 모습이 거꾸로 비친다. 다시 코코넛 나무 사이로 집들이 보인다. 평온하다. 문득 저런 곳에서 살고 싶다는 생각을 한다. 어쩌다보니 문자를 끼고 사는 직업을 갖게 되었지만, 그것은 밖에서 보는 것처럼 자유를 구가하는 직업이 아니다. 자유를 완벽하게 구가할 수 있는 직업은 없다. 다시 태어난다면(아니, 태어나기 싫지만 그래도 태어나야 한다면) 이 직업을 택하지 않을 것이고, 그 힘들다는 농사나 아니면 신체를 움직여 먹고사는 다른 일을 택할 거라는 생각을 한다. 물론 이 생각도 사치다. 저기 코코넛 숲에 사는 사람들의 일상 역시 한국의 여느 농부들과 다르지 않을 것이다. 나는 외부자이기에 평온하게 느끼는 것이다.

복잡하기 짝이 없는 도시 바로 옆에 이처럼 세상 밖의 세상이 있다는 것이 너무 놀랍다. 한참 수로 이곳저곳을 다니며 구경을 하다가 다시 뭍으로 올라왔다. 이제 포트코친으로 갈 차례다. 포트코친은 바다 건너에 있는 반도이기 때문에 배를 타고 가야 한다. 다시 숙소로 들어가 잠시 쉬고 출발할 예정이다.

숙소인 아바드 메트로 호텔이 있는 곳은 에르나쿨람으로 불리는 지역이다. 포트코친으로 가려면 배를 타야 하기에 페리선 부두로 가야 한다. 길에 나서서 "제티!"라고 소리치면 오토릭샤가 알아서 부두까지 데려다준다. 부두에는 포트코친으로 가는 사람들이 가득하다. 재미있는 것은 여자가 표를 사는 곳과 남자가 표를 사는 곳이 분리되어 있다는 것이다. 포트코친은 빤히 보일 정도로 가까운 곳이라 금방이지만, 중간에 윌링던 섬(Willingdon Island)에 잠시 들렀다 간다. 이 섬은 20세기 초 부두 내부를 준설한 흙으로 만든 인공 섬이다. 배는 포트코친이나 마탄체리로 가는데, 그게 그거다. 두 곳은 걸어가도 금방인 무척 가까운 곳에 있으니 말이다.

포트코친에 도착한 것은 2시가 넘어서였다. 먼저 카타칼리 극장을 찾아가 표를 예매하고, 유대인 시나고그로 향했다. 포트코친에 꼭 가려고 했던 것은 유대인들이 살던 곳을 보고 싶어서였다. 구전에 의하면, 유대인들은 1세기에 케랄라 주 코치에 왔다고 한다. 물론 그것은 구전일 뿐이고, 유대인들에게 토지와 거주권을 주었다는 기록은 10세기의 것이다. 유대인 지구지만, 지금 그곳에서 유대인을 만날 수 있는 것은 아니다. 1948년 이스라엘이 건국되고 시오니스트들이 전 세계의 유대인을 불러모았을 때, 이곳 코치의 유대인들도 대부분 이스라엘로 가버렸기 때문이다.

TV에서 이곳의 유대인 여성을 인터뷰한 것을 본 적이 있는데, 그들은 사리를 입었고 외관상 완전한 인도인이었다. 이곳 말고 뭄바이에도 베니 이스라엘(Beni Israel)이라는 유대인들이 사는데, 그들 역시 인종적으로 인도인과 다르지 않다고 한다. 다시 말해, 우리가 아는 서양 백인의 얼굴에 매부리코를 하고 수염을 덥수룩하게 기른 유대인과는 인종적으로 아무런 유사성이 없다. 인도 땅에서 2000년을 살면서 혼종이 일어났을 터이고, 그들은 조상과는 유전적 동질성이 거의 없는 사람이 된 것이다. 물론 어떤 유대인 집단은 혈통을 보존해서 인도인과 다른 모습을 지닌 경우도 있다. 순수 혈통의 민족이란 것은 세상에 있을 수 없고, 또 필요에 의해 얼마든지 만들어질 수도 있건만, 그것이 객관적으로 존재하는 것인양 선전하고, 자민족 우월주의에 빠져 타자를 멸시하고, 배제하고, 때로는 죽이기까지 하니, 정말이지 어리석은 짓이다.

유대인 시나고그, 곧 파라데시 시나고그(Paradesi Synagogue)는 마탄체리 지역에 있다. 가는 길에 'Synagogue ↑ 0.4km'라는 간판이 서 있고, 그 아래에 'God's Own Country'라는 아주 작은 간판이 붙어 있다. 유대인 거주지가 신의 나라라니, 결코 인정하고 싶지 않다. 세상에는 인간의 나라만 있을 뿐, 신의 나라는 없는 법이니까. 또 있어서도 안 되는 법이니까. 몇 걸음 더 가니 나무 아래에 선거 포스터를 붙여놓았다. 붉은 천에 낫과 망치를 엇갈려 그린 공산당 깃발이 있고, 한 사내가 자신만만하게 서 있다. 공산당도 이 땅에 천국을 만들려는 사람들이 아니던가. 제대로 되지 않고 있지만 말이다.

시나고그는 네덜란드 지배기에 지은 더치 팰리스 바로 뒤쪽에 있는데, 그 일대는 완전히 관광지가 되었다. 붉은 기와를 올리고 벽을 노랗게 칠한 이층집은 보통 아래는 가게고 2층은 살림집으로 지은 듯하다. 2층은 똑같은 형태의 창을 여럿 내고 나무로 덧창을 달았다. 한때 유대인들이 살았을 이 집들은 이제 모두 관광객의 주머니를 노리는 상가가 되었다. 원래 향신료 교역의 중심지였고 지금도 '스파이시 마켓'이라고 불리며 향신료 가게들이 군데군데 남아 있기는 하지만, 그 이름에 걸맞은 규모는 아니다. 대신 옷가지나 천 같은 직물류, 기념품이 됨직한 등신대의 조각 같은 골동품 혹은 휴대할 수 있는 작은 기념품 따위를 판다. 인도의 관광지 어디서나 파는 물건들이다.

골목을 한참 지나면 막다른 길 안에 시나고그가 나온다. 이곳은 1568년 스페인과 네덜란드 그리고 기타 유럽 지역 유대인의 후손들에 의해 지어졌다. 바깥에 있는 약간 높은 시계탑은 1760년에 건립된 것이다. 시나고그 안으로 들어가니, 바깥채에 유대인이 코치에 정착하게 된 과정을 그림으로 그려놓았다. 장사꾼들이 교역하는 모습을 그리고 그 아래에 솔로몬 왕국과 인도 말라바르 사이에 무역이 이루어졌고, 인도에서 티크·상아·향신료·백단향·공작 등을 수입했다고 적어놓았다. 앞에서 잠시 언급했듯이, 아마도 시리아 쪽 유대인 상인들이 왔을 것이다. 안채

1월 20일 코치: 완벽한 자유를 누리는 직업

로 들어서면 청화백자로 만든 타일을 깔아놓았다. 내부는 별달리 인상적인 것이 없다. 그렇고 그런 샹들리에들을 잔뜩 달아놓았고, 황금색으로 꾸민 가구들이 있을 뿐이다. 내 눈에 초라하게 보이는 것은, 내가 유대 교회에 대해 아는 것이 없는 탓이다. 아는 만큼 보인다 했는데, 식견이 짧은 것을 또 한 번 한탄하는 수밖에.

시나고그를 보고 나와 늦은 점심을 먹었다. 어디가 좋을지 몰라 헤매다가 기념품 가게에 들어가 물어보니, 여주인이 손을 잡아끌며 한 식당으로 데려다준다. 식당은 한눈에 봐도 오래된 건물이다. 음식을 기다리며 실내를 둘러보니 이곳저곳에 조각품을 진열해놓았는데 정말 희한하다. 금잔화 꽃다발을 목에 건 힌두 코끼리 신상(가네샤) 옆에 예수상, 마리아 상이 있다. 유대교의 공간에 힌두교와 가톨릭이 공존하다니, 이 좁은 공간에서 종교 갈등이 사라지고 세계평화가 실현된 것 같아 웃음이 났다. 아무렴, 누구라도 돈 잘 벌게 해주면 그만이지! 음식은 값에 비해 보잘것없었다. 하긴 여기는 소문난 관광지가 아니던가.

점심을 먹은 뒤 포트코친으로 이동했다. 더치 팰리스가 바로 옆에 있지만 구경할 마음이 별로 내키지 않았다. 들어가서 2층까지 올라갔다가 안을 힐끗 들여다보고 그냥 내려왔다. 이제 가야 할 곳은 성 프란시스 교회와 산타 크루즈 대성당이다. 성 프란시스 교회는 온통 하얀색이다. 마당에 한국 사찰의 부도탑 같은 것이 있는데, 팔면에 유리를 끼우고 안에 성인상을 안치해두었다. 성당 안으로 들어서니 벽면이 모두 흰색이고, 천장은 나무를 이어붙인 배의 바닥처럼 생겼다. 움푹하다. 올드고아에서 본 성당들과는 판이하게 작고 소박하다.

성당 한쪽에 바스코 다 가마의 관이 묻혔던 곳이 있다(지금은 포르투갈 리스본으로 옮겼다). 이 성당이 의미 있는 것은 이 관 때문이다. 넓은 석판이 놓인 곳이 그의 무덤이다. 몰타의 요한 대성당 바닥에 있던 무덤들은 하나같이 대리석에 보석을 박아 화려하기 짝이 없었는데, 세계사에 끼친 바스코 다 가마의 영향력을 생각할 때, 이 무덤은 외려 조촐하다. 한편 이 사내로 인해 열린 대항해시대는 유럽인에게는 축복이었는지 몰라도 아프리카와 아시아, 아메리카 사람들에게는 재앙이었다. 이 세 대륙의 대부분 지역이 공히 서구의 식민지로 전락했다. 중남미는 잉카 제국과 함께 인디오 사회와 문화도 붕괴했고, 북미의 인디언들은 자기 땅에서 내쫓겼다. 원주민들이 가혹한 노동으로 죽고 병들어 인구가 격감한 것은 식민지 어디서나 있었던 일이다. 그것이 모두 바스코 다 가마 때문은 아니겠지만, 그로 인해 그 길이 열린 것은 부정할 수 없는 사실이다.

성 프란시스 교회 바로 뒤에 산타 크루즈 대성당이 있다. 성당은 규모가 그리 크지 않다. 정면에서 보면 왼쪽과 오른쪽에 종탑이 있고, 그 위에 고딕풍의 뾰족한 첨탑이 있다. 성당 안은 성 프란시스 교회보다는 화려하다. 천장은 같은 양식이다. 1505년 포르투갈인들이 짓기 시작했고 그때 이름은 산타 크루즈 처치였다. 1795년 영국 지배 이후 파괴되었던 것을 1887년에 재건하기 시작해 1905년에 완공했다. 앞에서 잠시 언급한 것처럼 1663년에 신교도인 네덜란드인들이 코치를 차지했지만 그들은 굳이 이 구교의 교회를 파괴하지 않았던 것이다. 어쨌든 이 건물은 한 세기가 조금 넘었다. 안으로 들어가니 유럽의 여느 성당이 그렇듯 성화와 성상으로 도배를 했지만, 깊은 예술적 향취를 느끼기는 어렵다. 어딘가 어설프기도 하고, 또 어딘가 과도한 분칠을 했다고나 할까. 마당은 흙바닥이라 먼지가 풀풀 날린다.

두 교회의 주변은 모두 가톨릭 관련 건물이다. 'St. MARY'S CON-VENT' 등의 건물이 있다. 학교도 있어 교복을 입은 학생들이 쏟아져나온다.

카타칼리

카타칼리는 6시에 시작하는데, 한 시간 일찍 가면 배우들이 분장하는 모습을 볼 수 있다. 시간을 넉넉히 남겨 포트코친 시내를 천천히 걸어가며 구경했는데, 길을 잘못 들어 한참을 헤맸다. 하지만 그러면서 구경을 잘했다. 길을 잃는 것도 구경을 위한 좋은 방법이다. 원래 5시쯤 도착하려 했지만, 한참 늦어 5시 40분에 극장에 도착했다.

건물 안에 긴 복도가 있고, 좌우로 박물관과 극장이 있다. 통로 끝에 분장실이 있고 분장실 바로 앞 열린 공간에서 배우의 분장을 보여준다. 분장실 앞에 배우가 누워서 분장을 받고 있다. 매우 원색적인 분장이다. 분장을 해주는 사람도 배우다. 분장실 안에서는 다른 배우들이 분장을 하고 무대의상을 갈아입는다. 카타칼리를 소개하는 사진에는 안에 뼈대를 넣어 바깥으로 둥글게 펼쳐지게 만든 치마를 입고 모자 뒤에 원형 장식을 달아 풍성한 검은 머리를 늘어뜨린 사람이 있는데, 바로 그 사람이 분장실 앞의 트인 공간에서 얼굴 분장을 마치고 분장실 안으로 들어가 치마를 입고 있었다.

공연을 하는 극장은 아주 작다. 객석에 경사가 지지 않아 앞에 키 큰 사람이 앉으면 무대를 볼 수 없다. 내가 딱 그런 경우라 앞의 빈자리로 옮겨 앉았다. 곧 불이 켜지고 무희 두 명이 양손에 작은 촛불을 하나씩 들고 나와 춤을 추기 시작한다. 불이 꺼지고 잠시 시간이 흐르니 다시 불이 켜지고, 흰 옷에 흰 머리띠를 두르고 황금빛 천으로 장식한 옷을 입은 무희가 발을 양쪽으로 약간 벌린 채 손동작이 우아한 인도 춤을 춘다. 인도 동쪽 지역의 아시아, 그러니까 캄보디아나 타이 같은 나라들의 춤은 손동작의 곡선미를 강조하는데, 직접 보니 참으로 아름답다 (특히 캄보디아의 압살라 춤이 그렇지 않은가). 무희가 춤을 마치고 들어가니, 여자 분장을 한 배우가 무대 한가운데 앉고 북을 멘 사람 둘이 왼쪽에 선다. 배우의 뒤에는 다른 사내 하나가 작은 심벌즈 한 개를 들고 선다. 세 악사 모두 웃통을 벗고 아래에는 흰 치마를 입었다. 북잡이 한 명은 나무 북채 두 개를 이용해 세로로 치는 북을, 다른 한 명은 양손을 이용해 가로로 치는 작은 북을 메고 있다.

악사 셋이 북과 심벌즈를 치면 배우는 눈동자를 돌리고 눈썹이며 얼굴 근육을 움직여 기쁨·슬픔·노여움·거드럭거림·놀라움 등 다양한 감정을 표현하고, 이어서 감정과 의사를 표현하는 다양한 손가락의 모양을 보여준다. 그다음으로 손과 팔을 움직여 역시 감정과 의사를 표현하는 방법을 시연한다. 마지막으로 해와 달·사슴·물고기·꿀벌을 뜻하는 동작과 표정, 사람을 내쫓는 동작, 들어오라고 환대하는 동작을 시연한다. 일종의 동작언어, 표정언어다. 이 복잡하고 다양한 신체언어를 알아야 카타칼리를 이해하고 감상할 수 있다.

이어서 《마하바라타》의 한 부분을 따온 연극이 짧게 상연된다. 이번에는 앞서 거창하게 분장을 한 왕과 카타칼리의 신체언어를 시연한 사람

둘이 배우로 등장한다. 악사는 전과 같다. 다른 점은 심벌즈를 든 사람이 계속해서 노래를 부른다는 것이다. 노래의 내용은 전혀 모르지만, 손동작과 얼굴의 표정만은 매우 이채로웠다. 뒤에 바르칼라 가는 기차 안에서 만나 대화를 나눈 인도 청년에게 물어보니, 카타는 story, 칼리는 play의 의미라고 했다.

관객은 40~50명쯤으로 극장 좌석의 절반을 겨우 채우고 있었다. 그중 아시아 사람은 몽가와 나 두 명이었다. 카타칼리는 이미 서양 관광객의 호기심의 대상이 되어 있었다. 이 섬세하고 복잡하고 아름다운 무언극이 지금도 인도인을 위해 공연되는지 모르겠다. TV와 영화, 인터넷 동영상이 흘러넘치는 시대에 과연 누가 이 고색창연한 무언극을 보겠는가. 오직 관광객을 위해 조성한 공간에서만 상연된다는 것은 너무나도 슬픈 일이다. 카타칼리는 이미 인도 사회에서 생존할 맥락을 잃어버린 것인지도 모른다(물론 그렇지 않기를 바란다). 앞으로 밀어닥칠 한국과 중국 관광객 없이는 생존할 수 없게 된다면 너무나 서글픈 일이다. 한국의 '국악'이 오직 TV에서만 존재하는 예술이 된 것을 보면, 카타칼리 역시 그 길을 걷지 않을까 걱정스럽다.

유대인

앞에서도 말했듯, 내가 TV에서 본 고아의 유대인은 인도인처럼 생겼다. 유대인이라고 할 때 우리가 흔히 떠올리는 유럽 유대인과 다르다. 이것은 동유럽과 서유럽, 러시아 등으로 퍼져나간 유대인에게도 동일하게 적용된다. 유대인은 에티오피아에도 미얀마에도 심지어 중국에도 살았다. 그들은 각각 에티오피아 사람(흑인), 미얀마와 중국 사람(아시아인)처럼 생겼다. 다시 말해 유대인은 혼종으로 존재한다는 것이다. 이것은 오래된 일이다. 삼손이 사랑한 들릴라(데릴라)는 블레셋(필리스티아) 사람이다. 곧 팔레스타인 사람이다. 삼손과 들릴라의 관계처럼 팔레스타인 사람과 섞여 사는 동안 혼종이 일어난 것은 당연한 일이다. 《바이블》은 이처럼 유대인과 다른 종족의 혼종을 종종 기록한다.

이후 기원전 6세기 신(新)바빌로니아의 왕 네부카드네자르가 이스라엘 사람들을 세 차례에 걸쳐 포로로 잡아간 이른바 '바빌론 유수(幽囚)'를 거치면서 유대인의 정체성 자체가 뒤흔들리고 종족적·문화적 뒤섞임이 일어났을 것이다. 로마 지배기의 디아스포라 이후는 말할 것도 없다. 유대인들이 광범위한 지역으로 퍼져나가면서 복잡하고 다양한 혼종이 일어난 것이다. 사실 유대인이라고 말하지만 정확하게 누가 유대인인지 알 수 없다. 요컨대 야훼와 언약을 했던 그 '민족'은 이제 지구상에 없는 것이다. 존재하는 것은 유대인이라는 관념뿐이다. 그 관념이 어떤 계기를 통해 한 인간의 대뇌에 박히면 그 사람은 유대인이 된다. 종족으로서의 유대인이 존재하지 않음에도 불구하고, 유대인은 머리가 좋다느니, 그래서 노벨상 수상자가 많다느니 하는 소리가 끊이지 않는다. 한마디로 웃기는 소리다. 모든 종족은 자신이 처한 환경에 적합하게 생존해왔다. 에스키모는 혹한 속에서 최적의 방법으로 적응, 생존했다. 요리하지 않은 날고기를 먹는다고 미개한 것이 아니다. 이 세상에는 특별히 우수한 종족도, 열등한 종족도 없다! 한 가지 흥미로운 것은 에티오피아에서 유대교를 믿는, 팔라샤(Falasha)라고 불리는 '검은 유대인'이 자신들도 유대인으로 인정해달라고 요구하자, 이스라엘 정부는 오랫동안 회의를 한 끝에 유대인으로 인정하고 이스라엘로 데려갔다. 하지만 이스라엘 사회에서 검은 피부의 유대인이 흰 피부의 유대인과 동등한 대우를 받는 것은 아닐 터이다.

타율적 인간을 생산하는 교육

새벽 4시 반에 일어나 서둘러 체크아웃 하고 호텔을 떠났다. 에르나쿨람 타운 북역에 이르니 6시다. 역은 우리나라 중소도시 역사 정도의 규모다. 넓은 대합실 바닥에 누워 자는 사람이 즐비하다. 수십 명은 되어 보인다. 맨발에 베개도 몸을 덮을 천 조각도 없이 그냥 잔다.

기차는 6시 55분 출발 예정이란다. 원래 앉아서 가는 좌석을 끊었지만, 대기자 명단에 올라 있어서 슬리퍼로 바꾸었다. 네 시간 반을 가야 한단다. 어둑어둑한 플랫폼에 앉아 기차를 기다렸다. 대학을 마칠 무렵 기차를 타고 새벽에 서울역에 내렸을 때다. 버스 다니는 시간이 되지 않아 멍하니 역사에 앉아 날이 새기를 기다렸다. 흡사 그때 같구나. 벤치에 앉아 있노라니 몸이 땅속으로 꺼지는 것 같다. 지난 열흘 동안 이틀은 기차에서, 이틀은 야간버스에서 밤을 새웠다. 어제는 밤늦게까지 여행 메모를 정리했고, 오늘은 기차 시간에 맞춰 일찍 일어난 터다. 이렇게 하다가 앞으로 몸이 배겨날지 모르겠다.

검은 하늘이 푸르게 변하고, 이내 멀리 있는 조개구름의 끝이 약간 붉게 변하기 시작한다. 이제 사방을 구분할 수 있다. 사람들이 분주하게 움직인다. 머리에 흰 천을 두른 청년이 커다란 수레를 끌고 지나간다. 황

161

제수염을 멋지게 기른 남자, 얇은 옥색 사리를 두르고 큰 가방을 들고서 종종걸음하는 뚱뚱한 중년 여성, 아빠 손에 끌려가며 뭔가 보고 싶은 것이 있는 듯 자꾸 고개를 돌려 뒤를 보는 꼬마, 작은 백팩을 지고 샌들을 질질 끌며 가는 학생, 모두 이른 아침을 깨우는 사람들이다.

키가 작고 뚱뚱한 여성이 흰 마스크를 쓴 채 들통에서 흰 가루를 한 움큼씩 꺼내 철길 침목(사실은 콘크리트지만) 위에 뿌리고 지나간다. 날이 훤해진 터라 무엇인지 보인다. 인분을 덮기 위해 뿌리는 것이다. 침목과 침목 사이에 인분이 몇 덩이씩 있다. 흰 가루는 냄새를 없애려는 것일 게다. 소독제 구실도 할 터이고. 인도의 기차 화장실은 아래가 뚫려 있어 철길 바닥이 보인다. 열차가 달릴 때는 문제가 덜하겠지만, 정차해 있을 때 일을 보면 문제가 된다. 그래서 화장실에 정차 중에는 사용하지 말라고 영어와 힌디어로 써놓았지만, 잘 따르지 않는 모양이다. 그나마 다행인 것은 인도의 화장실 문화는 일을 보고 뒤처리를 할 때 휴지를 사용하지 않는다는 것. 물로 뒤처리를 한다. 만약 휴지를 쓴다면 펄펄 날리는 휴지 역시 처리 곤란일 것이다. 또 이 엄청난 인구가 사용할 종이는 어디서 마련할 것인가. 인도에 문맹이 많다는 지적에 아시스 난디는 문맹을 없애면 히말라야의 삼림이 모두 같이 없어질 거라고 대답했다던가?

인간이 변을 '청결'하게 '격리'해 처리하기 시작한 것은 근대 이후다. 도시 인구가 폭발적으로 증가하자, 변을 적절하게 처리, 통제하지 못하게 되고, 식수가 오염되고, 콜레라와 같은 전염병이 확산되었다. 현미경과 역학조사로 확인한 결과, 병의 원인이 청결하지 못한 하수 처리에 있음이 확인되었다. 이런 일련의 복합적 원인들이 다양한 대책을 낳았으니,

수세식 화장실도 그중 하나다. 하지만 이것은 엄청난 물을 소모한다는 점에서 최악의 발명품이다. 영화 〈마션〉을 보면 해결책이 있다. 별다른 것이 아니다. 거름이다! 전근대 동아시아에서는 변을 자원, 곧 거름(비료)으로 보고 농사짓는 데 활용했다. 완전히 썩힌 변은 결코 더럽지 않다. 현재 인도 정부에서도 막대한 예산을 쏟아가며 화장실 문제를 해결하고자 '클린 인디아' 정책을 추진하고 있는데, 그것이 수세식 화장실을 늘리는 것은 아니기를 빈다.

기차는 놀랍게도 정시에서 10분을 지난 7시 5분에 출발했다. 옆에 앉은 초로의 인도인 부부가 우리 부부를 호기심 어린 눈으로 바라본다. 기차에 오른 지 5분도 되지 않아 우리 좌석 건너편에 젊은 아가씨 둘이 자리를 잡는다. 말하는 것을 듣지 않아도 한눈에 한국인인 줄 알겠다. 일본인, 중국인은 같은 동아시아 사람이고 입성도 거의 같지만, 어딘가 달라 보인다. 그것이 무엇인지는 모르겠다. 아가씨 둘과 이야기를 시작했다. 둘은 친자매다. 인도에 온 지 한 달이 넘었단다. 뭄바이에 내려 고아와 마드가온, 함피를 거쳐 코치로 왔고 이제 바르칼라로 가는 길이란다. 바르칼라에서 며칠 쉬었다가 인도 남동부를 돌고 다시 뭄바이로 날아가서 네팔로 갈 예정이라고 한다. 네팔에 며칠 있다가 언니는 직장 때문에 먼저 귀국하고 동생은 보름 동안 트레킹을 한 뒤 귀국할 계획이라니, 대단한 자매가 아닐 수 없다.

언니는 스물여섯, 동생은 열여덟이다. 동생이 고등학교 2학년 나이라 방학 때 외국에 석 달을 나와 있는 것이 이해가 되지 않았다. 눈치를 채고서 동생이 자신은 고등학생 나이지만 학교에 다니지 않는다고 털어놓왔다. 학교 다니는 것이 무의미하게 여겨졌고, 또 자신이 하고 싶은 일도 하지 못하면서 다닐 바에야 그만두는 것이 옳다고 생각해 부모를 설득해서 학교를 그만두었다는 것이다.

"아르바이트를 해서 여행 비용을 마련했어요. 부모님도 약간 도움을 주셨고요. 내가 번 돈으로 세상을 배운다고 생각해요. 부모님도 허락하셨고요. 학교를 그만두니, 얼굴이 피고 생활도 활기차졌어요. 얼굴이 환해진 것을 보고, 학교 그만두는 것을 반대하던 엄마도 이제는 좋아하세요. 학교에 다니는 것보다 더 보람찬 삶을 사는 것 같아요. 누가 시키지 않아도 자기 개발을 해야 하고요. 봉사, 운동 등으로 시간을 의미 있게 보내고 있어요. 사실 우리나라 고등학교란 것이 상위 10퍼센트를 제외하면 별 의미 없는 곳 아닌가요? 그 10퍼센트에게 말고는 학교는 쓸데없는 곳이라고 생각해요."

"꿈도 많은데 학교에서 귀중한 시간을 허비할 수는 없어요. 언니가 제 세계관 형성에 큰 영향을 끼쳤어요. 언니가 여행 다니는 것을 보니 나도 언니처럼 여행을 하고 싶은데, 학교가 가로막았지요. 여행은 학교 그만두고 언니를 따라 다니기 시작했어요. 여행을 하다보니, 영어 공부를 열심히 해야겠다는 생각이 들었어요. 영어에 능숙해지면 아프리카로 가서 트레킹을 하고 싶어요."

"학교를 그만두고 나서 도리어 내가 앞으로 무엇을 해서 먹고살아야 할지 진지하게 고민하기 시작했어요. 요리하는 것을 좋아해 식당에서 아르바이트를 한 적이 있는데, 취미로 좋아하는 것과 직업으로 선택하는 것은 큰 차이가 있다는 것을 깨달았어요. 그 문제는 앞으로 계속 고민하기로 하고, 우선 귀국해서 4월에 있는 검정고시에 합격하면 스킨스쿠버부터 배워둘 예정이에요. 또 앞으로 학교를 그만둔 나의 이야기를 책으로 써서 내고 싶어요."

언니는 직업이 교사다. 역사를 전공했으며, 유럽과 중국, 네팔, 인도 등 여러 나라를 여행했다고 한다.

"인도 바라나시에서 시신을 화장하는 것을 두 시간에 걸쳐 보았어요. 사람의 몸이 탈 때 나는 냄새도 그때 처음 맡았지요. 우리나라에서는 화장을 해도 시신이 보이지는 않잖아요. 그런데 바라나시에서 그 냄새를 맡고 처음으로 사람이 한 줌의 재가 된다는 것을 절감했지요."

"다람살라에 갔을 때 달라이 라마를 친견할 수 있을까 궁리했지요. 물론 친견은 못했어요. 거긴 망명정부잖아요. 너무 짠하더라고요. 생각해보면 중국인들은 깡패 같아요. 라싸에도 중국 사람이 하는 상점만 가득하고, 중국 내에서도 소수민족들 사는 곳에 중국인들이 마구 몰려들고. 정말 깡패 같아요."

"유럽에도 가보았지만, 뭔가 전시장 같고 박제된 곳 같아요. 인정머리가 없어요. 물론 사회적 인프라는 좋아요. 하지만 그런 것은 한국에도 다 있는 거잖아요. 배울 게 별로 없어요. 볼 것도 의외로 없고, 삶의 생생함도 느껴지지 않았어요. 사람 사는 냄새가 나지 않아요."

동생은 학교 밖에서 세상을 교과서로 삼고 있는 셈이다. 학교 밖이 진
정한 학교다. 그녀는 세상이라는 학교에서 독립성과 자율성을 스스로
갖추고 있다. 공교육 체제의 학교는 인간을 옭아맨다. 자율적인 인간을
싫어한다. 왜냐? 복종하는 인간, 스스로 사유하지 않는 타율적인 인간이
다스리기 편리하기 때문이다. 사실 대한민국의 학교는 학교가 아니다.
차별적 노동자(다른 거룩한 용어로는 '국민'이라고 부른다)를 일방적으로 생산
해내는 장치가 된 지 오래다. 스스로 생각하지 못하는 사람을 만들어내
는 것도 중요한 목적이다. 이 똑똑한 소녀처럼 학교를 그만두고 대학입
시를 거부하는 학생이 10퍼센트만 되어도 교육혁명이 시작되고 세상이
바뀔 것이다. 이 똑똑한 10대의 행동이 단단한 성벽에 작은 균열을 일으
키고 있음을 직감한다.

10시 50분쯤 콜람이라는 작은 역에 기차가 선다. 바르칼라를 20분 정
도 남겨 놓은 곳이다. 태블릿 PC를 꺼내놓고 여행기를 정리하고 있는데,
몽가가 갑자기 바깥을 보라고 소리친다. 한 사내가 공산당 깃발을 세워
놓고 사람들에 둘러싸여 열변을 토하고 있다. 공산당의 선거 유세다. 잽
싸게 내려가서 사진을 찍고 올라오니 기차가 떠난다. 기차를 타고 지나
는데 낫과 망치 그리고 별을 그린 공산당 깃발이 민가의 담벼락에 그려
져 있다.

11시 30분 바르칼라 역에 내려 오토릭샤를 타고 인드라프라스타 호
텔(Indraprastha Hotel)로 갔다. 인드라프라스타는 《마하바라타》에 나오는

도시 이름이다. '인드라 신이 머무는 곳'이라는 뜻으로, 판다바 형제들이 백부인 드리타라슈트라로부터 반분 받은 왕국의 수도인 것이다. 어쨌거나 호텔 이름이 《마하바라타》에 기원을 두고 있다니, 인도 문화 속 깊이 스며들어간 이 책의 영향력을 짐작할 만하다. 숙소는 고급스럽지는 않지만 깨끗하다.

바르칼라는 아주 작은 곳이다. 다운타운은 걸어서 통과하는 데 20분도 걸리지 않을 정도로 좁다. 역사(驛舍)도 작아 우리나라 소도시의 것만 하다. 방에 짐을 넣어놓고 점심을 먹으러 불과 5분 정도 거리인 바르칼라 해변 언덕 위에 있는 리틀 티베트로 갔다. 이곳의 음식이 먹을 만하다는 말을 들었기 때문이다. 정말 오랜만에 제 시간에 먹는 점심이다. 티베트 칼국수인 툭바, 수제비인 텐툭, 만두인 모모를 시켜놓고 한가로운 마음이 되어 바르칼라 바다를 바라본다. 태양빛이 강렬하다. 구름 없는 하늘, 광막하다는 말밖에는 달리 할 말이 없다. 바르칼라 해변은 아라비아 해에 면한 긴 절벽, 지리 시간에 배운 대로 말하면 해안단구의 일부다. 곧 바르칼라 해변은 해안단구 앞에 형성된 백사장인 것이다. 대한민국의 해변과는 달리 해안의 모래사장이 끝이 보이지 않을 정도로 길어서, 바다 역시 더욱 광막하게 보인다. 이런 이유로 사람도 매우 드문드문 보인다. 마드가온의 콜바비치와는 비교할 수 없을 정도로 아름답다. 코코넛 나무 사이로 불어오는 바람도 느리지만 힘이 실려 자못 시원하다. 나는 대한민국에서도 이름난 바닷가에 살기 때문에 외국 어디를 가도 바다는 부럽지 않았다. 하지만 이 광막한 바다만은 조금 부럽다.

오랜만에 먹는 뜨거운 툭바와 텐툭, 모모는 모두 맛이 있었다. 식당

•

을 나와 해안 절벽 위를 걸었다. 이 수직 절벽은 끝을 가늠할 수 없을 정도로 한없이 이어진다. 단지 이곳 바르칼라 해변으로 오는 부분만 무너져 통로가 나 있다. 이 통로에 호텔과 도로가 있다. 호텔에서 통로, 아니, 도로를 따라가 해변에 이른 뒤 오른쪽으로 꺾어들어 언덕길을 오르면 곧 절벽 위다. 거기서부터 인도 음식, 서양 음식, 티베트 음식 등을 파는 음식점과 인도 전통 문양과 디자인의 옷가지, 카펫, 천, 값싼 보석, 장신구, 기념품을 파는 가게들이 계속 이어진다. 청동 주물 제품, 캐시미어, 돌로 된 코끼리 조각상, 부처상 등 북인도 라다크나 스리나가르, 다람살라에서 본 것들이 이곳 남인도 끝에서도 팔리고 있다. 사실 한국에서도 인터넷을 이용하면 이런 것들을 모두 구입할 수 있을 것이다. 어떤 지역 특유의 물산이란 것은 자본주의하에서는 존재할 수 없는 법이다. 가게 뒤로는 값싼 게스트하우스부터 고급스러운 숙소까지 다양한 숙박시설들이 몰려 있다. 서양 사람들이 이곳을 가득 메우고 있다.

해변에서 숙소로 돌아올 때 맥주 두 병을 샀다. 코치에서 맥주를 사려고 했지만 실패했다. 저녁거리를 사기 위해 두 번 들른 코치의 쇼핑몰은 오만 가지 식품을 다 팔았지만 술은 없었다. 거리의 음료수 파는 가게에도 역시 없었다. 내가 머무르는 아바드 메트로 호텔 식당에서도 알코올이 든 음료는 전혀 팔지 않았다. 고아에는 주세가 없어 술값이 싸고 술이 흔했다. 물론 거기서는 한 잔도 마시지 않았지만 말이다. 어쨌든 코치에 없던 술이 여기는 흔하다. 어느 작은 식당에 들어가 가지고 갈 것이라면서 달라고 하니, 킹피셔 두 병을 내준다. 인도에서 만든 것이다. 인도에서 처음 마시는 맥주다.

바르칼라의 릭샤 운전사

인도의 오토릭샤 운전사들은 하나같이 운전의 달인이다. 도시에서 릭샤를 타고 있으면, 내가 연어가 되어 부드러운 꼬리짓으로 물길을 거슬러 올라가는 것 같은 느낌이 든다. 결코 다른 차와 부딪치지 않는다. 그 희한한 운전 솜씨에 감탄한 적이 한두 번이 아니다. 하지만 놀라운 것은 운전 솜씨만이 아니다.

바르칼라 역에 내렸을 때 호텔로 가기 위해 오토릭샤를 탔다. "인드라 프라스타 호텔!"이라고 외쳤더니, 사람 좋게 생긴 운전사 한 사람이 나서며 명쾌하게 답을 한다. "I KNOW!" 그런데 안다는 사람이 500미터도 못 가서 길 가는 사람을 붙잡고 묻는다. 힌디어인지 말라얄람어인지 도무지 알아들을 수가 없다. 운전사는 충분한 정보를 얻었는지 다시 출발했다. 하지만 호텔은 바닷가에 있고 역에서 아주 가깝다고 했는데 도무지 바다가 안 보인다. 바다의 찝찔한 냄새는커녕 피톤치드 가득한 숲 쪽으로 들어간다.

"당신 정말 길을 알고 있는 거요?"

"오, 노 프라블럼!" 운전사가 씩 웃는다.

다시 출발. 한참을 가니 이제는 깨끗한 주택가가 나온다. 짐작이 간다. 목적지인 호텔이 어디 있는지 모르는 것이다. 어색하게 웃고는 길거리의 여행사 앞에 릭샤를 세우고 한참 묻더니, 그제야 알았는지 휑하니 달린다. 이내 호텔에 도착했다. 원래 약속했던 금액을 주니, 돌아왔다면서 더 달란다. 아, 이 작자를 어떻게 할까나.

종교 의식의 의미

새벽 일찍 일어나는 습관 때문에 여행을 오면 아침이 괴롭다. 아침 식사를 하러 나선다 한들 문을 연 식당이 있을 리 만무다. 7시가 조금 넘으니 호텔 맞은편 식당 밖에서 서양인 남녀가 아침을 먹고 있는 것이 보인다. 식당 이름이 희한하다. 'The country Kata'라 쓰고 그 아래에 'donkey palace'라고 써놓았다. 'Kata'가 무슨 뜻인지 모르겠다. 식당 출입구 옆에 당나귀 얼굴을 그려놓았다. 여행객을 당나귀로 아는 것 같다.

당나귀 식당은 베니어판을 대충 엮어 만든 가건물이다. 한국의 건설 현장 인부들이 밥을 대어 먹는 함바집과 비슷하다. 달리 문 연 곳이 없으니 대안이 없다. 주인 남자에게 메뉴판을 달라고 하니, 아침에는 그런 것이 필요 없고 주는 대로 먹어야 한단다. 양파 커리, 토마토를 넣은 찌개 한 국자, 삶은 달걀 하나, 쌀가루로 부친 얇은 전병 두 개, 이 네 가지가 아침이다. 먹고 보니 맛이 그리 나쁘지 않고 양도 충분하다. 값도 아주 싸다. 한 사람당 45루피다. 한국 돈 900원이 채 되지 않는다. 당나귀의 천국이라더니, 과연 그렇다. 당나귀에게 무슨 값비싼 아침밥이 필요하겠는가.

이제 할 일은 바르칼라 해변으로 가는 것이다. 아침의 해변은 한가롭다. 천천히 백사장을 걷는 사람, 반바지만 입고 바닷물이 닿아 단단해진 모래 위를 뛰는 사람, 졸린 눈을 비비며 가게 문을 열고 탁자 아래를 쓸고 실내를 정리하는 식당 종업원 등 각자의 방식으로 하루를 시작하고 있다. 이런 풍경이야 늘 보던 것이지만, 조금 다른 색다른 풍경도 있다. 자신을 선전하는 광고용 깃발을 세우고 그 옆에 파라솔을 친 다음, 그 아래에 붉은 카펫 같은 천을 깔고 앉아 있는 사내들이 여럿 있다. 한 사람이 누울 정도의 면적으로 모래를 약간 돋운 자리가 서른 개쯤 된다. 파라솔은 없고 희미한 흔적만 남은 자리들도 있는 것으로 보아, 원래는 더 많은 사람이 있었나보다. 각각의 자리 옆에는 광고판을 세워놓았는데, 케랄라의 언어인 말라얄람으로 적혀 있어서 내용은 짐작도 가지 않는다.

길게 기른 흰머리를 빗어서 뒤로 넘기고 풍성한 흰 수염을 늘어뜨린 사내가 웃통을 벗고 앉아 있고, 그 앞에 젊은 사내 하나가 역시 윗몸을 드러내고 꿇어앉아 두 팔을 교차시켜 손을 귀에 대고 있다. 흰머리의 사내는 근엄한 표정으로 무슨 경문 같은 것을 외우고, 아래쪽에 앉은 젊은 사내는 다시 두 손을 모으고 흰머리의 사내를 따라 중얼거린다. 둘러보니 그렇게 하는 사람들이 여럿이다. 이 중년 사내가 어떤 사람인지 인도 사람에게 물어보았는데, 무슨 말인지 알아들을 수가 없다. 어쨌든 저렇게 주문을 외우고 의식을 행하는 사람은 브라만이겠지. 문득 한국 개신교의 새벽 기도가 생각났다. 새벽이라야 뭔가 영험한 기운을 느낄 수 있지 않겠는가? 하긴 이것도 인간의 생각일 뿐이다. 우주를 창조하고 지배하는 신에게 무슨 새벽이고 저녁이고가 있단 말인가. 우스꽝스러운 생각도 들었다. 저 모습은 부산 영도다리 아래로 점쟁이를 찾아가 자신의 미래에 대해 듣는 사람과 흡사하지 않은가. 점심때 다시 찾아가니, 세 사람이 파라솔 아래에서 파리를 쫓으며 게으른 표정으로 손님을 기다리고 있었다.

오전 나절에는 호텔 부근을 돌아다녔다. 바쁠 것이 없으니 호텔 옆 작은 가게에 가서 생수도 사고 기념품이 될 만한 것도 구경했다. 거리에는 언제 붙였는지는 모르지만, 선거 벽보들이 벽마다 붙어 있다. 당연히 눈에 띄는 것은 공산당 후보였다. 검은 콧수염을 기른 사내, 사리를 입은 살집 좋은 중년 여성의 사진이 곳곳에 붙어 있다. 물론 이것은 보고자 의도했던 구경거리는 아니다. 어제 호텔로 들어오는 길 왼쪽에 사원과 유적지가 있는 것을 보았기 때문에 먼저 그쪽으로 갔다. 호텔에서 2~3분 거리에 초등학교 운동장만 한 크기의 목욕탕을 발굴해 복원하고 있었다. 함피 유적지에서 본 목욕탕과 똑같았다. 땅을 사각형으로 파고 계단식으로 화강암을 쌓은 목욕탕 말이다. 목욕탕 이름은 자나르다나 스와미 템플 폰드(Janardana Swamy Temple Pond)다. 곧 '자나르다나 스와미 사원'에 딸린 연못이다. 연못은 목욕탕이다. '스와미'는 깨달음을 얻은 힌두교 성자라는 뜻이고, '자나르다나'는 비슈누 신의 1000가지 이름 중 126번째 이름이라고 한다. 즉 비슈누 사원에 딸린 목욕탕이다.

목욕탕 부근에 힌두 사원 세 곳이 있다. 가장 가까이 있는 것이 하누만 스와미 사원(Hanuman Swamy Temple)이고, 바로 건너편에 있는 것이 스리 샤스타 사원(Sri Shastha Temple)이다. 하누만 스와미 사원은 출입문 위에 원숭이의 좌상이 있다. 안을 슬쩍 들여다보니, 조잡한 원숭이 상이 유리장 속에 모셔져 있었다. 그 앞의 의식을 집행하는 공간은 향과 기름으로 찌들어 정결하지 못하다는 느낌이 들었다. 스리 샤스타 사원은 문 위에 말라얄람어로 뭔가 적혀 있었다. 물론 무슨 말인지 전혀 알 수 없다. 이 사원은 다르마 사스타(Dharma Sastha)로 숭배된 아야판에게 바쳐진 사원이라고 하는데, '다르마'가 힌두교에서 말하는 우주법칙, 윤리규범 등을 의미하고 '사스타'가 샤스트라, 곧 경전을 의미하니, 다르마 사스타는 '힌두교의 진리가 담긴 경전'이라는 뜻인가보다. 아야판은 힌두교의 신 하리하라의 아들인데, 하리하라는 시바와 비슈누가 혼합된 신이라 한다. 어쨌든 중요한 신인가보다. 또 사원 문 위에 호랑이 소상이 있는 것을 보니, 호랑이와 관련이 있는 것 같았다. 힌두교에 관한 책을 보면, 두르가 여신이 호랑이를 타고 다닌다고 하는데, 혹 두르가 여신과도 관계가 있는 것인가.

스리 샤스타 사원 오른쪽의 언덕 위에 사원이 또 하나 있는데, 이 사원이 바로 앞에서 말한, 목욕탕을 거느린 자나르다나 스와미 사원이다. 언덕으로 올라가는 계단이 있고 그 위에 사원의 출입문이 있다. 사원 본채는 숲에 가려 보이지 않는다. 이것이 가장 중요한 사원이므로 당연히 올라가봐야겠지만 올라가지 않았다. 올라가려고 했더니, 옆에 있는 신발 보관소의 인도인 사내가 신발을 벗어 맡기란다. 귀찮은 생각이 왈칵 들었다. 그래, 올라가면 무엇 하나, 사원이라면 함피에서 질리도록 보지 않았던가. 또 앞으로도 수없이 볼 것 아닌가. 이렇게 합리화하고 올라가지 않았다. 하지만 이건 스스로를 기만한 것이라 뒤에 두고두고 후회가 되었다.

자나르다나 사원은 어떨지 모르지만, 아래쪽 사원, 특히 하누만 스와미 사원은 신자들로 붐빈다. 기도하기 위해 사람들이 줄을 지어 서 있다. 사원을 찾아 기도하면서 하루를 시작하는 것이다. 하나 의문이 드는 것은, 대도시의 젊은이들도 힌두 신앙을 공고히 가지고 있느냐는 것이다. 그들이 인도의 미래를 짊어질 터인데, 자본주의 문명에 젖은 젊은이들의 힌두 신앙이 과연 그렇게 깊을까. 아니면 힌두 신앙을 일종의 생활 풍습처럼 받아들이는 것인가. 한국 사람들은 1월 1일에 바닷가에 몰려가서 떠오르는 해를 보면서 뭔가를 기원하는데(나는 정월 초하루에 한국 사람들이 태양신 숭배자가 된다고 생각한다), 그렇게 해서 바라는 바가 정말로 이루어진다고 믿는 사람은 없을 것이다.

점심때가 되어 다시 바르칼라 해변의 리틀 티베트를 찾아갔다. 이 음식점 근처에는 티베트 기념품점이 많다. 몇 군데 들러 구경을 했다. 물론 살 물건은 없다. 티베트 기념품점 뒤쪽 골목도 재미있다. 값싼 게스트하우스들이 빼곡하다. 서양 젊은이들이 헐렁한 셔츠에 샌들을 신고 들락거린다. 내가 청춘이라면 이곳에 와서 몇 날 며칠을 묵을 수도 있을 것이다.
점심을 시켜놓고 기다린다. 부지하세월이다. 한국 같으면 어림도 없는 일이다. 멍하게 아라비아 해를 바라보고 있는데, 큰 그림자가 지나간다. 패러글라이더 그림자다. 호텔에서 해변으로 들어오는 통로를 지나 언덕길을 지나고 절벽 위로 올라가면 땅바닥에 하얗게 H자를 쓰고 바깥에 원을 그려놓은 곳이 두 군데 있는데, 바로 패러글라이딩을 하는 곳이다. 식당으로 올 때 서양 사내 한 명이 글라이더를 펼치고 막 허공으로 떠오르고 있었다. 아라비아 해에서 불어오는 바람은 절벽에서 상승기류가 된다. 새들이 그것을 타고 날갯짓도 없이 공중에 머물러 있었다. 그 서양 사내 역시 조금 떠오르더니 허공에 한참을 박혀 있었다. 리틀 티베트 위로 지나간 패러글라이더도 그 사내였다.

문득 자연이 경이로운 것처럼 인간도 경이롭다는 생각이 들었다. 새는 먹이를 구하고 짝을 찾기 위해 하늘을 난다. 하지만 인간은 새를 보고 하늘을 나는 감각을 경험하기 위해 온갖 실험을 거듭한 끝에 기어이 하늘을 날게 되었다. 허공에 점으로 박혀 있던 저 사내는 먹고사는 일, 짝을 찾는 일과는 아무 관계도 없이, 오직 허공을 온몸으로 느끼기 위해 하늘로 올라간 것이다. 먹고 섹스하는 것은 생명 있는 모든 존재가 하는 일이다. 인간만이 그것에서 벗어나 하늘로 올라가 허공을 체험하려 한다. 새가 아니면서 하늘을 날고 물고기가 아니면서 물속을 유영하려는 존재, 결과적으로 자신을 낳아준 자연을 넘어서려는 존재, 곧 자신을 초월하려는 것이 인간의 본질적 속성이 아닌가.

점심은 예상을 벗어나지 않아 맛이 있었다. 식당을 나와 절벽 위의 길을 지칠 때까지 걸었다. 광막한 바다를 보며 걸으니 속이 후련해진다.

힌두교 의식

아침에 하누만 스와미 사원을 보고 정결하지 못하다는 느낌이 들었다. 길거리의 힌두교 신상과 그 주변도 마찬가지였다. 한국의 사찰은 대체로 정결하다. 통도사, 범어사, 송광사 등 이름난 사찰들은 입구에 들어서면 넓고 텅 빈 뜰이 있다. 정갈하다. 붓다를 모신 대웅전도 정결하지 않은 경우는 한 번도 보지 못했다. 그런데 인도의 사원은 뭔가 깨끗지 않다는 느낌이 들었다. 내가 믿지 않는 종교라 해서 함부로 폄하해서는 안 되지만, 큰 문제도 아닌데 느낀 바를 감추는 것도 옳지 않기에 이렇게 말하는 것이다. 인도에 온 이래 신상과 그 주변이 정결하지 못하다는 느낌을 늘 지울 수 없었는데, 호텔에서 TV를 켰다가 우연히 힌두교 의식을 보고 그 이유를 알게 되었다. 그 과정을 생각나는 대로 옮겨적으면 이렇다.

브라만 사제가 경문을 읽으며 링가 상에 우유를 부었다. 우유는 링가가 꽂혀 있는 요니를 적셨고, 요니의 한쪽에 파놓은 홈을 따라 아래로 흘러내렸다. 사제는 계속 주문을 외우면서 제물과 꽃이 담겨 있고 가장자리에 작은 촛불을 켠 넓은 쟁반을 링가 상 주위로 돌렸다. 검은 링가가 우유로 하얗게 덮이자 손가락으로 문질러 사람의 얼굴을 그리고, 이어서 지우고, 다시 가로로 줄 세 개를 그었다. 예전에 읽은 책에서 비슈누 파는 세로로 줄 세 개를 긋고 시바 파는 가로로 줄 세 개를 긋는다고 했는데, 그렇다면 이 경우는 시바 파인가.

그런 다음 물로 링가와 요니를 깨끗이 씻은 뒤 하얀 가루를 링가에 쏟아붓고 다시 가로로 줄 세 개를 그었다. 그리고 그것을 물로 씻은 다음, 바나나 썬 것과 체리 등 과일 섞은 것을 링가에 쏟아부었다. 다음으로는 약간 노란 기운이 도는 기름(녹인 버터 같았다), 강황 가루를 물에 탄 듯한 샛노란 액체, 코코넛 기름 같은 것을 차례로 붓고 링가를 꽃으로 장식했다. 기름의 종류와 형태는 달랐지만, 다른 신상, 예컨대 가네샤 상에도 대체로 동일한 절차와 방법을 적용했다. 힌두 사원의 신상이 기름에 찌들어 번들거리는 것은 이 때문이었다.

이런 의식 외에도 제물을 바치는 경우를 흔히 볼 수 있었다. 비루팍샤 사원에서는 코코넛 열매를 돌에 쳐서 깨트리고 손을 모아 뭔가를 기원했다. 차문디 사원에도 코코넛을 쳐서 깨는 공간이 따로 마련되어 있었는데, 흥미로운 것은 옆에 앉아 있다가 깨진 코코넛을 회수하는 사람도 있었다는 점이다. 어쨌든 코코넛을 깨는 것은 신에게 제물을 바치고 뭔가를 바란다는 의미일 것이다. 그런데 코코넛 물이 밖으로 질펀하게 흘러내리고 있었다. 신전 외부에서도 똑같은 의식이 있었다. 물은 질펀하게 흘러 고였고, 열기에 썩어 악취를 풍겼다. 코코넛을 던져 깨고 뭔가를 비는 행위는 대단히 널리 행해지는 것 같았다. TV 화면에는 화강암으로 네모난 우물 같은 것을 만들어둔 힌두 사원의 마당이 보였다. 사람들이 그 앞에 줄을 서서 한 사람씩 코코넛을 던져 깨고 있었다. 젊은 여성 리포터가 그것을 보고 뭐라고 말하더니, 스무 살쯤 된 두 청년에게 마이크를 들이대며 뭔가를 물었고, 청년들은 수줍어하면서 대답을 했다. 아마도 무슨 소원을 빌었는지 물었을 테고, 답 또한 범상한 것이었으리라.

이렇게 이해를 하지만, 동물을 희생제물로 바치는 일에는 여전히 거부감을 떨칠 수 없었다. 네팔의 마하카마나 사원에 갔을 때, 신상 앞은 동물의 피로 얼룩져 있었다. 뒤에 TV를 통해 신전 앞에서 직접 짐승의 목을 베고 피를 내어 바치는 모습을 보았다. 피를 내어 직접 죽임으로써 신에게 짐승을 온전히 바친다는 의미일 것이다. 하지만 생명을 죽이는 광경은 보기에 아름답지 않다. 맹자는 군자는 푸줏간을 멀리 떼어놓는다고 말하지 않았던가. 거룩하고 신성하기는커녕 불쾌하고 불결하다는 느낌을 지울 수 없었다. 물론 그것도 문화의 차이니까 뭐라고 할 수는 없지만 말이다.

《간디 자서전》을 보면 간디가 캘커타의 칼리 여신을 모시는 사원에서 양을 죽여 제물로 삼는 것을 비판하는 장면이 나온다. 간디가 사원을 찾아갔을 때, 칼리에게 제물로 바칠 양들이 줄을 지어 걸어가고 있었다. 간디는 그곳의 사두와 이야기를 한다.

"당신은 이렇게 제물을 바치는 것을 종교라고 생각해요?"
"짐승 죽이는 것을 종교라고 할 사람이 누가 있소?"
"그럼 그렇게 하지 말라고 설교를 하지 그래요?"
"그것은 우리가 할 일이 아니오. 우리가 할 일은 신을 공경하는 거지."
"다른 데는 신을 공경할 곳이 없어요?"
"우리에게는 어디나 다 좋소. 저 사람들도 양떼나 마찬가지요. 지도자가 이끄는 대로 가는 거지. 그것은 우리들 사두가 할 일이 아니오."

간디는 더 이야기를 나누지 않고 사원 안으로 들어갔다. 거기서 내를 이루어 흐르는 피를 보고 가만히 서 있지 못했다. 그날 저녁 벵골 친구들의 저녁 식사에 초대를 받은 간디는 그 잔혹한 예배에 대해 이야기했다. 그러자 친구들은 "양은 아무 감각도 느끼지 못합니다. 떠들고 북 치고 하는 소리에 모든 고통을 잊게 됩니다"라고 대꾸했다. 간디는 그 잔인한 의식이 폐지되어야 한다고 생각했다.

신을 섬긴다는 핑계로 온갖 잔인한 짓을 하는 것이 종교다. 종교로 인해 일어난 인간 사이의 살육을 생각해보면, 동물을 죽이는 것도 이상할 것이 없다. 인간의 육식문화, 특히 20세기 이후 폭발적으로 늘어난 동물성 단백질의 섭취는 가축의 사육과 도살 과정에서 또 얼마나 잔혹한 짓을 저지르는가. 나 자신도 그런 죄에서 벗어날 수 없을 것이다.

남의 종교

내가 믿지 않는 종교의 의식은 나에게 의미 없는 퍼포먼스에 지나지 않는다. 돌덩이에 우유를 쏟고 원숭이 형상의 물건에 기름을 붓는 것은 무의미한 행위, 기의 없는 기표일 뿐이다. 학습한다고 그것을 이해할 수 있을까. 아닐 것이다. 내 의식이 그 언어가 갖추고 있는 어떤 질서의 포로가 되었을 때, 내가 그 언어에 의해 몰수되었을 때, 그리하여 그 언어가 바로 '나 자신'이 되었을 때, 비로소 그 의식을 이해할 수 있을 것이다.

수고에 따른 릭샤 비용

바르칼라에서 이틀을 쉬었다. 여행에 지친 몸을 달래고, 밀린 빨래도 하고, 짐도 완전히 풀었다가 다시 정리했다. 오늘은 칸냐쿠마리로 간다. 칸냐쿠마리는 인도 아대륙의 남쪽 꼭짓점, 곧 인도의 희망봉이고 땅끝 마을이다. 아라비아 해와 인도양이 칸냐쿠마리에서 만나는 것이다. 열 차는 바르칼라 역에서 오전 9시 5분에 출발할 예정이지만, 늘 그렇듯 말 그대로 예정일 뿐이다.

바르칼라 역에서 열차를 기다리며 멍하게 철길을 보고 있는데, 누더 기를 걸친 한 사내가 내 쪽으로 다가오더니 손을 내민다. 피부가 유난 히 검다. 그가 자기 다리를 가리킨다. 500원짜리 동전 크기의 옹이들이 무릎 아래에 빼곡하게 박혀 있다. 발가락 역시 몹시 크고 기형이다. 무슨 섬유종 같았다. 치료도 받지 못하고 구걸로 연명하는 것이 분명했다. 20 루피 지폐 한 장을 꺼내 건넸다. 신이 축복하기를 바란다는 말과 함께. 사내는 정중하게 두 손을 모으고 무어라 말한 뒤 떠났다.

어제는 바르칼라 해변 절벽 위 상가 앞에서 두 손이 없는 사람을 보 았다. 동전 몇 닢을 건넸다. 30년 전 강남 고속버스 터미널 택시 승강장 에서 두 팔이 없는 사내가 목에 플라스틱 바구니를 걸고 적선을 바랐고,

사람들은 거기에 선량한 마음을 표했다. 이제 한국의 도시에는 그런 사람이 거의 보이지 않는다. 그런 사람들이 없어진 것이 아니라, 아마도 격리되었을 것이다. 인도에서는 그런 사람들이 여전히 섞여 산다. 그뿐 아니다. 도시의 길거리에 소와 개가 흔하다. 짐승도 어울려 사는 것이다. 이곳 바르칼라에서도 개들이 한가롭게 길바닥에 누워 잠을 잤고, 어떤 놈들은 사두들이 영업하는 곳 옆 백사장에서 몸을 구부린 채 늦잠을 자고 있었다.

인간만의 공간, 정상인들만의 깨끗한 공간은 근대 이후의 산물이다. 그것은 평등이 아닌 불평등의 산물이다. 과거에는 동네마다 몸이 불편한 사람, 정신이 온전치 않은 사람들이 있었고, 그들도 보통 사람들과 어울려 살았다. 정상인의 범주라는 개념이 생겨나면서 그들은 격리되었다. 장애인, 행려인, 극빈자는 모두 비정상으로, 눈에 뜨여서는 안 되는 존재가 되었다. 특히 주거 공간의 변화(예컨대 아파트화), 즉 주거 공간의 재구성이 '비정상인'을 급속히 격리시켰다. 그런 사람들이 돌아다니고 깃들 공간을 아예 없애버린 것이다. 동일한 공간이 하염없이 반복되는 아파트를 보면 나는 두려운 느낌이 든다. 골목도 역사도 없는 곳이 아닌가. 또 그곳에는 이상한 정신장애자들이 많이 살기도 한다. 장애인 시설과 학교가 들어서면 집값이 떨어진다고 항의시위를 하는 자들이야말로 얼마나 큰 정신적 장애를 가진 자들인가.

가장 바람직한 것은 사회가 치료를 담당하고, 그들에게 적당한 직업을 주는 것이다. 담헌은 〈임하경륜〉에서 모든 사람의 재주가 다르니 그들에게 가장 적합한 일자리를 주라고 하였다. 솜씨가 좋은 자에게는 수공업을, 이문에 밝은 자에게는 장사를, 장님에게는 점치는 일을, 궁형을 당한 사람에게는 문지기를 맡겨야 하고, 벙어리와 귀머거리, 앉은뱅이까지 일을 주어야 한다고 했다. 그들을 보통 사람들과 같은 공간에서 일하며 살게 한 것이다. 유럽의 복지국가에서는 그렇게 하고 있다.

9시 5분에 떠난다던 기차가 30분 이상 늘어 9시 40분에 떠난다. 뭄바이에서 어제 출발한 기차인데, 거의 연착하지 않은 편이라고 한다. 이번에 인도에 와서 네 번째 기차다. 칸냐쿠마리에서 볼 것을 본 뒤 다시 마두라이로 떠나는 기차를 한 번 더 타야 한다. 어두운 객실로 들어서니 단조로운 음악이 흐른다. 여성이 부르는 노래가 끝도 없이 이어진다. 어디서 많이 듣던 가락이다. 마음이 편안해진다. 무슨 경문을 외우는 것 같기도 하다. 곰곰이 머릿속을 더듬어보니 〈회심곡〉과 비슷하다. 내 자리 옆에는 청년 한 사람과 나이 든 점잖은 부부가 앉았다. 대학생이냐고 묻자, 직장인이라고 한다. 어디냐고 묻기도 전에 늙은 남자가 IBM이라고 한다. 컴퓨터가 전공이냐고 물으니, 그렇다고 대답한다. 부부는 얼굴을 펴고 활짝 웃는다. 아들이 자랑스러운 기색이다. 정호영 선생의 책을 보면 인도의 IT산업에는 여러 층차가 있고, 그 전체 규모의 대부분은 단순한 콜 센터 일이거나 원청업체에서 시키는 대로 프로그램을 코딩하는 하청 업무라고 했는데, 이 청년의 경우는 어떤지 모르겠다. 얼마 뒤 세 사람은 짐을 챙겨 내렸고, 이어 한 가족이 쌍둥이 꼬마 둘을 데리고 타더니 한참 수선을 떨기 시작했다. 칸냐쿠마리 역은 종착역이라, 다른 역처럼 긴장하지 않고 느긋이 기다렸다가 내렸다.

칸냐쿠마리 역은 넓고 천장이 높아서 시원한 느낌이 든다. 역 밖은 포장하지 않은 붉은 흙 마당이다. 해변은 역에서 아주 가깝다. 덥지 않고 시간만 넉넉하면 그냥 걸어가도 금방일 정도다. 하지만 역사 앞 흙 마당에 내리꽂히는 햇볕을 보니 걸어갈 생각이 달아난다. 역사 앞에 늘어선 오토릭샤를 타고 가는 수밖에.

해변에는 시바 신의 여러 부인 중 하나인 쿠마리 여신을 기리는 쿠마리 암만 사원, 간디를 화장한 뒤 그의 뼈를 흩뿌린 산골처(散骨處)에 세운 간디 만다팜, 타밀나두 주립박물관이 몰려 있고, 빤히 바라보이는 앞바다에는 비베카난다가 명상했다는 돌섬과 타밀의 시인 티루발루바르의 석상을 세운 작은 돌섬이 있다.

먼저 해야 할 일은 점심을 챙겨먹는 것이다. 해변에는 식당이 몰려 있고 사람들로 붐빈다. 사람들이 가장 많은 식당으로 들어가 매운 커리와 밥을 먹었다. 이제 가야 할 곳으로 가야지. 먼저 비베카난다가 명상한 섬으로 갔다. 이곳에는 온통 비베카난다의 이름이 붙어 있다. 해변도 '비베카난다 비치'다. 또 이곳 칸냐쿠마리에는 비베카난다의 정신을 추종하는 사람들의 단체인 '비베카난다 켄드라'도 있다.

섬으로 건너가는 페리의 승선료는 왕복 35루피다. 땅에 떨어져 있으면 주워가지도 않을 정도로 낡고 더러운 구명조끼를 꼭 입으란다. 바다를 보니 파도가 제법 거세다. 하지만 배에 오르자마자 하선이다. 그만큼 가깝다. 이 섬 옆에는 작은 돌섬이 있다. 두 섬은 겨우 10미터도 떨어지지 않았는데, 다리를 놓지 않아 배로 가는 수밖에 없다. 비베카난다 섬에는 건물이 두 개 있다. 둘을 합쳐서 비베카난다 록 메모리얼(Vivekananda Rock Memorial)이라고 부른다.

계단을 올라 위쪽의 높은 건물 안으로 들어가면 검은 돌로 만든 기둥

섬에는 위대한 시인이자 철학자 티루발루바르의 입상이 서 있다. 그는 40미터가 넘는 자신의 입상을 좋아했을까?

이 지붕을 떠받치고 있고 정면에 검은 비베카난다 상이 우뚝 서 있다. 다른 장식은 아무것도 없고 오직 비베카난다 상만 있다. 비베카난다는 자신이 숭배의 대상이 된 것을 좋아했을까? 그렇다면 비베카난다의 정신도 높이 평가할 것은 못 될 것이다. 비베카난다 석상을 모신 건물 반대편에 낮은 건물이 있는데, 힌두교 신당 같다. 안으로 들어가니 유리장 안에 돌이 하나 들어 있다. 원래 섬의 돌인데, 거룩한 장소인 듯 성별(聖別)하고 있는 것이다. 그 앞에서 사람들이 참배하고 돈을 던져 성의를 표한다.

옆의 작은 섬에도 배를 댄다. 작은 섬에는 거대한 석조 입상이 서 있다. 타밀나두 주의 위대한 시인이자 철학자인 티루발루바르의 입상이다. 높이가 40미터가 넘는다고 한다. 이 입상에 견주면 비베카난다의 입상은 갓난아이 수준이다. 타밀나두 주에서는 이 사람을 기념할 만한 가치가 있을 것이다. 2009년에 나온 책을 보니, 타밀어를 말하는 인구는 6000만 명이 조금 넘고, 전체 인도인 중 6퍼센트가 조금 안 된다고 한다. 나는 타밀어를 모르고 또 티루발루바르에 대해서도 전혀 아는 바가 없지만, 시인의 입상이 이처럼 거대하다니 생각이 복잡해진다. 몇 해 전 이란의 페르세폴리스에 갔다가 시라즈 시내로 돌아와 이란 사람들이 가장 사랑하는, 아랍어에 맞서 페르시아어로 시를 써서 페르시아어를 지켰다는 시성(詩聖) 하피즈의 무덤을 본 일이 떠올랐다. 그는 공원의 작은 팔각정 지하의 무덤에 잠들어 있었다. 공원에서 만난 뚱뚱한 중년 사내는 나에게 하피즈의 시를 암송해주었다. 안내판에서는 티루발루바르가 보석 같은 고전을 남겼다고 하고 정말로 그럴 수도 있겠지만, 그 자신은 40미터가 넘는 자신의 입상을 좋아하지 않았을 것이다.

간디 만다팜은 옥수수처럼 뾰족하게 생긴 건물이다. 바라나시의 갠지스 강가에 있는 건물을 생각하면 된다. 건물 밖 그늘에는 사람들이 앉아 쉬고 있고, 젊은이들이 쉴 새 없이 들어와 휙 둘러보고 2, 3층 옥외 공간으로 나가 바다를 바라본다. 이 건물 바로 앞 바다가 간디의 산골처다. 간디는 인도를 상징하는 인물이다. 지폐에 얼굴이 실려 있는 것은 물론이고, 전국 곳곳에 그의 이름을 딴 거리와 건물이 있다. 하물며 이곳은 그의 뼈를 뿌린 곳이니 기념할 만한 곳이 아닌가. 건물은 3층인데 2, 3층은 바다를 바라보는 옥외 전망대이고, 1층이 기념관이다. 만다팜은 원래 힌두 사원의 건축양식을 뜻한다. 즉 필로티로 이루어진 홀을 만다팜이라고 하는데, 보통 사원의 비마나 앞에 있는 공간이거나 다른 건물의 형태로 존재하는 공간이다.

간디 만다팜 역시 안으로 들어가면 기둥들이 반원형으로 열립한 텅 빈 공간이다. 낮은 창살 가리개 같은 것으로 기둥과 기둥 사이를 막았다. 그 너머에 건물의 벽과 창이 있는데, 창과 창 사이에 젊은 간디부터 이가 빠진 채 어린아이를 안고 있는 늙은 간디까지 다양한 사진들이 전시되어 있다. 원본은 아니고 복사본이라서 흐릿하고 조악한 느낌이 물씬 풍긴다. 제작한 지 오래된 흔적이 역력하다. 둥근 내부 공간의 중심에는 향을 피우는 향로가 있고, 벽면의 중앙에는 검은 대리석 표면을 얇게 쪼아내어 표현한 간디의 평면상이 있다. 비쩍 마른 간디는 한 손에 지팡이를, 다른 한 손에는 《기타》 책을 들고 있다.

간디 만다팜 오른쪽에는 인도 국민회의의 리더이자 독립운동가이자 정치가였던 카마라자르(1903~1975) 기념관이 있다. 왼편에는 2004년 인도양에 몰아친 쓰나미의 비극을 잊지 않기 위한 '쓰나미 기념공원'이 있고 그 뒤에 바가바티 암만 사원이 있다. 이 사원은 시바 신과 결혼할 예정이었지만 시바 신이 나타나지 않아 처녀 여신이 된 칸냐 데비를 모시는 사원이다. 여신은 사원을 찾아오는 사람들에게 복을 준다고 한다. 이 사원은 정문 하나만 남기고 높은 벽으로 완전히 감싸인 정방형 건물이다. 정문에 다시 작은 쪽문이 나 있고 사내 한 명이 지키고 있다. 영어가 아닌 타밀나두어로 뭐라고 적혀 있어서 들어갈 방도를 모르겠다. 아마 입장 시간을 적어놓은 것 같다. 인도 소년 하나가 사내에게 가서 무어라

하니, 미간에 티카를 찍어준다.

간디 기념관을 둘러보고 다시 사원을 찾았지만, 문을 닫아 들어가지 못했다. 어제 바르칼라에서 자나르다나 스와미 사원을 일부러 보지 않은 것이 나쁜 조짐이었던 것 같다. 사원 좌우에는 기념품과 옷가지를 파는 가게들이 즐비하다. 그리고 골목에서는 새점 치는 사람, 손금 보는 사람들이 앉아서 영업 중이다. 바다를 면한 사원 벽 쪽은 그늘이 지고 바닷바람이 시원하게 불어와 사람들이 많이 몰려 쉰다. 정강이 아래가 없는 중늙은이가 엎어져 있어서 가련한 마음에 적은 액수의 지폐를 한 장 건네니, 그 옆에서 왼쪽 팔이 꼬부라진 할미가 오른손을 벌린다. 손에 잡히는 동전을 주고 옆을 보니 온갖 장애인들이 앉아서 차례를 기다린다. 적선을 포기할 수밖에.

타밀나두 주립박물관이 지도에 나와 있기에 열심히 찾았지만 도무지 눈에 띄지 않는다. 같은 길을 몇 번이나 오가며 훑었지만, 어디에 박혔는지 흔적도 보이지 않는다. 길 가는 사람, 가게 사람을 붙들고 일곱 번을 물었지만 대답이 각각이다. 따가운 햇살을 견디지 못하고 결국 포기하고 말았다. 뒤에 한국인 대학생에게 들으니, 어떤 골목을 헤매다가 너무 더워서 석상이 있는 건물 앞에 앉아 쉬었는데 거기가 바로 박물관이었다고 한다. 내가 몇 번을 스치고 지난 곳 부근의 골목이었다. 분통이 터졌다. 주립박물관이라면서 큰길에 안내판 하나 없다니. 오늘은 이상하게도 구경 운수가 좋지 않은 듯하다.

마두라이에 가기 위해 칸냐쿠마리 역으로 가는 길에 온통 흰 건물인 '아워 레이디 오브 랜섬 슈라인(Our Lady of Ransom Shrine)' 성당과 그 입구의 마더 테레사 수녀상을 보았다(성당 안쪽도 흰색이다). 성당이 워낙 하얘서 비베카난다 섬에서도 보일 정도다. 이곳 칸냐쿠마리는 기원후 52년에 12사도 중 한 사람인 도마가 와서 기독교를 전했다고 하는 곳이다. 1542년 프란시스 자비에르(St. Francis Xavier)도 여기에 와서 성모상(Our Lady of Delights Grotto)을 발견하고 기뻐했으며, 이후 이곳은 가톨릭 전교의 중심지가 되었다고 한다. 이런 내력으로 인해 이곳 칸냐쿠마리에는 가톨릭 신자들이 꽤나 많다고 한다.

성당을 흘끗 보고 지나가는데, 아이들이 고등학교(St. Antony Secondary School) 마당에 퍼질러 앉아 시험을 치고 있다. 한 70~80명은 되는 것 같다. 마당 중간에는 선생님이 회초리를 들고 있다. 내가 사진을 찍으려 하니 학생들이 가방으로 얼굴을 가린다. 아마도 낙제한 아이들을 모아 학교 마당에서 시험을 보게 하는 것 같았다. 참 오랜만에 보는 풍경이었다.

기차는 6시 정각에 칸냐쿠마리를 출발했다. 늦지 않게 정확히 출발한 것은 이곳 칸냐쿠마리가 출발역이기 때문이다. 좌석은 1층이다. 창가에 앉으면 작은 접이식 탁자를 펼칠 수 있다. 태블릿 PC를 꺼내 낮에 메모한 것을 정리하고 있으니, 창밖이 점차 푸른색으로 변한다. 손을 멈추었다. 대기에 남은 희미한 잔광 아래 산 그림자가 검푸른 빛을 띠더니, 차츰 어둠 속에서 형체를 잃는다. 이내 창밖은 아무것도 보이지 않는 완전한 검은색이 되었다. 창을 올려 밖으로 손을 내밀면 검은 기운이 실처럼 손에 걸려 한 다발 가득 쥘 수 있을 것 같다.

몇 해 전 사하라 사막의 텐트에서 하룻밤을 보냈다. 새벽에 깨어나 작은 모래언덕 위로 올라가니, 으깨어진 크고 작은 보석들이 검은 천공에 흩뿌려져 있었다. 아무 소리도 없는 완전한 침묵이었다. 그 침묵은 도리어 가늘기 짝이 없는 '우웅' 하는 소리로 내 귀에 들리는 듯했다. 광활한 검은 천공 아래, 인간이 만든 소리와 불빛이 남김없이 제거된 그곳에 나는 홀로 기둥처럼 서 있었다. 나 자신이 우주를 마주하고 있는 우주 속의 한 존재라는 것을 비로소 실감했다. 완전한 침묵과 어둠이 없었다면 결코 알 수 없었을 느낌이었다. 우주의 본질은 침묵과 어둠이다. 영화 〈그래비티〉에서 보았듯이 우주 공간은 소리가 있을 수 없다. 또한 빛도 보이지 않는다. 빛이 지나가더라도, 닿는 곳이 없다면 그냥 어두운 공간일 뿐이다. 우리 개인은 이 어두운 침묵의 공간에서 찰나의 시간을 보내고 다시 어두운 침묵의 공간으로 흩어져버리는 초라한 물질일 뿐이다. 우주 속에서 인간은 그리 대단한 존재가 아니다. 아니, 아무것도 아니다!

밤 10시 30분에 마두라이 역에 도착했다. 역에서 도보 10분 거리에 호텔이 있다. 호텔 이름은 EMPEE다. 언뜻 듣기에 '엠비'다. MB 인터내셔널 호텔 이후 또 겪는 횡액이다!

릭샤의 정원

칸냐쿠마리에서 주립박물관을 찾지 못해 애를 태우고 있는데, 갑자기 몽가가 저것 좀 보라고 소리쳤다. 고개를 돌려보니 오토릭샤에서 사람들이 내리고 있다. 그런데 한둘이 아니다. 몽가가 하나, 둘, 셋, 넷, 하고 세니, 먼저 내려 있던 젊은 여자가 하얀 이를 드러내며 "트웬티 파이브"라고 친절하게 일러준다. 어안이 벙벙해 말을 못하고 눈을 둥그렇게 뜨니 여자도 큰 소리로 웃었다. 오토릭샤는 오토바이를 개조한 것이다. 원래 운전사와 승객까지 합쳐 3인승이다. 무리해서 다섯 명까지 타는 것은 보았지만, 이건 좀 심하지 않은가. 아무리 인도라지만 이건 아니다. 다른 차와 충돌하기라도 하면 다칠 사람이 한둘이 아닐 것이다. 모골이 송연한 일인데도 운전사는 태연하다.

문득 2014년 바라나시에 갔을 때 만난 릭샤꾼이 생각났다. 아침에 그 유명한 갠지스 강의 가트에 가기 위해 호텔 앞에서 릭샤를 탔다. 릭샤꾼, 곧 릭샤왈라는 아주 젊은 친구였다. 가트를 둘러보고 돌아오는데, 그 청년이 건너편 길에서 우리를 알아보고 아는 체를 했다. 또 그 친구의 릭샤를 타고 돌아왔다. 릭샤꾼은 오늘 바라나시를 둘러볼 계획이라면 자신의 릭샤를 타면 어떻겠느냐고 물었다. 바라나시 대학 박물관 등 몇 곳을 대며 얼마냐고 물으니, "다 돌아보신 뒤 저의 수고를 가늠해서 주시면 됩니다"라고 한다.

미리 알아본 가격은 150루피 정도다. 오전 10시에 호텔로 오라고 했더니, 그는 정확하게 시간을 지켜서 왔다. 릭샤꾼은 페달을 밟으면서 자기 이름이 '하눈제'고 나이는 서른둘이며 자식이 넷 있다고 말했다. 하눈제는 영어를 곧잘 했다. 좋은 점은 나 같은 '영어 무식자'도 알아들을 수 있는 쉬운 단어를 사용한다는 것이었다. 바라나시는 해가 뜨면서부터 펄펄 끓어오르는 곳이다. 페달을 열심히 밟는 그의 뒤에 앉아 있는 것이 조금씩 미안해지기 시작했다. 음, 이건 150루피로는 어림도 없겠구먼. 한 250루피는 줘야 하지 않을까? 바라나시 대학에 도착했다. 그가 쉬는 시간이다. 꽤나 이름난 대학 박물관을 둘러보고 나서 다시 릭샤에 올랐다. 다음 목적지를 향해 가다가 하눈제가 갑자기 소똥이 지천인 골목으로 들어선다. 묻기도 전에 훌쩍 뛰어내리더니, 수도꼭지 쪽으로 달려간다. 그는 오랜 사막 여행을 마친 낙타처럼 수도꼭지에 거꾸로 매달려 있었다. 한참 뒤 풀썩 하고 벽에 기대앉아 한숨을 푹 내쉬더니, 너무 더워서 잠시 쉬어가겠다고 한다.

하눈제는 다시 페달을 밟으면서 목에 두른 천으로 쉴 새 없이 땀을 닦았다. 아니, 쏟아지는 땀방울을 쓸어 땅에 뿌렸다고 하는 것이 정확한 표현일 것이다. 계획했던 것보다 약간 일찍 일정을 끝냈다. 그 친구도 진이 빠진 것 같았다. 나 역시 더 이상 그의 릭샤를 타고 싶지 않았다. 지갑을 열고 500루피를 건넸다. 그가 왜 투어가 끝난 뒤 지불할 액수를 결정하라고 말했는지 알 것 같았다.

명상

비베카난다가 명상을 한 것을 기념해서 섬에 기념관을 만들었다. 비베카난다는 마흔이 되기 전에 죽었다. 그는 명상으로 어떤 경지에 도달했을까.

비베카난다의 스승인 라마크리슈나의 경우, 힌두교의 명상을 통해 자주 초월적 체험, 곧 사마디의 경지에 이르렀다고 한다. 이후 알라의 이름을 부르면서 역시 초월적 상태에 이르렀고, 기독교의 성서를 듣고(그는 글을 몰랐기에 다른 사람이 읽어주는 것을 들었다), 또 예수를 안고 있는 마리아 상을 보고 같은 상태에 도달했다고 한다. 보통 사람들 혹은 수행자라

하더라도 아주 드물게 도달할 수 있는 초월적 경지에 그는 너무나 쉽게 도달할 수 있었던 것이다. 이렇게 쉽게 사마디에 도달하는 사람들이 있다. 아난다모이마 이슈람의 주인공 아난다모이마도 어렸을 때부터 신에 대한 찬가를 부르는 중 종종 사마디 상태에 빠졌다고 한다.

라마크리슈나는 6, 7세에 이미 초월적 신비체험을 했다고 한다. 아마도 그는 명상과 사마디 상태에 쉽게 도달할 수 있는 능력을 갖고 태어났을 것이다. 일종의 종교적 천재라고 할 수 있다. 요가를 통해 사마디 상태에 이르면, 주관과 객관이 무너지고 주체와 대상이 하나가 된다고 한다. 그런데 그런 사마디의 경지에 도달한다는 것은 무슨 의미가 있는가. 그것이 정말 존재의 근원을 알 수 있는 방법인가. 흔히 명상을 통해 진리, 곧 존재의 근원과 이유를 알 수 있다고 한다. 모든 의문을 풀 수 있다는 말이다. 하지만 어떤 책을 보아도 그 경지에 대한 구체적 언급은 없다. 한국에도 깨달은 고승대덕들이 있다고 하는데, 그들이 깨달은 경지는 대관절 어떤 것이란 말인가. 왜 말로 설명하지 않는가.

고도의 집중, 곧 명상을 통해 개인이 도달하는 이른바 '깨달음'이라고 부르는 경지가 존재한다는 것은 인정할 수 있다. 또 그런 경지에 도달한 분들의 노력과 성취에 경의를 표한다. 하지만 그것은 어떻게 보면 고도의 집중과 의식의 통제를 통해 뇌의 어떤 부분을 활성화함으로써 얻는 느낌이 아닐까? 달리 말해, 어떤 수준 높은 명상가가 명상을 통해 사마디 상태에 도달하고 여러 전생을 보았다는 것 자체는 사실일 수 있다. 하지만 사마디 상태에서 본 것들과 전생이 객관적으로 반드시 존재한다고 믿을 수는 없는 것이다. 그것은 단지 그의 뇌에서 일어난 어떤 현상일 뿐이다. 비유컨대 개인이 꿈을 꾸는 것, 꿈에서 뭔가를 보는 것은 일상적 진실이지만, 개인이 꿈속에서 본 그것이 객관적으로 존재하는 것은 아니지 않은가.

또 하나의 의문은 명상으로 다다른 경지는 모두 동일한 것인가 하는 것이다. 붓다의 깨달음, 조주 선사의 깨달음, 성철 스님의 깨달음은 모두 동일한 것인가. 또 불교적 명상과 선을 통해 도달하는 깨달음의 경지는 이슬람의 수피즘이나 유대교의 카발라, 성리학의 정좌, 양명의 용문대오, 최제우의 동학의 깨달음의 경지와 동일한가, 아닌가. 명상가들은 흔히 '신은 하나다'라는 발언을 자주 하는데, 그것은 곧 모든 명상의 경지가 동일하다는 것인가. 또 다른 의문! 만약 한국 불교의 선방에서 용맹정진을 해야만 깨달음을 얻는다면, 그 확률은 너무나 낮은 것 아닌가. 고행에 가까운 명상의 과정을 거쳐야만 깨달음을 얻을 수 있다면, 그것은 만인을 위한 것이 아닐 것이다. 거의 예외적인 인간들에게만 허락된 깨달음이라면 나는 얻고 싶지 않다.

그럼에도 불구하고 명상은 분명 필요한 것이 아닌가. 명상은 자신의 내면에서 낙원을 찾는 행위다. 굳이 깨달음이라는 희한한 경지를 탐내지 않더라도 내면의 낙원을 찾을 수 있다. 결과적으로 그 낙원을 찾지 못하더라도, 찾으려는 행위 자체로 거침없이 날뛰는 욕망을 순치할 수 있을 것이다. 한국에 돌아가면 나도 예전에 잠시 했던 명상을 다시 해볼까.

《바가바드기타》

간디 만다팜에서 간디가 들고 있던 《기타》는 힌두교의 성서라는 《바가바드기타》다.《간디 자서전》에 의하면, 간디는 1885년 라지코트로 갔고 거기서 에카다슈(음력 초하루와 보름에서 각각 열하루째 되는 날) 날마다《바가바드기타》를 읽었다. 이때 처음 구자라트어로 번역된 책을 읽었고 흥미를 가지기는 했지만, 그로 인해 별달리 큰 변화가 있었던 것은 아니다. 그는《자서전》의 이 대목에서 1924년 힌두교와 이슬람교의 화합을 위해 21일간 단식할 때《바가바드기타》를 원어로 읽는 것을 듣고 어렸을 때 신앙 깊은 사람에게 들어 그 책을 좋아했더라면 좋았을 거라고 후회하고 있다.

간디가《바가바드기타》를 다시 읽은 것은 엉뚱하게도 영국에서 유학할 때였다. 영국에 간 지 2년이 되던 해 연말 그는 신령학자(神靈學者) 두 사람을 만났고, 그들은 간디에게《기타》에 대해 이야기해주었다. 간디는 그들과 함께 에드윈 아널드 경의 영어 번역본《기타(The Song Celestial)》를 읽었다. 그때 그는 "감각의 대상을 골똘히 생각하면/집착이 생긴다/집착에서 욕망이 일어나고/욕망은 불타올라 맹렬한 정욕이 되고/정욕은 무분별을 낳는다/그러면 기억이 온통 틀려져/고상한 목적이 사라지고/마음은 말라버려/목적과 마음과 사람이 모두 상한다"라는 구절에 깊이 감동했다. 감각적 욕망에 집착하면 고상한 목적과 마음이 모두 파괴된다는 의미의 구절인데, 모든 종교에서 설파하는 것이라 진부하지만, 간디처럼 진지한 사람은 깊은 인상을 받았던 모양이다.

1903년 신지학파(神智學派) 친구들과 공부할 때, 간디는 스와미 비베카난다의《라자 요가》, M. N. 드비베디의《라자 요가》, 파탄잘리의《요가 수트라》등을 함께 읽었다. 이때 그는《기타》에 깊이 경도되어 있었다. 그는 한두 가지 번역본으로《기타》의 산스크리트어 원전을 이해하고자 했고, 《기타》의 구절을 쓴 종이를 붙여놓고 아침 목욕 시간에 외웠다. 상당히 열심히 《기타》를 공부한 것이다. 그 결과 모르는 영어 단어를 영어 사전에서 찾듯, 어려운 문제에 부닥치면 이 행동의 사전에서 해결책을 찾았다.

경전을 읽고 감동하는 경우는 드물지 않으니, 간디가 《기타》를 읽고 감동했다고 고백한 것도 그다지 특이한 일은 아니다. 하지만 《기타》는 간디에게 특별한 책이었다. 《자서전》에서 그는 이렇게 말한다. "아파리그리하(무소유)나 사마바바(한결같음, 평등관) 같은 낱말들이 나를 괴롭혔다. 평등한 마음을 어떻게 기르고 지켜가느냐가 문제였다. …… 어떻게 하면 모든 소유를 버릴 수 있을까? 내 몸부터가 훌륭한 소유 아닌가? 아내나 자식들은 소유가 아닐까? 내가 가지고 있는 책장도 다 부숴버려야 하는 것인가." 경전의 내용을 곧이곧대로 실천하는 것을 추구한 데 간디의 특이성이 있는 것이다.

간디는 번역본으로 《바가바드기타》를 읽었지, 산스크리트어 원전으로 온전히 읽은 것은 아니었다. 그가 산스크리트어 원전 《기타》를 배운 것은 제자 비노바 바베를 통해서였다. 시간을 정해 정기적으로 비노바 바베에게 배웠는데, 한참 동안 약속을 어기고 수업 시간에 나타나지 않다가 얼마 뒤 나타났다. 왜 약속을 지키지 않았느냐고 묻자, 배운 것을 실천하느라 오지 못했다고 대답했다. 《논어》에 나오는 안연(顏淵) 같다는 생각이 들었다. 공자는 다른 제자들과 달리 안연은 좋은 말을 들으면 그 말을 곧 실천에 옮긴다고 평가했다. 간디가 위대하다면, 그것은 이 힌두교의 《바이블》을 그대로 실천한 데 있을 것이다. 그렇지 않은가. 기독교인이면 누구나 신약성서에 실린 산상수훈을 읽지만, 그것을 그대로 실천하는 사람은 거의 없다고 보아도 무방할 것이다.

간디가 《기타》를 곧이곧대로 실천에 옮기고자 한 것은 의지 때문인가. 아닐 것이다. 그것은 오직 간디로 태어났기에 가능한 일이었을 것이다. 간디는 도덕이 사물이 근본이요, 진리가 모든 도덕의 알짬이라는 확신에 도달했다고 한다. 열아홉 살이 되기 전의 일이다. 간디는 종교적 분위기의 집안에서 태어났다. 그는 비록 문맹이었지만 비슈누 신을 섬기는 비슈누 파의 독실한 신자였던 어머니의 영향을 많이 받았을 것이다. 아버지 역시 높은 교육을 받지는 못했지만 만년에 《기타》를 읽기 시작해 매일 예배 시간에 소리 내어 읽곤 하였다. 이것은 간디에게 미친 후천적 영향을 말하는 것이지만, 정작 종교에 대한 그의 열정은 선천적 조건이었을 가능성이 크다. 그는 《자서전》에서 이렇게 말한다. "게다가 진리를 향한 나의 열성은 나의 타고난 바탕이므로 아내에게 거짓을 행하는 것은 상상조차 할 수 없었다." 간디는 매우 소심한 성격이었다. 처음에는 연설도 잘 못했다. 학교에 다닐 때도 운동을 전혀 하지 않았다. 소심함 때문이었다고 그 이유를 밝히고 있다. 아마도 간디를 결정한 것은 선천적인 여러 조건들이었을 것이다. 후천적 조건이나 의지도 작용하지만, 삶을 결정하는 기본적인 요소들은 타고난다는 말이다.

살인의 정당화

주지하다시피 《바가바드기타》는 《마하바라타》 속의 한 부분이다. 아르주나가 전쟁을 해야 하는 상대는 자신과 피를 나눈 형제들, 곧 사촌들이다. 내일 전투에서 아르주나는 그들을 죽여야 한다. 고뇌하는 아르주나에게 크리슈나는 "영혼은 죽일 수 없기 때문에 그것은 죽이는 것도 죽는 것도 아니"라고 하면서 전투에 나설 것을 설득한다. 신체는 죽지만 영혼은 윤회하여 다른 신체로 옮겨가기 때문에 실제로는 죽이는 것도 아니고 죽는 것도 아니라는 논리다. 하지만 영혼이 윤회한다는 것은 선언적인 말일 뿐이고, 객관적으로 입증된 사실이 아니다. 크리슈나의 말은 살인자가 살인을 한 뒤, 영혼은 죽지 않고 다른 영혼으로 옮겨갈 수 있으니 자신은 살인한 것이 아니라고 궤변을 늘어놓는 것과 마찬가지다.

크리슈나는 아르주나는 크샤트리아이며 크샤트리아의 다르마는 전사로서 싸우는 것이므로 전투에 참여해서 싸워야 한다고 말한다. 다만 그 행위는 집착 없이 이루어져야 한다면서 말이다. 크리슈나의 말을 듣고 아르주나는 전투에 참여해 사촌들을 물리친다. 크리슈나의 논리는 정말 타당한 것인가. 전쟁이라는 것, 싸움이라는 것은 이미 이기고자 하는 욕망을 전제하는 행위다. 따라서 집착 없는 싸움, 곧 이기고자 하는 욕망 없이 행해지는 싸움이란 본래적으로 있을 수 없다. 이기고자 하는 욕망 없이 싸운다는 것은 싸움 자체가 이미 이기고자 하는 욕망에서 일어난 행위라는 것을 부정하는 궤변에 지나지 않는다.

설혹 이기고자 하는 욕망이 없는 행위로서의 싸움이 가능하다고 치자. 그럼에도 그 행위로 인해 살이 찢겨나가고, 뼈가 부러지고, 장기가 쏟아지고, 피가 분수처럼 솟구쳐나온다. 참을 수 없는 고통으로 내지르는 비명과 함께 생명이 끊어진다. 생명이 끊어지는 비참함은 외면할 수 없는 실재고, 사람들은 그 비참함에 공감한다. 그런데 사람의 영혼은 윤회하니 죽지도 살지도 않는다고? 활로 사람의 심장을 꿰뚫고 칼로 살을 찢고 피를 쏟게 하는 것이 다르마이니 집착 없이 의무를 수행해야 한다고? 나는 《바가바드기타》의 이 언어유희가 역겹기 짝이 없다.

물어보자. 그 다르마라는 것은 누가 무슨 의도로 정하는 것이란 말인가. 크샤트리아는 어떻게 정해지며, 크샤트리아의 다르마는 또 어떻게 정해지는가. 힌두교에서는 다르마를 자연의 원리와 동일시하지만, 정직하게 말해 인간의 다르마는 인간이 정한 것이 아닌가. 불가촉천민으로 태어난 것이 개인의 잘못 때문인가. 불가촉천민으로 태어났으니, 평생 천대받으며 썩은 오물을 치우며 사는 것을 즐겁게 받아들여야 한단 말인가. 카르마의 결과 어떤 카스트로 태어났다는 것처럼 사람을 속이는 일도 없을 것이다. 더욱 이해할 수 없는 것은 전쟁이라는 가장 참혹하고 비인간적이고 비윤리적인 행위에서 '집착 없는 행위'라는 윤리적 덕목을 이끌어내고 그것을 해탈에 이르는 길로 설정하고 있다는 것이다.

'집착 없는 행위' 혹은 '다르마'는 인간을 해탈로 이끄는 것이 아니라, 사회의 불평등한 구조를 영속화하고, 한편으로는 폭력을 정당화하는 구실을 만든다. 그것은 한나 아렌트가 《예루살렘의 아이히만》에서 고발했듯이, 자신은 오직 명령을 받드는 군인이기에 유대인을 가스실로 보냈다는 아이히만의 발언과 무엇이 다른가. 나는 사촌과의 전쟁에 앞서 고뇌하는 아르주나를 집착 없는 행위, 다르마 운운하며 설득하는 크리슈나를 도저히 이해할 수 없을뿐더러, 여기서 해탈에 이르는 길을 보고 열광하는 사람들도 이해할 수 없다. 간디가 암베드카르와 대립하면서 끝내 불가촉천민을 근원적으로 해방시키지 않은 것도 아마도 이 때문이었을 것이다. 《기타》를 힌두교의 성경이라 일컫는 사람들은 왜 이 문제는 언급하지 않는가. 함석헌이 번역한 《기타》를 보아도 이 문제에 대해서는 전혀 언급이 없다. 이상한 일이 아닌가.

아내의 선물을 빼앗을 권리

오전 7시에 일어났다.

8시경 호텔 옆의 식당에 아침을 먹으러 갔다. 호텔에서 바로 통하는 길은 없고, 일단 호텔 밖으로 나가서 들어가야 한다. 거리에는 아직 사람이 별로 없다. 메뉴는 네 가지 중에서 선택해야 한단다. 그중 퐁갈과 푸리를 시켜 먹었다. 퐁갈은 재료를 모르겠다. 감자를 으깬 것 같기도 하다. 커리와 수프 같은 것 그리고 또 다른 양념을 둥글게 자른 넓은 바나나 잎 위에 담아 준다. 그럭저럭 먹을 만하다. 푸리는 밀가루를 튀긴 것이다. 옛날에 중국집에서 팔던 공갈빵 같은 것인데 훨씬 얇다. 역시 먹을 만하다. 값은 놀랍게도 35루피다. 한국 돈으로 약 700원 정도다.

마두라이는 타밀나두 주에서 두 번째로 큰 도시다. 인구는 100만 명이 넘는다고 한다. 첫 번째로 큰 도시는 이번 남인도 여행에서 가장 나중에 방문할 도시인 첸나이다. 10시에 호텔을 나서 스리 미낙시 사원을 찾아갔다. 마두라이를 찾아온 것은 미낙시 사원을 보기 위해서다. 《이거룡의 인도 사원 순례》에 이 사원의 유래가 간단히 나와 있다. 인드라 신이 고행에 든 바라문 출신의 브리트라를 죽이고 마음이 괴로워서 하늘에서 땅으로 내려온다. 그는 지금의 마두라이를 지나가다가 어떤 돌 근처에서 편안함을 느낀다. 그는 이내 그것이 시바의 링가인 줄 알고 숭배하기 시작했다. 어떤 사람이 그것을 보고 쿨라세카라에게 알려주자, 쿨라세카라도 링가를 숭배한다. 쿨라세카라의 아들 말라요드자와는 아들을 얻기 위해 희생제를 지냈지만 딸을 낳는다. 딸은 아름다웠지만 물고기의 눈을 가졌기에 이름을 미낙시라 했다. 미낙시는 '물고기의 눈'이라는 뜻이다. 미낙시는 아름다웠지만 가슴이 세 개이고 몸에서 물고기 냄새가 났다. 미낙시는 위대한 전사가 되어 많은 전쟁에서 승리한다. 어느 날 시바 신이 순다래슈와라(아름다움의 신)의 모습으로 나타나자 전사 미낙시는 수줍음 많은 소녀가 되고 몸에서 물고기 냄새와 젖가슴 하나가 사라졌다. 미낙시는 시바와 결혼하여 아들 우르가를 낳는다. 이거룡 교수는 미낙시는 쿨라세카라를 수호신으로 섬기는 초기 판디야 왕조의 공주였고, 위의 신화는 판디야 왕조가 시바를 믿는 다른 왕국에 편입되면서 미낙시가 그 왕국의 왕과 결혼해 이 지역에 시바 신앙이 퍼지면서 생겨난 이야기라고 말한다.

미낙시 사원

호텔에서 미낙시 사원까지는 걸어서 불과 10분 거리다. 예전부터 사원은 사람들이 몰리는 곳이자 상인들의 영리 공간이기도 한데, 미낙시 사원도 예외는 아니어서 사원의 바깥은 모두 상가다. 특히 호텔에서 사원의 서문으로 가는 길은 사람의 왕래가 많은 곳이라 상가가 밀집해 있다.

거리는 사람들로 붐비고 햇살이 살갗에 따갑게 내리쪼인다. 게다가 승용차, 릭샤, 오토바이, 버스가 질세라 서로 경적을 울려댄다. 서문까지 가는 길에 힌두교 신당이 셋 있는데, 그중 한 곳이 무척 영험한 곳인지 푸자를 올리기 위해 사람들이 줄을 길게 서서 차례를 기다리고 있다. 오후에 돌아올 때는 줄이 갑절이나 길어져 있었다. 진지한 마음으로 푸자를 올리는 사람들에게는 미안한 이야기지만, 이곳 신당은 아주 괜찮은 '상점'이라는 생각이 불쑥 들었다.

길가의 작은 가게들은 이제 막 문을 연 참이다. 과일과 과자, 잡화를 파는 가게들이 있고, 골목 안에는 서너 명이 앉을 수 있는 작은 노천 식당들이 있다. 거기서 뭔가를 사서 종이에 담아 서서 먹고 있는 사람들도 있고, 마늘과 채소를 늘어놓고 파는 노점상은 물론 깨끗하고 번듯한 상점들도 즐비하다. 삼성 스마트폰 판매점 같은 곳 말이다. 낮에 워낙 땀을 많이 흘려서 작은 가게에서 물을 사는데, 옛날 한국의 구멍가게처럼 가게 앞에 과자며 사탕을 진열해놓았다. 꽈배기처럼 생긴 밀가루 과자가 있는데, 한국에서는 보지 못한 모양이라서 몹시 신기했다. 만드는 방법을 짐작할 수 없어 궁금했는데, 마두라이 미낙시 사원을 가는 길에 이 과자를 만드는 가게를 보았다. 사진을 찍자고 하니 그리하란다. 구멍이 여럿 나 있는 작은 틀에 밀가루 반죽을 넣고 기름 솥 위로 빙빙 돌리자 기하학적 무늬가 나왔다. 돌리는 방법에 따라, 재료에 어떤 첨가물을 넣는가에 따라, 다양한 모양과 색깔의 과자가 나왔다. 한국 시골 장터 같은 데서도 이런 과자를 찾을 수 있으려나. 뒤에 알았는데 이 과자의 이름은 질레비라고 하였다. 설탕 시럽을 뿌린 아주 단 것도 있다고 한다.

미낙시 사원은 장방형이다. 사방에 외벽을 두르고 동서남북 네 곳에 문을 만들었다. 그리고 그 문 위에 유명한 고푸람을 높이 세웠다. 그런데 서쪽·남쪽·북쪽의 고푸람 바깥에는 아무것도 없지만 동쪽 고푸람 바깥에는 정방형의 거대한 석조 사원이 하나 더 있고, 그 앞에 사원으로 들어오는 길을 만들어놓았다. 길 양옆에는 석주를 세웠다. 아마도 옛날에 이 도시로 들어오는 사람들은 이 길을 통과했을 것이다. 현재의 사원은 대략 12세기에서 18세기 사이에 조성된 것이라고 한다.

남문으로 가는데, 선명한 붉은색 사리를 걸친 맨발의 여성 수십 명이 벌써 사원 참배를 마치고 나온다. 남자들도 같이 나오는데, 셔츠며 반바지가 모두 진홍색이다. 동질성이 있는 집단인 듯하다. 남문으로 들어가려 하니, 문지기가 왼쪽으로 돌아가면 입구가 있다고 가르쳐준다. 사원 담을 꺾어 출입구에 이르러 신발을 맡기고 맨발로 들어서니 몸 검사가 엄하다. 몸을 샅샅이 더듬고, 가방까지 탈탈 턴다. 스마트폰과 태블릿 PC는 따로 맡기고 오란다. 50루피를 내고 가방째로 맡기고 들어갔다.

문을 들어서니, 조각이 훌륭한 검은 기둥들이 열립해 있는 것이 먼저 눈에 띈다. 하지만 이곳 사람들은 대수롭지 않게 여기는 것 같다. 주통로를 따라 안으로 들어가면 힌두교 의식에 흔히 쓰이는 촛불을 수십, 수백 개 꽂은 촛불탑이 보이고, 사람들이 그 앞에서 손을 모으고 뭔가 기원을 한다. 그 안쪽 깊숙한 곳에 신상이 보이는데, 문을 닫아 들어가지 못하게 막아놓았다. 그 위에는 타밀어와 힌디어 그리고 영어로 뭔가를 써놓았다. 'ARULMIGU SUNDARESNWAR SANATHI'라고 적어놓았다. 무슨 뜻인지 모르겠다. 'SUNDARESNWAR'는 앞에서 말한 시바의 현현으로 '아름다움의 신'인 것을 알겠지만, 나머지 'ARULMIGU'나 'SANATHI'는 무슨 말인지 모르겠다.

소원을 비는 이곳만 제외하고 사원 안 나머지 공간은 작은 상점들로 꽉 차 있다. 원색의 가늘고 조잡한 팔찌, 청동 제품(힌두 신화에 나오는 온갖 신상, 붓다 상, 생활용품, 제사용품 등), 초(촛불탑에 올리는 작은 종지만 한 것), 고푸람의 신상을 복제한 허접한 흙 인형, 어린아이들을 겨냥한 플라스틱 장난감, 튀김 같은 주전부리 등을 파는 상점들이 기둥과 기둥 사이에 빼곡하다. 번잡하기 짝이 없다. 하기야 신전이 장사치의 영업장이 된 것은 어제 오늘의 이야기가 아니고, 이곳만의 현상도 아니다. 오죽했으면 예수가 솔로몬 신전에서 이곳은 하느님의 집이라고 외치며 환전상을 내쫓았을까?

왼쪽으로 가면 '템플 뮤지엄'이다. 박물관 역시 사원이다. 박물관으로 이어지는 공간을 지나다가 희한한 광경을 보았다. 금박을 빈틈없이 입힌 화려한 사리를 입은 뚱뚱한 여성 한 명이 앉아 있고, 그 주위에 한 무리의 여자들이 빙 둘러 앉아 있다. 중년 여자 하나가 뚱뚱한 여성에게 팔찌를 채워주자, 뚱뚱한 여성이 티카 가루를 손가락에 찍어 그 여자의 뺨에 묻히고 손을 모은 뒤 무어라 중얼거린다. 그리고 뚱뚱한 여성 뒤에 있던 어떤 여자가 흰 금속제 쟁반(금속처럼 빛이 나게 만든 플라스틱 쟁반으로 보인다)에 꽃 한 송이를 담아 건넨다. 답례품인 모양이다. 한국으로 치면 그 뚱뚱한 여성은 무당인 셈이다. 호기심 어린 눈으로 그 광경을 유심히 살펴보는 나에게 중년의 인도 남성이 뭐라고 설명을 해주었으나, 전혀 알아들을 수 없는 언어여서 이해하지 못했다. 사내가 답답하다는 듯 다시 '인글리시(Inglish)'로 이야기했지만 역시 알아들을 수 없었다.

박물관에 들어서니 상점이 전혀 없었다. 조용하고 깨끗한 공간이었다. 아마도 사원의 본래 모습이 이와 같았을 것이다. 넓은 공간은 기둥으로 빼곡하다. 대충 세어보니 가로 30개, 세로 30개다. 기둥과 기둥 사이는 두 팔을 벌리니 꼭 맞는다. 시바 신을 모신 주벽으로 이어지는 통로와 그다음, 다음의 통로만 그 너비의 배다. 기둥과 기둥 사이에는 유리로 만든 진열장이 곳곳에 있어 여러 가지 정교한 신상과 조각들을 전시해두었다. 아마도 이 사원에 원래부터 있던 것들일 터이다.

통로가 여럿이지만, 그중에서도 중앙 통로 양쪽의 기둥은 다른 기둥들보다 훨씬 크고 화려하고 정교한 온갖 신상들을 조각해놓았다. 또 중앙 통로에만 단청을 올렸다. 그 규모와 조각의 섬세함은 입이 다물어지지 않을 정도로 놀랍다. 중앙 통로 끝의 주벽에는 청동으로 만든 시바 신상이 안치되어 있는데, 머리에서 팔까지 노란 꽃을 엮은 줄을 걸치고, 아래에는 비단으로 지은 옷을 입었다. 청동으로 만든 것인데, 팔이 넷이고 왼발을 들고 있다. 유명한 춤추는 시바 상이다. 신상 아래에는 타밀어 문자와 말라얄람어 문자 등 여러 문자로 뭔가를 간단히 적어놓았는데, 그 중간에 'NATA RAJAR'라고 적혀 있다. 시바 신의 칭호로 '춤의 왕'이라는 뜻이다. 춤추는 시바는 창조와 파괴, 해탈 등을 뜻한다고 한다.

다시 건물 외부로 나가 서문으로 가본다. 가는 도중 통로 한복판에 놓여 있는 난디 상을 보았다. 길이가 1미터 조금 넘는, 검은 돌을 깎아 만든 소다. 소는 하얀 가루를 덮어쓰고 있는데, 청년들이 그 가루를 찍어 자신의 가슴에 대고 뭐라고 중얼거린다. 또 어떤 중년 여성은 경건한 표정으로 소의 머리에 자기 얼굴을 대고 비빈다. 갑자기 어떤 늙은이가 나타나더니, 소 앞에 엎드려 오체투지를 한다. 난디에게 뭔가 진지하게 기원하는 모양이다. 저 돌덩이가 그들의 소원을 들어줄 것인가. 모를 일이다.

서문 쪽으로 가니, 넓고 한가한 공간이 펼쳐진다. 거기서 고푸람을 좀 더 자세히 볼 수 있었다. 사원을 두른 외벽은 견고한 화강암인데, 고푸람은 그 화강암 기단 위에 층층이 쌓아올린 채색탑이다. 고푸람은 10층 이상인데, 각 층을 자세히 보면 작은 건물들이 집합해 있고, 각 건물들 앞에는 화려한 채색 신상이 서 있다. 중간에 목재를 넣어 각 층들의 무게를 지탱하는 것 같다. 밖에서 보면 목재 천장이 보인다. 그런 식으로 건물과 신상의 집합인 층들이 위로 올라갈수록 점점 좁아지고, 끝에 가면 한옥의 용마루에 해당하는 거대한 신상이 있어 전체를 마감하는 것이다. 고푸람의 조각상은 흙을 빚은 뒤 화려한 색을 입혀 구운 것으로 보인다. 그중에서도 푸른색이 가장 도드라져 보인다.

고푸람은 힌두교의 만신전이다. 시바와 비슈누, 브라흐마 등 트리무르티를 이루는 세 신과 그들의 아바타, 그들과 결혼한 여신들, 자식 신들, 부하 신들, 수행하는 요기 등등 신과 신을 섬기는 존재들이 총집합한 곳이다. 이곳 미낙시 사원은 시바 신과 미낙시 여신의 결혼을 기념하는 곳이기에 사진에서 보았던 것을 찾았지만 내 눈에는 보이지 않는다. 힌두의 신은 독특한 복색, 의장, 포즈로 구분이 가능하다. 하지만 내 눈에 얼른 띄는 것은 역시 코끼리 모습을 한 가네샤 신이다.

도대체 건물의 문에 이렇게 신상의 집합으로 이루어진 채색탑을 올리는 것을 누가 처음 생각했을까. 나는 이런 건물을 상상할 수 없었다. 아니, 어지간한 유적지의 어떤 건물을 봐도 그것은 나의 상상력 안에 있는

혹시 내가 공상과학영화의 한 장면 속에 서 있는 것은 아닐까? 도대체 어떤 상상력이 이런 조형물을 만들어낸 것인가.

것이었다. 그다지 이질감을 느끼지 않았던 것이다. 피라미드 앞에 섰을 때도 거대하다는 느낌이 들긴 했지만, 워낙 사진으로 TV로 보던 것이어서인지 별로 충격을 받지 않았다. 이집트 하트셉수트 여왕의 장제전 앞에서 그 정연한 아름다움에 큰 감동을 받았지만 역시 이질감은 없었다. 그것은 도리어 오늘날의 건물 같았다. 하지만 미낙시 사원의 고푸람은 다르다. 아무리 기억을 더듬어도 찾을 수 없는, 전혀 대면한 적 없는 낯선 공간에 떨어진 것 같다. 혹시 내가 공상과학영화의 한 장면 속에 서 있는 것은 아닐까? 도대체 어떤 상상력이 이런 조형물을 만들어낸 것인가. 고푸람의 신상들이 힌두교 신상이라는 사실을 잊고 멀리서 보면, 흡

1월 24일 마두라이: 아내의 선물을 빼앗을 권리

사 사람들이 빽빽이 모여 소리치는 것처럼 보인다. 여기야, 여기라고! 소리에도 색깔이 있는 듯, 신상들은 붉고 푸른 소리를 외치는 것 같다. 옛날에는 멀리서도 이 고푸람을 보고 사원이 있다는 걸 알았을 것이다.

어쨌든 참으로 희한하고도 거창한 사원이다. 문득 종교의 거창한 교리들이 떠오른다. 《논어》와 신약성서를 처음 읽었을 때 받은 충격은 그 말씀들이 너무나 쉽다는 것이었다. 뒷날 만들어진 복잡하기 짝이 없는 교리와 신학을 예수가 본다면 이해할까? 붓다가 자신의 이름으로 만들어진 수많은 대승경전을 이해할까? 공자는 주자의 성리학을 이해하고 공감할까. 아마도 신전과 교리는 그 간단명료한 말씀을 실천하지 못하는 자들의 변명일 것이다. 팔성도 등 붓다의 초기 설법은 매우 간단하다. 예수의 가르침 역시 간단하고 명료해서 권위가 있다고 하지 않는가? 《논어》 역시 마찬가지다. 이웃을 사랑하라, 부를 버리라는 말씀은 전쟁을 하지 말라는 말씀과 타인을 착취하지 말라는 말씀을 포괄한다. 복잡한 교리와 거대한 사원은 아마도 이 간단한 말씀을 실천하지 못하는 순간 생겨났을 것이다.

간디 뮤지엄

미낙시 사원을 보고 간디 뮤지엄으로 갔다. 오토릭샤를 타고 시내를 지나는데, 길바닥의 열기가 얼굴에 훅훅 끼친다.

이번 여행에서 세 번째로 간디를 기념하는 곳을 방문한다. 간디 뮤지엄은 하얀색의 2층 건물이다. 칸냐쿠마리의 간디 만다팜처럼 건물에 예술적 향기는 없다. 전시 공간은 2층이다. 서양 백인의 인도 침입부터 인도인의 저항, 간디의 탄생, 인도의 독립까지 사진과 설명을 곁들인 패널들을 전시하고 있다. 특이하게, 간디가 마지막으로 입었던 옷, 신었던 샌들과 사용했던 밥그릇도 있다. 범인(凡人)이 입었던 것이라면 궁상스러운 천 조각으로 보일 테지만, 간디의 것이라고 하니 모든 사람들에게 사뭇 달리 보일 것이다.

도티를 걸친 간디, 간디가 머물렀던 방, 여윈 얼굴, 마른 가지 같은 앙상한 몸. 간디를 보면 그의 자발적 가난이 생각난다. 하지만 그가 과연 가난한 사람이었던가. 간디는 평생 먹을 것과 잠자리를 걱정하는 사람이 아니었다. 사회적 영향력을 누렸고 만인의 존경을 한 몸에 받은 인물이었다. 어디서 자는가, 먹을 것을 어떻게 얻는가 하는 것은 전혀 문제가 되지 않았다. 가난은 무소유의 성자로서 그의 이미지를 지키는 데 중요한 덕목이었는지는 몰라도, 대부분의 빈민들에게 간디의 가난이 긍정적으로 받아들여졌을 리는 만무하다. 간디는 신앙을 위해, 때로는 건강을 위해, 마지막으로 자신의 정치적 의사를 관철시키기 위해 단식을 감행했다. 그런 단식과 먹을 것이 없어서 굶는 것은 천양지차일 것이다. 간디가 걸친 도티는 간디라는 인격의 상징이 되고 지금은 박물관에 거룩하게 전시되어 있다. 그것은 입을 것이 없는 가난한 노동자가 걸치는 도티와는 전혀 다른 성질의 것이다.

간디는 의도적으로 가난을 선택했다. 가난을 혐오하지 않았다. 1901년 간디가 남아프리카에서 인도로 일시 귀국했을 때(1896년에 이은 두 번째 귀국이다) 나탈의 인도인들이 감사의 표시로 그에게 많은 선물을 건넸

1월 24일 마두라이: 아내의 선물을 빼앗을 권리

으나, 모두 돌려주고 받지 않았다. 인도인들은 간디의 아내 카스투르바이에게도 50기니의 금목걸이를 선물했으나, 간디는 언쟁 끝에 그것조차 포기하게 만들었다. 간디는 자신의 노력과 봉사에 대한 보상으로 당신에게 준 것이라 말했지만, 카스투르바이는 "그렇긴 해요. 하지만 내가 한 봉사 또한 당신이 한 것과 마찬가지죠. 나는 당신을 위해 밤낮으로 뼈 빠지도록 일했어요. 그것은 봉사가 아닌가요? 당신이 온갖 일을 다 나에게 떠맡겨서 쓰라린 눈물을 흘린 일도 많아요. 나는 노예같이 일했어요"라고 반박했다. 간디의 무소유에 나 역시 공감하는 바 없는 것은 아니다. 하지만 카스투르바이의 말도 쉽사리 반박할 수 없다. 간디는 대의에 입각해서 행동했고 뭇 사람들의 존경을 받았다. 또 그는 무소유를 실천함으로써 인도를 쥐락펴락하는 권력을 얻었다. 하지만 그를 위해 노예처럼 일한 카스투르바이는 무슨 보상을 받았는가. 간디에게 카스투르바이에게 주어진 선물을 빼앗을 권리가 있었는가.

간디는 브라마차리아를 지킨다며 카스투르바이와 성관계를 거의 갖지 않았다. 자손을 낳기 위한 경우를 제외하고 정욕을 만족시키기 위한 성관계는 갖지 말아야 한다고 주장하기도 했다. 그의 판단에 의하면, 성관계를 먹고 자는 것과 마찬가지로 생활에 꼭 필요한 기능이라고 믿는 것은 무지의 절정이라고 한다. 성욕은 참으면 된다는 것이다. 따라서 피임약을 쓸 필요도 없다는 것이 그의 지론이었다. 《자서전》에서 그는 브라마차리아를 지키는 데 이상적인 음식은 신선한 과일과 견과류고, 우유를 마시면 브라마차리아를 지키기 어렵다는 데는 털끝만큼도 의심의 여지가 없다고 말한다.

그런데 왜 그렇게 브라마차리아에 집착하는 것인가. 힌두교를 소개한 책에 의하면, 브라마차리아는 성관계를 갖지 않음으로써 성적 에너지를 통제하는 것으로, 보통 정액의 방출을 억제하는 방법으로 이루어진다고 한다. 정액 속에 포함된 성적 능력이 영적인 목표로 방향을 바꾸어 실제로 머릿속에 비축될 수 있다는 것이다. 흡사 도교에서 말하는 양생술 같다. 그럼 정액이 없는 여성은? 불완전한 존재! 또 생리 중인 여성은 브라만 남성을 오염시키는 존재인 것인가. 이 무슨 황당한 수작이란 말인가.

가난을 택하고 브라마차리아를 지키는 것은 간디에게 어렵기는 하지만 가능한 일일 수 있었다. 하지만 절대 다수의 보통 사람들에게 그것은 불가능한 일이다. 간디를 저격한 나투람 고드세를 편들 생각은 전혀 없지만, 그가 마지막으로 내뱉었다는 한마디는 마음에 걸린다. "그는 범인들이 지키지도 못할 것을 요구했다."

간디 뮤지엄에서 본, 가슴에 박히는 한마디는 독립 후 우리를 지배했던 자들을 증오하지 말고 평화로운 관계를 유지하자는 간디의 말이었다. 이어 간디의 비폭력에 대한 오랜 생각도 다시 떠올랐다. 정말 인도가 비폭력으로 독립했을까? 그것이 어느 정도 효과적이었을까? 정직하게 말하자면, 나는 그렇다고 믿지 않는다. 비폭력 무저항은 인도의 민중을 동원할 수 있는 가장 효과적인 방법이었을 것이다. 인도의 민중 개인이 영국이라는 제국에 저항할 수 있는 방법이 달리 무엇이었겠는가. 영국은 내셔널리즘으로 깨어난 이 거대한 대륙을 더 이상 지배할 수 없다는 것, 인도를 계속 지배하려면 엄청난 비용을 치러야 한다는 것을 이미 알고 있었기에 인도의 독립을 인정할 수밖에 없었을 것이다. 간디가 비폭력을 주장한 것은 당시의 정치적 맥락에서 가능한 방법이었을 것이다.

저항에는 여러 방법이 있을 수 있다. 그리고 비폭력은 그 당시 인도의 상황에서 간디가 선택한 유의미한 방법이었을 뿐이다. 그것이 시간과 공간을 초월한 방법일 수는 없다. 예를 들어 히틀러의 유대인 말살에 비폭력으로 저항한다는 것이 과연 가능했을까? 한국을 지배했던 일본 역시 비폭력으로 저항할 상대가 아니었다. 영국과 인도는 인종과 문화가 워낙 상이했고 인도 또한 무척 방대하고 인구가 많았지만, 한국과 일본의 경우는 다르다. 동일한 한자 문화권이고 외형적으로 인종이 구분되지도 않는다. 만약 일본이 강온의 동화정책을 계속 밀어붙였다면 어떻게 되었을지 모른다. 지금도 난징대학살을 인정하지 않고 종군위안부 문제를 어떻게든 부인하려는 일본 정치인들을 보면, 비폭력이 통하는 대상과 상황이 있고 그렇지 않은 대상과 상황이 있다는 것을 절감한다.

한편 간디는 영국에 대한 증오를 버리자고 말했지만, 내부의 증오를 털어낼 수는 없었다. 상위 카스트가 불가촉천민에게 일상적으로 행하는 폭력은 어떤가. 그 폭력도 수용해야 하는가? 뿐만 아니라 이슬람과 힌두의 대립과 증오가 끝내 해결되지 않았고, 결국 분리가 강행되었다. 그 과정에서 파키스탄 지역에 살던 힌두인과 인도에 살던 무슬림은 경작하던 땅과 삶의 터전, 인적 맥락과 기억을 상실하고 이슬람과 힌두 땅으로 강제 이주하였다. 그 과정에서 미처 옮겨가지 못한 사람들 중에 무수한 이산가족이 생겨났다. 인도 현대사의 비극이다.

다시 미낙시 사원으로

점심은 비샬몰이라는 데서 먹었다. 몰이라는 곳은 한국과 똑같다. 브랜드 의류점, 신발 가게, 프랜차이즈 음식점, 그리고 영화관이 있는 곳이다. 태국식 국수를 한 그릇 시켜 먹고 나오니 2시가 넘었다. 다시 미낙시 사원 동문을 찾아갔다. 사원 동문 앞에는 거대한 정방형의 사원이 하나 더 있다. 이 사원 역시 미낙시 사원의 일부였을 것이다. 사원 입구에는 거대한 기마상이 서 있다. 무사를 태우고 앞발을 치켜들고 있는데, 생동감이 넘치는 정교한 조각이다. 이 빼어난 건축물이 한국에 있었다면 당연히 국보가 되었을 테지만, 여기서는 그냥 방치되어 있다. 기마상 옆에 판자와 천막을 잇댄 허접한 가게가 붙어 있는 것이다. 행정기관에서 전혀 관리를 하지 않는 것 같다.

사원 안으로 들어가면 놀라운 광경이 펼쳐진다. 사원 중심부는 출입하지 못하게 철책으로 막았지만, 그 바깥의 회랑 부분은 기둥과 기둥 사이에 한 칸씩 점포를 넣어 가게를 만들어놓았다. 동대문 시장이나 남대문 시장의 상가 같다. 한 통로에서는 인도의 전통 의류를 만드는 데 필요한 여러 재료들, 그러니까 금박을 입힌 여러 가지 천, 끈, 여성들의 온갖 장신구들을 팔았다. 건너편 통로는 옷감을 파는 가게가 있고, 재봉틀을 앞에 놓고 열심히 옷을 만드는 장인들이 있었다. 그다음 통로에서는 금속제품, 주물로 만든 큰 솥, 번철, 청동·구리·함석·알루미늄으로 만든 거의 모든 생활 제구를 팔았다. 고대로부터 신전 앞은 원래 상인들의 공간이었지만, 아예 신전 안을 상인들이 접수하여 상가로 만든 것은 처음 보았다. 오전에 보았던 미낙시 사원 내부의 잡스러운 가게들도 이해

213

가 되었다.

5년 전 네팔 카트만두에서 본 파슈파티나트 사원도 이와 다를 바 없었다. 사두와 원숭이들의 집합처가 된 곳! 아름다운 스투파와 목조 건물이 허물어지고 있었다. 사두들은 스투파에 머무르다가 목조 기와 건물로 옮겨 가서 밥을 지어 먹고 있었다. 네와르족의 빼어난 목공기술로 지은 그 아름다운 건물은 기와가 내려앉으면서 비스듬히 허물어지고 있었다. 하지만 달리 생각해보면, 그것 역시 시간의 영조물이다. 별이 태어나 자신의 에너지를 다 태우면 폭발하고 그 찌꺼기가 모여 다시 별을 이루는 것처럼, 세상에 영원한 것은 없다. 인간이 만든 것 역시 시간의 영조물로, 언젠가는 해체될 운명인 것이다. 그것을 붙잡아두고자 하는 인간의 의지 역시 무상하다. 이런 것들을 문화재라 부르고 지키고자 하는 것은 대개 내셔널리즘 혹은 인간중심주의의 산물일 뿐이다. 또 하루를 벌어야 먹고사는 사람들에게 조각된 저 돌덩이들이 도대체 무슨 가치가 있단 말인가.

허물어지는 목조 건물 건너편, 곧 바그마티 강(강이라 해봐야 너비가 15미터나 될까?) 가에는 화장터가 있다. 화장대 위에 장작을 쌓고 그 위에 시신을 얹어 불을 붙인다. 불길은 이내 시신을 감싸고, 며칠 전까지 살아 숨 쉬던, 그 자신과 가족, 지인들이 그토록 애중하던 인간의 신체가 푸른 연기로 화해 원소로 돌아간다. 살아 있던 '그 사람'이 사라져간다. 인간의 생명도 그러하거늘, 하물며 흙과 돌과 나무로 이루어진 저 집에 무슨 귀중함이 있을 것인가.

사원 바깥을 한 바퀴 돌고 호텔로 돌아오는데 책방 골목이 보였다. 직업병이 도저서 들어가보니 헌책방 서넛이 골목을 사이에 두고 몰려 있다. 헌책을 옆으로 쌓아놓고 팔기도 하고, 벽에 책장을 만들어 꽂아놓고 손님을 기다리기도 한다. 골목 바깥보다 한결 조용하고 얌전한 분위기다. 대학생들 책, 어린이들이 보는 책, 온갖 책들이 다 있다. 《Indian Economics》라는 두툼한 책이 눈에 뜨인다. 사진을 찍으니, 주인으로 보이는 젊은이가 어느 나라에서 왔느냐고 물으며 자신이 파는 것은 '올드 북'이라고 한다. "'유스드 북'이 아니고?"라고 말했더니 흰 이를 드러내며 활짝 웃는다. 아이들에게 필요한 책이 있으면 사가라고 해서, 벌써 대학 졸업한 지 오래라고 말했다. 직업이 직업인지라 책을 파는 곳이 있으면 공연히 반갑다.

미낙시 사원에서 돌아오니 해가 이미 기울었다. 그래도 더위는 꺾이지 않는다. 근처 마두라이 레지던스 호텔 옥상이 시원하다기에 영업도 시작하기 전에 찾아 올라갔다. 아래를 내려다보니, 한쪽은 성당이고 한쪽은 모스크다. 6시에 예배 시간을 알리는 아잔 소리가 들린다. 종업원은 6시 30분이 되어서야 주문을 받는다. 국수와 밥을 시키고 나니 그제야 시원한 바람이 분다. 오랜만에 모처럼 편안한 시간을 보낸다. 다만 길 건너편에서 종교 집회를 열고 있는지 북소리가 요란하다. 식당에서 시간을 오래 보냈지만 푸두체리 행 열차 출발 시간까지는 한참이나 남아, 다시 미낙시 사원까지 슬슬 걸어갔다가 돌아왔다. 밤거리는 상가의 불빛으로 환하고, 뭔가를 사려고 흥정하는 사람, 식당을 이용하는 사람, 이륜차 등으로 붐빈다.

오늘 밤 푸두체리 행 열차는 밤 11시 5분 출발 예정이다. 마두라이 역에 한 시간 전에 가서 한 시간 남짓 기다렸다. 대합실 안에 의자 같은 것은 별로 없다. 맨 바닥은 앉아 있는 사람, 누워서 잠을 청하는 사람들로 가득하다. 가족이나 친구로 보이는 여러 사람이 둘러앉아 이야기를 나누고, 그중 한둘이 누워 있는 경우는 말할 것도 없이 기차 시간을 기다리는 사람이다. 때에 전 흰 셔츠 차림에 맨발로 바닥에 까는 천도 머리에 벨 것도 없이 자는 사람은 대합실을 자기 집으로 삼고 사는 홈리스다. 넓은 천을 깔고 혼자 잠을 청하는 사람들은 대개 입성이 깨끗한데, 혼자 여행하는 사람으로 보인다. 한 사내가 내가 앉아 있는 자리 앞으로 오더니 옆 사람에게 양해를 구한다. 그 사람이 자리를 옮기자, 가방에서 얇지만 넓은 천을 꺼내 깔고 가방을 베개 삼아 눕는다. 당연히 여행객이다.

신관

네팔은 인도와 별개의 나라지만 기본적으로 힌두교다. 힌두교는 의외로 전파 범위가 넓어서 베트남과 인도네시아에도 전해졌다. 하나 궁금한 것은 힌두교를 믿는 사람들이 정말 그들의 신이 실재한다고 믿는가 하는 것이다. 우스꽝스러운 의문이지만, 그런 생각이 떠오르는 것을 멈출 수가 없다.

비슈누가 우주를 창조했다는 것이 진실이라면, 야훼가 천지를 창조했다는 말은 거짓이다. 둘 중 한쪽은 거짓말을 하고 있는 것이다. 이 세상에 창세신화는 허다하다. 종교마다 다 있다. 종교는 세계의 근원을 말해야 하는 것이니 말이다. 그렇다면 n개의 창세신화 중 어느 것이 진실인가? 그것은 실증할 수 있는 것이 아니다. 따라서 모두 믿을 수 없다.

저들이 섬기는 신을 나는 전혀 모른다. 나는 시바와 크리슈나와 비슈누가 실재한다고 믿지 않는다. 한편 저들은 야훼와 예수가 실재한다고 믿지 않을 것이다. TV의 여러 종교 채널에서 성직자들이 나와서 진지한 어조로 설교하거나 의식을 집행하는 것을 보면 어쩔 수 없이 이런 생각에 빠져든다. 정말로 신이 있다면 그중에서 어느 한 종교의 신만 있을 것이다. 하지만 어느 신이 실재하는지는 알 수 없다. 이것은 그 어느 신도 실재하지 않는다는 것을 의미한다.

신은 생의 무의미성에서 벗어나기 위해 인간이 상상해낸 존재일 터이다. 원래 생은 의미 없는 것이기에 인간이 자기 생의 건너편에 절대적 존재를 만들어내고 그것의 절대성에 비추어 자기 생의 의미를 보장받는 것이다. 물론 신 혹은 종교만이 절대성을 갖는 것은 아니다. 국가와 종족(민족), 화폐 등도 궁극적으로 동일한 성격을 가진다. 다만 신은 감각으로 알 수 없는 존재다. 아마도 그것은 그것을 믿는 사람의 대뇌 속 어딘가에 화학적 방식을 통해 정보의 형태로 저장되어 있을 것이다. 신은 이런 불가시성으로 인해 더욱 절대적인 존재가 되는 것은 아닌가.

재작년 북인도를 여행할 때의 일이다. 레를 떠나 스리나가르로 가는 길이었다. 한여름이지만 워낙 높은 곳이어서 산정에 눈이 여전히 쌓여 있었다. 그러나 계절이 바뀌어 눈이 녹기 시작한 길은 질척거리고 미끄러웠다. '조질라 패스'로 불리는 그 길은 험하기로 소문난 곳이다. 맞은편에 차가 오는 것을 보면 가슴이 철렁 내려앉는다. 차 두 대가 거의 맞닿은 채 지나갈 때면 창가 좌석이 허공에 붕 뜬 것처럼 느껴진다. 마치

낭떠러지 가장자리에 선 기분이다. 하지만 풍광은 넋이 나갈 정도로 아름답다. 저 아래 계곡을 보니, 수백 수천 개의 텐트가 알록달록 평지를 가득 수놓고 있었다. 이런 골짝에 어인 텐트람! 험한 산길을 지나 평지로 내려가서 카르길에서 하루를 묵었다. 카르길은 가촌(街村)이다. 스리나가르로 가는 길이 하도 멀어서 중간에 하루를 묵어가기 위해 들른 곳일 뿐이다. 무슨 볼 만한 것이 있어서 찾은 곳이 아니다.

한국의 장급 여관만도 못한 좁은 호텔에 짐을 풀고, '라스베이거스'(인도 오지에 무슨 라스베이거스!) 레스토랑에서 저녁을 먹고, 동네 사람들의 눈길을 한 몸에 받으며 호텔로 다시 귀환했다. 할 일도 볼 것도 없으니 무료하게 TV나 켜는 수밖에. 하지만 알아들을 수 있는 말과 소식은 아무것도 없다. 한참 지나니 자막방송(영어로!)을 한다. 대충 읽어보니, '야트라'(힌두교의 순례여행)에 참여하는 사람들에게 조심해야 할 사항을 알려주고 있었다. 가져가서는 안 되는 물건들, 해서는 안 되는 행동들을 수십 가지씩 열거했다. 알고 보니 아까 그 텐트들은 힌두교의 성소를 찾아 순례여행을 하는 사람들의 것이었다. 나는 그들이 찾는 신도, 그 축제의 의미도 들어본 적이 없었다. 아무것도 아는 것이 없었다. 그들에게는 더할 수 없이 진지한 종교적 행위가 나에게는 아무런 의미도 없었다. 그들의 신은 나에게 전혀 존재하지 않았다.

수메르인과 그리스인, 이집트인, 켈트족이 믿던 신 그리고 세계 각지의 무수한 종족들이 믿던 신들의 이름만으로도 우리는 두꺼운 책 한 권쯤을 쓸 수 있을 것이다. 하지만 그 사람들과 문화가 사라지면서 그 신들도 사라지고 말았다. 지금 누가 케찰코아틀을 믿는단 말인가. 그럴 리야 없겠지만, 어느 날 인도 아대륙이 바닷속으로 가라앉는다면, 인도인들이 믿고 있는 브라흐마와 비슈누, 시바와 그들의 아바타, 아내, 자식, 신하 신들도 모두 사라지고 마는 것이다. 신은 인간의 상상이 만들어낸 것에 지나지 않는다. 대한민국의 무속에도 얼마나 많은 신이 있는가. 물론 나는 그 이름도 속성도 모르기에, 그 존재도 당연히 모른다. 그 신은 나에게 없는 것이다.

개신교에서는 야훼 외에는 어떤 신도 인정하지 않는다. 개신교는 종교 다원주의를 폄하하고 비판하지만, 그들이 믿는 신만 실재한다고 주장할 근거가 딱히 있는 것도 아니다. 그냥 그들이 그렇다고 주장할 뿐이다. 우주에는 2000억 개의 은하가 있고, 각 은하마다 평균 2000억 개의 별이 있다고 한다. 태양계는 2000억 별들 중 하나이고, 지구는 그 태양 주위를 도는 작은 행성일 뿐이다. 3000년 전 팔레스타인을 떠돌던 어떤 유목민이 상상한 신이 2000억 곱하기 2000억 개의 별을 만들었다는 말을 나는 도저히 납득할 수 없다. 후쿠시마 쓰나미 때 가족과 집을 잃은 어느 일본인은 이렇게 말했다. "부처님도 없고, 예수님도 없어." 그래, 자비로운 신이 있다면 과연 그렇게 잔인한 방식으로 인간을 쓸어버렸겠는가?

신상

어디를 가도 사원이 있고, 사원에는 반드시 신상이 있다. 사람들은 그 신상에 손을 대었다가 다시 머리에 대는가 하면, 아예 엎드려 절을 하기도 한다. 근대 인도의 어떤 사상가는 쥐가 신상을 갉아먹고 더럽히는 것을 보고, 신이 있다면 쥐의 행동을 방치하지 않을 거라면서 신을 부정했다. 그의 아버지가 신상과 신의 상징적 관계에 대해 말해줬으나 그는 전혀 납득할 수 없었다고 한다.

신상은 그저 물건일 뿐이다. 그것을 숭배한들, 거기에 기도한들, 아무것도 바뀌지 않는다. 아니, 신을 머릿속으로 상상하면서 기원한다 해도 아무것도 바뀌지 않는다. 만약 그것이 가능한 일이라면 세상에는 가난한 자도 없을 것이고, 병에 걸리는 사람도 없을 것이다. 죽는 사람도 없을 것이다.

신상이라고 하면 한국인들은 사찰의 붓다상을 떠올릴 것이다. 거기에 절을 하면서 뭔가를 기원하지만, 붓다는 상을 숭배하는 것, 자신이 숭배되는 것을 모두 거부했던 사람이다. 그는 죽으면서 오로지 법-진리를 따르라고 했지 자신을 따르라고, 자신을 숭배하라고 말한 적이 없다. 대승불교 성립 이후 붓다가 신격화되고 불교에 오만 가지 신들이 몰려들어왔다. 불교의 타락은 어찌 보면 대승불교로부터 시작되었다고 할 수 있을 것이다. 교회나 성당에 가서 십자가 앞에서 기도한다고 해도 마찬가지일 것이다.

다시 비폭력에 대해

간디 기념관에 본, 자신들을 지배했던 자들을 증오하지 말자는 간디의 말을 다시 떠올려본다. 인도인은 과연 영국을 증오하지 않는가? 일본인에 대한 한국인의 감정과는 다른 것인가. 영국이 오랜 기간 동안 인도를 식민지로 지배하면서 인도 민중을 착취한 일도 일단 접어두자. 2차 세계대전 때 영국을 승리로 이끈 윈스턴 처칠은 당시까지 영국이 지배하고 있던 미얀마를 일본이 빼앗고 이어서 인도 벵골 지방으로 진출할 것을 두려워한 나머지 벵골 지방의 쌀을 모두 약탈한다. 그리하여 벵골에 대기근이 들고 700만 명이 굶어죽는다. 처칠은 일본이 벵골을 점령해 영국의 이익을 침범할까 두려워했을 뿐 벵골 사람이 죽는 것에는 아무 관심도 없었던 것이다.

전쟁이 끝난 뒤 영국이 이 의도적인 대학살을 공식적으로 인정하고 사과했다는 말은 들은 적이 없다. 아니, 사실 자체를 은폐했다고 할 수 있다. 인도 출신 역사학자 무케르지가 2010년 《처칠의 비밀전쟁》에서 밝히지 않았더라면 아마도 이 학살은 역사 속에 영원히 묻히고 말았을 것이다. 영국은 2차 세계대전의 승전국이었다. 그 사실이 영국이 저지른 범죄를 묻어버렸을 것이다. 만약 독일이 승리했다면 유대인 대학살 역시 묻히고 말았을 것이다. 유대인은 승자 편에 섰다. 서구사회, 특히 미국에서 돈과 권력을 장악한 유대인들이 유대인 학살을 널리 알리려고 힘썼다. 잊을 만하면 할리우드에서 유대인 학살을 소재로 영화를 만드는 것은 배후에서 유대인들의 영향력이 작용한 결과라고도 한다.

어떤 국가도 자신의 명령으로 이루어진 반인류적 범죄를 진지하게 반성한 적이 없다. 스페인이 라틴아메리카의 인디오에게 한 짓거리에 대해 진심으로 반성한 적이 있는가. 북미 대륙에 진출했던 영국인을 위시한 서구인들이 인디언에게 저지른 범죄는 또 어떤가. 터키는 한사코 부정하지만, 아니, 인정하지 않지만, 아르메니아인 학살을 반성한 적이 있는가. 또 지금 터키가 쿠르드 사람들에게 저지르고 있는 만행은? 아우슈비츠에서 학살을 경험한 유대인이 지금 팔레스타인 사람들에게 저지르는 만행은? 베트남-미국의 전쟁에 아무 명분도 없이 뛰어든 한국군이 베트남 사람들에게 저지른 만행은 또 어떤가?

알제리 콩스탕틴에서 있었던 일이다. 로마 콘스탄티누스 황제의 이름을 붙인 그 오래된 도시는 깎아지른 협곡으로 양분되고 그 사이에 아찔한 다리가 놓여 있다. 그 협곡을 감상하려면 도시의 가장 높은 언덕 위로 올라가야 했다. 언덕 위에 돌로 지은 거창한 개선문이 있었다. 문 안으로 들어서니 오줌 냄새가 코를 찔렀다. 화장실(?)로 사용된 지 한두 해가 아닌 것 같았다. 벽에는 누런 암모니아 덩어리가 붙어 있고 소변이 밖으로 흘러나와 있었다. 안내하는 사람에게 유적지를 이렇게 관리해도 되냐고 물었더니, 씩 웃으면서 프랑스 말로 뭐라고 지껄인다. 프랑스 말을 못 알아들어도 눈치로 단박에 짐작할 수 있었다. 그 개선문은 프랑스 제국주의자들이 알제리를 점령한 기념으로 세운 것이다. 당연히 알제리인들의 저주의 대상이고, 그 탑에 오줌을 갈겨서 복수심을 풀었던 것이다.

국가는 반성하지 않는다! 전쟁, 식민지배, 위안부 문제를 사과하지 않고 망언을 되풀이하는 일본의 논리 이면에는 나만 반성하라는 말이냐? 다른 놈들도 다 같이 범죄를 저지르지 않았느냐는 반문이 있다. 나만 살인범이냐는 말이다. 당연히 말이 되지 않는다. 묻고 싶은 것은 왜 국가는 반성하지 않느냐는 것이다. 간디는 뱅골의 참사를 알았던가. 알고도 그런 말을 한 것인가. 알고도 증오하지 말자고 했는가. 증오하지 말자는 말은 비폭력과 통한다. 영국에 그렇게 효과적으로 대항하던 간디가 왜 인도 내부의 문제, 카스트 문제, 토지개혁 문제, 노동자의 권리문제에 대해서는 침묵하고 때로는 그 해결을 막았던 것인가. 정말 알 수가 없다.

사상 동지들의 공동체

기차는 새벽 5시에 길르푸람 역에 도착할 예정이었으나 30분을 연착했다. 이번 밤기차에서도 날이 샐 때까지 잠을 이룰 수 없었다. 내 자리가 3층이기도 했거니와, 건너편 3층 주민과 바로 아래 2층의 주민이 밤새 코를 골고 이갈이를 했기 때문이다. 밤기차에서 숙면하는 것은 아예 포기한 지 오래지만, 그래도 이런 이중창은 좀 심하다고 하지 않을 수 없다. 4시 반부터 아예 침구를 개고 일어나 비스듬히 기댄 채 기차가 목적지에 도착하기를 기다렸다.

길르푸람 역에서 버스 스탠드로 가서 푸두체리 행 버스를 탄 시간이 6시다. 한 시간 걸린다더니 40분을 더 가서 푸두체리에 도착한다. 실수로 길을 한참 돌아가는 완행버스를 탔기 때문이다. 늦게 도착하긴 했지만 덕분에 인도 시골 구경은 잘했다. 길르푸람 역을 벗어나자 이내 시골 풍경이 펼쳐졌던 것이다. 넓은 들판에 벼를 벤 논과 사탕수수가 한창 자라는 밭이 있고, 바나나 묘목을 줄 맞춰 심은 곳도 있다. 옛날 한국처럼 초가집이 보이고, 이른 아침이어서인지 암소를 끌고 나오는 농부, 우마차를 타고 어디론가 가는 사람도 있다. 초가는 사탕수수 잎이나 코코넛 잎을 덮은 것인데, 흡사 초등학생이 얼굴이 보이지 않을 정도로 모자를 푹 눌러쓴 꼴이다. 흙과 풀로 지었으니 무척 시원할 것이다. 그 집 앞에서 할머니가 학교 가는 손녀를 붙들고 머리를 곱게 빗기고 있다. 구멍가게 주인은 먼지떨이로 빈곤한 진열품의 먼지를 털고, 그 앞에서는 러닝셔츠 차림의 한 사내가 손을 높이 들어 그릇에 우유를 외줄기 폭포처럼 쏟아 붓는다. 차이를 만드는 것이다. 그 사내 앞에 차이 컵을 손에 든 중년의 동네 남정네들이 아침에 배달된 신문을 읽고 있다. 이것이 사람살이의 전부일 터이다.

지나는 마을마다 반드시 힌두교 신당이 있고, 신당을 찾는 아낙네들도 보인다. 노천에 코끼리와 소 등의 신상을 만들어둔 곳도 있다. 푸두체리에 가까워지자, 비로소 도시의 아침이 실감나게 시작된다. 교복 차림의 아이들은 마주 보며 걸어 학교에 간다. 길에는 오토릭샤와 오토바이, 승용차가 뒤섞이고, 버스의 매연과 경적 소리가 가득하다. 여느 인도 도시의 아침과 다를 것이 없다.

푸두체리는 인구 100만 명의 대도시다. 이 도시가 약간 각별한 것은 프랑스가 오랫동안 지배했던 도시이기 때문이다. 프랑스식 발음으로는 퐁디셰리다. 인도 하면 영국의 지배를 즉각 떠올리는데, 프랑스라니 약간 어색한 느낌조차 든다. 네루의《세계사 편력》에 이 도시에 관한 짧은 언급이 있다. 영국이 인도에 진출하고 마두라이, 봄베이, 캘커타를 건설한 뒤, 프랑스의 상사가 창립되어 1668년 수라트에 출장소를 개설하고 그 뒤 몇 곳에 같은 출장소를 설치했다. 몇 년 뒤 프랑스인들은 푸두체리 시를 사들였고, 이곳은 인도 동해안의 프랑스 최대 상업항이 되었다고 한다. 그 뒤 영국과 프랑스는 15년간(1746~1761) 이곳에 대한 주도

권 싸움을 벌였고, 본국의 충분한 지원을 받은 영국이 프랑스를 압도했다. 영국인은 프랑스인을 격파하고 프랑스인의 도시인 찬데르마고르와 푸두체리 두 도시를 건물 지붕이 하나도 남지 않을 정도로 철저히 파괴해버렸다. 나중에 프랑스는 두 도시를 되찾았지만 인도 안에서 힘을 쓸수는 없었다. 네루는 인도사에서 프랑스는 별 의미 없는 존재가 되고 말았다고 썼다. 《세계사 편력》에서 푸두체리를 언급하는 부분은 네루가 1932년 7월에 딸 인디라 간디에게 쓴 편지에 나온다. 그러니까 1932년에는 푸두체리에서도 프랑스인의 세력이 별반 크지 않았던 것 같다.

궁금한 것은 프랑스가 어떤 과정을 통해 영국으로부터 이 도시를 다시 사들였는가 하는 것인데, 그에 대한 언급은 전혀 없다. 프랑스는 1954년에 이 도시를 인도에 반환했다고 하는데, 1947년 인도 독립 이후 7년만이다. 그런데 희한한 것은 프랑스가 푸두체리를 인도에 넘겨주기 직전 시민들 중 원하는 사람에게 프랑스 국적을 부여했다는 것이다. 무슨 꿍꿍이속이었는지는 알 수 없지만, 아마도 인도 안에 프랑스에 우호적인 세력을 남겨두려는 의도가 아니었을까.

푸두체리의 허술한 시외버스 터미널에 도착해 길을 건너니, 그 앞에 내가 묵을 호텔이 있다. 호텔은 스리 사브타지리(Sri Sabthagiri)라는 긴 이름이다. 사브타지리가 무슨 뜻인지 짐작도 되지 않는다. 값이 싼 호텔이라 시설에 대해서는 별 기대도 하지 않지만, 와이파이조차 안 된다는 것은 납득하기 어렵다. 인도 여행의 주식인 메기라면을 끓여 아침을 대신하고, 잠시 졸다가 오로빌(Auroville)로 갔다. 오로빌은 도시 외곽에 있어서 한적한 길을 한참 달려야 한다.

오로빌의 정식 명칭은 스리 오로빈도 아슈람(Sri Aurobindo Ashram)이다. '빌(ville)'이 마을이라는 뜻이니 '오로빈도의 마을'쯤 된다. 또 '오로'는 프랑스어로 새벽을 의미하는 '오로르(aurore)'에서 가져온 것이라고 한다. 나로서는 그게 그거다. 잠시라도 이곳을 방문하고 싶은 것은 강신표 선생님 때문이다. 강신표 선생님이 정년퇴직 이후 인도의 아슈람(아마도 이곳 오로빌로 기억된다)을 방문하시고는 노년을 인도에서 보내고자 한다는 '뜬소문'(사실인지도 모르니까)을 들은 것이다. 그래서 유명하다는 이곳 오로빌에 한번 들르고 싶었다.

오로빈도는 인도의 독립운동가이자 명상가, 사상가다. 캘커타의 의사 집안에서 태어나 케임브리지 대학으로 유학을 떠났다가 조국 인도에 헌신하기 위해 대학을 포기하고 귀국했다. 그는 요가와 명상에 집중하는 한편, 독립운동에도 뛰어들어 명성을 얻는다. 1908년 알리포르 폭발 사건의 배후로 지목되었는데, 감옥에서 요가와 명상을 통해 깨달음의 경지에 도달한다. 높은 수준의 명상가가 도달하는, 나 같은 범인으로서는 알 수 없는 그런 경지에 도달했던 것이다.

출옥한 오로빈도는 1926년에 스리 오로빈도 아슈람을 세운다. 오로빌은 넓게 보아 이 아슈람의 연장선상에 있다. 물론 오로빌을 직접 지은 사람은 마더 미라 알파사(1878~1973)다(오로빌은 1968년부터 짓기 시작함). 미라 알파사는 보통 '마더'라고 불리는데, 인도 사람이 아니고 프랑스에서 태어난 프랑스 사람이다. 흥미로운 것은 아버지가 터키인, 어머니는 이집트인이었고, 또 살기는 훗날 인도에서 살았으니, 정말 세계인이라 하겠다. 그가 인종과 국적을 초월한 공동체를 만든 것도 세계인이라서 그런 것인가? 원래부터 종교성을 강하게 갖고 태어나는 사람들이 있다. 곧 우리가 아는 대부분의 종교의 창시자, 명상가들이 그런 경우인데, 마더 역시 그 범주에 들어간다. 마더는 1914년 푸두체리에 와서 오로빈도를 만나고는 그가 환시 속에서 여러 번 만난 사람임을 깨닫고 오로빈도의 사상에 공감해 평생의 사상적 동지가 된다. 오로빌은 당연히 그들의 사상의 구현물이다.

오토릭샤를 타고 먼지가 풀풀 날리는 시외의 한가한 도로를 한참 달리니, 숲이 우거진 곳이 나온다. 릭샤가 꽉 들어차 있는 정류장에 멈추더니 다 왔단다. 길을 따라 안으로 들어가니 방문객을 맞는 장소가 나온다. 오로빌에 대한 유일한 한국어 소개 책자인《웰컴 투 오로빌》에 의하면, 이 공동체는 원래 5만 명 정도 사는 도시로 계획되었고, 3만 5000명 정도의 사람들이 크고 작은 100개의 커뮤니티에서 살고 있다고 한다. 이 책이 나온 지 7년 정도 지났을 뿐이니 규모는 그리 달라지지 않았을 것이다. 오늘 내가 방문하는 곳은 주민이 살고 있는 커뮤니티가 아니다. 곧 사람 사는 마을이 아니고, 오로빌의 역사와 정신, 현황을 소개하는 기념관과 오로빌의 상징물이 있는, 방문객에게 공개된 공간일 뿐이다.

기념관은 깔끔한 현대식 건물이다. 안에는 오로빈도와 마더의 사진, 오로빌 헌장(Auroville Charter), 오로빌의 꿈, 약사(略史), 오로빌 주민이 되는 방법, 마티르만디르(모성의 전당)에 대한 설명, 오로빌의 건물들 등 오로빌의 현황을 소개하는 패널을 걸어놓았다. 이미 널리 알려진 것들이다. 팸플릿 몇 가지와 얇은 책자 그리고 엽서를 골라 사고 마티르만디르로 갔다.

마티르만디르는 오로빌을 소개하는 책자에 반드시 등장하는 오로빌의 상징과 같은 곳이다. 걸어서 숲속 길을 한참 걸었다. 처음 오로빌을 조성할 때의 사진을 보면 나무가 듬성듬성 있는 곳이었는데, 지금은 숲이 꽤나 우거졌다. 숲이야 어디서나 비슷한 것이고, 다만 큰 반얀트리만은 눈길을 끌었다. 물론 다른 곳에도 있는 것이지만, 특별히 거창하게 컸다. 반얀트리를 지나서 얼마 가지 않아 툭 트인 넓은 땅에 둥그런 황금색 마티르만디르가 보인다.

마티르만디르는 1971년 마더의 의도에 따라 짓기 시작했다고 한다. 건물이 희한하게 생겼는데, 붉은 사암으로 만든 꽃잎 위에 둥근 공을 얹어놓은 것 같다. 우리의 일상에서 볼 수 있는 것으로 비유하면, 껍질을 까서 아래에 펼쳐놓고 알맹이를 드러낸 귤처럼 생겼다. 둥근 공의 외곽은 원형의 작은 접시로 덮여 있다. 건물 설계자의 의도를 무시하고 내 식으로 해석하자면, 원형의 작은 접시는 하나의 독립 공동체이고, 그것들이 모여 전체 공동체, 곧 지구를 이루는 것으로 보인다.

마티르만디르 외곽은 공원이다. 책자에 실린 평면도를 보니, 마티르만디르는 타원의 한쪽 중심에 자리 잡고 있고, 타원의 나머지 공간은 모두 열두 개의 정원으로 구성된다. 건물의 꼭대기에는 햇볕이 들어오는 둥근 천장이 있는데, 그곳으로 들어오는 빛은 건물의 중심에 놓인 지름 70센티미터의 수정구에 곧바로 닿는다고 한다. 그리고 수정구가 놓인 곳은 명상실이라고 한다. 오로빌을 소개하는 책자에는 사람들이 이곳 마티르만디르 주변에서 손을 잡고 서 있는 사진이 으레 실려 있다. 또 부근의 정원에서 명상하는 사람을 찍은 사진도 흔하다. 이곳 사람들은 마티르만디르에 대해 매우 거룩하고 신성하며 복잡한 의미를 부여하는 모양이지만, 나는 그냥 그렇다. 그저 희한하게 생긴 건물이고 잘 가꾼 정원일 뿐이다.

오로빌은 스치듯 지나갈 관광지가 아니다. 사람들이 사는 실제 마을에 최소한 며칠 정도는 머물러야 오로빌에 대해 좀 더 구체적으로 알 수 있을 것이다. 또 그런 사람들을 위해 각 커뮤니티에 숙소가 있다고 하지만, 그럴 만한 시간적 여유가 없어서 조금은 아쉽다. 다시 천천히 걸어나오니 사람들이 버스를 타고 기념관 쪽으로 간다고 한다. 나도 버스를 탔다. 이곳에서는 화석연료를 사용하지 않는다고 들었는데, 방문객의 경우는 예외인가보다.

오로빌은 종교성이 강한 공동체. 마더의 글을 보면 '지고의 진리' '영혼' '초의식' 등 구체성이 희박한 종교적 언어가 가득하다. 또 오로빌 주민이 되려면 신성의식에 의무적으로 참가하고, 요가와 명상 등을 수행해야 한다. 오로빌은 단순히 생활 공동체가 아닌 것이다. 오로빈도는 우주적 진화의 결과 인간이 태어나고 또 인간이 의식을 가지게 된 것이 현재인데, 인간은 현재에서 한 걸음 더 나아가 초의식(Supermind)을 가진 존재가 되어야 한다고 말한다. 이런 유의 생각과 언어들이 원래 그러하듯, 지시하는 바가 무엇인지는 명확하지 않다. 요가를 통해 초의식이 현재의 의식을 완전히 대체하는 것이 목표라고 하지만, 알아듣기 힘들다. 나로서는 개별성을 넘어 인간이 거대한 우주의 일부이며 우주 안의 모든 것이 연관되어 있음을 자각하라는 말로, 쉽게 말해 인간 혼자 사는 세상이 아니라고 제발 좀 철이 들어야 한다는 소리로 들리지만, 나 같은 둔한 범인의 생각일 뿐이다. 어쨌거나 그런 초의식은 오로빈도나 마더 같은, 명상을 통해 초월적 상태에 쉽게 도달하는 종교적 천재들이나 경험하는 것이고, 나 같은 범부나 오늘 나를 이곳으로 태워다준 릭샤 운전사와는 상관없는 이야기일 것이다. 물론 에고, 욕망, 사유재산 등에 대한 관념을 버리자는 제안, 신체노동의 신성함에 대한 강조, 화석연료를 거부하는 것, 친환경적 농업 추구 등은 충분히 공감할 수 있다. 많은 사람들이 오로빌로 시선을 돌리는 이유도 아마 여기에 있을 것이다.

명색은 겨울이지만 인도의 겨울이라 너무 덥다. 오로빌에서 숙소로 돌아와 맥주를 한 잔 마시고 쓰러졌다. 지난밤 열차 안에서 거의 자지 못했고, 오전에 오로빌까지 갔다 왔기 때문이다. 그 와중에 메모한 것을 정리한다고 조금도 쉬지 못한 것이 화근이었다. 하지만 너무 피곤해서 그런지 잠도 오지 않았다. 무거운 몸을 일으켜 오토릭샤를 타고 푸두체리 해변의 프랑스 거리로 향했다.

푸두체리 해변은 호텔에서 직선거리로 약 2킬로미터다. 바다는 인도양이다. 바르칼라 해변이 아라비아 해라면 이쪽은 반대쪽의 인도양이다. 인도에서 좀처럼 볼 수 없는 2, 3층의 맨션들이 해변을 따라 늘어서 있다. 파도가 밀려드는 바닷가는 모래가 아니라 검고 큰 돌들로 이루어져 있다. 그 안쪽 육지 쪽에는 모래를 가져다 덮어놓았다. 모래는 사람이 가져다 덮은 것이고, 바닷가의 돌도 사람의 손(아니, 중장비의 힘)이 다듬은 것으로 보인다. 예외 없이 평평하니 말이다.

바닷가 안쪽으로는 넓은 보도가 있다. 인도인과 서양인들이 한가로이 산책을 즐긴다. 보도 안쪽에는 자동차가 다니는 길이 있지만 자동차는 볼 수가 없다. 출입을 금지한 것이 아닌가 한다. 보도 안쪽에는 프랑스 통치 시절에 지은 2, 3층짜리 맨션들로 이루어진 주택지대가 있고, 괜찮은 식당과 옷집, 기념품 가게들이 몰려 있다. 나로서는 별 관심을 둘 이유가 없는 곳이다.

해변의 사람들이 많이 몰리는 곳에 간디 동상이 있다. 간디는 이번 여행에서 너무 많이 보아서 그런지 심드렁하다. 길을 걷다가 보니 암베드카르 메모리얼이 있다. 여행 책자에는 전혀 언급이 없어서 예상치 않았던 곳이다. 마당으로 들어서자 동상이 있어서 참배하고 뒤로 돌아가니 '암베드카르 라이브러리'가 있다. 들어가려 했지만 시간이 지났다고 자물쇠를 채워놓았다. 관리하는 사람을 찾아도 보이지 않는다. 기념관의 팸플릿을 구할 수가 없으니 내력도 알 수가 없다. 이곳에 이분의 라이브러리가 있는 줄 알았더라면 조금 더 일찍 올걸 하는 후회가 밀려왔다.

간디 동상 아래에 사람들이 많이 찾는 '르 카페'라는 약간은 이상한 이름의 카페가 있어 차를 한 잔 하려고 들렀으나 사람이 가득 찼단다. 그냥 호텔로 돌아오는 수밖에 없다. 숙소로 돌아오는 길에 병원 골목을 지났다. 진료 차례를 기다리며 앉아 있는 사람들, 약국에서 약을 사는 사람들, 커다란 치아 그림과 미백 치료를 한다고 광고하는 치과 간판 등이 있는 복잡한 의약의 거리다. 한참 지나가니 식물원이 보인다. 어떤 영화에 아주 멋있게 나왔지만 별로 볼 것이 없고 대문만 아름답고 해서 들어가볼 염도 아예 내지 않았던 곳이다. 등불을 환히 켜놓았는데 사람들이 인산인해다. 식물원 담장에는 오토바이가 한도 없이 줄을 서 있다. 저녁에 날이 선선해지니 시민들이 몰려나온 것일 터이다.

채식

푸두체리 해변에 갔다가 돌아오는 길에 호텔을 한 30미터쯤 남겨놓았을 때다. 치킨을 구워 파는 식당이 있었다. 가스불이 타오르고 여러 개의 긴 쇠꼬챙이에 닭을 꿰어 굽고 있었다. 어, 통닭 아닌가? 반도 팝니까? 그럼요. 그 옆의 가게는 주류 판매점(Wine shop)이다. 보통 가게에서는 음료수만 팔고 술을 팔지 않는다. 뜻밖에 발견한 그 주류 판매점에서 킹피셔 두 캔을 샀다.

인도에 와서 보름째 뜻하지 않게 거의 채식주의자에 가까워졌다. 상황에 의해 비자발적 채식주의자 노릇을 하게 된 셈이다. 고기를 먹을 식당이 없어서가 아니라, 워낙 바삐 다니다보니 챙겨먹을 겨를이 없는 것이다. 간혹 이름에 치킨이라는 말이 들어간 음식을 시켜보지만, 닭고기는 그야말로 '대동야두점점산(大東野頭點點山)' 격이다.

예전에 건강 때문에 1년 가까이 채식을 한 적이 있다. 집에 있거나 집 밖이라도 혼자 식사할 때는 괜찮지만, 여러 사람과 어울릴 때는 참으로 괴로웠다. 일부러 고기 없는 음식을 고르기도 하고, 슬며시 골라내기도 하고, 다양한 방법을 썼지만, '나는 비건'이라고 공개적으로 천명하지 않는 한 아무 소용이 없었다. 건강이 회복되자 다시 고기를 먹는 쪽으로 돌아왔다. 얼마 전 다시 건강에 문제가 생겼을 때 의사는 탄수화물 섭취를 제한하고 단백질을 좀 더 섭취해야 한다고 말했다. 이제는 채식주의자가 되고 싶어도 될 수가 없는 것이다. 어쨌든 이날 통닭 가게를 발견하는 바람에, 짧은 비자발적 채식주의자 노릇도 그만 하직하고 말았다.

채식이라는 단어가 강하게 의식되는 것은, 이곳 인도에는 채식이 보편

적이기 때문이다. 식당을 가면 반드시 베지, 넌베지를 구분해서 팔고 메뉴판도 그렇게 구분되어 있다. 아예 베지 식당이라고만 표시한 곳도 있다. 인도에 와서 채식을 평소와 달리 각별히 의식한 것은 엄격한 채식주의자였던 간디 때문이다. 앞에서 말한 것처럼 간디는 브라마차리아에 열심이었는데,《자서전》에 의하면 그가 브라마차리아를 지키는 것이 브라만을 실현하는 일임을 깨닫게 된 것은 경전을 연구하는 과정을 통해서가 아니라 경험을 통해 자연스럽게 깨닫게 된 것이라고 한다. 그는 자신의 맹세를 지켜가면서 브라마차리아 안에 몸과 마음과 혼을 보호해주는 무엇인가가 있다는 것을 깨달았다고 한다. 그런 이유로 브라마차리아는 힘든 고행의 과정이 아니라, 하나의 위로요 즐거움이라고 말한다. 그런데 흥미로운 것은 그가 우유를 마시면 브라마차리아를 지키기가 어려워진다는 것을 털끝만큼의 의심도 없이 믿었다는 사실이다. 동물성 단백질을 전혀 섭취하지 않는 신체에는 농도가 낮은 동물성 단백질마저도 큰 영향을 끼친다는 의미로 이해된다. 아마도, 아니, 필시 그 영향이란 성적 욕망을 자극한다는 말일 것이다. 이 말은 우유를 마실 경우 성욕을 강하게 느꼈다, 혹은 성욕을 참을 수 없었다는 말로 이해해도 상관없을 것이다.

　모든 인간이 채식을 할 수는 없다. 그것은 아마도 불가능할 것이다. 따라서 간디의 경우와 같은 극단적 채식주의는 타당하지 않다. 그는 우유조차 거부하는 채식으로 목숨을 잃을 뻔한 적도 있다. 그의 아들 역시 병에 걸렸는데 간디가 우유조차 주지 못하게 하여 같은 위험에 처한 적이 있다. 간디의 극단적 채식, 극단적인 현대의학 혐오는 분명 균형을 잃은 태도다. 또 간디형 채식이 비용이 적게 드는 것도 아니다.《자서전》을 보면, 그를 초대한 사람들이 간디의 채식을 알고 값비싼 과일과 너트로 그를 대접하는 장면이 나온다. 간디의 채식은 가난한 사람의 식사가 아닌 것이다. 간디에 대한 책을 여러 권 쓴 루이스 피셔가 1942년 간디를 찾아가 일주일을 보내고 쓴 글을 보면 간디의 식탁을 엿볼 수 있다. 채소를 넣은 옥수수죽, 시금치, 호박, 우유, 삶은 감자, 밀가루 과자, 망고 등이 식탁에 올랐다. 거기다 아침 식사 시간은 약간 경건한 분위기까지 띠고 있었다. 인도 노동자들의 식사를 생각하면 고급스러운 식사가 아닐 수 없다.

그러면 지금의 서구나 미국, 한국처럼 고기를 많이 소비해도 괜찮은 것인가. 자본주의의 축산업과 식품산업에는 생명에 대한 존중이라고는 털끝만큼도 없다. 동물은 공장에서 살코기로 생산될 뿐이다. 그 바탕은 철저히 반생명적이고 반환경적이다. 먹지 않을 수는 없지만, 지금과 같은 공장식 축산의 산물이라면 곤란하지 않을까? 채식 위주에 약간의 동물성 단백질을 섭취하는 것이 해결책이 아닐까?

공산당 건물

오로빌에 갔다가 돌아오는 길에 휴지를 사러 갔다. 호텔 근처 구멍가게에 들르니, 팔지 않는단다. 인도는 뒷일을 보고 물로 세척하기 때문에 휴지를 파는 곳이 드물다. 또 휴지가 경제적 부담이 되는 사람도 적지 않을 것이다. 다른 가게 몇 곳을 들렀지만 결과는 매한가지다. 피곤에 절어 있는 몸이 뙤약볕에 달아올랐지만, 걸어온 길이 아까워 기필코 사서 가야겠다. 물어보니 200미터만 더 가면 시장이 있단다. 시장 가게에서 목적을 달성하고 돌아오는 길에 보니, 웬 2층 건물에 공산당 깃발이 휘날린다. 빨간 것, 파란 것, 흰 것이다. 이게 무슨 일인가. 내가 지나고 있는 곳은 서민들이 밀집해 사는 주택가 골목인데.

공산당이 민간에까지 침투해 버젓이 활동을 하다니, 이해가 안 된다. 도대체 이 나라는 어찌 된 나라란 말인가. 들어가서 사연을 묻고 싶었지만, 워낙 짧아 길이를 잴 수조차 없는 나의 영어 실력으로는 가능하지 않을 것 같았다. 또 대한민국은 국가보안법이 있는 나라가 아닌가. 인도 공산당 지부에 들어갔다는 것이 알려지면 내 여생이 괴로워질(?) 것이다. 또 나는 이제까지 국법을 준수해온 선량한 시민이 아니던가.

농촌 마을

마말라푸람으로 오는 길에 농촌 마을을 보고 복잡한 생각이 들었다. 평화스럽게 보이지만, 저런 농촌이야말로 온갖 모순들의 집적체일 것이다. 온전한 농촌이란 자기 땅을 경작하는 자작 소농이 대다수인 경우에 한정될 것이다. 먹을 것을 자급하고 일부의 잉여를 생활필수품이나 서비스와 교환한 뒤 약간의 저축이 가능한 상태. 하지만 그런 상태는 이미 끝장이 났을 것이다. 인도의 농촌 역시 자본주의적 생산관계에 편입되어 상품으로서의 작물을 재배하고 있을 것이다. 지주는 여전히 존재할 터이고, 시골로 갈수록 전근대적인 신분제가 남아 있어 지배-피지배의 관계가 강고히 유지되고 있을 것이다.

간디는 마을 공동체를 생각했다. 수십만 개의 자율적인 공동체, 곧 작은 공화국으로 존재하는 마을들의 집합으로서의 인도를 생각했던 것이다.《힌두 스와라지》에는 그런 공동체의 모습이 구체적으로 그려져 있다. 간디가 그 작은 공동체를 '공화국'이라고 말한 것은 의미심장하다. 그것은 말 그대로 '공화''국'이다. 주민이 정치에 자발적으로 참여하는 작은 독립국가라는 것이다. 그가 이런 작은 국가들의 연합으로서의 인도를 생각했던 것이라고 일단 인정해주자.

그 국가는 인도의 농촌에 원래 있던 촌락회의 판차야트에 의해 자치적으로 다스려진다. 간디는 독립 후 인도 헌법에 판차야트를 넣고자 했고 그의 희망은 실현되었다. 하지만 결정적으로 중요한 문제, 곧 그 농촌 공동체가 평등한 구성원들의 합이어야 한다는 것을 언급하지 않고 있다. 그 평등한 구성원이란 토지개혁을 통해 경제적 능력이 서로 대등해진 농민들이어야 할 것이다. 그런 토지개혁이 있어야 농촌에서 카스트 제도가 해체될 수 있고, 카스트 제도가 해체되어야 그 위에 평등한 공동체인 마을 공화국을 건설할 수 있다. 하지만 인도는 독립 이후 토지개혁이 없었다.

간디는 토지개혁에 별달리 관심을 갖지 않았다.《인도는 울퉁불퉁하다》에 의하면, 농민들이 영국인의 앞잡이인 지주들에게 소작료를 내지 않기로 하자, 간디는 그 행위가 부도덕하고 불법이라고 말했다. 그는 가장 중요한 토지개혁에 대해서는 언급조차 하지 않았다. 그의 제자 비노바 바베가 인도를 돌아다니며 지주들에게 땅의 6분의 1을 자발적으로 내놓아 빈농에게 분배하자고 제안해 몇몇 지주들의 호응을 이끌어냈지만, 냉정히 평가하건대 하나의 해프닝이었을 뿐 그것이 근본적인 대책이 될 수 없었던 것은 두말할 필요도 없다.

《인도는 울퉁불퉁하다》에 의하면, 인도 독립 이후 토지 분배가 그나마 제대로 이루어진 곳은 웨스트벵골 주, 케랄라 주, 트리푸라 주 외에는 거의 없다고 한다. 방글라데시 오른쪽에 붙어 있는 웨스트벵골의 경우 독립 이후 인도에서 진행된 토지개혁의 50퍼센트가 이루어졌고, 그 결과 2.5~5에이커를 소유한 소농과 2.5에이커 미만을 소유한 영세농이 전체 토지의 84퍼센트를 소유하고 있으며, 토지개혁의 혜택을 본 사람들의 41퍼센트가 달리트와 소수부족이라고 한다. 또 웨스트벵골에서는 달리트와 소수부족들이 판차야트 대표자의 37퍼센트를 차지한다고 한다.

조 사코는 우타르 프라데시의 쿠시나가르를 방문해 취재한 결과를 가지고 만화 〈쿠시나가르〉(2010)를 그렸는데, 거기에는 농촌의 토지 없는 불가촉천민의 처참한 삶이 생생하게 표현되어 있다. 그들은 자신의 나이도 모르고, 자식을 얼마나 낳았는지, 그중 얼마가 죽었는지도 모른다. 그들의 단 한 가지 관심은 식량이지만, 식량은 언제나 부족하다. 물웅덩이에서 뱀이나 미꾸라지를 잡고, 들판의 쥐 굴을 뒤져서 쥐가 모아놓은 곡식을 턴다. 최저임금이 얼마인지도 모른 채 5분의 1을 받고, 정부에서 어떤 정책을 펴는지, 중간 관료들이 그들의 몫에서 얼마를 횡령하는지도 모른다. 왕족(토후)의 후예들이 아직도 남아 대부분의 토지를 차지하고 있다. 세상에서 가능한 모든 불평등이 집중되어 있는 셈이다. 쿠시나가르는 붓다가 열반에 든 곳이다. 하지만 부처가 깨달았다는 진리는 이곳 불가촉천민에게는 아무 상관도 없는 빈말일 뿐이다.

인도사라는 전체적 맥락에서 간디의 마을공화국을 평가한다면, 그것은 하나의 이상일 터이다. 또 달리 생각해보면 지금의 자본주의 시스템을 극복할 수 있는 유력한 대안 중 하나일 것이다. 하지만 그 마을공화국의 내부가 경제적으로 평등하지 않다면, 카스트(자티)가 없는 평등한 사회가 아니라면, 모든 것은 공염불에 불과하다. 간디는 마을공화국이 옳은 길이라고 주장하기보다는, 먼저 어떤 방법으로 토지를 분배하고 카스트를 폐지할 것인가를 고민해서 알려주었어야 했다.

성자와 종교 공동체

깨달음을 얻은(얻었다고 인정받는) 카리스마 있는 지도자가 출현하고, 그 사람의 제안에 따라 혹은 그에게서 배우거나 그를 추종하거나 그의 사상에 감동한 사람들이 모여 공동체가 시작된다. 그 공동체는 대개 초월적 가치를 지향한다. 사유재산 철폐(개인의 무소유!), 농업·수공업에의 종사, 공동체에 대한 자발적 헌신, 욕망의 절제, 나아가 드물게 성(性) 해방 등을 기본적 가치로 내세운다. 초기 공동체에는 대중의 관심이 쏠리고 보시가 이어진다. 하지만 공동체가 점차 커지면 그것을 관리할 조직이 생기고, 조직을 장악한 자들이 권력을 가지게 되어 명령과 복종의 체계가 도입된다. 위계가 생기고 조직이 관료화된다. 시간이 흐름에 따라 공동체의 기본 가치와 규약은 하나씩 파기되고, 그렇게 다시 타락해간다. 이것은 역사가 증명한다.

우리가 경험할 수 있는 가장 가까운 공동체는 불교의 사찰이다. 사찰은 원래 수행하는 승려들의 공동체다. 하지만 이 공동체가 현재 어떤 상태에 있는지 알 만한 사람들은 다 안다. 내가 아는 어떤 유명한 사찰은 재산이 어마어마하다. 이 사찰의 힘 있는 스님은 무척 부자다. 그것이 개인의 돈이 아니라 할지라도 말이다. 스님 개인은 주택을 소유하지 않지만, 불교 교단 자체가 이미 거대한 주택의 소유자이다. 사찰이라는 거대한 부가 스님들의 배경을 이루지 않는다면, 그들은 홈리스가 될 것이다. 사찰은 권력집단이기도 하다. 총무원장이나 주지 자리를 놓고 혈투를 벌이는 것을 보면 답이 나온다.

소비사회에서 태어나고 길러진 개인은 소유와 소비에 중독된다. 기성의 종교는 그것에 대해 별 비판을 하지 않는다. 과학과 테크놀로지의 발달, 자본과 국가의 권력에 대해 그 어떤 전면적 대응도 없다. 과거 서구의 기독교와 이슬람, 불교, 동아시아의 주자학은 인문적 상상력에서 출발해 세계의 기원과 인간 존재 그리고 사회·정치·경제·문화에 대해 총괄적인 해명을 하고 삶의 목적과 의미를 제시할 수 있었다. 하지만 그것은 이미 무너진 지 오래다. 종교인 개인의 비윤리적 행동과 일탈을 가리켜 종교의 타락이라고 말하는 것은 온당하지 않다. 근대 이후 인간과 사회의 변화에 정직하게 반응하지 못한 것이야말로 종교의 직무유기이고 타락이다. 아니면 종교의 역할이 끝났다는 증거이거나. 솔직한 심정을 말한다면, 기성의 종교가 할 수 있는 일은 이제 별로 없을 것이다. 물론 어떤 개인이 어떤 종교를 믿든 믿지 않든 그것은 그 사람의 자유다. 다른 사람의 종교와 자유를 배척하지 않는 한 말이다.

아슈람

종교성을 띠는 공동체는 인류의 역사 이래 흔히 존재해왔다. 도미니크 수도회와 프란체스코 수도회, 예수회, 붓다의 기원정사, 불교의 사찰들, 공자학단, 주자의 서원은 차이가 있겠지만 근본적으로 동일한 성격의 공동체다. 18세기 서원에 관한 자료를 보면, 엄격한 규칙 준수(대개 절제하는 삶의 태도를 요구한다), 글을 읽고 토론하는 것 등등 까다로운 조건을 요구하고 있다. 요즘은 이윤을 목적으로 삼는 기업이 인간들의 조직체로서 거의 유일하게 우리 앞에 놓여 있기에, 이윤이 아닌 다른 가치를 추구하는 공동체들이 돋보이는 것이다. 최근 한국에 많이 생겨난 인문학 공동체 역시 근본적으로는 동일하다. 그것들은 결국 욕망을 절제하고 자기희생을 통해 공동선을 추구하려는 재래의 공동체와 크게 다르지 않을 것이다.

힌두교의 종교 공동체는 아슈람이다. 아슈람은 인도 어디에도 있다. 다만 유명한 아슈람에는 인도인은 물론이고 서양 사람, 동양 사람들이 끊이지 않는다. 대개 깨달았다는 인물이 있으며(있었으며), 그들의 가르침에 따라 명상하고자 하는 사람들이 몰려온다. 깨달은 사람을 친견하는 것을 '다르샨'이라고 한다는데, 간디도 젊은 시절 종교적 성인인 것처럼 소문이 나서 사람들이 다르샨을 받기 위해 몰린 적이 있다.

아슈람은 '아슈라마'에서 온 말이다. 힌두교에 의하면, 인간의 삶은 독신주의 학생(브라마카리야), 재가자(그라스타), 수행자 또는 숲속 거주자(바나프라스타), 기세자(삼니야사)의 네 주기로 구성된다. 가빈 플러드의 책《힌두교》에 의하면, 아슈라마는 기원전 5세기 브라만 전통에서 유래한 것이다. 그것은 처음에는 '은자의 집'(아슈라마, 영어식으로는 '아슈람'의 출처)을 일컬었는데, 뒤에 의미가 확대되어 브라만 재가자 은자가 살던 장소뿐만 아니라, 그들의 생활 방식, 궁극적으로는 브라만의 모든 삶의 양식을 뜻하게 되었다고 한다. 아슈람은 수행자의 집이고 동시에 브라만의 삶의 양식이라는 것이다.

오로빌 역시 아슈람의 연장이라 하겠지만, 출세간(出世間)의 삶이 아닌 범인의 현세적 삶을 위한 것이라는 점에서 여느 아슈람과는 다르다. 그렇기에 이곳에 들어가려면 당연히 경제적 부담이 따른다. 오로빌의 새 주민(뉴커머)이 되려면 기여금을 내야 한다. 외국인은 8000루피, 인도 사람은 4000루피를 일시불로 내야 하고, 주민이 되고부터는 매달 1인당 1000루피를 내야 한다. 오로빌의 물적·문화적 인프라를 사용하는 데 대한 대금인 셈이다. 이 외에 생활에 드는 비용은 물론 자기 부담이다. 서구의 부국이나 한국인, 일본인, 중국인들에게 이 돈은 별것 아닐 수 있겠지만, 인도의 불가촉천민들에게는 엄청난 돈일 수 있다. 아마 불가촉천민은 이곳에 쉽게 들어올 수 없을 것이다. 그러니 오로빌은 중산층 이상의 가치를 담고 있는 곳이 아닐까? 만약 릭샤꾼들이 몰려온다면 오로빌은 어떻게 대처할 수 있을까. 외부로 알려진 '좋은' 정보에 의하면, 오로빌은 마치 이상향 같다. 하지만 그곳에도 주택과 돈이 부족하다고 한다. 사진으로 소개되는 오로빌의 건물들은 특이한 형상이 많았지만, 자연친화적이지는 않았다. 이보다는 이집트 건축가 하산 파티(Hassan Fathy, 1900~1989)가 설계한 구르나 마을이 더 낫지 않을까?

한 걸음 더 내디뎌보면, 오로빌과 같은 공동체는 별것이 아니다. 산업화 이전 소농사회에서 이루어졌던 삶의 형태이기도 하다. 토지만 어느 정도 평균적으로 소유한다면, 오로빌의 삶이나 전근대 농촌 공동체는 크게 다른 것이 없는 셈이다. 또 초의식이니 뭐니 하는 알아듣기 힘든 이야기는 없어도 그만이다.

책벌레의 여행법

기계와 노동 해방

오늘도 1인용 포트에 메기라면을 넣어 끓이고 달걀을 삶아 아침으로 때웠다. 역시나 밀가루 냄새가 풀풀 난다. 먹지 않으면 무거운 배낭과 더위를 이기지 못할 것 같아 억지로 집어넣는 것이다. 오늘은 푸두체리에서 마말라푸람으로 간다.

마말라푸람 가는 길

호텔 건너편 버스 스탠드에서 7시 30분에 버스를 탔다. 마말라푸람까지는 두 시간 남짓 걸린다고 한다. 푸두체리를 벗어나니, 어제 마두라이에서 올 때처럼 농촌 풍경이 펼쳐진다. 코코넛 잎으로 지붕을 인 집들이 보인다.

평원은 끝이 없다. 벼를 심은 무논을 백로가 성큼성큼 걸으며 먹이를 찾는다. 멀리 코코넛 나무를 밀식한 곳이 보이고, 이따금씩 나타나는 넓은 습지에는 붉고 흰 수련이 활짝 피었다. 버스가 들어선 작은 마을의 풍경이 한가롭다. 젊은 처녀가 오른손으로 흰 가루를 뿌려 대문 앞에 코럼을 그린다. 손님맞이를 위해 아침에 마당을 쓴 뒤 그리는 것이다. 누런 개 한 마리가 길바닥에 코를 박고 한참 쿵쿵거리더니 게으른 걸음을 옮기고, 염소는 나뭇잎을 먹으려고 나무에 앞발을 올린 채 곤추서 있다. 그 사이에서 닭 몇 마리가 고개를 끄덕이며 이곳저곳 다니다가 발톱으로 흙을 후벼판다. 버스가 한참을 달려 조그만 읍내를 지난다. 어제 본 것처럼 작은 가게 앞 평상에서 사내들이 차이를 마시고 있고, 하얀 꽃으로 화관을 만들어 쓴 소녀가 좌판에서 물건을 고르고 있다. 풍경은 평화롭고 목가적이지만 내가 보기에 그럴 뿐이고, 즐거움과 고통, 사랑과 미움, 걱정으로 뒤섞인 삶이 있을 것이다.

한 시간 남짓 달리자 거대한 호수가 나타난다. 가슴이 시원해진다. 운전사가 작은 가게 앞에 차를 댄다. 10분을 쉬어간단다. 바나나 나무 아래 소피를 보고 주변을 어슬렁거리다가 다시 차에 올랐다.

마말라푸람을 찾아가는 것은 그곳에 거창한 힌두교 유적이 있기 때문이다. 작은 마을인 마말라푸람은 지대가 평평하다. 그 평지 위에 고구마처럼 생긴 긴 형태의 낮은 화강암 암군(巖群)이 남아 있다. 그 화강암을 깎고 파서 조성한 사원과 조각이 워낙 대단해서 이름이 난 것이다. 또 곳에 따라서는 그 암군에서 뚝 떨어진 커다란 바위도 있는데, 그것도 예외 없이 깎고 파서 사원을 만들었다. 예컨대 판차 라타스 혹은 파이브 라타스라고 불리는 유적군이 그것이다. 물론 간혹 가공한 석재를 쌓은 경우도 있고, 석벽에 대형 부조를 새긴 곳도 있다. 이런 것들을 보기 위해 사람들이 몰리는 것이다. 그리고 이 암군과 뚝 떨어진 바닷가에 조성한 사원이 있는데, 그 유명한 해변 사원이다.

두 암군과 해변 사원이 감싸고 있는 공간이 이른바 마말라푸람 읍내다. 워낙 좁아서 어디든 모두 걸어서 갈 수 있다. 읍내에서 바닷가 쪽의 좁은 지역에 여행자들의 숙소가 몰려 있다. 고급 호텔은 없고, 거의 다 게스트하우스 수준이다. 내가 묵은 게스트하우스의 이름은 비노다라 (Vinodhara)인데 '비노'와 '다라'는 주인장의 두 아들 이름이라고 한다.

게스트하우스에 도착해 짐을 방에 던져넣고 유적지가 보고 싶어 뛰쳐나왔다. 낮에 빨리 유적을 돌아볼 생각이다. 먼저 간 곳은 판차 라타스다. 힌두어로 '판차'는 다섯을 의미한다고 하니, 판차 라타스나 파이브 라타스나 같은 말이다. '라타'는 비루팍샤 사원 앞에 있던, 힌두교 축제 때 신상을 모시고 행진하던 수레다. 함피의 비탈라 사원에서도 바퀴까지 만든, 정교하기 짝이 없는 석제 라타를 보았던 터라, 이곳의 유명하다는 라타 역시 기대가 되었다.

판차 라타스는 7세기 후반 팔라바 왕조 때 조성되었다고 하는데, 완성된 것은 아니고 미완성품이라고 한다. 각 라타의 밑동을 보면 가공이 덜 된 흔적이 보인다. 입구로 들어가면서부터 네 개의 라타가 늘어서 있는데, 두 번째와 세 번째 라타 앞에 큰 코끼리 조각상이 있고, 그 바로 앞에 다시 라타 하나가 있다. 첫 번째 것은 드라우파디 라타, 두 번째는 아르주나 라타, 세 번째는 규모가 가장 큰 비마 라타, 네 번째는 다르마라자 라타다. 다르마라자 라타는 '다르마 왕'의 라타인데, 다른 이름으로는 유디슈티라 라타라고 한다. 따로 떨어져 코끼리상 앞에 있는 것은 나쿨라 사하데바 라타인데, 이것은 나쿨라와 사하데바, 두 사람의 라타라는 뜻이다. 나쿨라와 사하데바가 쌍둥이이기 때문이다. 다섯 라타 외에 드라우파디 라타 앞에는 사자상이, 아르주나 라타 뒤에는 황소(난디)상이 있다.

여기에 등장하는 사람은 모두 여섯인데, 유디슈티라, 아르주나, 비마, 나쿨라. 사하데바, 다섯 명은 판두의 아들이고, 드라우파디는 이 다섯 명의 공동 아내다. 이 다섯 남자와 한 명의 아내가 《마하바라타》의 주인공이다. 이들이 사촌인 두료다나가 99명의 형제들과 싸우는 이야기가 《마하바라타》의 주요 줄거리다. 다만 이 다섯 라타는 《마하바라타》와 특별한 관계가 있는 것은 아니라고 한다.

비마 라타가 장방형에 가장 길고 크고, 맨 안쪽의 유디슈티라 라타가 그다음이다. 나쿨라 사하데바 라타는 두 사람 몫이지만 별로 크지 않다. 드라우파디 라타와 비마 라타는 경사진 밋밋한 지붕으로 되어 있고, 나머지는 모두 탑 형태로 층층이 조각을 해서 쌓아올린 것이 흡사 고푸람 같다. 이것들은 모두 나무로 된 원래의 수레를 본떠서 만든 것이라 하고, 특정한 신에게 바친 사원은 아니라고 하지만, 문외한의 눈에는 그게 그거다. 사원인지 라타인지 나는 구별할 도리가 없다. 비마나[聖室]로 부르자는 제안도 있지만, 그 역시 별로 설득력이 없어서 그냥 판다바의 라타로 부른다고 한다.

파이브 라타스를 나와서 두 번째로 찾은 곳은 마히샤 마르디니 동굴이다. 동굴이라고 해서 무슨 천연동굴이 있는 것은 아니고, 언덕 위의 거대한 화강암을 안으로 깎아 들어가 사원을 만들었기 때문에 동굴이라고 한 것이다. 다시 말해, 거대한 바위를 기둥 네 개를 남기고 장방형으로 파고 들어가 그 안에 사원을 조성한 것이다. 마말라푸람의 사원들은 모두 이런 방식으로 조성되었다. 재미있는 것은 동굴을 깎아낸 거석 위에 다시 탑을 세운 것이다.

이 동굴 사원은 마히샤 마르디니 여신을 섬기기 위해 지은 것이다. 이

신의 이름은 본래 두르가인데, 물소로 변한 악마 마히샤를 죽였다 해서 마히샤 마르디니라고 부른다고 한다. '마르디니'는 아마도 죽인다는 뜻 인가보다. 어쨌든 이 여신은 독립성이 매우 강해서 남편 시바와 별반 관 계없이 홀로 행동한다고 하고, 이 때문에 인도 여성주의자들의 사랑을 받고 있다고 한다. 사원 건너편에 표면에 금을 새겨 마치 그물무늬처럼 만들어놓은 암괴가 보인다. 암괴 꼭대기에도 탑의 하단부처럼 파내어 계 단을 만든 흔적이 있다. 이 암괴 역시 신전을 만들기 위해 공사를 하다 가 그만둔 것이 틀림없다. 이런 식으로 뭔가 만들다가 그만둔 암괴가 곳 곳에 있었다.

동굴 사원 위에 조성된 탑으로 올라가면 앞이 탁 트인다. 마말라푸 람 일대가 다 보인다. 푸른 숲 사이에 화강암 암괴가 드문드문 솟아 있 고 건물들도 섞여 있다. 건너편에는 높고 둥근 탑이 있는데, 등대 같다. 마말라푸람은 바닷가에 있는 작은 도시니, 등대를 세우자면 아마도 이 곳 높은 암괴 위에 세워야만 했을 것이다. 올라가보려다가 또 입장료를 내라고 하는 바람에 그만두고 말았다. 돈을 내고 올라가볼 만한 가치가 꼭 있을까 싶어서였다.

마히샤 마르디니 사원을 나와서 크리슈나 버터 볼(Krishna's Butter Ball) 로 갔다. 크리슈나는 비슈누 신의 여덟 번째 아바타로, 인도인이 가장 사랑하는 신이기도 하다. 이곳이 화강암 지대라는 것은 앞서 말한 바 있 다. 크리슈나 버터 볼은 화강암 지대가 풍화되는 과정에서 생긴 것으로, 곧 화강암 덩어리가 암괴에서 분리되어 거대한 공의 형태로 남은 것이 다. 우리나라로 치자면, 설악산 울산바위 같은 것이다. 크리슈나를 좋아 한 인도 사람들에게는 그 돌덩이가 크리슈나 신이 먹는 버터 덩어리로 보였던 모양이다. 버터 볼은 분명 바닥의 암괴와 분리되었고 약간 경사진 곳에 놓여 있지만, 아무리 밀어도 꼼짝도 하지 않는다. 버터 볼 옆에는 반질반질하고 좁은 경사진 길이 있어, 아이들이 까르르 웃으며 비탈을 타고 내려온다.

버터 볼의 그늘에 서자 한국어가 들린다. 한국 대학생 셋이다. 연두색 조끼를 입고 한글 이름표를 달았다. 어떻게 왔느냐고 물으니, 현대자동차에서 지원하는 해외 학생 봉사단으로 왔단다. 버터 볼의 그림자 진 부분에 새점을 치는 영감이 앉아 있는데, 여학생 하나가 그 사람을 가리키더니, 용하다는 소문을 듣고 점을 치러 왔다며 환하게 웃는다. 버터 볼에서 내려오니 또 한 곳에 같은 복장의 학생들이 잔뜩 몰려 있다. 말을 붙여보니 역시 한국 대학생들이다. 어제 첸나이의 초등학교에서 건물을 수리하고 페인트칠을 하는 등 봉사활동을 이미 끝내고, 귀국하기 전 짬을 내어 왔단다. 하도 쾌활 명랑한 청년들이라 잘생기고 이쁘다고 했더니, 나와 몽가에게 일정을 묻는다. 뭄바이에 도착한 뒤 보름 동안 남인도를 돌아보고, 내일 첸나이로 가서 모레 스리랑카에 들어가 일주일을 지내고 돌아간다고 하자, "멋있어요!"를 합창한다. 음, '낡고 오래된 인간'임에도 불구하고 이렇게 돌아다니는 것을 높이 평가하는구나. 앞으로 건강과 비용이 허락하는 한 열심히 돌아다녀볼까나.

크리슈나 버터 볼이 있는 곳은 아주 낮은 화강암 구릉지대인데, 마치 공원처럼 꾸며놓았다. 버터 볼에서 걸어서 오른쪽으로 가니, 바라하 동굴 사원이 나타난다. 앞의 마히샤 마르디니 사원처럼 화강암을 파서 만들었다. 조금 더 걸어 올라가면 라바르 고푸람이다. 마두라이 미낙시 사원 동쪽 문 앞에 있던, 양쪽에 기둥을 세운 것과 같다. 고푸람이라고 하는 것으로 보아, 원래 위에 있던 인물의 소상 부분이 없어진 것이 아닌가 한다. 사원이 워낙 많고 조각도 워낙 다양하고 훌륭해서, 일일이 메모하기도 힘들다. 질리고 또 지쳐서 한참 앉아 쉬었다.

기운을 차려 아르주나의 고행상(Arjuna's Penance)으로 갔다. 중간에 가네샤 라타가 있다. 나라시마바르만 1세 때 만든 것으로, 똑 떨어져 있는 큰 바위 하나를 깎은 것이다. 장방형 집 위에 작은 고푸람을 얹은 모양이다. 사원의 세 면은 밖에 기둥을 새기기는 했지만 막혀 있고, 나머지 한쪽만 파고들어가 안에 신상을 모셨다. 신을 모신 곳은 문짝을 달고 걸쇠를 채워놓았다. 컴컴해서 보이지 않는다. 이 사원은 원래 시바 신을 모셨으나 뒤에 이곳 현지인들이 코끼리 신인 가네샤의 모습을 지닌 시바의 링가로 바꾸어놓았다고 한다. 이런 이유로 가네샤 라타가 된 것이다.

가네샤 라타를 보는 둥 마는 둥 하고 '아르주나의 고행상' 쪽으로 서둘러 갔다. 이곳은 마말라푸람에 오기 전부터 사진으로 보고 감탄해 마지않던 곳이다. 길가에 있는 고행상은 접근도 용이하다. 다만 부조 앞은 땅을 깊이 파서 접근할 수가 없다. 그 앞에 서서 보면 왼쪽에 거대한 부조가 있고, 오른쪽 역시 화강암 암괴를 깎아 조성한 석굴 사원이 있다. 눈길은 당연히 오른쪽 석굴 사원의 부조 쪽으로 가지만 조금 있다가 찬찬히 보기로 하고, 먼저 왼쪽의 크리슈나 만다팜으로 간다. 크리슈나는 비슈누 신의 여덟 번째 아바타다. 또 오른쪽 부조의 아르주나와도 관계가 있다.

만다팜은 앞에서 말했듯이, 사원 맨 안쪽 신상을 모신 지성소에 들어가기 전 현관과 같은 곳이다. '만다파'라고도 하고, 대개 예배소라고 한다. 이곳에 크리슈나 만다팜이 있는 것은 아마도 오른쪽 아르주나 고행상의 아르주나 때문이 아닌가 한다. 크리슈나는 아르주나의 전차를 모는 마부였는데, 사실 그는 비슈누의 아바타이다. 그가 쿠룩세트라 전투에서 사촌 두료다나와의 혈전을 앞두고 고민하는 아르주나에게 전사로서의 다르마를 지켜 싸울 것을 권하는 이야기는 앞서 말한 바처럼 너무나 유명하다.

그건 그렇고, 만다팜은 화강암을 파고들어간 것인데, 전면에 사자상을 조각한 여섯 개의 기둥이 있다. 안으로 들어가면 역시 같은 사이즈의 기둥들이 열립해 있다. 다시 더 안으로 들어가면 석벽에 여러 가지 부조가 있는데, 그중 눈에 뜨이는 것은 소의 젖을 짜는 크리슈나의 모습이다. 원래 크리슈나는 소를 치는 목동들이 만들어낸 신이 아니었을까?

크리슈나 만다팜을 보는 둥 마는 둥 하고 나와 다시 아르주나의 고행상 쪽으로 갔다. 이 부조는 보는 순간 사람의 마음을 앗아버린다. 자세히 보면 부조는 중간에 세로로 갈라진 것처럼 보이는 부분을 중심으로 좌우로 나뉘는데, 일부러 판 것이 아니라 자연적으로 홈이 나 있었던 것으로 보인다. 또 약간 검은 것으로 보아, 위에서 물이 흘러내리는 고랑이 아닌가 한다. 다만 조각가는 홈을 활용해 중간에 뱀 모양의 하반신을 가진 사람 둘을 세로로 새겼는데 그 둘은 뱀신 나가이고, 홈의 물길은 강가 강(갠지스 강)이라고 한다. 물론 힌두 신화에 의하면, 시바 신의 명령에 의해 물길이 하늘에서 땅으로 떨어진 것이다. 이 때문에 이 부조를 '갠지스 강의 하강(Descent of the Ganges)'이라고 부르기도 한다.

오른쪽 부조와 왼쪽 부조 모두 중간을 가로지르는 선이 나 있는데, 인공적인 것은 아니고 자연적으로 형성된 것이다. 이 선을 중심으로 부조가 상하로 구분되며 그 내용이 각각 다르다. 오른쪽 부조의 하단에는 실물 크기의 코끼리 두 마리가 조각되어 있고, 상단은 춤추는 압사라들로 가득 채워져 있다. 뒤에 말하겠지만 아르주나가 천상의 인드라 신의 거처에 갔을 때 압사라들이 춤을 추며 그를 즐겁게 해주었다는데, 그것을 묘사한 것이 아닌가 한다. 물론 비전문가의 추측일 뿐이다. 이 부조에서 가장 놀라운 것은 코끼리 두 마리다. 어떻게 이렇게 대담하게 실물 크기의 코끼리를 새길 생각을 했을까? 만약 이 부조의 조각들이 모두 압사라 상과 같은 사이즈로 조각되었더라면 전체적인 균형미가 확연히 떨어졌을 것이다.

왼쪽의 부조 역시 상단과 하단으로 나뉘는데, 하단의 3분의 2 정도는 조각이 되어 있지 않다. 맨 왼쪽에 그물처럼 금만 새긴 흔적이 있는 것으로 보아, 아마도 그쪽에 무슨 조각을 하려다가 사정이 생겨 그만둔 것으로 보인다. 앞서 마히샤 마르디니에서 본 것처럼, 이렇게 조각을 하려다 만 곳이 곳곳에 남아 있다. 이 빈 곳 오른쪽에 둥근 지붕의 사당 같은 것을 새겨놓았는데, 이 지붕은 파이브 라타스 중 드라우파디 라타와 비마 라타에서도 본 적이 있다. 사당 안에 있는 형상은 비슈누 신상이라고 한다.

이 부조 전체를 지칭하는 명칭이 '아르주나의 고행상'인데, 어떤 형상이 아르주나인가. 여행을 오기 전 사진을 보고 무척 궁금했다. 살펴보면 비슈누 사당 바로 위에 오른발을 들고 왼발로만 서서 팔을 쳐들고 있는 사람이 있는데, 이 사람 말고는 고행을 하는 사람이 없다. 그러니 이 사람이 아르주나일 것이다. 앞서 말했듯이, 판다바 다섯 형제 중 둘째인 아르주나가 고행을 하게 된 이야기 역시 《마하바라타》에 나온다. 이 거창한 서사시 《마하바라타》는 박경숙 선생이 산스크리트어 원전으로 번역한 책이 나와 있다(다 번역하면 스무 권쯤 된다는데, 지금까지 다섯 권이 나왔다. 나머지도 속히 나왔으면 한다). 아르주나 고행담은 이렇다.

판다바 다섯 형제의 맏이인 유디슈티라는 사촌인 두료다나와 인드라프라스타 왕국을 걸고 노름을 하다가 속임수에 빠져 왕국을 잃고 형제들과 함께 쫓겨난다. 이들은 드와이타와나라는 호숫가의 숲에 머문다. 13개월이 지나 셋째 비마세나가 유디슈티라에게 적을 처단하자고 제안하지만, 유디슈티라는 두료다나의 세력을 두려워하여 선뜻 동의하지 않는다.

이때 위대한 요기 위야사가 찾아와 유디슈티라에게 신들의 도움으로 그들의 무기를 얻어 싸우고자 한다면 아르주나가 고행을 해야 한다고 말한다. 유디슈티라가 아르주나에게 혹독한 고행으로 신들의 은총을 구하라고 하자, 아르주나는 길을 떠나 고행의 장소를 찾아가던 중 대(大) 고행자의 모습으로 현현한 인드라 신을 만난다. 인드라 신은 아르주나가 시바 신을 친견한다면 자신이 모든 무기를 주고 사용법을 가르쳐주겠다고 약속한다.

아르주나는 히말라야 산꼭대기에 가서 머물며 고행을 한다. 풀과 나무껍질 옷을 입고, 지팡이를 들고, 사슴 가죽을 두른 채, 첫 달에는 사흘 밤이 온전히 지나고 나서야 열매를 먹고, 둘째 달에는 그 두 배인 엿새 밤이 지나서야 먹고, 셋째 달에는 보름이 지나서야 땅에 떨어진 썩은 나뭇잎을 먹었다. 넷째 달이 되자, 아르주나는 먹지 않고 공기만 마시며 기대는 곳 없이 팔을 치켜들고 발가락 끝으로 서서 고행했다. 이 고행을 통해 아르주나는 시바 신을 만나 천상의 무기인 파슈파티 날탄을 얻어 사용법을 배우고, 하늘에 올라 인드라 신의 거처에 가서 역시 각종 무기와 그 사용법을 얻는다.

아르주나 고행상 아래 신당의 오른쪽 아랫부분에는 선 채로 두 팔을 들어 머리 위에서 맞대고 있는 사람이 있는데, 역시 고행하는 모습이다. 그리고 재미있는 것은 강가 강 건너 오른쪽 코끼리의 상아 바로 아래에 있는 원숭이 상 역시 곧추서서 고행을 하고 있다는 점이다. 그 외의 무수한 형상들도 나름의 의미가 있겠지만, 철저히 다른 문명권의 사람인 나로서는 도무지 알 길이 없어 안타까울 뿐이다.

아르주나의 고행상을 보고 서둘러 해변 사원으로 갔다. 이 사원은 8세기 초 팔라바 왕조의 나라시마바르만 2세 때 건설된 것이다. 해변 사원이라는 이름은 바닷가에 있기 때문에 붙은 것이다. 원래 다른 이름이 있었을 테지만, 시간이 그 이름을 씻어버리자, 단지 바닷가에 있다는 이유만으로 해변 사원이라는 새 이름을 얻은 것이다.

사원은 장방형에 가까운 터에 화강암으로 벽을 만들고 그 위에 난디상을 두 줄로 배열해놓았다. 마치 난디가 사원을 보호하는 것처럼 보인다. 해변 사원을 소개한 책자에서는 이 사원의 신전이 모두 셋이라 했지만, 멀리서 보면 우뚝 솟은 탑 두 개만 보인다. 7세기에 자연석으로 비슈누 신상을 먼저 만들고 그 위에 지붕을 덮었던 것이 최초의 형태이고, 후에 앞뒤로 크고 작은 탑형 사원을 지어 시바 신을 모셨다고 한다. 이런 형태는 함피나 마두라이, 그리고 조금 전에 본 파이브 라타스 등에서는 전혀 찾아볼 수 없었다. 마치 한국의 석가탑이나 다보탑을 보는 것 같다. 신발을 벗고 계단을 올라가 작은 탑 안의 신상을 보려 했지만, 인도 현지인들이 참배하느라 빽빽이 몰려 있어서 잘 보이지 않는다. 그 뒤쪽 신당의 비슈누 신은 볼 수 있었는데, 누워 있는 와상이었다. 다시 뒤로 돌아 큰 탑으로 가니 시바 신을 모신 성소가 보인다. 링가를 놓았던 자리가 있고, 그 뒤에 시바 신의 부조가 있다.

경사가 심한 탑형의 석조 사원은 시원하게 탁 트인 넓은 평원에 자리 잡고 있어, 멀리서 보면 뭔가 고적한 느낌이 든다. 바닷가의 사원은 항구와 떼려야 뗄 수 없는 관계가 있을 것이다. 지금은 온순한 파도가 돌과 모래를 핥고 있는 한적한 해안이지만, 이 사원이 축조되었을 때는 배가 몰려들고 상인들로 북적거렸을 것이다. 그 번화했을 과거를 상상하니, 지금 무심한 듯 서 있는 사원이 더욱더 고적해 보인다. 아마도 이 사원에 몰려든 사람들은 무사한 항해와 사업의 번창을 기도했을 것이다. 그러고 보면 멀리 길을 떠나는 여행객과 상인을 위한 종교적 건축물은 드물지 않다. 아잔타와 돈황의 석굴 사원도 불교 사원이지만, 그 역할은 해변 사원과 동일하다.

정신없이 돌아다니다보니 점심때를 놓쳤다. 게스트하우스에서 바닷가 쪽으로 내려가는 길목에 있는 부다 카페(Buddha Cafe)에 들어갔다. 식당이 2층이라 창가에서 밖을 내다보기 좋다. 태국식 볶음국수를 시키고 앉았노라니, 피곤이 몰려온다. 국수 맛은 나쁘지 않다. 여행지에서 고를 것이 없을 때, 또 고를 자신이 없을 때, 태국식 국수를 시키면 그럭저럭 평균은 된다. 차가운 커피를 한 잔 마시며 또 한참을 쉬었다.

아르주나의 고행상을 다시 보러 갔다. 워낙 걸작이어서 한 번 더 눈에 담아두고 싶었다. 이 조각을 만든 사람은 내면에 어떤 형상이 있었기에 이런 아름답고 거창한 부조를 만들어냈을까? 만약 내가 조각가라면 나의 종교심을 어떤 형상으로 나타내어 보일 것인가. 그것은 또 세상 사람들에게 어떤 미적 충격을 주고 공감을 이끌어낼 수 있을까.

부조에는 완성되지 않은 부분도 있는데, 그것도 아주 흥미롭다. 예컨

아르주나의 고행상은 워낙 걸작이어서 한 번 더 눈에 담아두고 싶었다. 이 조각을 만든 사람은 내면에 어떤 형상이 있었기에 이런 아름답고 거창한 부조를 만들어냈을까?

대 돌 속에서 막 나오려는 짐승이 보인다. 몸 절반은 아직 바위에 묻혀 있다. 석공은 무슨 사연이 있었기에 짐승의 절반만 끄집어냈을까. 배후의 신화를 지워버리고 온갖 상(像)들을 보면, 마치 살아 있는 것들에게 주술을 걸어 단단하고 차가운 석벽 속에 박아넣은 것 같다. 코끼리들도 느릿느릿 걸으며 낮지만 단호한 어조로 말하는 것 같다. 나를 꺼내달라고, 다시 푸른 숲길을 걷고 싶다고.

　아르주나의 고행상을 떠나 왼쪽으로 조금 더 가면 작은 동굴 사원이 둘 있는데, 그 위치는 점심 먹기 전 오전에 본 마히샤 마르디니 사원 아래쪽이다. 작은 길이 있고, 그 길로 올라가면 마히샤 사원에 다다른다.

다시 천천히 걸어 파이브 라타스에 이르렀다. 이곳은 입장료를 받는 곳이라 다시 들어갈 수가 없다. 이리저리 걸어서 마말라푸람 읍내를 돌아다닌다. 워낙 좁은 소읍이라 다 걸어서 다닐 수 있다. 마말라푸람이라는 곳이 비로소 눈에 들어온다. 서양식 빵과 과자를 구워서 파는 곳도 있고, 악기를 만드는 수공업자의 공방도 있다. 하지만 대부분은 관광객을 위한 값싼 호텔과 게스트하우스, 식당, 기념품 가게다.

부조론

마말라푸람에 있는 아르주나의 고행상을 보니, 사원에는 부조가 참으로 많다는 생각이 들었다. 앙코르와트가 그렇고, 이집트의 유적도 마찬가지다. 세계의 거의 모든 종교적 건물들이 부조로 아예 도배를 하고 있는 것과 달리 이상하게도 유교문화가 주류였던 조선에는 부조가 없다. 서원이나 향교에서도 부조를 찾을 수 없다. 조선의 사인(士人)들은 〈공부자성적도(孔夫子聖蹟圖)〉나 주자의 초상 같은 것에 큰 관심을 보였는데, 왜 공자나 주자의 부조를 만들지 않았을까? 그렇다고 조선에 부조를 만드는 전통이 아예 없었던 것도 아니다. 불교 조각 예컨대 석굴암에는 정말 아름다운 부조가 있지 않은가. 또 사찰 마당에 반드시 세우는 탑에도 부조가 있지 않은가.

불교 조각이라는 말은 귀에 익지만, 유교 조각이라는 말은 들어본 적이 없다. 돌로 만든 유교의 유적으로는 비석만 있을 뿐이다. 위대한 사상가라 할지라도 석상을 만들어 숭배하는 법은 없다. 공자도 주자도 석상이나 부조는 없다. 한국의 경우 고려 때까지는 초상화 제작이 많았고 그것을 사찰에 봉안하는 경우도 적지 않았지만, 조선 시대로 들어오면서 수가 점점 적어진다. 물론 고관대작의 경우 초상화가 적지 않게 남아 있지만, 일반 백성들까지 초상화를 제작하던 고려 시대의 분위기와는 사뭇 달랐다. 선비들이 아무리 근사하게 그려도 결국은 원래의 인물과 동일하지 않으니 차라리 신주를 쓰는 것이 낫다고 생각했다는 것인데, 아마도 그 때문인가.

길거리 박물관

마말라푸람에서 하나 특이한 점을 꼽자면, 돌로 조각을 하는 공방 겸 가게가 어림잡아 100~200곳은 될 정도로 많다는 것이다. 한 손에 들어오는 작은 것부터 높이가 2~3미터에 이르는 것까지 수많은 조각상을 가게 앞에 진열하고 손님을 기다린다. 가장 많은 것은 힌두교 신상들이다. 코끼리(가네샤), 원숭이(하누만), 황소(난디), 호랑이(?) 등이 주종을 이루고, 중간중간 붓다상도 끼어 있었다. 석공이 장난기가 생겼는지 오리나 개, 물고기를 아주 조그맣게 만든 것도 있었다. 가네샤가 가장 많았는데, 어느 것이나 통통하게 표현하고 있었다. 와상도 있고 입상도 있었으며, 약간 우스꽝스럽고 장난기가 엿보이는 표정을 짓고 있는 것도 있었다. 신상도 허다하게 많았는데, 나로서는 힌두 신상들을 정확히 구별할 도리가 없었다. 붓다상은 좌상·와상·입상이 있었는데, 그중 좌상은 손가락 모양, 곧 수인(手印)을 달리해서 구분하고 있었다.

석상을 생산하는 곳의 수와 생산 수량으로 보아, 이곳 마말라푸람의 관광객이 주 소비층은 아닐 터이다. 이곳에 모델로 삼을 만한 사원 조각이 많은데다 석재가 풍부하게 생산되기 때문에 생산처가 몰려 있을 뿐이다. 아마도 생산된 석상들은 인도 전역으로 실려 나가지 않을까?

석공 겸 상인들은 앉아서 조그만 조각칼로 작은 조각상을 섬세하게 다듬는가 하면, 꿇어앉아 농구공만 한 불두(佛頭)를 망치를 이용해 끌로 내리치고 있었다. 물론 기계를 써서 석재를 자르고, 전체의 형태를 대략 잡기도 하였다. 길거리에 줄지어 있는 가게들의 석상을 보니, 인도에서 발생한 힌두교와 불교의 모든 신들을 한꺼번에 보는 느낌이었다. 길거리의 박물관이라고나 할까.

여기에 있는 석재 조각들이 박물관에 있는 유물들과 무엇이 다른지 모를 일이다. 만약 베수비오 같은 화산이 이곳 마말라푸람에서 폭발한다면, 2000년 뒤 이곳을 발굴한 사람들은 이 거리의 조각들을 모두 박물관에 모실 것이다. 또한 고대의 찬란한 불교 유적과 힌두교 유적지를 찬양하고 미술사, 조각사를 연구하는 사람들 역시 매우 바빠지리라.

차파티 기계

숙소에 들어와 TV를 켜니 홈쇼핑 방송을 한다. 눈길을 잡아끈 것은 차파티와 도사를 만드는 기계였다. 인도의 주식인 밀가루로 만든 여러 형태의 빵, 곧 차파티, 난, 로티 등은 철판이나 화덕에서 구워낸다. 그런데 그 기계는 전기로 데우는 두 개의 철판 사이에 밀가루 반죽을 넣고

누르면 차파티가 만들어졌다. 도사도 만들 수 있었다.

　홈쇼핑에서는 이 기계가 여성을 차파티 만드는 노동에서 해방시켜줄 거라고 주장하고 있었다. 차파티 만드는 것을 큰 노역으로 여기며 괴로워하는 여성을 보여주면서 말이다. 쓴웃음이 나왔다. 과연 그 기계가 여성의 노동량을 줄여줄까. 나는 가정용 가전 3종 신기(神器)인 전기밥솥과 세탁기, 냉장고가 여성의 노동량을 줄여주었다고 보지 않는다. 새로운 종류의 노동이 생겨났을 뿐이다. 컴퓨터가 나와서 워드 프로세서 프로그램으로 글을 쓰게 되었을 때, 원고지에 필기구로 글을 쓰는 노동은 이제 끝이고 글쓰기의 고통에서 해방될 줄 알았지만, 지금 돌아보니 결코 그렇지 않다. 모든 자료가 디지털화되면, 그래서 검색이 편리해지면, 책을 읽는 노동에서 해방될 줄 알았지만, 넘쳐나는 자료들로 인해 오히려 텍스트를 읽는 시간과 노동량이 확연히 불어났다. 기계는 노동의 성격을 바꾸고, 새로운 노동을 만들어냈을 뿐이다. 만약 그 노동이 고통이라면, 고통의 양은 증가하면 증가했지 줄어들지 않은 것이다. 기계의 사용으로 인간이 노동에서 해방될 거라는 이야기는 진실이 아닐 것이다

　차파티 기계를 제작하고 생산하고 유통하는 것은 손으로 차파티를 만드는 노동을 다른 노동으로 대체한 것이 아닌가. 차파티 기계는 전기로 작동한다. 전기는 어디서 나는가? 전기를 생산하려면 당연히 인간의 노동이 필요하다. 그러니 차파티 기계에는 다른 노동이 은폐되어 있을 뿐이지, 노동 자체가 생략된 것은 아니다. 그 기계 역시 노동의 집적물이다. 또 그것을 구매하기 위해, 전기를 사기 위해, 노동을 해야 한다.

　한편 기계가 기계를 만드는 세상이 되면 어떤 일이 일어날까? 궁극적으로 기계와 인공지능이 모든 생산과 서비스를 맡아 인간이 노동에서

완전히 해방되었을 때 인간은 인간일 수 있을까. 다시 말해 노동하지 않는 인간은 인간인가, 아닌가. 또 다른 문제도 있다. 인간의 노동을 대신하는 완벽한 도구와 기계는 기업의 이윤을 위해 제작된 것이다. 이런 맥락에서 인간이 노동에서 완전히 해방된다는 것은 곧 모든 인간이 실업자가 된다는 것이다. 산업혁명으로 생긴 사무직 노동은 사라진 육체노동을 대신했지만, 완전한 자동화와 인공지능은 새 일자리를 만들어 내지 않을 것이다.

다시 간디가 생각난다. 간디는 《힌두 스와라지》에서 산업주의에 반대했다. 기계를 이용하는 공장식 생산 자체를 맹렬히 거부한 것이다. 물레와 베틀 역시 그런 정신에서 나왔다. 하지만 지금 인도인들이 입고 있는 옷은 물레와 베틀에서 나온 것이 아니다. 간디의 인도 역시 산업주의를 향해 갈 수밖에 없었던 것이다. 나는 이번 여행에 태블릿 PC를 가져왔고, 이것으로 여행기를 쓰고 있다. 박지원은 붓과 벼루, 종이로 《열하일기》를 썼다. 하지만 나는 이 편리한 현대의 기계를 가지고도 연암처럼 탁월한 여행기를 쓰지 못한다. 적어도 나에게 도구의 편리성은 글의 내용이나 수준과는 별 상관이 없는 셈이다. 그래도 내가 붓과 벼루, 종이, 연적을 가지고 다니면서 글을 쓸 수는 없다. 여행에 짐이 되는 것은 물론이고, 그런 원고는 어느 출판사에서도 받아주지 않는다. 테크놀로지와 전자기기를 거부할 수도 있다. 하지만 어느 임계선을 넘어서면 거부하는 것은 불가능하다. 지금도 글을 쓸 때 컴퓨터를 사용하지 않는 사람이 있다. 내가 아는 어떤 분은 아직까지 원고지를 고수하고 있다. 출판사와 인쇄소, 신문사, 잡지사, 학회, 어디서도 원고지에 쓴 원고는 받지 않는다. 내가 원고지를 고수하면 결국 누군가가 그 원고를 컴퓨터에 입력해야 한다. 내가 해야 할 노동을 다른 사람에게 전가하는 꼴이 되는 것이다.

차파티 기계는 여성의 노동을 안타깝게 여겨서 만들어진 것이 아니라, 누군가 돈을 벌기 위해 만든 것이다. 관건은 기술 일반이 아니라, 상품과 결합하는 기술이다. 그 기술은 이윤을 창출하기 위해 탄생한 것이다. 이윤을 겨냥하기에 화폐화할 수 없는 노동, 할 필요가 없는 노동, 해서는 안 될 노동까지 모두 기술의 영역으로 끌어들인다. 어떻게 보면 맹렬히 거부해야 마땅한 것이 아닌가.

차파티 기계의 가격은 1999루피였다. 평균 수입의 인도인이 쉽게 살 수 있을 것 같지 않았다. 침대에 쓰러져 TV의 차파티 기계 광고를 보고 이것저것 떠오른 생각을 두서없이 옮겨놓는다.

그들만의 공간

오늘 마말라푸람에서 첸나이로 간다. 달걀과 저녁에 남겨두었던 차파티 조각으로 간단히 요기를 하고, 어제 점심때 봐둔 책방으로 갔다. 마말라푸람을 소개하는 간단한 책자를 구입하기 위해서다. 한데 9시가 한참 지났는데도 문을 열지 않았다. 다른 가게도 마찬가지여서 겨우 한두 곳이 문을 열었을 뿐이다. 인도는 해가 뜨면 날이 천천히 더워지는 것이 아니라 곧바로 더위가 시작되기 때문에, 주로 오후 4시 이후에 사람들이 거리로 쏟아져나와 활동하고 낮에는 대개 한산한 편이다. 가게를 일찍 열 이유가 없는 것이다.

책방 아래로 30미터쯤 내려가면 해변이다. 백사장이 나타난다. 작은 어선들이 백사장 곳곳에 올라와 있고, 어부들이 모래 위에 앉아 그물을 깁는다. 거리를 돌아다니던 소들이 이곳 백사장에 모여 열씩 다섯씩 모래에 얼굴을 묻고 잠들어 있다. 며칠 전 바르칼라에서는 개들이 백사장에 모여 잠을 자더니, 이곳에서는 소들이 그렇게 한다. 한참을 지나 다시 서점에 가니 문은 열었지만, 내가 원하는 책은 팔지 않았다. 어제 아르주나의 고행상 앞에서 책을 들고 다니는 행상에게 살 것을, 후회하는 마음이 일었다.

첸나이 가는 길

11시 10분 버스로 마말라푸람을 떠났다. 4차선의 넓은 길이 시원스레 뻗어 있었다. 오른쪽으로 인도양이 보인다. 해변 안쪽으로 넓고 평평한 땅이 펼쳐진다. 모두 숲이다. 드문드문 코코넛 나무가 비쭉 솟아 있고, 숲에는 붉은 기와를 얹은 고급 주택들이 이따금 박혀 있다. 풀과 관목만 자라는 툭 트인 넓은 땅도 있다. 붉고 희고 노란 부겐빌레아로 꾸며진 담장도 눈을 즐겁게 한다.

이제까지 몇몇 나라를 기웃거려보았다. 하지만 그리 부러운 나라는 없었다. 다만 어느 나라건 눈에 걸리는 것 없이 넓은 땅을 보면 무척 부러웠다. 중국과 모로코, 스페인, 알제리 등은 산이 없고 땅이 평평했다. 인도에 와서도 별로 부러운 것은 없었다. 하지만 이렇게 툭 트인 땅만은 부럽기 짝이 없다. 넓은 평원을 달리다보면 가슴이 탁 트이는 것 같았다. 하기야 그 넓고 평평한 땅에서 살면 아기자기한 산이 겹쳐 있는 우리 땅이 또 그립겠지만.

내가 사는 해운대에서 기장 연화리로 가는 바닷가 길은 얕은 구릉지대다. 해안가에 조붓한 도로가 곧게 나 있었다. 봄이 되면 조용한 길에 아지랑이가 피어올랐다. 인적이 드문 그 길의 한적함이 너무 좋았다. 봄 날 그 길 위에 서면, 겨우내 움츠렸던 마음이 펴지고 이내 따스해졌다. 어느 날 길이 조금 넓어지고 음식점이 곳곳에 들어서기 시작했다. 그래도 길에는 여전히 한적함이 남아 있었다. 다시 얼마 지나지 않아 음식점들이 다른 곳으로 옮겨가더니, 이내 중장비가 우루루 몰려와 도로를 넓히고 터널을 뚫기 시작했다. 알 만한 재벌 회사의 거대한 쇼핑몰이 들어

섰고, 그 좌우에 큼직큼직한 상가들이 속속 들어섰다. 내가 좋아하던 조용한 바닷가에는 거창한 호텔 건물이 올라가고 있다. 이내 골프장도 들어설 것이라 한다. 이제는 지친 마음을 위로받을 수 있는 공간이 한 뼘도 남아 있지 않다. 땅은 오로지 기업과 이윤의 신전에 바쳐지는 제물일 뿐이다. 인도양 해변의 이렇게 넓은 땅을 보니, 문득 내가 사는 곳의 망가지고 있는 바닷가가 떠올라 기분이 적잖이 씁쓸하다.

점점 건물이 많이 나타나고 급기야 도시가 보인다. 1시 조금 넘어 첸나이에 도착했다. 호텔 이름은 'Comfort Hotel'이지만 결코 편안하지 않다. 시끄럽다. 공사를 하는지 쿵쿵거리는 소리가 들린다. TV를 켰지만 화면이 나오지 않는다. 음, 차라리 잘되었군. 첸나이는 타밀나두의 주도다. 이곳 역시 영국 동인도회사의 인도 수탈 근거지가 되었던 곳이다. 1640년 동인도회사가 세인트조지 성채를 쌓고 무역, 아니, 수탈의 기지로 삼았던 것이다. 지금은 인구 400만이 넘는 떠오르는 경제도시다. 하지만 나로서는 별 흥미를 느끼지 못한다. 부분적인 차이점을 제외하면, 세계의 대도시들은 별로 다를 바 없기 때문이다. 첸나이 역시 그렇다. 복잡한 도로, 자동차, 매연, 교통체증, 길거리를 메우는 인파 등 대도시라면 필수적으로 갖춰야 할 것을 고스란히 갖추고 있다. 이것들은 사람을 지치게 한다. 첸나이는 여기에다 사정없이 울려대는 자동차의 경적, 배회하는 소와 개, 그들의 분변도 갖추고 있다.

첸나이에서 가보고 싶었던 곳은 성 도마의 유해가 묻혀 있는 성 토마스 성당, 성 조지 성채, 인도 4대 박물관 중 하나라는 첸나이 주립 박물관 등이다. 성 토마스 성당은 정말 가고 싶지만, 지쳐서 몸이 말을 듣지 않는다. 또 뭄바이 못지않은 혼잡한 거리를 보니 엄두가 나지 않는다. 아마도 보지 못할 것 같다. 이렇게 포기한 곳이 얼마나 많았던가. 하지만 정말 몸이 말을 듣지 않는다. 무엇보다 점심을 먹고 오늘 저녁거리와 내일 아침거리부터 마련해두어야 한다.

쇼핑몰의 검색대

EA 쇼핑몰이라는 곳에 가서 점심을 먹고 저녁거리를 샀다. 쇼핑몰에 들어갈 때 검색대를 지나야 했다. 등에 메고 다니는 작은 가방도 공항 검색대 같은 것에 넣으란다. 이곳에서만 그런 것이 아니고, 코치에서도, 마이소르에서도 그랬다. 아마도 도시마다 좀 괜찮아 보이는 큰 쇼핑몰에서는 검색이 철칙인 것 같다.

중년의 인도 여성이 아이들과 함께 쇼핑몰 에스컬레이터 앞에서 포즈를 취하고 사진을 찍는다. 그들은 이 쇼핑몰을 아무나 출입할 수 없는, 좀 구별되는 고급스러운 공간으로 인식하고 있는 것이다. 검색대도 그런 인식에서 만들어진 방어막인 듯하다. 물론 한국의 백화점이나 쇼핑몰에는 이런 방어막은 없다. 하지만 귀족인 체하는 사람들에게는 아마 다른 형태의 방어막이 만들어져 있을 것이다. 한국 사회도 싸거나 중간 정도 가격의 상품을 소비하는 계층과 고급 상품을 소비하는 계층으로 나뉜 지 오래다. 조만간 한국에도 철책으로 둘러싸인 그들만의 공간이 생기지 않을까?

늦은 점심을 먹고 돌아오니 하루가 끝난다. 호텔에 맥주 두 병을 보내 달라고 하니, 안주까지 한 상 가져다준다. 맥주 값이 좀 비싸다는 느낌이 들었는데, 안주까지 나와서 그랬나보다. 뒤에 물어보니 첸나이에서는 으레 이렇게 한다고 한다. 값에 비해 안주는 입에 댈 만한 것이 거의 없어 약간 실망스러웠지만, 그래도 적당한 취기 덕분에 숙면할 수 있었다.

소수자 차별

오늘이 인도에서의 마지막 날이다. 첸나이에서 하룻밤을 묵었을 뿐 둘러본 곳은 없다. 사실 첸나이는 스리랑카로 가는 비행기를 타기 위해 온 거라고 할 수 있다. 아침 일찍 일어나 늘 그래온 것처럼 메기라면과 삶은 달걀로 식사를 하고 커피를 한 잔 마셨다. 아침 식사 후 생수병을 잘라 그 입구 깔때기 부분을 드리퍼 삼아 집에서 갈아온 커피 가루에 물을 부어내렸다. 나름 원두커피인 셈인데, 그럭저럭 마실 만하다. 여행 중 가장 사치를 하는 순간이다.

커피를 마시며 인도에서의 마지막 날이라는 생각에 옛날 20대 때 처음 인도에 온 날을 떠올렸다. 그때는 다시 인도에 올 일은 없으리라 생각했다. 그런데 30년이 넘어 재작년에 다시 인도에 왔고, 올해 벽두에 다시 왔다. 또다시 인도에 올 일이 있을까? 자신할 수 없다.

첸나이 공항이다. 9시 30분에 출발한다던 비행기가 10시 20분이 되어서야 이륙한다. 굿바이, 인디아!

11시 30분 콜롬보 공항에 도착했다. 공항을 빠져나오니 12시 반이다.

아누라다푸라로 버스를 타고 간다. 약 다섯 시간 걸린다고 한다. 아누라
다푸라는 스리랑카 북쪽의 고대도시다. 그곳을 먼저 보고, 일주일 동안
내려오면서 유적지를 하나씩 들렀다가 다시 콜롬보로 돌아와 한국으로
떠날 것이다.

콜롬보 공항은 아주 작다. 한국 중형 도시에 있는 공항 정도다. 공항
을 나오니 깨끗한 길거리가 눈에 들어온다. 길도 넓다. 무엇보다 쓰레기
가 없다. 소도 분변도 없다. 인도의 도시를 덮고 있던 약간 괴이한 냄새
도 나지 않는다. 인도와 지척에 있으면서 이렇게 다르다니 좀 놀랍다. 공
항에서 콜롬보까지는 30킬로미터지만, 콜롬보를 통과하지 않고 비껴서
곧바로 아누라다푸라로 간다.

아누라다푸라로 가는 길 주변은 넓고 탁 트였다. 공기도 맑다. 길가의
가게 앞은 비질을 한 듯 말끔하다. 오토릭샤는 인도의 것과 같지만, 낡
아 보이지 않는다. 붉은색, 녹색, 짙은 하늘색, 검은색, 회색 등 다양한 색
깔이 선명하다. 거리의 한적한 분위기가 흡사 예전의 제주도 같다.

지나며 보니 곳곳에 십자가가 있다. 스리랑카는 불교 국가라고 알고
있었는데 십자가라니 뜻밖이다. 스리랑카는 불교가 70퍼센트 정도를 차
지하고 나머지는 힌두교, 이슬람교, 개신교, 가톨릭인데, 그중 가톨릭이
약 7퍼센트다. 이쪽 콜롬보 지역에 성당이 많은 것은 포르투갈이 가장
먼저 진출해 이곳을 식민지로 삼았기 때문이다. 실제로 아누라다푸라
로 가는 길 곳곳에 규모가 꽤 큰 성당이 있었다. 하얀 십자가들이 빼곡
히 들어찬 묘지도 대여섯 군데 보았다. 민가에도 담장 위에 마리아 상이
나 예수상 또는 사제복을 입은 성인(혹은 선교사인지도 모르겠다)을 모시고
비를 맞지 않게 유리를 씌워놓은 모습이 더러 눈에 뜨였다. 이슬람 모스

크도, 힌두교 사원도 한 곳씩 있었다. 불상은 아누라다푸라 쪽에 가까이 가니 자주 볼 수 있었다.

작은 소읍을 몇 곳 지났다. 상가들은 모두 말쑥하다. 구멍가게조차 말끔해서 인도와 확연히 다르다. 길바닥에 누워 자는 개도 없고, 요란한 색깔의 신상도 전혀 보이지 않는다. 아이들이 학교를 마치고 재잘대며 집으로 돌아가고, 아가씨들은 양산을 쓰고 하얀 이를 드러내고 웃으며 지나간다. 누런 승려복을 입은 젊은이 둘이 진지하게 이야기를 나누며 정류장에서 버스를 기다리고 있다. 우리네 일상 풍경과 다를 바 없다.

아누라다푸라 가는 길은 차가 별로 다니지 않아 한가롭기 짝이 없다. 길 좌우로 논이 펼쳐지고 이따금 습지가 보인다. 논과 습지를 제외하면 모두 짙푸른 녹색의 숲이고, 그 숲속에 집들이 드문드문 박혀 있다. 코코넛 나무와 잎 넓은 교목이 위에서 집을 감싸고 있으니 숲속의 집인 셈이다. 붉은 기와를 올린, 테라스가 넓은 서양식 주택들인데 모두 넓은 흙마당이 있다. 대문도 담장도 없다. 대문이 있는 집이라도 모두 열어놓았고 안이 다 들여다보인다. 내가 아파트를 탈출해 죽기 전 한번 살아보았으면 하는 집들이 이곳에는 그냥 널려 있다. 한참을 더 가니 우거진 수림 속에서 수량이 풍부하고 넓은 강이 나타난다. 푸른 나무가 드리운 그늘 아래 물결 한 점 없는 평평한 강이 소리 없이 멈추어 있다. 나무에 원숭이처럼 매달린 아이들이 물속으로 뛰어들어 정적을 깨지만, 이내 강은 다시 고요해진다. 아이들이 멱을 감고 물장구를 치는 저 모습은 우리가 이미 잃어버린 풍경이다.

점심 먹는 시간을 조절하지 못해, 어느 소읍 길가에 있는 약간 소박한 식당에서 먹었다. 인가가 드물고 길에는 사람도 거의 보이지 않는다. 식당 내부는 수수하다 못해 초라하다. 볶음밥이 된다 해서 시켜 먹었는데, 소금을 얼마나 쏟아부었는지 입을 댈 수가 없다. 두어 숟갈 뜨다가 포기하고 다시 출발했다.

아누라다푸라 숙소에 도착하니 7시 반이다. 라자라타 호텔(Rajarata Hotel)이다. 깨끗한 것이 오랜만에 호텔 같은 호텔이다. 식당을 찾을 수 없어 슈퍼에 들러 라면 두 개, 물, 복수박 한 덩이를 사와 저녁으로 먹었다. 맥주가 있어서 값을 물어보니, 작은 캔 하나에 5000원가량 한다. 좀 싼 것도 4000원이다. 이렇게 값비싼 맥주라면 별로 마시고 싶지 않다. 맥주는 스리랑카에서 생산되지 않고 모두 수입품이다. 이곳 물가는 한국과 비슷하다. 맥주 이야기가 나왔으니 하는 말인데, 인도에서도 맥주 값은 구구각색이었다. 바르칼라 해변에서는 병 맥주가 150루피, 캔 맥주는 100루피였다. 바르칼라는 어떻게 된 셈인지 주세가 없다고 한다. 첸나이에서는 호텔 룸서비스 맥주 두 병이 여러 안주를 포함하여 500루피였다.

스리랑카 역사

여행 오기 전 스리랑카에 대해 뭔가 읽을 것을 찾았는데 마땅한 것이 없었다. 스리랑카에 대해서 알려고 한다면 먼저 스리랑카의 역사를 알아야 하는데 그런 책이 없다. 하기야 인도 같은 큰 나라에 대한 저작도 많지 않은 편이니, 스리랑카는 말할 필요조차 없을 것이다. 세계사에 대한 한국의 인식은 정말 좁기 짝이 없다. 유럽사는 영국·독일·프랑스를 빼면 별로 아는 것이 없고, 이른바 동양사는 중국사일 뿐이니까(일본사도 약간은 포함된다). 아메리카 대륙은 오직 미국뿐인데, 그나마 미국사도 볼 만한 것은 찾기 어렵다. 스리랑카에 대한 믿을 만한 책은 단 한 권, 단정석이라는 분이 쓴 《스리랑카》(두르가, 2015)라는 책이 그나마 자세한 정보를 담고 있다.

내가 갖고 있는 스리랑카에 대한 정보는 네루의 《인도의 발견》(김종철 옮김, 우물이있는집, 2003)에서 얻은 빈약하기 짝이 없는 것이다. 실론의 언어가 산스크리트어에서 파생된 인도아리안계 언어인 싱갈어라는 것, 스리랑카 사람이 인종적으로나 언어적으로 인도인과 비슷하다는 것 정도다.

싱할리족과 타밀족

스리랑카는 흡사 고구마처럼 생겼는데, 이 고구마를 가로로 3등분하면 캔디가 아래서부터 3분의 1 지점에 있고, 거기서 다시 3분의 1을 올라가면 아누라다푸라가 있다. 아누라다푸라에서 3분의 1을 더해 끝까지 올라가면 자프나라는 도시가 있다. 거꾸로 자프나에서 아누라다푸라까지는 아니지만 그 근처까지 내려오면 있는 지대, 이른바 '북부 주'로 불리는 고구마의 끝부분이 타밀족이 거주하는 곳이다. 이곳과 스리랑카 섬 동쪽 해안지대(동부 주) 역시 타밀인이 많이 산다.

원래 싱할리족의 섬이었던 스리랑카에 인도 남부의 타밀족이 살게 된 것은 영국 때문이다. 19세기 후반 영국이 이 지역에서 홍차를 생산하기 위해 타밀족을 이주시킨 것이다. 헐값에 노동력을 이용하기 위해서였다. 1948년 스리랑카가 독립한 뒤, 다수를 이루는 싱할리족은 타밀족을 차별하고 억압했다. 두 민족은 인종과 언어가 다른 것은 물론이고, 종교도 다르다. 싱할리족은 불교, 타밀족은 힌두교다. 타밀족은 타밀엘람호랑이군(LTTE)을 조직해 저항했고, 스리랑카는 내전 상태에 돌입했다. 테러가 일어난 것은 물론이다. 2009년 LTTE가 정부군에 패배해 내전이 종식되었지만, 타밀족과 싱할리족 사이의 차별이 없어지지 않는 한 통합은 상당 기간 어려울 것이다.

다수자가 소수자를 차별하고 억압하는 것은 인간사회에서 흔히 찾아볼 수 있는 일이다. 싱할리족이 타밀족을 차별하고 억압한 데는 나름의 역사가 있는 것도 같다. 이곳 아누라다푸라는 싱할리족이 세운 왕국의 수도로서 기원전 3세기부터 크게 발전했다고 한다. 그런데 스리랑카는 인도 타밀나두 지방 바로 건너편에 있기 때문에 타밀족과 관계가 없을 수 없다. 라마 왕이 빼앗긴 아내 시타를 되찾기 위해 하누만과 함께 랑카로 가서 왕 라바나를 패배시켰다는 《라마야나》 이야기를 스리랑카 사람들은 인도의 타밀족이 스리랑카를 침공한 이야기로 이해할 것이다. 실제로 싱할리 왕국이 타밀족의 지배를 받은 시기도 있었다. 타밀족의 잦은 침공 중 결정적인 것은 760년경의 것이었다. 이때 타밀족은 싱할리 왕국에 침입해 수도 아누라다푸라를 파괴했고, 이에 싱할리족은 수도를 폴로나루와로 옮겼던 것이다. 그 뒤 폴로나루와도 타밀족의 침략을 받은 적이 있다. 이런 역사적 경험으로 말미암아 갖게 된 타밀족에 대한 좋지 않은 감정이 차별의 이유가 되었을 것이다.

그렇기는 했겠지만, 독립 이후 타밀족을 차별한 것이 궁극적으로 싱할

책벌레의 여행법

리족에게 이익이 되었을까? 소수자는 항의하지만, 다수는 묵살하고 듣지 않는다. 별별 구구한 이유가 다 있을 것이다. 하지만 항의가 저항이 되고 그 저항이 무력을 동반하게 되면 일이 복잡해진다. 쌍방 간에 죽는 사람이 나오고, 그 죽음이 분노와 원한, 폭력을 낳고, 그것이 복수로 이어지고, 이런 시간이 반복해서 흐르면 사건의 원인을 따지지도 않게 되고, 결국에는 상대방을 굴복시키고자 하는 의지만 남는다.

해결의 실마리는 평등에 있다. 완벽한 사회적 평등은 물론 존재하지 않는다. 그것이 실현될 수만 있다면 좋겠지만, 인간의 역사는 그것이 불가능하다는 것을 가르쳐주고 있지 않은가. 다만 그 자신이 원인을 제공하지 않았다면 인간은 어떤 준거로도 차별받지 않는, 원칙적으로 평등한 존재여야만 한다. 종족이 다르다고, 피부색이 다르다고, 종교가 다르다고, 성이 다르다고, 태어난 지방이 다르다고, 학벌이 다르다고 차별받아서는 안 되는 것이다. 스리랑카가 독립하면서 싱할리족과 타밀족이 사회적으로 평등한 존재임을 선언하고 그 선언을 실천했더라면 내전과 파괴, 죽음은 없었을 것이다. 엄청난 경제적 비용도 치르지 않았을 것이다. 차별 없는 세상, 평화로운 세상이 훨씬 더 이익인 것이다.

울기 좋은 땅

실로 오랜만에 호텔에서 주는 아침을 먹었다. 숙박비에 아침 식사가 포함되어 있기 때문이다.

식사를 마치고 호텔 옆에 있는 누와라 웨와라는 큰 호수로 구경을 갔다. 아침 물빛을 보기 위해서였다. 호수는 내가 머무르고 있는 호텔 옆에 있는 레지던스형 호텔 안에 있다. 호텔 문이 열려 있어서 들어가는데 누가 부른다. 관리인이다.

"호수 보러 갑니다."

"그러세요."

이것으로 끝이다. 이 호텔의 객실은 각각 독립된 한 채의 단층 건물이다. 모든 객실이 호수 쪽을 바라보고 있고, 당연히 거실 한쪽은 넓은 유리문이다. 건물 앞에는 넓은 잔디밭이 있고, 그 잔디밭이 끝나는 곳이 바로 호수다. 조용하고 전망이 툭 트였다. 저 거실 유리문 앞에 앉아 커피나 맥주를 마시며 호수를 바라보고 싶다. 몽가가 한마디 한다.

"여기도 참 좋네."

"정말 그러네."

"이곳에 와서 살면 어떨까?"

"좋겠지."

"그럼 무슨 일을 하면서 살까?"

"쉬기는 좋아도 일하는 곳으로는 좀 그러네."

일하다 지친 몸과 마음을 달래기 위해 찾는 곳이지, 삶의 터전으로 삼을 곳은 아닌 것 같다. 이런저런 생각을 굴리고 있는데, 어부가 그물을 내리는 작은 배가 천천히 지나갔다. 저렇게 살면 되지 않을까? 하지만 이 역시 어부가 겪는 삶의 신산(辛酸)을 모르고 하는 생각일 뿐이다.

호텔 방으로 돌아와 배낭을 지고 나오니, 웬 사내가 큰 뱀 한 마리를 목에 건 채 원숭이 한 마리를 데리고 호텔 문 앞에 서 있다. 사내 옆 대나무 상자에는 코브라가 한 마리 들었다. 뱀을 목에 걸고 사진을 찍고 원숭이와 코브라의 재주를 보는 데 돈을 내야 한단다. 원숭이가 어떤 관광객의 어깨에 올라타더니, 몸 이곳저곳을 탐사한다. 저것은 무슨 죄로 목에 쇠줄을 매고 노예살이를 하는가? 조수삼(趙秀三)의 〈추재기이(秋齋紀異)〉를 보면, 18세기 서울의 원숭이 이야기가 나온다. 원숭이를 데리고 재주를 보여주며 먹고살던 사내가 죽자, 원숭이가 장터에서 재주를 부려 모은 돈으로 주인을 화장시키고는 그 불에 뛰어들어 죽더란다. 심하게 의인화한 이야기일 뿐 사실일 리는 없다. 만약 저 원숭이를 놓아주면 당장 달아나버릴 것이다. 사람과 동물 사이의 신의를 많이들 이야기하지만, 그것은 사람의 관점에서 일방적으로 하는 이야기일 뿐이다.

원숭이 구경을 하는데, 화려하게 차려입은 사내와 꽃같이 꾸민 젊은 여자가 옆에서 사진을 찍고 있다. 9시가 채 되지 않았는데 하객이 몰린다. 결혼식을 한다고 한다. 하지만 버스가 출발하는 바람에 자세히 보지 못했다.

먼저 아누라다푸라 박물관으로 갔다. 25달러를 내고 표를 사면 아누라다푸라의 여러 곳을 다 볼 수 있단다. 하지만 정작 찾아가니 적지 않은 관람료 내지는 입장료를 웃돈으로 더 받는 곳도 있었다. 아누라다푸라 박물관은 1937년 영국 지배기에 아누라다푸라 시청 사무실로 지은 것을 지금은 제타바나 사원의 부속 박물관으로 사용하고 있다. 유물은 모두 제타바나 사원 콤플렉스에서 발굴된 것이었다. 따라서 특정한 사원군에서 발굴된 유적을 모아놓았다는 점에서는 매우 중요하겠지만, 유물 자체는 그리 많지 않고 수준도 높아 보이지 않았다. 소박하다고나 할까? 전시실도 아주 좁고 전시품 역시 많지 않았다. 1층에만 전시실 세 곳이 있었고, 2층은 무엇을 두었는지 출입금지였다. 전시실은 보석 원석과 그것을 가공한 목걸이 등의 장신구 그리고 불교 의례에 사용된 아주 작은 보석류를 전시한 곳과 불상 등 돌조각을 전시한 곳, 그리고 토기류를 전시한 곳으로 구분되어 있었다. 유물의 수준은 별로였지만 관리는 엄격했다. 석조 유물 전시실에서 불상 사진을 찍다가 관리인에게서 주의를 들은 것이다. 야외에 석조 유물을 따로 전시한 곳이 있었는데, 그리 흥미로운 것은 없었다. 다만 커다란 불족(佛足) 하나가 인상적이었다. 또 하나 시선을 끈 것은 토기 제작실의 벽 패널에 붙어 있는, 인도 마두라이 동문에서 본 긴 당간지주 같은 것을 찍은 사진이었다. 사원의 문

같았다.

박물관 옆은 호수다. 아침에 본 그 호수와 연결된다. 연꽃이 피었는데, 한국 것보다 작다. 다른 품종인가보다.

이수루무니야 사원

박물관을 나와 이수루무니야 사원으로 갔다. 기원전 3세기에 지은 스리랑카 최초의 불교 사원이라고 한다. 이 사원은 모자와 신발을 벗어야 들어갈 수 있다. 아누라다푸라는 전체적으로 평원인데, 이곳만은 높이가 10미터가량 되는 작은 바위 언덕이 솟아 있다. 이 바위 언덕을 파서 동굴을 만들고 붓다의 좌상을 조성해놓았다. 붓다상 양옆에는 협시보살이 있고, 좌우 빈 공간에는 채색을 했다. 이 불전 앞에는 따로 돌로 만든 문이 있고 그 앞에 유리를 씌워놓았다. 마치 경주의 석굴암 같다. 중학생으로 보이는 학생들이 떼로 몰려와 줄을 서서 같이 관람하였다.

붓다상이 있는 건물 마당에는 오른쪽에 방형의 연못이 있고, 왼편에는 긴 기와집을 달아내어 붓다의 거창한 채색 와상을 모셨다. 건물 왼쪽에는 바위가 겹쳐져 만들어진 좁은 통로가 있는데, 이곳을 지나서 위로 올라가면 성자의 유품이 담긴 탑인 흰 다고바가 있다. 그 너머는 티사웨사 호수다. 바위 언덕의 꼭대기에는 따로 철망을 쳐서 보호하는 곳이 있는데, 물어보니 불족이 있어서 옛날에는 코코넛을 던져 깨며 기도했는데, 이제는 희미해져 그 자리를 표시해 보호하고 있다고 한다.

이수루무니야 사원은 스리랑카에서 본 사원들 중 가장 인상적인 곳

277

이고 친숙하게 느껴졌다. 그 이유를 곰곰이 생각해보니, 흡사 한국의 절 같았기 때문이 아닌가 한다. 작은 불전, 넓은 마당, 연못 등이 흡사 송광사 마당 앞에 섰을 때의 느낌을 주었다.

이수루무니야 사원에서 티사웨사 호수를 따라 조금만 올라가면 왕실의 기쁨 정원(Royal Pleasure Garden)이 있다. 옛날에 스리랑카의 왕위를 이을 세자가 천민 여성을 사랑하여 왕위를 포기하고 그 여성과 결혼했다는 이야기가 전해지고 있는데, 그 둘이 사랑을 나누었다는 곳이다. 심프슨 부인과 결혼하기 위해 왕위를 버린 영국 에드워드 8세 이야기의 스리랑카 판이다.

루반벨리사야·스리 마하보디

이 두 유적지는 이수루무니야 근처에 있다. 걸어서 금방이다. 루반벨리사야는 거대한 다고바고, 스리 마하보디는 붓다의 깨달음과 관계가 있는 나무다. 곧 이 나무 아래서 붓다가 깨달음을 얻었다는 것이다. 두 곳은 입구는 같지만, 스리 마하보디는 걸어서 약간 더 들어가야 한다. 입구에 기념품을 파는 가게 몇 곳이 있는데 연꽃 같은 꽃도 판다. 헌화용이다. 이수루무니야 사원처럼 신발과 모자를 벗고 들어가야 하는데, 바닥이 햇볕을 받아 발이 너무 뜨겁다. 반바지를 입은 사람은 흰 천으로 무릎 아래를 가리고 들어가야 한다.

루반벨리사야는 어마어마하게 커서 사람을 압도한다. 탑은 기원전 2세기에 세운 것이다. 둥근 반구 위에 직육면체를 올리고 다시 그 위에 첨

탑을 세운 형태다. 이 형태는 네팔과 티베트에서도 볼 수 있다. 탑을 둘러싸고 벽이 있는데, 코끼리 조각이 벽을 빙 두르고 있다. 이 거대한 탑은 벽돌로 쌓고 바깥을 흰색으로 칠한 것이다. 다른 곳의 무너진 탑을 보고 알았다.

탑의 정면에는 화강암을 조각한 오래된 석물이 있다. 이 석물은 동서남북에 모두 있다. 정면의 석물 앞에는 붓다를 모시는 곳이 있어서 사람들이 이곳에 꽃을 바치고 허리 굽혀 기도를 한다. 줄기는 버리고 오직 꽃송이만 바친다. 사람들은 꽃이 담긴 작은 상자나 꽃을 들고 탑을 돌며 기도한다. 청바지에 흰 남방을 입은, 수염 난 청년 일고여덟 명이 향을 한두 대씩 피워 들고 탑을 돌고 있었다. 탑 주위 그늘에는 꼬마 셋을 포함한 일가족 여덟 명이 두 손 모으고 기도를 올리는 중이다. 곳곳에 나이 든 노파, 중년 여성 두셋이 모여 기도를 한다. 책을 펴놓고 경문을 외우는 사람도 있다.

사원 주변은 넓은 공원이다. 화강암을 깎아 장방형으로 긴 석물을 만들어 집의 사방 기단을 만들었고, 거기로 올라가는 3층 계단 좌우에 정교한 신상을 조각했다. 중간에 긴 돌기둥이 서너 개 서 있는 것으로 보아, 붓다상을 안치한 건물터가 분명하다. 이 외에도 벽돌을 쌓아올려 지은 건물터가 곳곳에 보인다. 이 일대는 옛날에 큰 승원이 있었던 것이 분명하다.

스리 마하보디는 루반벨리사야에서 조금만 걸어가면 보인다. 그 사이는 넓고 큰 공원이다. 몇 아름 되는 노거수(老巨樹)가 드문드문 서 있고, 그 외에는 푸른 잔디밭이다. 백로와 개, 원숭이들이 놀고 있다. 원숭이를 보자 아침에 봤던, 사람에게 잡혀 목줄이 매인 원숭이가 생각났다. 입구의 석물과 조각된 계단을 보니, 스리 마하보디에도 오래전부터 큰 건물이 있었던 것이 분명하다.

사원 앞에는 아소카 왕의 사자가 배를 타고 와서 이곳 왕에게 보리수를 전해주는 모습을 형상화한 조각상이 큰 유리장 안에 들어 있다. 붓다가 깨달음을 얻은 장소는 인도 보드가야다. 그는 보리수 아래서 깨달음을 얻었다고 하고, 그 보리수가 있던 장소에 지금은 마하보디 대탑이 서 있다. 그 탑 앞에 보리수 한 그루 있는데, 이곳 스리 마하보디의 나무를 가져가서 심은 것이다. 나무의 일부를 스리랑카로 보낸 뒤 원래의 나무가 죽어버려서 스리랑카의 것을 다시 가져온 것이 현재 마하보디 대탑의 나무다.

스리 마하보디의 보리수는 생각보다 크지 않다. 그저 그런 크기의 평범한 나무에 불과하다. 다만 굵어져 무게를 이기지 못하고 아래로 처지는 나뭇가지를 황금색 금속 기둥 여럿이 떠받치고 있다. 나무도 성인과 얽힌 역사가 있어야 대우를 받는가보다. 나무를 사방으로 둘러 회랑을 만들었고, 회랑의 동서남북에 붓다상을 모시고 있다. 그중 남쪽의 붓다상이 가장 크고 앞에 앉을 만한 공간도 많아 사람들이 모여 기도를 하고 경문을 외운다.

밖으로 나오니, 중년의 어떤 스리랑카 사내가 정신이 약간 나갔는지 이상한 소리를 한다. 사내는 "나는 코리언 달러를 좋아한다. 좀 주면 좋겠다"고 하며 한국인 중년 여성을 따라다녔다고 한다.

"없어!"

"그럼 유에스 달러도 좋아."

어떤 분이 그 말에 "나는 스리랑카 달러가 좋다"고 하니, 사내가 20루피를 꺼내어 바로 건네고는 거듭 "코리안 달러! 코리언 달러!" 하고 외친다. 스리랑카 사람들에게 한국은 부자 나라로 비치는가보다.

스리 마하보디에서 나와 버스를 타고 숲속의 불교 유적을 찾아간다. 유적이 워낙 많아 일일이 다 들를 수가 없다. 또 서로 비슷비슷해서 구별할 수도 없다. 불상이 남아 있는 곳도 있고, 화강암으로 기초를 놓고 그 위에 벽돌을 쌓은 터도 곳곳에 보인다. 그런 곳에는 대개 화강암 기둥이 남아 있다. 숲속에는 흙이 불룩하게 솟아나온 곳도 있는데, 나무와 풀을 걷어내고 발굴해보면 아마도 스투파가 있던 터일 것이다. 돌기둥만 삐쭉 솟아 있는 곳도 허다하다. 모두 사원의 터일 것이다.

화강암을 가공해 방형의 집터를 만들고 그 위에 붉은 벽돌을 쌓은 곳이 있는데, 그 입구에는 돌로 만든 기둥이 양쪽에 우뚝 서 있어 옛날에 출입구였음을 짐작할 수 있었다. 그 안에 다시 작은 방형의 건물터가 있고 똑같이 돌기둥이 서 있다. 이것은 지붕을 올린 건물터가 분명하다. 한쪽에는 거대한 석조(石槽)가 있는데, 이곳에 음식을 담아두었다고 한다. 수천 명이 먹을 양이니 그 거대한 규모를 짐작할 수 있다. 또한 곳곳에 연못이 남아 있는데, 그런 곳에는 반드시 승원이 있었을 것이다.

유적지 곳곳에 온갖 이름이 붙은 다고바들이 있다. 모두 의미가 있을 테지만, 역사와 건축양식에 대한 지식이 없는 이방인에게는 당혹스러운 유물로 다가올 뿐이다. 하나 인상적인 것은 완벽한 형태를 유지하고 있는 목욕탕(쿠탐 포쿠나)이다. 화강암을 다듬어 장방형의 외곽 담을 만들고 내부에 두 개의 목욕장을 조성했다. 외곽과 내부 목욕탕 사이의 공간에도 물을 채워 승려들이 이곳에서 발을 씻고 내부 목욕탕으로 들어갔다고 한다. 목욕탕의 물은 티사웨사 호수에서 끌어다 썼다고 한다. 이 거대한 욕장에 급수, 배수 시설을 갖추려면 상당한 기술이 필요했을 것이다. 감탄하지 않을 수 없었다.

바쁘게 돌아다녔더니 금방 점심시간이다.

호텔의 뷔페 식당에서 점심을 먹는다. 호텔 뷔페라고 해서 한국 특급 호텔을 상상해서는 안 된다. 이곳은 길가의 매우 허름한 식당들도 모두 뷔페식으로 음식을 팔았다. 또 호텔이라는 단어에는 식당이라는 뜻이 포함되어 있었다. 이곳의 가정식 혹은 정식은 '라이스 앤드 커리'라고 부르는, 쌀밥에 커리를 같이 주는 것인데, 이것을 파는 식당은 좀처럼 찾기 어려웠다. 음식은 그저 그랬다. 맛으로가 아니라, 움직일 수 있도록 에너지를 보충한다는 마음으로 그냥 먹었다. 이곳 스리랑카에서만 그런 것이 아니고 이번 여행 내내 그랬다.

식당 앞쪽이 사람들로 북적여서 건너가보니 결혼식을 하고 있다. 아침에 보고 싶었으나 출발하느라 볼 수 없었던 결혼식을 여기서 볼 수 있게 된 것이다. 식당 출입구 앞에 꽃을 엮어 만든 문이 있었다. 그곳을 지나 계단을 올라갔더니 아쉽게도 예식은 이미 끝나 있었고, 신랑 신부가 가족 친지들과 사진을 찍고 있다.

덩치가 차붓소 같은 신랑은 옛날 스리랑카의 왕이 입었을 법한 황금색 실로 화려한 수를 놓은 예복을 입었고, 큰 키에 허리가 잘록한 신부는 화사한 사리 차림이다. 신부의 입에서 웃음이 떠나지 않는다. 결혼식 날이 인생 최고의 날인 것은 세상 어디나 마찬가지인 것 같다. 사진을 찍고 신부에게 손가락을 치켜세웠더니, 쌩긋 웃으며 고맙다는 표시를 한다. 신랑과 신부가 어떤 사람들(아마도 집안어른인 듯하다)의 머리에 손을 댔다가 다시 허리를 굽혀 그 사람의 발에 자기 머리를 갖다 댄다. 최고의 경의를 표하는 방식인 것 같다.

미힌탈레

오후에 미힌탈레 언덕을 올라갔다. 미힌탈레 언덕은 이수루무니야 사원의 정반대편 방향에 있다. 이곳은 상당히 높은 바위산인데, 굳이 산이 아니라 미힌탈레 '언덕'이라고 말하는 것은 무척 낮은 산이기 때문이다. 아누라다푸라는 평원지대이기 때문에 산다운 산이 없다. 산이 많은 한국에서 온 내가 보기에, 이곳에서 산이라고 하는 곳은 뒷동산 정도다. 화강암 지대가 풍화되어 평원이 된 것으로 보이는데, 그중 풍화되고 남은 곳 혹은 덜 풍화된 곳이 산처럼 솟아 있는 것이다.

이곳 미힌탈레는 스리랑카 불교와 관련이 깊은 곳이다. 인도 마우리아 왕조 아소카 왕의 아들, 곧 마힌다 스님이 이곳에서 명상하던 중 당시의 스리랑카 왕을 만나 불교 교리를 전해주었고, 그때 이후 스리랑카에 불교 사찰이 생겨났다고 한다. 미힌탈레라는 이름도 마힌다 스님의 이름에서 온 것이라 한다. 그러고 보니 마힌다 스님의 아버지 아소카 왕도 이곳 스리랑카와 관련이 깊다. 스리 마하보디의 보리수를 전해준 왕도 아소카였다. 아소카 왕은 불교를 신실하게 믿은 성군으로 유명하다. 하지만 자신의 형제들을 죽이고 무수한 살육과 전쟁을 통해 제국을 건설한 남자가 허망함을 견딜 수 없어 불교로 개종했다는 말을 어디까지 믿어야 할까. 그런 개인적 동기가 있었는지는 몰라도, 실은 제국을 통치할 하나의 이념으로 불교를 선택한 것이 아닐까?

미힌탈레 어귀에 들어서니 마하 비하라의 터가 보인다. 오전에 본 여러 사찰 터와 같은 것이다. 입구에서 옆으로 돌아가니, 옛날 사원이 있을 때 만든 정문이 있다. 양쪽으로 화강암 기둥을 세우고 그 위에 다시 기둥처럼 생긴 긴 돌을 가로로 걸쳐놓았다. 오전에 박물관 패널에서 보았던 문을 세우는 방식과 똑같다. 패널에서는 위에 가로로 걸친 돌만 없었을 뿐이다. 그러고 보니, 마두라이 미낙시 사원 동쪽 출입구 앞에 있는 신전 출입구와도 같은 방식이다. 문 아래 경사진 언덕길에 계단을 만들었다. 계단 양쪽에는 템플 플라워라고 하는 꽃나무가 하얀 꽃을 피워 장관을 이룬다. 호젓하고 아름다운 길이다.

정문 오른쪽으로 올라가면 옛날 승원의 식당터가 온전히 남아 있다. 앞서 보았던 긴 석조가 있는데, 다른 곳에서 만든 음식을 옮겨 담아두는 용도로 사용되었으며, 1000명 이상이 동시에 식사할 수 있는 양이라고 한다. 식당에서 오른쪽으로 올라가면 다시 건물터가 있다. 양쪽에 큰 석판이 서 있는데, 스리랑카 문자를 빽빽이 새겨놓았다. 아누라다푸라를 스리랑카의 수도로 삼은 왕 마힌다 4세(975~991)의 명령으로 만들어진 것으로, 미힌탈레 승원의 승려들이 지켜야 할 규칙과 규정이라고 한다.

이곳에서 계단을 얼마간 올라가면 넓은 터가 나오고, 정면에 하얀색의 암바스탈라 다고바가 나온다. 특이한 것은 다고바를 빙 둘러 돌기둥을

마하세야 다고바 위에 오르니 광막한 녹색 바다가 펼쳐진다. 내가 보았던 집, 마을, 길들은 수면
(樹面) 아래 잠겨 보이지 않는다. 안달복달하고 사는 우리의 삶은 기껏해야 '수면' 아래의 일인 것
이다.

세워놓았다는 것이다. 이 다고바는 이곳 마하 비하라를 처음 세운 마힌
다 스님의 유골을 모신 곳이라고 한다. 다고바 왼쪽 언덕 위에 붓다상을
안치해두었고, 오른쪽 뒤편으로는 거대한 암반이 있어 그 뒤에 또 거대
한 다고바(마하세야 다고바)를 조성했다. 먼저 마하세야 다고바로 올라갔
다. 암반에 계단을 파놓아서 올라가는 데 문제는 없었지만, 바위가 햇볕
에 달궈져 발이 화상을 입을 정도로 뜨겁다. 하지만 맨발로 다니는 것이
원칙이라 어쩔 도리가 없다.

　마하세야 다고바 위에 오르니 광막한 녹색 바다가 펼쳐진다. 수해(樹
海)다. 끝이 보이지 않는다. 아득히 멀리 하늘과 맞닿은 선이 가로로 펼

쳐지는데, 이것은 수평선(水平線)이 아니라, 수평선(樹平線)이다. 녹색 바다 위에 산이 섬처럼 군데군데 떠 있다. 내가 보았던 집, 마을, 길들은 수면(樹面) 아래 잠겨 보이지 않는다. 걱정과 근심, 사랑과 미움 때문에 그것이 전부인 것처럼 안달복달하고 사는 우리의 삶은 기껏해야 '수면' 아래의 일인 것이다. 마하세야 다고바 건너편에도 바위가 촛대처럼 솟아 있어 올라가게 해놓았다. 올라가보니 풍광은 역시 같다.

폴로나루와 가는 길

미힌탈레 언덕을 내려와 버스로 폴로나루와를 향해 떠났다. 폴로나루와로 가는 길은 콜롬보에서 아누라다푸라로 오던 길과 별로 다를 것이 없다. 같은 숲이 이어지고, 이따금 무논이 보이고, 습지도 있다. 중간중간 소읍이 나타난다. 폴로나루와로 들어서는데 벌써 숲속에 사원의 유적지가 보인다. 내일 찾아갈 곳들이다.

폴로나루와는 스리랑카 중심에서 약간 동쪽으로 치우쳐 있다. 아누라다푸라에서 80킬로미터 정도 떨어져 있으니 그리 멀지 않다. 폴로나루와는 스리랑카 싱할리 왕국의 두 번째 수도다. 타밀족의 침략으로 아누라다푸라가 파괴되자 이곳으로 수도를 옮긴 것이다. 싱할리족은 이곳에서 대단한 불교문화를 꽃피우다가, 13세기 초반 다시 타밀족이 침입하자 야파후와로 수도를 또 옮긴다. 어쨌든 이곳은 약 2세기 가까이 싱할리 왕국의 수도였던 곳이다.

책벌레의 여행법

숙소에 들어 짐을 풀고 폴로나루와 시내를 둘러보러 나섰다. 이곳은 교통의 요지인 듯 도로에 자동차들이 끊이지 않는다. 특히 트럭들이 굉음을 내며 질주한다. 이때까지 지나온 도시들과는 딴판이다. 하지만 도로만 벗어나면 온전한 숲이다. 시가지라 부를 것도 없는 작은 도시다.

길거리 구경을 하며 걷다가 식당에서 요리를 하는 것을 보았다. 불로 데운 철판 위에 이런저런 채소를 올리고 그것을 칼로 두드려 잘게 다지며 볶고 있다. 한국의 철판요리와 같다. 인간의 상상력이란 비슷한 법이지 하며 들어가보니, 널찍한 인도식 밀가루 빵인 로티를 잘게 썰고 거기에 채소와 양념을 넣어 함께 볶은 음식이다. 쌀을 쓰지 않고 로티를 쓴다는 것이 뜻밖이었다. 이름은 푸투라고 한다. 닭고기를 넣으면 치킨 푸투, 채소만 쓰면 베지 푸투다. 값도 퍽 싸다. 저녁거리로 한 사람 먹을 양을 싸달라고 해서 가져왔다.

맥주를 한 병 살 생각으로 파는 곳을 물으니, 한참 걸어가야 한단다. 거리는 번잡하지 않다. 차가 달리는 양쪽으로 건물들이 조금 있을 뿐이다. 지친 몸을 달래가면서 다리품을 판 끝에 마침내 주류 판매점에 이르렀다. 근처는 제법 사람들이 붐비는 곳이다. 우리나라 중소도시의 중심 지쯤 되는 풍경이다. 드디어 원하던 맥주를 손에 넣었다. '스트롱(strong)'이라고 말하니 8.8도의 알싸한 맥주를 준다. '파워(POWER)'라는 이름의 스리랑카 맥주다. 스리랑카는 술을 생산하지 않는다고 들었는데 어찌된 일인가. 물론 그러거나 말거나다. 마시고 여행에 소모된 '파워'나 보충해야겠다.

평원

여행을 하고부터 거의 매일 산이 거의 없는 평원, 그것도 숲이 꽉 찬 평원을 달렸다. 부럽다. 산이 많은 한국에는 이렇게 넓은 평원이 없다. 아누라다푸라에서 폴로나루와로 오는 길, 미힌탈레 언덕에서 바라본 넓은 평원, 그리고 인도 남부의 넓디넓은 땅 모두 산이라고는 찾아볼 수 없는 평원이었다. 그리 급하지 않고 각박하지 않은 이곳 사람들의 성품과 태도는 이런 자연환경에서 만들어지는 것이 아닌가 하는 생각이 문득 들었다. 이건 나만의 생각이 아니고, 담헌 홍대용과 연암 박지원의 생각이기도 하다. 연암은 〈회우록서〉에서 담헌의 말을 이렇게 인용한다. "우리나라 땅을 돌아다녀보면, 동쪽으로 큰 바닷가에 이르는데, 거기에는 바다가 하늘과 닿아 끝이 없다. 이름난 큰 산악이 나라 가운데 서리어 앉아, 들은 백 리도 트인 곳이 없고, 고을은 천 호가 모인 곳이 없다. 그러니 그 땅이 너무나 좁다 하겠다." 물론 담헌과 연암이 말하고자 한 핵심은 신분과 지체, 당파로 인해 사람들이 사분오열되어 있고 서로를 배척하는 편협한 문화가 형성되어 있다는 비판인데, 그 근거가 산이 많고 잘게 나뉜 지리적 환경에 있는지도 모르겠다는 것이다. 연암이 《열하일기》에서, 압록강을 건너 갑자기 넓은 요동 땅을 보고 정말 울기 좋은 곳이라고 말했던 것도 이 때문일 것이다.

술생각

언젠가 늙마에 흙 마당이 있는 집을 지으면 나의 평생을 서술하는 책을 쓰면 좋겠다고 생각한 적이 있다. 그리고 그 집 이름을 '述生閣(술생각)'이라고 짓고 싶었다. 멀리 나와 있어도 그 집이 생각난다. 마음속으로만 지은 그 집이 생각난다. '술생각'이 머리에 떠오른다.

술은 마셔서 얼풋 취할 때가 좋다. 없던 호기가 생기고, 가까운 벗에게 속에 있는 이야기를 터놓고 할 수도 있고. 하지만 만취할 경우 다음날 깨어날 때의 황폐감과 자책감은 실로 표현하기 어렵다. 술에서 깬 뒤다시는 술을 마시지 않으리라 결심하지만, 그때뿐이다. 여행을 떠나오기전 하루걸러 술을 마셨다. 여행 중에는 술을 마시지 않으리라 결심했고초기에는 지켰다(하긴 마실 형편도 되지 않았다). 하지만 몸이 여행에 익숙해지니 술 생각이 나기 시작했다.

인도와 스리랑카는 술을 아무 데서나 팔지 않는다. 와인 숍(wine shop)혹은 와인 스토어(wine store)라는 술만 파는 가게가 따로 있다. 나라로부터 허가를 받은 곳이다. 폴로나루와에는 단 한 곳만 있었다. 하지만 주류 판매를 허가제로 하여 술 파는 곳을 줄인다 해도, 술을 적게 먹는 것은 결코 아닐 터이다. 이란은 이슬람 공화국(Islamic Republic of Iran)이고이슬람교가 국교다. 몇 해 전 이란을 여행할 때, 어디서도 술을 구할 수없었다. 술집이 아예 없는 것은 물론이고, 외국인을 상대하는 호텔에서도 술을 팔지 않았다. 도수가 낮은 맥주마저도 팔지 않았다. 하지만 친구를 따라 방문한 이란 사업가(친구의 사업 파트너)의 집에는 값비싼 양주가 벽 한쪽을 가득 채우고 있었다. 아무거나 고르라고 하기에 기쁜 마음으로 한 병을 골라 마셨다. 사우디아라비아도 가장 강력한 이슬람 국가지만 아마 어느 구석에서는 술을 마실 것이다. 스리랑카 역시 여느 나라 사람들처럼 술을 마실 것이다. 다만 외국인인 나로서는 그들의 음주 방식이 어떤지 모를 뿐이다.

어느 나라건, 사회건, 술은 아무리 금지해도 마실 것이다. 북아프리카의 이슬람 국가에서는 술을 팔았다. 술은 금지하지도, 권장하지도 않는 묘한 상태에 놓여 있었다. 술 파는 가게를 매우 찾기 어려운 곳에 둔다든지, 마트에서 잘 보이지 않는 구석자리에 진열해둔다든지 하는 방식으로 말이다. 인도 북부 레에서도 술을 파는 가게는 단 한 곳뿐이었다. 미국도 독주는 따로 팔고, 술병을 노출해서 가지고 다니지 못한다. 봉투 같은 것에 넣어 다닌다. 하기야 금주법까지 만들었던 나라니 말해 무엇 하겠는가.

한국은 그야말로 술꾼의 해방구다. 어디나 술집이 지천이다. 음식점에서도 슈퍼에서도 편의점에서도 구멍가게에서도 판다. 아침부터 저녁까지 판다. 저녁부터 새벽까지 판다. 길거리에서도 산에서도 강가에서도 바닷가에서도 마실 수 있다. 친구와 만나면 그저 술이다. 업무상 일도 밤에 술을 마시면서 처리한다. 술김에 벌어지는 일은 좀 많은가. 술로 인해 다치고 죽고 사고가 난다. 끝없이 경쟁에 노출되고 노동 강도는 엄청나니, 술이야말로 가장 간편하게 긴장을 풀 수 있는 방법인지도 모르겠다.

책벌레의 여행법

작은 도시

　도시가 싫어서 지리산의 품으로 찾아가는 사람들이 있다. 부럽기 짝이 없다. 하지만 100만 명쯤 되는 사람들이 지리산으로 들어간다면 어떤 일이 벌어질까? 그럴 때 지리산은 우리가 알고 있는 지리산이 아닐 것이다. 지리산에서 사는 친환경적인 삶이 대규모로 이루어진다면, 지리산에는 나무 한 그루 남지 않을 것이다. 21세기에 인간의 삶에서 도시를 배제할 수는 없다. 도시가 도리어 환경적일 수도 있다. 다만 그 도시가 서울이나 베이징, 도쿄처럼 큰 도시여야 할까? 아닐 것이다. 폴로나루와처럼 작은 도시가 해답이 아닐까? 작은 도시로서 적정 규모를 찾는 것은 불가능한 일일까? 도시 전문가가 아니니 확실하게 알 수는 없지만, 인간적인 삶과 친환경적인 삶이 모두 가능한 적정 규모의 도시가 있을 법도 하다.

돌기둥과 나지막한 담

폴로나루와의 아침

숙소 옆에 수량이 풍부한 수로가 있다. 오염의 흔적이라고는 전혀 찾을 수 없는 투명한 물이 좁은 물길로 힘차게 쏟아져내린다. 수로 옆 경사진 길을 올라가니 넓고 큰 호수가 나타났다. 파라크라마 바후 1세(재위 1153~1186)가 만든 파라크라마 사무드라 호수다. 이 호수는 중간이 잘록해서 작은 윗부분을 따로 벤디웨라라고 부른다고 한다. 숙소는 벤디웨라의 중간쯤에 있다. 호수의 규모를 써놓은 입간판을 보니, 길이가 12.8킬로미터에 달한다. 이 호수는 폴로나루와에 식수와 농업용수를 제공하고, 어업도 하는 곳이다. 점심때 이 호수에서 잡은 민물생선 튀김을 먹었는데 맛이 나쁘지 않았다.

호수 건너편에는 옆으로 누운 숲이 보이고, 그 너머에는 얕은 산들이 줄지어 달리고 있다. 제방 위로 난 길의 폭은 자동차 한 대가 다닐 정도다. 아침이라 산책하는 사람, 조깅하는 사람들이 더러 있었다. 숙소는 사실 호수의 제방 아래, 곧 호수의 수면보다 아래에 있는 셈이다. 아니, 폴로나루와 전체가 호수보다 낮다. 자연 호수를 사람의 품을 들여 넓히고 제방을 쌓은 것이다. 호수에서 시작된 수로는 폴로나루와 북쪽 시내를 지나면 운하로 쓰인다고 한다. 이른 아침 산책을 한 사람의 말을 들으니, 우거진 숲을 통과하는 수로 옆에 난 조붓한 길이 너무나 다정스러웠다고 한다. 부러워라! 오후에 시내를 지나다보니, 할머니 수십 분이 소풍을 왔는지 제방 옆 넓은 풀밭에 도시락을 펼쳐놓고 먹고 있었고, 바로 그 앞 호수 가장자리에서는 아이들이 멱을 감고 있었다.

제방 위의 길을 따라 내려가니, 저 멀리 미니버스, 승용차, 오토바이, 릭샤가 몰려 있는 곳이 보였다. 가까이 가서 보니, 바나나와 과일, 꽃을 담은 접시를 나란히 늘어놓고 파는 사람이 있었다. 멀리서 볼 때는 아침 요깃거리를 파는 줄 알았는데, 가까이 가서 보니 신당에 바칠 제물이었다. 옆을 보니 노거수(老巨樹) 한 그루가 있고, 그 앞에 신당이 있었다. 신을 벗고 사람들이 절하는 곳으로 올라가보니, 신당이 둘이다. 신당 앞에 가네샤 상이 있어 불교국가에 웬 힌두 신당인가 했더니, 왼쪽에는 붓다를, 오른쪽에는 힌두교 신을 모셨다. 불교 신자와 힌두교 신자가 한 공간에 나란히 서서 각자 자신의 신에게 예물을 올리고 기도하는 참이었다. 아마도 신당 뒤의 거수가 영험한 신목인 듯했다.

대화

호수 제방 산책을 마치고 아침을 먹으러 가니, 종업원이 식탁으로 직접 가져다주겠단다. 음식을 기다리는 동안 식탁에서 한국인 여행객들 사이에 가벼운 대화가 오갔다.

"어제 시내에 갔다가 한국 말 잘하는 스리랑카 사람을 만났지 뭐예요. 나를 보고 한국 사람이냐고 물어서 그렇다고 했더니, 자기는 한국에 가서 번 돈으로 폴로나루와에 게스트하우스를 열었다면서 거기로 가자고 했어요. 커피도 주고, 무지 친절했어요. 저기 계신 선생님도 같이 갔어요."

"나도 어제 길을 가는데 어떤 사람이 한국 사람이냐 해서 그렇다고 했더니, 서툰 한국 말로 자꾸 말을 붙이지 뭐예요."

"요즘 한국 말 잘하는 외국인 참 많아요."

"〈비정상회담〉에 나오는 친구들은 정말 한국 말 잘해요."

"예전에 네팔 포카라 식당에서 젊은 종업원이 주문을 받고는 돌아앉아 어떤 책을 보고 있기에 넘겨보았더니 한국어 공부하는 책이지 뭐예요. 물어보니 한국에 가서 일하는 게 소원이라고 합디다."

"몇 년 일해서 번 돈으로 카트만두에 가게를 냈다는 사람도 있지요."

"그건 성공한 사람 이야기고, 그렇지 않은 사람이 더 많을 걸요."

"그래요, 죽어라 일했는데 사장이 돈을 주지 않고 달아난 경우도 있더라고요."

"나이 차이가 스무 살이나 나는 한국 남자와 결혼했는데, 남자가 얼마 안 가 죽어서 혼자 사는 여자도 보았어요."

"한국어 시험도 굉장히 많이 친다던데요. 네팔에 사는 한국 사람이 시험 감독을 가서 감독료를 꽤나 많이 받았대요."

"한국어 능력시험은 여러 나라에서 많이 봐요. 하지만 감독료는 나라 사정에 따라 다르니, 네팔에서는 그렇게 많이 주지는 않을 거예요."

"나는 인도네시아에서 여러 해를 살았는데, 한국어 웅변대회 같은 것이 있어요. 거기도 한류가 장난이 아니거든요. 참가자들이 모두 한국어를 잘하니까, 한 청년이 사투리로 특화해서 강호동의 말투로 웅변을 해서 일등을 했지 뭐예요. 하도 잘해서 혹 부모 중 한 사람이 한국인인가 하고 조사를 나간 적도 있대요."

"정말 한쪽이 한국인이었나요?"

"아니요. 다른 이야기 하나 더 할게요. 제가 인도네시아 공주와 친구였는데, 그 공주님 소원이 〈미녀들의 수다〉에 나가는 거였어요. 그런데 이 공주가 무척 비만이에요. 그래서 사람들이 나가기 전에 살부터 빼라고 했지 뭐예요."

왕궁

9시경에 폴로나루와의 건설자인 파라크라마 바후 1세의 왕궁터로 갔다. 가는 도중 곳곳에 벽돌을 쌓은 집터가 보인다. 넓은 공원 같다. 상인들이 "니 하오" 하고 중국어로 인사를 건넨다. 중국인들이 많이 찾는 모양이다.

먼저 정궁 쪽으로 갔다. 원래 높이 30미터에 7층이었던 건물은 허물어지고 잔해만 남아 있다. 하지만 남은 것도 거창해서 원래의 엄청났던 규모를 짐작하게 한다. 붉은 벽돌로 쌓은 것인데, 아직도 방의 흔적이 남아 있다. 또 방의 모서리와 천장 쪽에 회벽의 일부가 남아 있어, 과거 왕궁의 호사스러웠던 분위기를 상상할 만했다.

문득 파라크라마 바후가 만든 호수가 떠올랐다. 수많은 사람을 살리고자 만든 저 호수는 아직도 남아 사람은 물론 짐승과 수목까지 살리는데, 자신의 영화를 위해 만든 왕궁은 폐허에 벽돌 조각만 남았구나.

왕의 접견실

가장 인상적인 것은 12세기에 만든 왕궁 바로 아래에 있는 왕과 신하들이 만나는 공간이었다. 회의 공간이라고도 하고 접견실이라고도 했다. 역시 파라크라마 바후 1세 때 만든 것이라 한다. 화강암으로 기단을 만들고 위에 회의하는 장소를 두었다. 기단 아랫부분에는 코끼리의 부조가 있는데, 마치 영화 필름처럼 코끼리의 연속 동작이 새겨져 있었다. 그 위에는 가로 네 개, 세로 열 개의 돌기둥이 있었다. 기둥 앞에 각료들이 서서 왕과 국사를 의논했다고 하니, 조선으로 치면 조정인 셈이다.

이 접견실 아래에 둥근 우물이 있었는데, 사실은 왕궁 화장실에서 나오는 오수를 정화하는 시설이라고 했다.

목욕장

우물을 지나 접견실 건너편에 아름답기 짝이 없는 석조 목욕탕이 있었다. 정방형의 모서리 부분을 다시 안쪽으로 정방형으로 깎은 모양이라 조형미가 아주 뛰어났다. 왕의 여자들이 목욕을 하는 곳이라 했다.

사원들, 쿼드랭글

왕궁 옆 숲에는 넓은 템플 콤플렉스(Temple Complex), 곧 무수히 많은 절터가 있었다. 이 템플 콤플렉스를 '쿼드랭글'이라고 한다. 영어로 쿼드랭글은 '사각형', '안뜰'이라는 뜻이다. 좀 더 확장하면 학교나 대학에서 건물이 사방으로 둘러싸고 있는 안쪽 공간을 의미한다. 그리고 여기서는 네모난 공간 안에 있는 복합사원군을 말한다.

그중 가장 먼저 눈에 뜨이는 것은 바타다게다. '바타'는 둥글다는 뜻이고 '다게'는 집을 뜻하니, '둥근 집'이라는 뜻이다. 과연 아래에 화강암 기단을 놓고, 그 위에 벽돌을 원형으로 쌓고, 그 안에 붓다상을 모셨다. 중앙에는 계단이 있고, 붓다 뒤에는 반구형의 탑이 있었다. 동서남북 사방에 문을 내고 붓다의 좌상을 모셨다.

그 왼쪽에 형태가 온전히 남은 투파라마 사원이 있다. 안으로 들어가 보니, 천장이 사뭇 높았다. 내부는 두 개의 방으로 이루어졌는데, 안쪽 방 전면에 붓다의 입상을 모셨고, 좌우에 여러 형태의 좌불이 있었다. 다만 전면의 입상은 파괴되어 없어졌다. 원래 해가 뜨면 이곳 입상의 머리에 햇빛이 비쳤다고 한다. 이곳은 승려들이 명상을 하는 곳이었단다.

투파라마를 나와서 오른쪽으로 가면 하타다게다. 이곳에 붓다의 치아사리, 곧 불치(佛齒)를 봉안했다고 한다. '하타'는 숫자 60을 의미한다. 이곳은 붓다의 치아를 봉안하기 위해 만든 사원인데, 60일 만에 지어져서 하타다게라는 이름이 붙었다고 한다. 사원 입구는 돌로 만든 사각형 문이다. 문 앞에 서서 정면을 보면 다시 그 안에 사각형 문이 보이고, 다시 그 안에 붓다의 입상이 있다. 사원 안쪽에는 아름답게 조각한 곡선의 열주들이 있다.

하타다게 왼쪽에 아타다게가 있다. '아타'는 숫자 8을 뜻한다고 한다. 이곳에도 불치 한 개와 그 밖의 사리 일곱 개를 모셨기 때문에 '아타'라는 말을 붙인 것이라 한다. 건물은 원래 2층이었으나 1층의 돌기둥만 남아 있다. 하타다게 오른쪽에는 '갈 포타'가 있다. 산스크리트어 경전을 새긴 장방형의 넓은 돌이다. 그리고 그 옆에 벽돌을 쌓아서 만든 계단식 형태의 탑 사타마할 파사다야가 있다. 이집트 조세르 왕의 피라미드를 아주 작게 축소해놓은 것 같다. 반구형의 다고바만 있는 스리랑카에서는 매우 드문 것이라고 한다.

랑콧 비하라

쿼드랭글에 이어 온전히 남은 거대한 원형의 다고바, 즉 랑콧 비하라를 찾아갔다. 니산카 말라(재위 1187~1196) 왕이 지은 것이라는데, 높이가 55미터로 폴로나루와에서 가장 큰 다고바다.

갈 비하라

랑콧 비하라에서 얼마 떨어지지 않은 곳에 갈 비하라가 있다. 들어가는 입구에 제법 큰 연못이 있어 그 주변에 백로와 원숭이가 돌아다니고, 잔디밭에는 30센티미터는 족히 넘을 것 같은 도마뱀이 어슬렁거린다. 비하라는 산스크리트어 혹은 팔리어에서 온 말이다. 원래 '걷기 좋은 외딴 장소'쯤의 의미였으나, 뒤에 와서는 우기의 수행승을 위한 주거지, 쉼터를 뜻하게 되었다. 그리고 결국 그것이 '정사', '사찰'의 뜻으로 쓰인 것이다. '갈'은 바위를 뜻한다고 하니, '갈 비하라'는 '바위 절'이라는 뜻이다.

파라크라마 바후 1세의 명령으로 조성된 갈 비하라는 이름 그대로 거대한 화강암에 여러 형태의 붓다를 조각한 절이다. 들어서면 맨 왼쪽에 반가부좌로 명상하는 붓다의 좌상이 있고, 그 옆에 기둥 두 개를 만들고 바위를 파고 석실을 만들어 역시 명상하는 4.6미터의 붓다 좌상을 안치했다. 왼쪽의 좌상보다는 훨씬 작아 1.4미터라고 한다. 석실 앞 전체에 철망을 치고 붓다상 앞에도 유리를 씌워놓았다. 작은 붓다 좌상 오른쪽에는 팔을 가슴 앞으로 교차한 채 서 있는 7미터쯤 되는 큰 입상을 조각해놓았는데, 표정이 사뭇 슬프다. 붓다의 죽음을 슬퍼하는 제자 아난다의 모습이라고도 하고, 보리수를 바라보는 붓다의 모습이라고도 한다. 이 입상은 파라크라마 바후 1세 때 만든 것이 아니다.

맨 오른쪽에는 14미터가 넘는 거대한 붓다의 와상, 곧 와불상이 누워 있다. 붓다는 연꽃무늬로 마구리를 만든 베개를 베고 편안히 모로 누워 있다. 감탄을 금할 수 없을 정도로 크고 아름다운 열반상이다. 이수루무니아에서 본 채색 와불에서는 느끼지 못했던 서늘한 느낌이 있다. 붓다의 넓고 깊은, 그리고 한량없이 관대한 정신을 표현한 것 같았다. 석상이 크면 섬세함을 잃기 쉬우나, 이곳의 붓다상들은 그렇지 않아 자못 감동적이었다. 이 와불이 있는 곳 건너편에 흰 다고바가 있고 사원이 있다. 안에 붓다의 입상을 모시고 있는데 얼굴 부분이 없다. 없어진 얼굴은 다고바 앞 계단 왼쪽에 새긴 불상과 같다고 한다.

맨 오른쪽에는 14미터가 넘는 거대한 와불상이 누워 있다. 감탄을 금할 수 없을 정도로 크고 아름다운 열반상이다. 석상이 크면 섬세함을 잃기 쉬우나, 이곳의 붓다상들은 그렇지 않아 감동적이다.

폴로나루와의 불교 유적에서는 붓다상을 사진으로 찍는 것이 문제가 되지 않지만, 사람이 붓다상을 배경으로 사진을 찍는 것은 엄격하게 금지되어 있다. 한국인 여행객 한 사람이 금계를 어기고 감격한 나머지 붓다상 앞에서 사진을 찍다가 관리인에게 질책을 들었다. 경찰에게 체포되어 심문을 받아야 할 죄라고도 했다. 그이에게 잡혀가면 사식을 넣어주겠다고 하니, 과거 독재 시절 데모하다가 경찰서에 잡혀가서 후배들이 사주는 사식을 먹은 적이 있다며 극구 사양했고, 그 말에 모두들 웃었다.

열반상

대장장이 춘다는 붓다가 온다는 소식을 듣고 다음날 꼭 자신의 집으로 와서 공양을 받으시라고 청한다. 다음날 붓다는 춘다가 올린 '스카라 맛디바'를 먹고 돌아와 심한 복통을 앓고 피가 섞인 변을 본다. 《열반경》의 어떤 주석은 그 음식이 버섯 요리라고 하고, 어떤 주석은 부드러운 돼지고기 요리라고 한다. 어느 쪽인지는 나에게 중요하지 않다. 참고로 말하자면, 붓다가 고기를 먹은 것은 사실일 것이다. 붓다는 이유 없는 살생을 금했지 고기 먹는 것 자체를 금하지는 않았다고 한다.

붓다는 만일 자신이 죽는다면 춘다에게 비난이 돌아가고 또 춘다가 그를 죽게 만들었다는 죄책감에 시달릴 것을 염려해, 춘다에게 전할 말을 아난다에게 일러준다.

음식을 시여함에는 큰 공덕과 큰 이익이 있는데, 그 가운데서도 뛰어난 큰 공덕을 가져오는 것에는 두 가지가 있나니, 이들 두 가지가 가져오는 결과는 모두 같아 서로 우열이 없다. 그러면 그 두 가지 음식의 시여란 무엇인가? 하나는 그것을 먹고 여래가 위없이 바른 깨달음을 얻어 부처가 될 때이고, 또 하나는 그것을 먹고 여래가 남김 없는 완전한 열반의 세계에 들 때이니라. (강기희 옮김, 《대반열반경》, 민족사, 2001)

거대한 정신을 가진 인물은 역시 다르구나! 자신을 죽음으로 몰아넣은 사람에게 자신에게 크나큰 보시를 베풀었다고 말하다니.

붓다는 자신의 죽음을 예고했고, 모두 그것을 알게 되었다. 스승의 죽음을 앞두고 아난다는 정사(精舍) 한구석에 숨어 홀로 슬픔에 젖은 흐느낌을 토해냈다. 아난다가 보이지 않자 붓다는 아난다를 부른다.

아난다여! 너는 나의 입멸(入滅)을 한탄하거나 슬퍼해서는 안 되느니라. 아난다여! 너에게 항상 말하지 않았더냐? 아무리 사랑하고 마음에 맞는 사람일지라도 마침내는 달라지는 상태, 별리(別離)의 상태, 변화의 상태가 찾아오는 것이라고. 그것을 어찌 피할 수 있겠느냐? 아난다여! 태어나고 만들어지고 무너져가는 것, 그 무너져가는 것에 대하여 아무리 '무너지지 말라'고 만류해도, 그것은 순리에 맞지 않는 것이니라.

아난다여! 내가 입멸한 뒤, 너희들은 다음과 같이 생각할지도 모른다. '이제는 선사(先師)의 말씀만 남아 있지, 우리들의 큰 스승은 이미 이 세상에 계시지 않는다'라고. 그러나 아단다여! 너희들은 이렇게 생각해서는 안 된다. 내가 입멸한 후에는 내가 지금까지 설해왔던 법(法)과 율(律), 이것이 너희들의 스승이 될 것이다.

20대의 어느 날 현암사 판《열반경》의 이 부분을 읽었을 때 '법을 따르라'는 말씀이 화살처럼 가슴에 와서 박혔다. 불교 신자이거나 불교의 진리를 믿었던 것은 아니다. 나에게 그 말은 어떤 상황에서도 진실을 따라야 한다는 의미로 다가왔다. 범인인 탓에 실천하지 못하고 살아왔지만, 그 말은 좀처럼 잊히지 않고 가슴에 남아 있었다. 여행기를 정리하느라 예전 현암사 판《열반경》을 찾았는데, 어디로 갔는지 없어져서 꽤나 서운하였다!

로터스 목욕탕

갈 비하라를 나와 로터스 목욕탕(Lotus Pond)으로 갔다. 승려들이 종교적 의미로 목욕을 한 곳이라고 한다. 규모는 크지 않지만, 연꽃 잎 여덟 개가 아래로 5층의 계단을 이루면서 내려가는 형태다. 무척 아름답다. 이 아름다운 형상을 창조한 장인은 도대체 어떤 사람이었을까. 아마 심성이 무척 고운 사람이었을 것이다.

포트굴 비하라, 왕의 석상

거의 정오가 되었을 때, 아침에 갔던 파라크라마 사무드라 호수 제방을 다시 찾아갔다. 제방 잔디 위에 빨래를 널어놓았다. 아침에 푸자를 드리던 신당에는 사람들이 더 많이 몰려들어 있다.

신당에서 조금만 더 가면 포트굴 비하라다. 돌기둥 몇 개만 남은 정방형 건물터는 원래 불경을 보관하던 장경고(藏經庫)였다 한다. 포트굴 비하라 바로 앞 넓은 화강암에, 큰 물고기처럼 생긴 기다란 물건을 두 손으로 받쳐들고 있는 사내의 입상이 있다. 흔히 볼 수 있는 불상이 아니다. 석상 앞의 안내판에 의하면, 전통적으로 파라크라마 바후 1세의 석상이라고 믿어왔지만, 학자들은 풀라스티, 아가스티야, 혹은 카필라라는 인물일 것으로 추측한다고 한다. 또 손에 들고 있는 것은 야자수 잎에 쓴 수사본 원고로 보고, 그것은 또 학식을 상징하므로 입상의 모델이 학자나 스님이 아닐까 추측한다. 하지만 내가 그 사람들에 대해 전혀 모르니 이런저런 추정 자체가 전혀 도움이 안 된다.

사라진 도시

폴로나루와 숲속 곳곳에는 붉은 벽돌로 쌓은 나지막한 담들이 남아 있다. 그곳을 발굴하면 엄청난 규모의 유적이 모습을 드러낼 것이다. 저 붉은 벽돌 위에 담이 있었고 그 안에 나무와 기와, 풀을 덮은 온전한 집이 있었을 것이다. 그 집 안에서 음식을 만들고, 옷감을 짜고, 먹고 마시고, 섹스를 하고, 웃고 울고, 떠들고, 노래를 부르고, 춤을 추고, 좋아하고, 사랑하고, 질투하고, 미워하고, 싸우고, 화해하고, 경문을 외우고, 설법을 하고, 명상을 하고, 계율을 어기고, 병들어 앓고, 의원을 부르고, 약을 쓰고, 그러다 더 할 수 있는 것이 없어지자 마침내 눈을 감은 무수한 사람들이 있었을 것이다. 그 사람들의 시간, 나처럼 신체를 가지고 말을 하고, 집에서 나와 일터로 사원으로 흩어지고, 다시 집으로 돌아와 잠을 청하던 사람들의 시간은 모두 사라지고 없다. 그들의 삶 역시 가뭇없이 사라지고 말았다.

몸도, 이름도, 생각도, 말도 남지 않았다. 소유하고 아꼈던 옷가지와 장신구, 식기, 집 안의 모든 물건도 한 점 흔적 없이 사라졌다. 몇몇 왕들만 겨우 이름을 남기고 있을 뿐이다. 하지만 그 이름조차 몇 개의 자음과 모음으로 이루어진 소리일 뿐이다. 그 소리는 그가 아니다. 남은 것은 시간의 단련을 비교적 오래 견뎌내는 돌과 벽돌, 기와 조각뿐이다. 그러나 내 눈에 보이는 그것들은 원래 땅에 묻혀 다시 자연으로 돌아가는 것을 유물이라는 이름으로 끄집어내어 강제로 붙잡아둔 것에 불과하다. 모든 것은 다른 그 무엇으로 변하고 있다. 붙잡아둘 수가 없다. 우리가 무엇이라고 명명하는 것은 변화하는 만물의 한순간을 우리의 편의에 따라 어떤 이름으로 잠시 붙잡아두고자 하는 구차한 행위일 뿐이다. 이방의 유적지에서 사람살이가 이토록 무상하다는 것을 새삼 확인하니 가슴이 서늘해진다.

지금의 도시

폴로나루와는 작은 도시다. 숲이 도시를 덮고 있고, 넓은 호수는 수로를 통해 맑은 물을 흘려보낸다. 평원에 자리 잡고 있으니, 농업만으로 의식주의 해결은 충분하다. 이 숲의 도시에는 무엇이 부족할까?

숙소를 나서 번화한 곳으로 가면, 시퍼런 매연을 뿜는 자동차들이 굉음을 내며 꼬리를 물고 지나간다. 길을 건너려고 서 있으면 무척 불편하다. 문득 얼마 전 들은, 중국에서 대기오염으로 하루에 2000명이 폐암 확진 판정을 받는다는 뉴스가 떠올랐다. 이것은 베이징만의 일이 아니다. 다른 도시도 마찬가지다. 시안(西安) 같은 곳은 거의 독가스 수준이다. 두보와 이백을 비롯한 뭇 시인의 찬탄의 대상이었던 그 아름다웠다는 동정호는 화학물질이 담긴 거대한 탱크가 된 지 오래다. 중국만 그런 것도 아니다. 많은 곳을 가보지는 않았지만, 아시아에서 대기오염이 없는 도시는 거의 없었다. 고도의 소비국가이면서도 환경이 청정하다면, 다른 나라에 오염산업을 전이했을 가능성이 대단히 높다.

오염된 대기와 물, 식품, 생활용품은 인간의 신체에 이상을 일으킨다. 하나의 식품에 포함된 화학물질은 허용치를 벗어나지 않지만, 내가 먹는 모든 가공식품에 포함된 총량은 허용치를 훨씬 벗어난다. 증가하는 오염은 자동차와 아파트, 스마트폰과 컴퓨터, 서너 번 입고 버리는 옷과 과식 혹은 미식으로 얻은 것이다. 어느 쪽을 선택할 것인가.

여행객의 짧은 경험에 불과하지만, 이곳 사람들은 친절하고 순박해 보인다. 사람들이 도시에 몰리면, 역으로 자연과 멀어지면, 인간과 인간 사이가 가까워지고 관계가 복잡해지면, 갈등이 기하급수적으로 증가한다. 숨어 있던, 은폐되어 있던, 잠재되어 있던 공격적·폭력적 행동이 표출되고 분쟁이 시작된다. 자연과 멀어지는 것은 불행을 초래하는 길인 것이다.

아침에 한국에서 돈을 벌어 폴로나루와에 와서 게스트하우스를 열었다는 사람의 이야기를 들었다. 아마도 한국에서 노동자로서 번 돈이 이곳 스리랑카의 몇 배는 되었을 것이다. 이곳에서의 삶이 그렇게 척박한 것인가. 그 사람이 아니라, 그 사람의 내면에 꽂힌 욕망이 삶을 척박하게 여기도록 만들었을 것이다. 그 욕망들의 집합이 숲에 둘러싸인 이 아름다운 도시를 파괴할지도 모른다는 불안감이 문득 머리를 스쳐 지나간다. 지금보다 다섯 배의 소득을 얻을 수 있다면, 이 숲은 어떻게 될까? 수로는 어떻게 될까?

책벌레의 여행법

종교와 무소유

어제 오후 폴로나루와를 떠나 저녁 무렵 담불라에 도착했다. 담불라는 '바위'라는 뜻의 '담바'와 '샘'이라는 뜻의 '울라'가 합쳐져 만들어진 지명이라고 한다. 폴로나루와처럼 담불라 역시 작은 도시다. 앞서 방문했던 도시들과는 달리, 시 외곽에 산이 보인다. 완전한 평원은 아닌 것이다. 하지만 그 산 역시 한국과는 달리 평원에 솟아 있어서, 이곳의 주인공은 평원이지 결코 산은 아니다.

담불라의 숙소 문 플라워 호텔(Moon Flower Hotel)은 무척 마음에 드는 곳이다. 이번 여행에서 으뜸으로 꼽을 수 있다. 호사스러운 고급 호텔이라서가 아니다. 길가 숲속에 있는 이 호텔은 객실이 열대여섯 개쯤 되는데, 방 두 개를 넣은 독립 건물들을 낮은 언덕을 올라가며 뚝뚝 떼어서 지었다. 식당을 겸한 프런트 건물은 호텔 입구에 있는데, 워낙 더운 나라인 까닭에 유리창 같은 것은 아예 없고 지붕과 벽만 있는 터진 공간이다. 마음이 편하다.

방에 짐을 넣어두고 담불라 읍내로 나갔다. 도로 양쪽에 상가가 늘어서 있고, 그 앞에서 오토릭샤들이 손님을 기다린다. 버스가 다니고, 먼지가 약간 날리고, 좀 소란스러운, 이제까지 본 그렇고 그런 소읍들과 다를 것이 없다. 그나마 10분쯤 걸으면 읍내가 끝난다. 그리고 또 숲이다. 인도와 스리랑카가 다른 점은 인도는 어딜 가든 전에 보지 못한 광경이 펼쳐지지만 스리랑카는 전혀 그렇지 않다는 것이다. 놀라운 광경이 없어 약간은 심심한 곳이다.

새벽 4시에 일어났다. 여행하면서 메모한 것들을 태블릿 PC로 옮기고 짐 정리를 하고 나니 아침이다. 오늘은 시기리야로 가는 날이다.

시기리야 성채는 마우리아 왕국의 2대 왕 카샤파 1세가 축조했다. 원래 불교 수도원이었으나 승려들을 내쫓고 궁궐을 건설한 것이다. 카샤파 1세는 자신의 친부 다투세나 왕을 죽이고 왕위에 오른 사람이다. 다투세나는 왕이 되기 전 평민 여성과 결혼하여 카샤파를 낳고, 왕이 된 뒤 왕족 출신의 정비(正妃)에게서 모갈라나를 낳는다. 적자는 당연히 모갈라나였다. 그래서 카샤파는 반란을 일으켜 아버지를 죽인다.

남인도로 달아난 모갈라나의 존재는 아마 카샤파에게 목구멍의 가시였으리라. 평원에 높이 솟은 시기리야에 궁궐을 지은 것도 아마 동생의 공격을 멀리서 관찰하고자 했기 때문일 것이다. 그런데 문제가 없지는 않다. 시기리야는 난공불락의 험지지만, 물과 식량 때문에 오랜 포위는 견딜 수 없는 것이다. 과연 모갈라나가 쳐들어오자 카샤파는 시기리야에서 내려와 전투를 치렀고, 패배하자 스스로 목숨을 끊었다.

권력 때문에 아비를 살해한 것은 어떤 명분으로도 정당화할 수 없는 패륜이다. 다만 그의 아비 다투세나도 상황은 다르지만 자신이 섬기던 왕을 시해하고 왕국을 세운 사람이다. 그 역시 떳떳할 수는 없는 처지다. 왕이라는 자리는 권력의 결정체다. 그것은 모든 윤리가 끊어진 지점에 놓인 보물이다. 그 보물을 차지하기 위해 자식이 아비를, 아비가 자식을, 형이 동생을, 동생이 형을 죽인 경우는 역사에서 숱하게 발견된다. 영국 왕 헨리 2세는 아들 리처드와 존에게 패배해 죽는다. 리처드가 아비를 죽이고 왕이 된 것이다. 한국의 역사에서도 태종과 세조는 자신의 형제들을, 인조와 영조는 자기 자식을 죽인다. 절대권력은 윤리가 끊어진 곳에 존재하는 추악한 여의봉인 것이다.

8시에 출발하는데, 마음이 약간 설레었다. 버스로 10분을 가지 않아 바위로 이루어진 산이 나타난다. 산이라고 했지만, 역시 산이라고 부를 정도의 규모는 아니다. 산자락이 이어진 것이 아니라, 큰 바위 하나가 평원에 뚝 떨어져 서 있기 때문이다. 하지만 모습이 위압적이어서 산이라고 부를 수밖에 없을 것 같다. 바위산 옆에는 흰색의 커다란 붓다상이 있고, 절이 있다. 'Golden Temple'이라고 써놓았다. 이 절은 최근에 지은 것이고, 실제로 이 산에서 중요한 것은 산의 뒷부분 정상 바로 아래 파놓은 동굴이다. 이 동굴을 '담불라 케이브(Dambulla Cave)'라고 부르는데, 매우 중요한 불교 유적이다. 오후에 찾아갈 것이다.

좁은 읍내를 벗어나면 숲이 이어진다. 습지가 있고, 논이 있고, 백로가 징검징검 걸으며 먹을 것을 찾는다. 길 옆으로는 민가가 이어지고, 누렇게 익은 코코넛을 내놓고 파는 사람도 이따금씩 있다. 약간 커 보이는 집은 시기리야를 찾는 관광객을 위한 게스트하우스이거나 레스토랑이다. 시기리야가 가까워지자, 길이 붉은 흙길로 변한다. 스리랑카답게 비로 쓴 듯 깔끔하다. 살수차가 물을 뿌리며 지나간다. 흙길이지만 관에서 깔끔하게 관리하는 것이다.

입장권을 구입하고 입구의 박물관부터 들어갔다. 시기리야 일대에서 발굴한 유물들을 전시한 곳이다. 전시실은 2층부터다. 석영 같은 암석으로 만든 날카로운 도구들이 전시되어 있다. 손톱만 한 것부터 손가락 두 마디쯤 되는 것까지 다양한데, 아마도 뭔가를 자르는 데 사용한 것으로 보인다. 인골, 마제 석기, 토기(작은 항아리, 그릇), 옥구슬, 토제 연통, 석상(불상), 흙으로 구운 집의 장식품들, 건축용품들, 철제 끌, 못, 허리띠, 철제 농기구, 철제 도검류, 곡옥, 구슬, 동전(중국 동전도 있었다) 등도 조금씩 진열되어 있다. 가장 흥미로운 것은 흙으로 구운 여성상이었는데, 크기는 30~40센티미터가량이었으나, 하나같이 통통하고 풍만했다. 특히 젖가슴이 무척 강조되어 있었다. 마치 시기리야 벽화에 나오는 여인들 같았다. 이런 여인들이 착용했을 법한 아주 크고 정교한 금제 귀고리도 있었다. 3층은 프레스코화 갤러리로, 그 유명한 시기리야 벽화를 실물 크기의 입체 작품으로 복제해 전시해둔 공간이었다. 복제품이지만 사진 촬영은 금지였다.

박물관을 나오면 바로 시기리야다. 정면에서 보는 시기리야 바위산은 정말 장관이다. 끝없는 평원에 갑자기 솟아난 370미터 높이의 사각형 바위산은 정말 위세가 당당하다. 성으로 들어가려면 먼저 물이 가득 찬 해자를 통과해야 한다. 성의 뒤쪽 오른편에 '시기리야 탱크'라는 커다란 연못이 있는데, 여기서 해자로 물을 공급하는 것이다. 해자 밖에는 벽돌로 쌓은 성벽 터가 조금 남아 있는데, 적이 침입하면 설령 성벽을 통과한다 해도 악어를 풀어놓은 해자를 건너야 했으니, 어지간히 주도면밀하게 방비를 한 셈이다. 물론 이 모든 것이 아무 쓸모도 없었지만 말이다.

해자를 건너면 건물 터가 보인다. 궁전 터다. 시기리야 바위산 꼭대기에도 궁전이 있지만, 평소에 거처하지는 않았을 테고, 이곳 평지에 거처했을 것이다. 여기서부터 시기리야 산 아래까지는 모두 다섯 개의 구역으로 조성된 '작은 물의 정원'이다. 해자를 건너면 양쪽에 큰 연못을 만들어놓았다. 그리고 그 위에 다시 긴 장방형의 연못이 있고, 그 위에 물길이 있고, 그 위에는 우기에 물이 솟아나는 샘이 있다. 모두 인공으로 조성한 것이다. 지금은 물이 흐르지 않아 '물의 정원'이란 말이 무색하기만 하다.

이 건물군을 지나면 곧 시기리야 성채로 올라가는 길이 나타난다. 계단에 발을 올리기 전 오른쪽을 보면 옛날에 스님들이 명상하던 곳이 있다. 빗물을 피할 수 있는 바위 아래 공간에 벽돌을 조금 쌓아 거처할 곳을 만들었다. 원래 이곳 시기리야는 수도원으로 쓰이던 곳이다. 성채로 올라가는 입구는 자연석을 깎아 계단을 만들어놓았다. 옛날에 사용하던 길이다. 계단을 올라가면 철봉과 철판으로 만든 잔도가 나온다. 잔도 끝에 철제 계단을 설치했는데, 마치 소라 껍데기처럼 빙빙 돌면서 올라가게 되어 있다. 계단 바깥에는 쇠 그물을 쳐서 전혀 위험하지 않다. 나선형 계단을 다 올라가면, 그 유명한 〈시기리야 여인들〉이 있다. 화관을 쓴 풍만한 여인들의 나신상이다. 카사파 왕을 모신 시녀라는 말도 있지만, 고대 인도 신화에 나오는 천상의 무희라고 하는 설이 더 합당해 보인다. 원래는 모두 500명이었다고 하는데, 뒤에 이곳에서 수행하던 승려들이 지워버려, 남은 것은 겨우 18명이다. 예외 없이 잘록한 허리에 풍만한 가슴을 드러낸 여인 500명의 그림이라면 수행자가 고민할 만도 하겠다. 하지만 그런 그림에 유혹을 받아 수행에 방해가 될 정도라면, 그 근기도 대단찮은 것이다. 〈시기리야 여인들〉 앞에서는 사진도 찍을 수 없고, 오래 머물 수도 없다. 사람들이 워낙 몰리기 때문이다.

'와보았다'는 한마디만 머리에 새기고 다시 나선형 계단으로 내려오면, 미러 월(Mirror Wall)이라는 곳을 지난다. 바위 바깥으로 내어 지은 잔도에 세운 벽이다. 안에서는 바깥이 보이지 않기 때문에, 역시 공포감이 줄어드는 효과가 있다. 밖에서 보면 노란 띠처럼 보이는 곳이다. 미러 월에는 압사라의 아름다움에 대한 기록이 있다고 하는데, 전혀 확인하지 못했다. 손을 대지 말라는 경고문이 붙어 있는데, 아마도 그 기록을 보호하고자 해서일 터이다.

이곳을 지나면 약간 넓은 마당이 나오고, 시기리야 암산으로 올라가는 길이 다시 이어진다. 카샤파 1세(재위 479~495)가 만들었다는 거대한 사자 발톱을 조각한 석상 사이로 난 계단을 오르면 옛날 산정으로 올라가던 길은 끊어지고, 쇠로 된 계단이 시작된다. 없어진 길은 아마도 나무로 만들었을 것이다. 여기저기 보이는 홈은 옛날에 잔도를 만들 때 나무를 박았던 흔적일 것이다. 철제 계단을 올라가면 정상이다. 생각보다는 꽤 넓고, 흙이 있어 수목이 자란다. 물론 건물터, 즉 붉은 벽돌로 쌓은 건물의 아랫부분이 정상 전체에 걸쳐 남아 있다. 한쪽 끝에는 물을 저장하던 저수조가 있다. 거기에 빗물을 받아 궁전에 공급했을 것이다. 다른 한쪽에는 장방형의 크고 정교한 목욕장이 그대로 남아 있다. 하나 인상적인 것은 돌을 깎아 만든 긴 의자다. 카샤파 왕이 앉았던 곳인가. 아마 의자 근처에 왕의 일상적 공간이 있었을 것이다.

산정에서 사방을 바라보면, 탁 트여서 먼 곳까지 보인다. 그래서 이 험한 곳에 성채를 짓고 적의 침입을 대비했을 것이다. 물론 소용없는 일이 되고 말았지만 말이다. 풍광은 더할 수 없이 아름답다. 뿌연 대기 속에,

저 멀리 낮은 산들이 겹겹이 가로로 달리고 있다. 수해(樹海)에 뜬 긴 섬 같다. 그 사이에 작은 섬들이 드문드문 떠 있다. 평생의 좋은 구경이다.

권력과 살인

인간은 이름을 붙임으로써 사물을 고정하려 하지만, 시간은 그것을 천천히 흩어버린다. 모여서 무엇인가를 이루는 것은 간신히 존재할 뿐이다. 시간은 그 사물 안에 있으면서 그 사물을 사물이 되게 하는 태엽을 천천히 풀어낸다. 태엽이 풀리면 그것은 원래의 다른 무엇들로 흩어져버린다. 한때 성채를 화려하게 꾸몄던 채색화는 이제 겨우 남은 몇 점으로 옛날의 영화를 얼핏 보여줄 뿐이다.

카샤파 왕은 권력을 쥐기 위해 형제를 죽이지 말고, 지는 저 해를 조용히 바라보며 술잔을 들고 형제와 벗들과 다정히 담소를 나누며 하루를 마치는 것이 옳았으리라. 살육으로 잡은 권력이 과연 얼마나 오래갔던가.

슬프게도 권력이 깊이 배어든 유물만 남는다. 권력으로 업적으로 이름을 새겨 남기지만, 그조차 어찌 보면 허망하기 짝이 없는 것이다. 이름, 곧 그 음성기호는 단지 음성기호일 뿐이다. 그 사람의 구체성은 이미 사라져버렸다. 이름이 곧 그 사람인 것은 아니다. 세상의 이치가 이렇구나. 그래, 나만 죽음으로 소멸하는 것도 아니니 슬퍼할 일도 아니다.

담불라 석굴 사원

시기리야에서 내려오니 점심때가 약간 지났다. 천장이 높아 시원해 보이는 길가의 식당에 들어가 점심을 먹었다. 하지만 외관과 달리 식당 안이 몹시 덥고 음식은 조악했다. 값도 비쌌다. 이곳은 시기리야를 방문하는 여행객을 털어먹는 곳이다. 그러니 털려주는 것이 외국인 여행객의 도리다.

서둘러 담불라 석굴 사원으로 갔다. 원래의 이름은 '랑기리 담불라 라자마하 비하라'이다. 그동안 들었던 말들로 맞춰본다. '라자마하'의 '라자'는 왕, '마하'는 크다는 뜻이고, '비하라'는 사원을 뜻한다. '담불라'는 바위라는 뜻이다. 그리고 '랑기리'는 황금을 뜻한다고 하니, '황금 바위에 지은 대왕의 사원'이라는 뜻이 되겠다.

담불라 사원의 입장료는 1500루피다. 그런데 어떤 독지가가 최근 엄청난 금액의 보시를 하며 2주일간 무료로 입장시키라고 해서 나도 무료로 들어갔다. 식당에서 털린 돈을 여기서 보충하는 셈이다. 사람살이라는 것이 손해 볼 때도 있고, 이렇게 뜻밖에 운이 풀리는 날도 있는가보다. 사원 마당으로 들어서면 골든 템플이 있다. 이것을 보러 온 것은 아니다. 골든 템플은 담불라 석굴 사원이 워낙 유명해 사람들이 몰려서 최근에 지은 것이다.

석굴은 계단을 한참 걸어 올라가야 한다. 정상 아래 바위를 어림잡아 100미터 정도 가로로 파고들어가 다섯 개의 공간을 만들었으니, 이것이 곧 담불라 석굴 사원이다. 가로로 팠다는 것은 각 동굴의 가로 길이가 깊이보다 더 길다는 뜻이다. 이곳은 기원전 3세기 때부터 승려들이 수행하던 곳을 뒤에 넓혀 사원으로 만든 것이다. 사원은 국가권력이 개입하지 않으면 결코 조성할 수 없는 규모다. 기원전 1세기 타밀족이 침입했을 때 싱할리 왕국의 바라감 바후 1세가 이곳으로 몸을 피했다가 그 뒤 타밀족을 축출하고 이곳에 석굴 사원을 조성하기 시작했다. 이후 여러 왕들이 차례로 이 석굴 사원을 확장했다고 한다.

석굴은 모두 다섯 개다. 차례로 들어가보고 그 엄청난 규모와 화려함에 기가 질렸다. 옛날 인도의 아잔타와 엘로라의 석굴을 방문했을 때의 심정이 되었다.

1번 석굴은 '신왕의 석굴 사원(Deva Raja Lena Vihara)'이다. 동굴은 매우 좁다. 그 좁은 공간에 14미터의 길이의 큰 와불이 누워 있고, 오른쪽에 붓다의 좌상과 입상이 있었다. 당연히 와불은 그 공간에 있던 암석을 그대로 가공한 것이다. 조형미도 뛰어났다. 천장과 벽에는 채색 불화가 빈틈없이 그려져 있었다.

2번 석굴은 '대왕의 석굴 사원(Maha Raja Lena Vihara)'이다. 이 석굴은 엄청나게 넓었다. 들어서면 정면에 좌불 열댓 개가 죽 늘어서 있고, 왼쪽에는 다섯 개의 좌상이 있다. 붓다상은 모두 같은 형태지만 표정이 각각 달랐다. 왼쪽 벽면에도 좌상이 있었다. 그리고 들어서서 바로 오른쪽 벽면에도 역시 거대한 와상이 있었다. 왼쪽 좌상 앞에는 붓다상을 둥그렇게 둘러싼 스투파가 있었다. 붓다상들은 모두 동굴 안에 있던 돌을 떼내지 않고 그대로 가공한 것이라 그 수고를 짐작할 만했다. 또 모든 불상이 균형미가 있었다.

3번 석굴은 '위대한 새 사원(Maha Alt Vihara)'이다. 석굴 입구 정면에 좌불이, 왼쪽과 오른쪽 벽면에는 와불이 있는 간단한 형식이었다.

4번 석굴은 '서쪽 사원(Pacchima Vihara)'이다. 가장 작은 석굴로, 와불이 없었다. 입구 정면과 왼쪽과 오른쪽 벽면에 붓다상이 있고, 그 중간에 스투파가 있었다. 역시 벽면과 천장에는 불화가 가득했다.

5번 석굴은 '신의 새 사원(Deva Alt Vihara)'이다. 정면에 와불, 왼쪽과 오른쪽에는 입상과 좌상이 있었다. 불화는 다른 동굴과 같았다.

불상과 불화에 전문적인 식견이 없는 나로서는 이 거대하고 다양한 석굴 내부에 대해 더 언급할 것이 없다. 이 방면의 연구자와 함께 온다면 아마도 깊이 있는 이야기를 들을 수 있을 것이다.

석굴 사원 아래의 박물관은 별로 볼 것이 없었다. 따로 입장료를 내고 들어갔지만, 2층에는 인도·태국·네팔·중국·일본·한국에서 기증한 불상(현대 불상)을 전시했고, 아래층에는 패엽경(貝葉經)과 불구(佛具)를 전시하고 있었다. 공연히 들어왔다는 생각이 들었다.

노인장 이야기

저녁에 돌아와 식사를 하고 방에서 쉬고 있는데, 몽가가 이런저런 이야기를 한다. 자신이 예전에 들은 이야기란다. 어떤 노인장이 근력이 좋아 여행을 즐겼다고 한다. 한번은 어떤 여행팀을 혼자 따라갔는데, 모두 나이가 그보다 훨씬 아래였다. 모두들 대단하시다 하면서 잘 어울려 다녔더란다. 혼자 온 남자가 네 명이어서 자연히 한 팀이 되었고, 줄곧 어르신, 형님, 아우님 하면서 어울려 다녔다. 오십대 두 명이 같은 방을 쓰고, 노인장은 30대 중반의 총각과 한 방을 썼다. 30대는 큰형님이라 부르며 노인장을 따랐다. 그런데 그 친구가 갑자기 이틀 동안 말도 없이 방을 바꾸더란다. 이상하다 싶어 알 만한 사람에게 슬쩍 물어보니, 늙은이 냄새가 나니 방을 바꿔달라고 했다는 것이다. 사정을 알게 된 노인장은 격노했다. 네 명의 좋던 관계는 끝났고, 젊은이는 4인 그룹에서 축출되었다. 늙음은 외면의 대상인 것인가. 어느 인간도 늙지 않음이 없거늘.

스리랑카 릭샤 운전사

담불라 읍내에서 릭샤를 탔다.

"문 플라워 호텔!"

"어디 있는지 몰라."

알 만도 한데 모른단다.

"골든 템플 다음이야."

"골든 템플? 오케이!"

"얼마야? 100루피?"

"노!"

"150루피!"

"오케이!"

한참을 달리더니, 골든 템플 앞에 릭샤를 멈춘다.

"아니, 더 가야 한다고. 직진하소."

"그럼 50루피 더 줘야 해. 안 그러면 안 가!"

"줄 테니 가기나 하소."

드디어 도착했다.

"이곳은 너무 멀어. 50루피 더 줘야 해!"

미터기는 원래 없다. 운전사가 미터기다. 물정 모르는 외국인 타는 법
도 가지가지다.

사원의 부

이름난 종교적 건축물, 즉 성당이라든가 불교 사원, 이슬람의 모스크
등은 모두 거창하기 짝이 없다. 수많은 사람들의 노동으로 이루어진 것
이다. 또 그것은 아름다운 예술품이기도 하다. 담불라의 석굴 사원을 보
고, 참으로 엄청나다는 생각이 들었다. 바위를 파서 그 거대한 공간을
조성하고 석불을 만드는 노력은 국가적 규모의 권력이 아니면 불가능하
다. 엘로라, 아잔타의 석굴 사원은 수십, 수백 년에 걸쳐 조성되었다. 아
마도 그것은 사람들을 엄청나게 끌었을 것이다.

모든 종교는 한 목소리로 부를 버리라고 말한다. 부에 대한 집착은 진
리를 깨닫는 데 결정적인 장애가 된다고, 그러니 부를 버리라고 말한다.
예수는 부자가 천국에 들어가는 것은 낙타가 바늘구멍을 통과하는 것
보다 어렵다고 말했다. 하지만 어떤 종교도, 사원도 부의 중심이 아닌
적은 없었다. 신도들이 부를 축적하는 것은 죄악시하면서, 혹은 반대로
신은 정직한 부, 깨끗한 부의 축적만 허락한다고 말하면서 가난한 자들
로부터 동전 한 닢까지 털어내고, 때로는 부자들의 부를 정당화해주면
서 자신의 부를 쌓느라 여념이 없(었)다.

법정 스님의 수필 《무소유》를 처음 읽었을 때, 스님이 사는 공간에 문득 생각이 미쳤다. 스님은 자신의 노동으로 그 조촐한 불일암을 지었을까, 아니면 노동을 하고 받은 돈으로 구입했을까. 대한민국의 보통 사람이라면 하기 마련인 집 걱정을 스님은 한 번도 해본 적이 없을 것이다. 서울에 머물 집(사찰)이 있고, 사람에 지치면 훌쩍 떠나 머무를 수 있는 깊은 산속의 집(암자)도 있다. 그것은 누가 지은 것인가. 누구의 소유인가. 스님 개인은 무소유인지 몰라도, 그가 속했던 승단은 큰 부자다.

붓다가 출가한 뒤, 많은 사람들이 그를 따라 출가했다. 그중에는 빚쟁이나 노비도 있었다. 세상살이가 힘든 사람들이다. 빚을 준 사람과 노비 주인이 항의하자, 붓다는 빚을 진 자와 노비는 승단에 받아들이지 않았다. 불교 사원이 인간을 사회적으로 해방시켜줄 수 없게 된 것이다. 왕과 장자(불경에서는 부자를 장자라고 부른다)들로부터 후원을 받은 붓다로서는 후원자들의 재산을 보호할 필요가 있었을 것이다.

대승불교가 성립한 뒤로는 거룩하게도 중생을 구원하겠다고 표방했지만, 그들은 붓다가 결코 말하지 않은, 받아들이지 않은 힌두교의 무수한 신들을 받아들여 마침내 만신전을 차렸고, 붓다를 세상의 궁극적 실재로서 그 정상에 올려놓았다. 붓다가 최종적 신이 된 것이다. 붓다는 오직 법에 의지하고 자신의 능력과 노력으로 진리를 깨달아 해탈하라고 했지만, 법도 아니고 자신의 능력과 노력도 아닌, 흙과 돌과 나무로 만든 붓다상 앞에 엎드림으로써 고해에서 벗어나려고 하는 어리석은 길이 다시 열린 것이다.

그 시초는 아마도 붓다에게 있을 것이다. 붓다가 남에게 얻어먹는 탁발이 아니라 스스로 노동해서 먹을 것을 마련하고 왕과 장자들의 도움을 받지 않았더라면, 달리 말해 세상을 지배하는 기득권 세력과 타협하지 않았다면, 불교는 분명 세상을 구원할 종교가 되었을 것이다. 하지만 불교 역시 그 길을 포기하고, 스스로 거대한 부를 소유하는 기득권 세력이 되었다. 지금도 문제는 동일하다. 종교가 언제 불평등한 사회를 고치려 한 적이 있던가. 이따금 예외적으로 그런 인물이 한두 명 나와 종교의 오탁처(汚濁處)를 가리기는 한다. 하지만 거개 종교는 이 불공평한 세상을 항구적으로 유지하는 구실을 할 뿐이다. 모든 것을 개인의 문제로 미루면서 말이다.

붓다의 치아와 칼슘 조각

캔디 가는 길

오늘 캔디로 떠난다. 캔디라는 지명을 처음 알게 됐을 때부터 한편으로는 사탕(candy)이, 한편으로는 만화 주인공 소녀가 떠올라 '귀여운' 지명이라는 생각이 떠나지 않았다. 하지만 이곳은 'Kandy'다.

캔디는 싱할리 왕조의 162대 왕인 비말라다르마수리야 1세(재위 1590~1604)의 치세부터 수도가 되었다고 한다. 이후 포르투갈, 네덜란드의 식민 시대를 거치고, 1796년에 시작된 영국과의 전쟁에서 패배해 1815년에 정식으로 항복하면서 싱할리 왕조는 끝이 난다. 그것으로 왕국의 수도로서 캔디의 역할도 끝난 것이다. 캔디는 해발 500미터에 가까운 산지에 있고, 인구는 12만 5000명(2011년 현재)이라고 한다. 이것이 내가 아는 캔디에 관한 기본 정보다.

9시경 담불라를 떠났다. 버스 창밖으로 학교와 유치원이 보인다. 파란색 반바지에 흰 윗도리를 입은 아이들이 음악에 맞춰 막대기 두 개를 부딪치며 춤을 추고 있다.

길 좌우에 산이 보이기 시작한다. 담불라에서 보던 외곽의 산이다. 하지만 산까지 모두 숲이다. 이 나라의 숲은 참으로 부요하다. 문득 내가 사는 마을의 뒷산이 생각난다. 거기는 지금 겨울이다. 여름내 내린 비로 몸을 불려 오만하게 내달리던 계곡물이 이제 수척해져 한껏 겸손한 모습으로 목소리를 낮춰 다정한 목소리로 속삭이듯 흐르고 있을 것이다. 옷을 벗어버린 나무들은 봄이 다시 오길 기다리며 서로 수런대고, 바람은 헐거워진 나무 사이로 수월하게 불어 지나갈 것이다. 그곳의 가난한 숲에 비하면 이곳의 숲은 얼마나 풍요한가.

이곳 사람들은 나무를 베어내고 집을 짓는 것을 몹시 꺼린다고 한다. 그만큼 나무와 숲을 사랑하는 것이다. 물론 숲의 나무를 전혀 베지 않는다는 것은 말이 되지 않는다. 캔디까지 가는 길에 작은 제재소를 두세 곳 보았다. 하지만 나무를 오직 자원으로만 알았다면 저 열대림은 지금 한 평도 남아 있지 않을 것이다.

버스가 마텔레라는 작은 도시를 지난다. 입구에 힌두 사원이 있고, 거리 양쪽에 상점들이 늘어서 있다. 도시의 집들은 폭이 매우 좁다. 마치 네덜란드 암스테르담의 운하 옆에서 본 집들 같다. 마텔레를 지나니 산으로 올라간다. 낮은 산들이 이어진다. 장작을 묶어서 쌓아놓고 파는 집이 두세 곳 보인다. 열대지방이라도 좀 높은 지대는 밤이 되면 추워서 불을 때야 해서 그런가. 알라와투고다라는 소읍을 지나면서 길은 완전한 산길이 되었다. 다시 아쿠라나라는 소읍을 지난다. 여기서 캔디까지는 8.5킬로미터쯤 남았다고 한다. 흰색의 둥근 모자를 쓴 남자, 검은 차도르를 입은 여자들이 더러 보인다. 모두 이슬람교 신자다. 아쿠라나는 앞서 지나온 소읍보다 훨씬 번화하다. 온갖 상점들이 다 있다. 캔디에 도착하니 11시가 조금 넘었다.

캔디 시내에 들어서자 교통체증이 시작된다. 도심에 들어서니, 옛날 식민지 시대의 것으로 보이는 건물이 눈에 들어온다. 거창하고 특별한 건물은 아니고 모두 폭이 좁은 상가다. 하얀 교복을 위아래로 입은 학생들이 학교에서 쏟아져나온다. 스리랑카는 사립학교를 제외하고 공립학교는 대학까지 학비가 없다고 한다. 고등학교까지는 교복도 무상으로 지급한단다. 구체적인 것은 견주어봐야겠지만, 일단 학생과 학부모에게 교육비를 모조리 떠맡기는 한국과는 판이하게 다르다.

캔디 시내에서 가장 먼저 눈에 띄는 것은 보감바라라는 작은 호수다. 호수 주변을 보면 모두 산이니, 계곡 사이에 조성된 인공호수가 분명하다. 왕조의 마지막 왕인 스리 비크라마 라자싱하 왕의 명령으로 1805년에 만들었다고 한다. 비크라마는 무슨 뜻인지 모르겠지만, '라자'는 왕, '싱하'는 사자이니, '비크라마 사자왕'이라는 뜻이다. 사자왕이 왜 영국에 항복했던고?

캔디 시내의 주요 건물, 예컨대 불치사(佛齒寺) 같은 곳은 모두 이 호수 옆에 있다. 불치사 앞쪽이 번화한 다운타운이니, 사실상 보감바라 호수가 캔디의 지표인 셈이다. 언덕에 올라가서 보면, 호수의 시내와 접하고 있는 부분은 직사각형 모양이고 도시 외곽 쪽은 자연적인 형태를 그대로 살렸다. 물가라서 시원한지, 시민들이 호숫가에 앉아 시간을 보낸다. 작은 보트를 타는 사람도 있다. 호수 안에는 아주 작은 섬을 만들었고, 그 섬과 마주 보이는 호숫가에 흰 건물을 지었다. 왕비의 수영장이었다고 한다. 이 인공호수의 물은 아마도 캔디를 둘러싸고 있는 산에서 공급될 것이다. 언덕에 올라가서 보면, 캔디가 산과 산 사이의 좁은 공간에 건설된 것을 확실하게 알 수 있다.

시내는 좁다. 산 곳곳에 4, 5층짜리 건물들이 서 있다. 마치 산지에 자리 잡은 북인도의 다람살라를 보는 것 같다. 이곳저곳에 있는 하얀색 좌불과 다고바가 숲을 배경으로 유난히 도드라져 보인다.

캔디의 주요한 유적은 불치사다. 스리랑카 말로는 '스리 달라다 말리가와'라고 한다. 불치는 붓다의 치아다. 붓다가 열반해 다비를 치른 뒤, 마가다 국의 아자타샤트루 왕, 바이샬리 성의 릿차비족, 카필라 국의 샤카족, 칼라칼파 국의 불라족, 라마그라마 국의 콜리족, 비슈누다파 국의 브라흐만들, 파파 국의 말라족, 쿠시나가라의 말라족 등이 붓다와 자신들의 관계를 내세우며 사리를 달라고 요구했고, 이로 인해 분쟁이 일어나자, 의논 끝에 공평하게 8등분을 해서 분배했다. 사리 분배를 중재했지만 분배를 받지 못한 드로나 브라흐만들은 사리를 담았던 병을 가지고 가고, 핍팔리바나의 모리야족은 남은 재를 가지고 가서 탑에 넣어 모셨다. 그런데 1958년 릿차비족의 사리탑 유적지를 발굴하니, 사리 대신 재가 나왔다고 한다. 그것이 모리야족이 가져간 재와 어떤 관계가 있는지 모르겠다. 불치사의 불치는 재 속에서 발견된 타지 않은 윗어금니(어떤 자료에서는 송곳니라고 한다)인데, 늦게 도착한 칼링가 왕국의 아사세 왕에게 분배한 것이라고 한다.

칼링가 국은 불치사를 세워 불치를 봉안했는데, 362년 기근과 전쟁으로 나라가 불안해지자 국왕의 꿈에 붓다가 나타나 불치를 스리랑카로 보내면 나라가 평안해질 거라고 했고, 이에 왕은 불치를 스리랑카로 보냈다. 당시 싱할리 왕국은 수도 아누라다푸라에 불치사를 조성해 불치를 봉안했고, 그 뒤 타밀족의 침략으로 폴로나루와 등으로 수도를 옮길 때마다 여러 사원으로 불치를 옮겨 마침내 캔디의 불치사까지 오게 된 것이다. 폴로나루와 쿼드랭글의 하타다게는 불치를 봉안한 곳이었다! 불치는 평소에는 직접 볼 수 없고, 음력 7월 대보름에 '에살라 페라헤라'라는 불교 축제가 열흘 동안 열리는데 이때 공개된다고 한다. 당연히 불치의 공개가 이 축제의 절정에 해당할 것이다.

　불치사 담장 바깥에는 불치 앞에 바칠 꽃을 파는 노점상들이 늘어서 있다. 나야 꽃을 살 일이 없지만, 신심 깊은 이곳 스리랑카 사람들은 꽃을 사서 들어간다. 입구를 지나면 넓은 정원이 펼쳐지는데, 정원 한가운데에 스리랑카의 초대 수상이자 독립운동에 헌신했던 인물을 비롯해 영국의 식민지배에 저항했던 어린아이와 승려 등의 동상이 있다.

　외견상 불치사는 최근에 지은 것으로 보이지만, 계단을 밟는 순간 그 문양과 닳은 흔적을 보고 오래된 사원임을 직감한다. 물론 사연이 있다. 1998년 LTTE(타밀엘람호랑이군)의 폭탄테러 때 건물이 불탔던 것이다. 다행히 불치를 모신 건물만은 별로 손상되지 않아 예전의 모습을 그대로 유지하고 있다고 한다. 건물 1층에 들어서면 먼저 장방형의 큰 건물이 눈에 들어온다. 앞에는 네 개의 석재 기둥이 있고, 그 뒤에 거대한 상아가 좌우 각각 세 개씩 꽂혀 있다. 그 뒤에 가로로 네 개, 세로로 아홉 개의 기둥이 있고, 그 위에 건물이 있다. 돌기둥 위에는 나무로 만든 화려한 공포(栱包, 처마 끝의 무게를 받치기 위하여 기둥머리에 짜맞추어 댄 나무쪽)가 있고, 그 위에 역시 나무로 처마를 만들었다. 그리고 그 위에 다시 2층을 올렸는데, 이 2층 안에 불치가 간직되어 있는 것이다. 불치를 넣은 사리함은 금과 보석으로 화려하게 장식되어 있다고 한다.

2층으로 올라가면 모두 목조 건물이다. 아래층 네 개의 돌기둥 위에 2층의 복도를 얹어, 불치에 참배하고자 하는 사람들이 이 복도에 서서 불치가 안치된 곳을 향해 손을 모으고 허리를 굽힌다. 복도의 벽 쪽에는 사람들이 앉아 소원을 빌기도 하고 경문을 읽기도 한다. 복도와 불치가 있는 감실 사이에는 가로막대가 걸쳐져 있는데 그 앞에 널빤지를 덧대어, 사람들이 가져온 꽃을 바친다. 꽃을 바치는 곳 너머에는 사각형의 빈 공간이 있고, 그 공간에 연하여 불치를 모신 큰 감실이 있다. 감실 정문은 황금으로 만들었는데, 모두 아름다운 부조가 새겨져 있다. 그 좌우에는 아름다운 채색 인물화가 있고 모두 유리를 씌워 보호해놓았다. 누구인지는 모르겠다.

이 건물 뒤에 '뉴 슈라인 룸(New Shrine Room)'이라고 하는 긴 방이 있는데, 큰 황금 붓다상과 흰색의 붓다 좌상 여러 개를 빙 둘러 모신 곳이다. 이곳을 나서면 박물관으로 올라가는 통로가 있다. 계단을 올라 2층에 들어서면 오른쪽에 사진을 걸어놓은 것이 보인다. 불치가 스리랑카의 여러 곳을 거쳐 이곳 불치사로 올 때까지 머물렀던 사찰들을 열거해놓은 것이다. 그중에 마두칸다라는 곳이 있어 알아보니 아누라다푸라 위쪽 지방이다. 그곳에도 사원이 있었던 것이다. 이어서 이곳 불치사를 중건한 과정을 담은 사진이 걸려 있다. 그 밖의 진열품들은 모두 불구(佛具)다. 하나 특이한 것은 구리로 만든 불치사 주지승의 흉상이 진열되어 있다는 것이다. 3층 역시 불구를 전시한 공간이다.

불치사를 본 뒤 시내를 돌아다녔다. 시내는 그야말로 손바닥만 하다. 작은 상가들이 밀집해 있다. 고층 건물은 찾아볼 수 없다. 상가는 그저 그렇다. 어디에나 있는 식료품점과 의류점, 식당, 노점상 등. 조금 특이한 것은 아유르베다 약국이다. 규모가 꽤나 컸는데, 각종 식물에서 뽑아낸 여러 가지 오일과 향료를 팔고 있었다. 이곳은 한국으로 치면 한약방인 셈이다. 들어가서 몇 가지 약을 사며 한참을 머물렀다. 한국의 한약방에는 약이 담긴 서랍들이 가득한 약장이 있지만, 이곳에는 벽면 가득 약병이 있었다. 요즘 한국에서는 한의원이 주류를 이루고 한약방은 찾기 어렵다. 게다가 한약방에서 무엇을 어떻게 파는지, 사서 어떻게 복용하는지도 알기 힘들다. 하지만 이곳 아유르베다 약국은 규모가 범상치 않게 크고, 약을 팔고 상담하는 약제사들도 십수 명은 되는 것 같았다. 시민들도 무시로 들어와 이런저런 약재를 달라고 했다.

약국 건너편에도 가게들이 줄지어 있는데, 그중 흥미를 끈 것은 건어물 가게였다. 온갖 말린 생선, 훈제한 생선을 팔고 있었다. 큰 생선을 가로로 잘라 훈연한 것도 있었고, 아주 잔 멸치를 그냥 말린 것도 있었다. 밴댕이로 보이는 어물도 있었는데, 이것들은 한국에서처럼 국물을 내는 용도로 쓰이는 것일까.

스리랑카 댄스

시내를 한참 돌아다니다가, 5시에 시작하는 스리랑카 전통춤(랑가하라 댄스, 캔디언 댄스) 공연을 보기 위해 캔디언 문화센터(Kandyan Cultural

Center)로 갔다.

다음은 무용단의 기본 구성이다. 작은 옆북 세 개(두 손으로 친다), 쌍드럼 한 개(채 두 개로 친다), 날라리 한 개(가락을 맡는다)가 있다. 이것이 기본 구성이고, 작은 심벌즈 두 개가 추가되는 경우도 있었다. 소라 껍데기도 있다. 이 악단을 '판차투리야스'라고 한다.

첫 번째는 전통적인 환영 음악이다. 위의 악기 구성으로 연주한다.

두 번째는 푸자 댄스. 꽃과 촛불을 든 무희 네 명이 추는 우아한 춤이다. 종교 의식에 사용된 춤이라고 한다. 수호신들과 구루(춤의 스승)들에게 바치는 춤이다.

세 번째는 판테루 네툼. 남자 무용수 다섯 명이 등장했다. 그중 세 명은 탬버린을 치고 노래를 함께 불렀다. 매우 격렬한 춤으로, 텀블링 같은 동작, 혼자 제자리에서 돌기 등 브레이크 댄스에서나 볼 수 있는 동작이 포함되어 있었다.

네 번째는 코브라 댄스. 검은 옷을 입은 무희 네 명이 코브라의 동작을 흉내 내는 춤이다. 코브라의 모습과 코브라를 길들이는 과정을 묘사한 춤이라 한다.

다섯 번째로는 새 가면을 쓴 사람과 코브라 가면을 쓴 사람(둘 다 남자), 악사 한 사람이 등장한다. 새(코브라를 잡는 새 구룰라)가 코브라를 죽이는 것을 묘사한 춤이다. 악령을 쫓아내는 기능을 한다고 한다.

여섯 번째는 라반 댄스. 작은 북을 든 무희 네 명이 등장했다. 북을 치면서 우아한 동작을 선보였다.

일곱 번째로는 남자 무용수 두 명이 불을 붙인 막대기를 들고 나와 돌리고 교차시키고 하더니, 불을 입에 넣기도 하고 팔에 문지르기도 했다.

여덟 번째는 이름을 알 수 없는 무희 네 명의 춤. 무희들은 등에 바구니를 지고 나와 뭔가를 채취하는 춤을 추었다.

아홉 번째로는 검은 옷에 입이 삐뚤어진 우스꽝스러운 가면을 쓴 남자 무용수가 나와서 독무를 추었다. 반주는 북 하나뿐이었다. 몸에 금속제 장신구를 달아 소리가 요란했다.

열 번째로 건장한 남자 무용수 다섯 명이 불을 붙인 컵을 들고 나와 춤을 추다가 불을 끄고, 동작이 크고 격렬한 힘찬 춤을 선보였다.

마지막으로 모든 악사와 무용수들이 나와서 인사를 했다.

나가려는데, 안내인이 5분만 시간을 달라며 야외로 인도한다. 2~3미터쯤 되는 철판 위에 숯불을 지피고 남자 무용수들이 그 위를 맨발로 지나간다. 한 사내가 휘발유를 가지고 있다가 숯불 위에 뿌린다. 다시 무용수들이 그 위를 걷는다. 춤으로 행하는 의식 중 하나라 한다. 어떤 사람이 바구니를 들고 다니며 돈을 받는다.

캔디언 댄스 역시 포트코친에서 본 카타칼리처럼 원래 있던 자리에서 떨어져나온 것이다. 한국도 마찬가지일 것이다. 흔히 고전무용이라고 하지만, 그것이 과연 오늘날 우리들의 삶을 절절히 표현하고 있는가. 아마도 그것은 원래의 콘텍스트를 상실하고 내셔널리즘과 자본의 맥락 속에 편입된 것일 터이다. 지금의 음악과 춤은 어떤가. 과연 이월가치가 있어 후대에 전할 만한가. 캔디언 댄스를 보고 별별 생각이 다 들었다.

댄스를 보고 나니 6시다. 곧바로 버스를 타고 피나왈라로 떠난다.

캔디 시내를 벗어나 산길로 접어든다. 해는 이미 서산 아래로 떨어졌지만, 잔광으로 하늘은 여전히 훤하다. 하지만 숲은 빛을 잃고 한 덩어리

검은 물체가 되어 무겁게 가라앉는 중이다. 어둠이 내리기를 기다리던 박쥐 수천수만 마리가 숲 위로 떠올라 밝은 하늘을 배경으로 둥글게 선회한다. 장관이다.

버스가 산길로 올라왔지만, 도시는 끊어지지 않고 선이 되어 이어진다. 불을 환히 밝힌 넓고 깨끗한 슈퍼마켓, 늘어선 노점들, 버스를 기다리는 사람들, 신호를 기다리는 승용차들! 여느 도시에서 볼 수 있는 퇴근길의 풍경이다. 양옆의 산에는 불을 밝힌 집들이 드문드문 보인다. 낮에 보았던 높은 지대에 있는 집들이다, 캔디는 산지에 만들어진 도시라, 외곽에도 이렇게 높은 곳에 집을 지을 수밖에 없는 것이다.

버스는 외길을 달린다. 이제 양옆에는 오직 산만 보인다. 길 아래 숲속에 어쩌다 불빛이 보일 뿐, 거의 완전한 어둠이 숲을 덮고 있다. 이제 저 우거진 숲속에 사람이 거의 살지 않는다는 것을 알게 되었다. 가게와 노점상들이 밀집해 있는 가로가 나타났다 드문드문해졌다 하다가, 아예 없어질 만하면 다시 나타나기를 반복한다. 그렇게 거의 한 시간 반을 달려 피나왈라에 도착했다. 숙소는 엘리펀트 베이 호텔(Elephant Bay Hotel)이다. 어둠 속에서 요란한 계곡물 소리가 들린다.

신발 보관소

스리랑카의 유적지들은 모두 외국인에게 내국인의 열 배가량 되는 입장료를 받았다. 인도의 마이소르 왕궁에서도 겪었던 일이다. 불공평하다고 생각하지만, 나름 이해는 간다. 스리랑카 국민의 세금으로 그들을 위해 조성한 유적지이니 말이다. 다만 짜증나는 곳도 없지 않다. 앞에서도 말했다시피, 붓다에게 경의를 표하는 곳이라면 어디나 입장할 때 모자와 신발을 벗어야 한다. 반바지를 입었을 경우 아래를 천으로 가려야 입장이 가능하다. 문제는 신발이다. 신발 보관소를 두고 보관료를 받는 것이다. 요금도 구구각각이다. 25루피, 20루피, 5루피도 있었다.

이곳 불치사는 입장료가 1000루피다. 당연히 신발도 맡겨야 한다. 다 둘러보고 나오니 신발 보관료를 내란다. 1000루피 입장료에 신발 보관료가 포함되어야 한다는 것이 나의 상식이다. 하지만 이곳은 스리랑카다. 하는 수 없이 얼마냐고 물으니 100루피란다. 이런, 보관소 위를 보니 'For Foreigner'라고 써놓았다. 외국인이 신발 맡길 곳을 따로 만들어놓고 돈을 '털고' 있는 것이다. 다른 곳도 아니고 불치를 모신 곳이라면서, 온갖 거룩함은 다 떨면서 무슨 강도짓인지 모를 일이다. 외국인의 신발은 업장이 많은 신발이기라도 한 것인가? 아름다운 건물을 보고 잠시 즐거웠던 마음이 어두워지고, 스리랑카에 대한 호감도 줄어드는 순간이었다.

붓다의 치아 한 개

불치사에는 붓다의 치아 한 개가 보관되어 있다. 당연히 원래의 치아라고 모두들 믿고 있지만, 16세기 후반 포르투갈이 침략했을 때 고아의 주교가 없애버렸다는 말도 있다. 반대로 없애버린 것은 가짜이고 스리랑카 사람들이 진짜 불치를 따로 숨겨두었으니, 지금의 불치가 그 진짜 불치라는 설도 있다. 진위를 둘러싸고 소문이 무성한 것이다. 어쨌거나 불치사는 치아 하나를 간직해두는 곳치고는 어마어마하게 크다.

불치 숭배는 달리 말해 성물 숭배다. 성물 숭배는 불교에만 있는 것은 아니다. 어느 종교에나 있다. 성물 숭배로 말하자면 기독교 쪽이 훨씬 더하다. 기독교의 성물을 두고 온갖 추악한 일이 벌어졌던 것을 역사가 증명한다. '거룩한 도둑질'이란 말도 있지 않은가. 불교에서는 붓다의 진신사리가 최고의 성물이다. 이곳 불치만 해도, 불치를 가지는 사람이 왕이 되고 전쟁에서 이긴다는 전설 때문에 한때 왕들이 서로 차지하려고 한 대상이었다. 전쟁까지 일어났던 것이다. 대한민국의 절에도 진신사리를 '모신' 사찰이 있다. 통도사 대웅전에는 석가모니상이 없다. 뒤뜰에 진신사리를 모신 탑이 있기 때문이다. 그런데 어찌하여 진신사리가 그렇게도 많은지 알 수가 없다.

의문이 하나 생긴다. 다비식 때 고온에 타고 남은 치아는 과연 붓다의 것인가. 타오르는 불길은 신체의 유기물질을 모두 태운다. 허공으로 돌아가야 할 것들은 모두 허공으로 돌아가고, 땅에 남아야 할 것들만 남는다. 그렇게 해서 남은 치아 조각이 과연 붓다의 것인가. 그 칼슘 조각에는 붓다만의 생명을 이루던 유전정보는 단 한 점도 남지 않았다. 그냥 칼슘일 뿐이고, 그 어디에도 그것이 붓다라는 인간의 신체에 있었다는 증거는 없다. 그것이 붓다의 몸에서 나왔다는 이야기만 헐겁게 붙어 있을 뿐이다. 그러니 그 이야기는 믿어도 그만, 안 믿어도 그만인 그냥 이야기일 뿐이다.

붓다는 괴로움에서 벗어나기 위해서는 집착에서 해방되어야 한다고 설했다. 그러려면 모든 것이 고정되지 않고 변한다는 것을 통찰해야 한다고 말했다. 일체 만물은 고정된 실체가 없기에, 내가 집착하는 대상도, 또 그 대상에 집착하는 나 자신도 고정된 영원한 실체가 아니다. 내가 사랑하는 저 젊고 아름다운 여인 역시 이내 주름이 지며 초라한 늙은이가 될 것이고, 숨이 끊어지면 미물들의 먹이로 분해되어 다시 물질이 될 것이다. 모든 것은 일시적으로 우연히 존재하고 있을 뿐이다. 그러니 일시적으로 우연히 존재하는, 고정된 실체 없이 변화하고 있는, 단지 우리가 붙인 이름만 있는 대상에 집착하는 것만큼 무의미한 일은 없을 것이다.

저 작은 칼슘 조각은 한때 인간의 일부인 치아로 있다가, 다시 칼슘이 되어 저 꽃의 이파리가 되고, 줄기가 되고, 뿌리가 된다. 길짐승, 날짐승의 살과 뼈를 이룬다. 그것은 하나로 고정된 그 무엇이 아니다. 만약 붓다가 살아서 자신의 타고 남은 이빨 하나를 거대한 건물을 세워 금궤에 넣어 안치하고 그 앞에 절하는 모습을 보면 뭐라고 말하겠는가? 붓다는 죽을 때 법-진리를 등불로 삼으라고 말했을 뿐, 자신을 숭배하라고 말하지 않았다. 자신의 타고 남은 육신 한 조각을 섬기라고는 더더욱 말하지 않았다.

2월 2일 피나왈라, 갈레

제국주의의 유산

지난밤 도착해서 물 흐르는 소리를 들었는데, 아침에 일어나보니 과연 물이 숙소 앞 넓은 암반 위를 흐른다. 호텔 레스토랑은 바로 그 암반 앞에 2층 높이 정도로 지붕을 만들고 유리도 벽도 없이 지은 반(半) 옥외 공간이다. 앞이 탁 트여 물 흐르는 것이 보인다. 암반의 폭이 50~60미터나 되어, 물이 펑퍼짐하게 퍼져 흐른다. 이런 이유로, 수량은 대단치 않지만 거친 돌 위를 흐르기 때문에 거친 소리가 나는 것이다.

사실 무슨 볼 것이 있어서 피나왈라에 들른 것은 아니다. 캔디 다음의 행선지는 갈레인데 저녁때 출발해 갈레까지 곧바로 가기에는 너무 멀어서 피나왈라에서 하루를 쉬었다 가는 것이다. 그런데 하필이면 왜 피나왈라인가. 1975년 숲에서 어미 잃은 새끼 코끼리를 데려와 기른 것이 시초가 되어 이곳에 '코끼리 고아원'이 만들어졌고, 지금도 코끼리 수십 마리를 키우고 있다. 코끼리를 위한 고아원은 다른 데서는 찾아볼 수 없는 것이라 사람들의 이목을 끌었고, 거기에 관광업의 선전이 겹쳐 피나왈라가 현재 스리랑카의 주요 관광 코스가 된 것이다.

내가 머무는 숙소는 돈을 내야 들어올 수 있는 이 관광지 안에 있다. 어제는 밤에 도착해 돈 받을 사람들이 모두 퇴근해서 거저 들어온 것이다. 아니, 솔직히 말해 돈을 내고 이 관광지에 들어오고 싶지는 않다. 또 어제 불치사에서 신발 보관료를 과도하게 지불했으니, 이곳에서는 입장료를 내지 않아도 무방할 것이다. 이렇게 소심한 복수를 하고 나니 마음이 편안하구나. 하하!

오전 10시가 되면 코끼리들이 각자 알아서 축사의 문을 코로 열고 이곳 호텔 앞으로 목욕을 하러 온다고 한다. 오전에는 나이 든 것들이, 오후에는 어린 것들이 온다고 한다. 그중에는 코로 수세미를 집어 비누를 칠하고 문지르는 놈도 있다고 한다. 과연 10시가 되자 코끼리 무리가 시냇가에 나타났다. 완전히 다 자란 어른과 어지간히 자란 놈 모두 합쳐 40마리쯤 된다. 대여섯씩 무리를 지어 물속에 서서 이리저리 코를 흔드는 놈, 물속에 잠겨 코만 밖으로 내민 놈, 잔등에 진흙과 모래를 잔뜩 묻히고 어슬렁거리는 놈, 얕은 물에 누워 사람의 손에 몸을 맡기고 있는 놈, 별별 놈들이 다 있다. 어떤 놈은 긴 코를 내밀어 사람으로부터 바나나를 받아 삼키기도 한다.

아침 식사 때 어떤 사내가 호텔 레스토랑 앞에 있는 높은 나무(피쿠스 뱅글라이스, 로컬 네임은 누가)에 올라가 넓은 나뭇잎이 붙어 있는 가지를 칼로 쳐내어 물로 떨어뜨리는 것을 보았는데, 큰 코끼리 두 마리가 와서 그것들을 코로 말아 입으로 넣었다. 사내는 코끼리의 식사를 마련해준 것이었다.

외국에 와서 코끼리 무리를 눈앞에 보고 있으니, 자연스레 박지원의 〈상기(象記)〉가 생각났다. 연암은 〈상기〉에서 상식화된 인식의 범위를 뛰어넘는 존재의 다양성을 우리에게 설파하지만, 그것은 코끼리 같은 신기한 짐승을 보기 힘들었던 시대의 일일 뿐이다. 현재 우리에게 코끼리는 익히 아는 짐승이다. 다만 이곳의 코끼리는 전혀 다른 맥락에 놓인 동물이다. 코끼리가 '환경'이라는 코드로 읽히고 있는 것이다. 하지만 역으로 생각하면 그 '환경'은 다시 상업주의의 포로가 되어 있는, 모순적인 형태로 존재한다. 상업주의에 단단히 붙들려 있지만, 그래도 동물의 멸종을 막는다니 안 하는 것보다야 나을 거라는 생각이 들었다. 인도네시아 보르네오 섬에도 어미 잃은 오랑우탄을 거두어 기르는 오랑우탄 유치원이 있다. 이런 식으로 접근하지 않는다면, 그나마 남은 동물들도 모두 멸종하고 말 것이다.

피나왈라에서 코끼리와 환경을 매개하는 것은 코끼리 똥으로 만든 종이다. 코끼리 똥 속에 있는 식물의 섬유질로 만드는 종이다. 원래 코끼리 똥은 그냥 두면 저절로 분해된다. 식물의 거름이 되거나 작은 곤충들의 먹이가 되어 자연적 순환의 법칙을 따르는 것이다. 그러니 사람들이 그 똥을 모아 종이를 만들어 파는 것도 우스운 일이다. 사실 골치 아픈 것은 인도에서 무수히 보았듯이 짐승의 똥이 아니라 인간의 똥이다. 제3세계 사람들의 똥이 아니라 선진국 사람들의 똥이다. 수세식 화장실에서 물로 씻어낸 그것은 다 어디로 가는가? 또 화장실에서 쓰는 물은 다 어디서 오는가?

종이를 팔아서 생기는 이윤 중 일부는 코끼리의 멸종의 막는 데 쓰인다고 한다. 호텔 벽면에 이렇게 쓰여 있었다.

We must save them.
We can save them.
We will save them.

책벌레의 여행법

코끼리는 상아 때문에 밀렵의 대상이 되고, 한편으로는 인간의 경작이나 자원 개발로 인해 서식지가 파괴되어 개체수가 줄어들고 있다. 이건 코끼리만의 문제가 아니다. 코끼를 살려야 한다는 구호를 보자, 문득 불치사 감실 앞에 놓여 있던 거대한 상아가 생각났다. 동물의 어금니로 장식한 불치를 붓다는 과연 좋아할까?

식사를 마치고 호텔 앞의 거리로 나섰다. 관광객을 상대로 기념품을 파는 가게들이 줄지어 있다. 이른 아침이라 문을 열지 않은 곳이 더 많다. 이곳저곳 눈요기로 들르기는 했으나, 사고 싶은 것은 별로 없다. 코끼리 똥으로 만든 노트 세 권, 캔디에서 본 스리랑카 춤에 나오는 코브라를 잡는 새 구룰라의 작은 가면 하나를 샀다. 기념품인 셈이다.

11시에 갈레로 출발했다.

갈레로 가기 위해 호텔을 벗어나자마자 벼가 익어가는 논이 보였다. 스리랑카에 와서 처음 보는 벼다.

도중에 홍차 공장에 들렀다. 스리랑카의 홍차는 커피의 대체작물로 재배되기 시작했다. 19세기 중반까지 스리랑카는 커피 산지로 유명했는데, 1869년 병으로 커피나무가 깡그리 죽어버리자, 대신 아삼종의 홍차를 심은 것이다. 이후 홍차는 스리랑카의 대표작물이 되었다.

홍차 공장은 생각보다는 작았다. 마당에 붉고 노란 부겐빌레아로 덮인 큼지막한 사각 굴뚝이 있다. 공장은 2층부터 시작된다. 2층에는 가로 7~8미터, 세로 70센티미터쯤 되는 긴 사각형의 통이 있는데, 아래쪽이 철망이라서 바람이 통한다. 철망 위에 찻잎을 넣어두고, 철망 끝에 있는 송풍기로 바람을 보내 찻잎의 물기를 날린다. 통의 끝에서 사람들이 찻잎을 덜어 비비며 1층으로 이어지는 경사진 통로로 떨어트린다. 1층에는 거대한 자동 맷돌이 있어 찻잎을 분쇄한다. 찻잎은 컨베이어 벨트에 의해 크기 선별기로 옮겨지고, 눈의 크기가 각기 다른 세 종류의 그물이 있는 선별기가 진동하면서 찻잎을 분류한다. 다음으로는 건조, 착향, 발효의 과정을 거친 뒤 이 찻잎들의 크기를 다시 선별한다. 작업은 이것으로 끝이다.

생각해보면 특정 작물들은 인간의 역사에 깊이 개입했다. 예컨대 후추는 서유럽의 선단을 인도와 아시아로 이끌었다. 그 뒤 서유럽의 선단은 어찌어찌하다가 실수로 아메리카 대륙까지 갈 수 있었으니 그게 이른바 '지리상의 발견'이 아닌가. 면화 역시 인도와 영국의 역사에 깊이 개입했다. 우리나라의 경우도 고려 말 면화가 도입되어 조선의 문화와 경제를 바꾸어놓았다. 급기야 조선 전기에는 부가 오로지 면포로 측정되었다. 아메리카의 옥수수와 감자(고구마)는 서유럽의 굶주림을 해결해주었고, 조선에도 전해져 조선 후기 백성들의 목숨을 구했다.

생활 필수품 외에 같은 성격의 식물을 꼽자면 기호품인 차와 커피, 담배, 아편이 있다. 카페인, 니코틴, 모르핀 등이 들어 있는 습관성 내지 중독성이 있는 물질들이다. 인류의 역사를 크게 바꾼 작물은 우스꽝스럽게도 감자나 고구마, 면화가 같은 유익한 작물이 아니라, 없어도 그만인 이런 기호품들이었다. 중국으로부터 수입한 차(그리고 도자기)로 인해 적자를 본 영국은 인도의 아편을 중국에 팔았고, 그리하여 영국이 치른 가장 부도덕한 전쟁인 아편전쟁이 일어났다. 이 전쟁에서 노대국(老大國) 중국의 허약함이 남김없이 드러났고, 제국주의 열강은 거리낌 없이 중국을 침탈했다. 이로 인해 중국이 중심이 되었던 중화적 질서가 붕괴했으니, 이 역사적 변화의 기원에는 차라는 작물이 있었던 것이다. 영국은 식민지였던 아메리카에 수출하는 차에 무거운 세금을 물리다가 결국 보스턴 차 사건이 일어났고, 그 사건은 미국 독립의 기원이 되었다.

중국 사천에서 재배한 차는 티베트로 수출되었다. 티베트의 말과 교역되었다. 비타민이 풍부한 식물성 식품이 부족한 티베트에서 차는 비타민을 공급해주는 필요불가결한 식품이었다. 버터에 찻잎을 넣어 끓이는 수요우차가 그것이다. 중국은 차 무역을 통제하는 방법으로 티베트를 통제했다. 현재 중국이 티베트를 차지하고 있는 상황도 거슬러 올라가면 역시 차와 맞닿는다.

제국주의 시대의 유산은 여기서 끝나지 않는다. 제국주의 시대부터 세계는 '시장'으로 통합된다. 단일한 '세계시장'이 출현한 것이다. 단일한 작물을 심는 거대한 플랜테이션 농업도 이로부터 탄생했다. 자본주의적 기업농은 다양한 작물을 재배하는 생계형 농업과 소농을 몰락시키고 토지에서 축출했다. 자립적 농민을 기업농의 노동자로 만들어버린 것이다. 지금도 계속되고 있는 일이다. 이런 생각에 잠겨 있는데 농가가 나타난다. 좁은 시냇물 건너에 몇 호가 있다. 집 주변에는 바나나 나무, 코코넛 나무가 있다. 길거리의 큰 나무 아래에는 붓다상을 모시고 유리로 씌워 놓았다.

점심 먹을 곳을 찾다가, '용등중찬정(龍騰中餐廳)'이라고 한자로 써놓은 식당을 발견했다. 스리랑카 시골에 어쩐 일로 중국 식당인가? 들어가니 정작 자리가 없단다. 중국인들이 실내를 점령하고 식사를 하고 있다.

중국 위안화의 파워를 짐작할 만하다. 하긴 피나왈라에서 묵은 호텔도 중국인이 가득했고, 안내문도 중국어였다. 결국 다른 뷔페 식당에서 점심을 해결했는데, 거기도 중국인이 많기는 마찬가지였다.

다시 길을 떠났다. 창밖을 내다보는 것도 재미있다. 한국과 다른 것은 별로 없다. 한국에서는 이미 사라진 죽물(竹物), 곧 광주리, 소쿠리, 채반, 종다래끼, 의자, 멍석 등 대나무와 왕골을 엮어 만든 생활용품을 파는 가게가 여럿 보인다. 양산 광고판이 있는가 하면, 한국에서는 이미 기억도 희미한 싱거(Singer) 미싱 광고판도 보인다. 붓다상을 모신 사원이 가장 많지만 이슬람 사원도 종종 보이고, 그 근처 거리에는 차도르를 입은 여자, 흰 모자를 쓰고 수염을 기른 남자들이 많이 보인다.

콜롬보를 18킬로미터 남겨두고 고속도로로 들어선다. 왕복 4차선이다. 고속도로에는 차가 별로 없다. 콜롬보에 들어가지 않고 곧바로 갈레로 달린다. 'Southern Express Way'라고 써놓았다. 103.5킬로미터 남았단다. 길 옆에는 농촌 풍경이 보인다. 벼가 제법 익은 논이 자주 눈에 들어온다. 좀 넓은 곳도 있다. 그런 곳에는 반드시 집이 한두 채 있다. 소가 풀을 뜯고, 주변에는 반드시 코코넛 나무, 바나나 나무가 있고, 다른 작물도 보인다. 아버지가 딸을 뒤에 태운 채 자전거를 타고 숲속 길로 들어간다. 젊은이들은 웃통을 벗고 차 없는 시골길에서 공을 찬다.

낮은 산들이 이어진다. 수종이 달라진다. 나무줄기가 가늘고 가지가 위로 퍼지는 종류인데, 건기에는 성장을 멈추는 듯, 잎이 떨어진 것과 누런 것, 푸르지만 시들한 것들이 보인다.

오후 5시 20분 갈레에 도착했다.

스리랑카의 최남단은 마타라이고, 갈레는 그 바로 왼쪽에 붙어 있다. 거기서 위로 한참 올라가면 콜롬보다. 갈레는 항구다. 차가 해변을 따라 달려간다. 길 양쪽에는 호텔과 레스토랑들이 이어진다. 높은 건물이 없는 것은 아니지만, 대부분 붉은 기와지붕을 얹은 단층 건물이다. 철길은 도로와 거의 나란히 달린다. 갈레포트 반대쪽 해변으로 계속 가면 공항이 나온다. 바닷가라서 그런지 길에는 비키니를 입고 몸매를 자랑하는 젊은 여성과 근육질 청년들이 많다. 모두 서양인이다.

바닷가 길을 한참 달리니 백사장이 나온다. 항공사의 광고에 나오는 해변이라 해서 찾아간 것이다. 이곳은 바다에 박은 말뚝에 나무를 가로로 대어 거기에 엉덩이를 걸치고 낚싯대를 드리우는 장대 낚시(stilt fishing)로 알려진 곳이다. 사진을 보면 광활한 바다를 배경으로 앉아 있는 낚시꾼의 모습에 고적(孤寂)한 아우라가 감돈다. 약간은 낭만적이기도 한데, 그것이 그들에게는 생업이라니, 한편으로는 짠한 느낌도 들었다. 하지만 이곳에 직접 와보니 실제 상황은 딴판이다. 어부들이 바닷가에 막대기 수십 개를 꽂아놓고, 그 앞에 있는 풀로 덮은 오두막에서 고기를 낚는 것이 아니라 관광객을 낚는다. 어부들은 오두막에서 관광객을 기다리다가, 원하는 사람이 있으면 모델이 되어준다.

사진 찍는 비용은 1인당 200루피. 그 돈을 받고 외막대기에 낚싯줄을 드리우는 포즈를 취하는 것이다. 고기가 잡힐 리 없다. 생업이 어업에서 공연으로 바뀐 것이다. 본질을 버리고 이미지만 팔 때, 원래의 행위는 의미를 잃어버린다. 중국 계림의 가마우지 물고기 잡이 역시 생활의 맥락에서 떨어져나와 돈벌이의 맥락 속으로 들어가버렸다. 속이 메슥거린

어부들이 돈을 받고 외막대기에 낚싯줄을 드리우는 포즈를 취한다. 고기가 잡힐 리 없다. 생업이 어업에서 공연으로 바뀐 것이다. 본질을 버리고 이미지만 팔 때, 원래의 행위는 의미를 잃어버린다.

다. 나는 생업이 보고 싶은 것이지 쇼를 보고 싶지는 않다! 하지만 다시 생각해보면 이 생각도 잘못된 것이 아닐까? 원래의 콘텍스트에서 떨어 져나와 상품이 된 것은 카타칼리나 스리랑카 댄스도 다를 것이 없을 것 이다. 그것은 관광이라는 새로운 콘텍스트에 놓여 생업이 된 것이 아닌 가? 그래, 인간만사에 고정된 것은 없고, 원본이라는 것도 없는 법이지. 얼핏 보고 물러나 바닷가 구멍가게 앞에 앉아 있다가 다시 가니, 영업을 끝냈는지 어부들이 낚시 막대에서 내려와 오두막 앞에 모여 돈을 세고 있었다. 하루 종일 번 돈을 분배하는 것이다.

7시가 넘어 호텔(Sanmira Renaissance Hotel)에 도착했다. 바닷가에 있는 깨끗한 호텔이다. 방이 바다를 앞에 두고 있어 전망이 탁 트였다.

갈레라는 이름

갈레라는 이름은 포르투갈 식민주의자들이 붙인 것이고, 이곳 사람들은 '골'이라고 부른다. 이름을 붙이는 것은 권력이다. 제국주의자들은 자신들이 침략한 곳의 이름을 바꾸었다. 일본 제국주의자들이 서울(한양·한성)을 게이조(京城)로, 명례방을 메이지초(明治町)으로 불렀듯이, 서양 제국주의자들은 뭄바이, 콜카타, 마드가온, 푸두체리를 봄베이, 캘커타, 마르가오, 퐁디셰리로 바꾸어 불렀다.

포르투갈에 갔을 때, 그 나라는 15세기의 영광을 되뇌고 있었다. 하지만 그들의 영광은 스리랑카 골 지방 사람들에게는 치욕이다. 알렉산드로스 대왕은 그리스나 마케도니아의 영광일 테지만, 고대 페르시아 제국의 후예를 자부하는 이란 사람들에게는 더할 수 없는 수치다. 서구가 열어젖힌 근대는 자신들에게는 진보와 발전이었는지 몰라도, 아시아·아프리카·아메리카 사람들에게는 재앙이었다. 환경파괴, 부의 착취, 자원 유출, 인구감소, 전통문화 파괴, 종족간의 갈등, 종교 갈등 등, 파농이 지적한 것처럼 서구 세력으로 인해 엄청난 비극을 겪은 것이다.

대영제국의 영광 역시 수많은 민족과 국가에 수치였다. 하지만 정작 부끄러워해야 할 쪽은 그 잘난 대영제국이다. 자신들이 영광이라고 선전하는 것이 강도질·사기·부도덕·살인·분쟁 등으로 만들어진 것이기 때문이다. 스페인 역시 마찬가지일 것이다. 스페인의 화려한 성당을 장식한 금과 은은 인디오의 노동력을 착취하고 생명을 빼앗으며 캐내고 제련한 것이기 때문이다.

아들을 위한 100루피

9시가 넘어 시내버스를 타고 갈레의 다운타운으로 갔다. 버스가 해변을 따라 달린다. 갈레의 버스 스탠드까지는 얼마 걸리지 않는다. 버스 스탠드 앞의 상가를 구경하다가 오늘의 목적지인 갈레포트로 갔다.

시내로 들어가기 직전 바닷가 모래사장에서 어부가 그물을 손질하고 있다. 옆에는 두세 사람이 타면 꽉 차는 작은 보트가 여러 척 있다. 그곳을 조금 지나니 피시 팩토리(Fish Factory)라는 큰 어물 가공 공장 건물이 보인다. 갈레는 원래 어항이었다. 조금 더 들어가니 아까 어부가 있던 곳과 똑같은 모양의 모래사장이 나오고, 거기서 갈레포트의 전체 모습을 볼 수 있었다.

갈레포트는 14세기 이후 포르투갈, 네덜란드, 영국의 식민지였다. 그러니까 지배자들이 머물렀던 곳이다. 그들은 무엇이 불안했는지, 갈레 시에서 바다 쪽으로 볼록 나온 이 땅을 폐쇄된 공간으로 만들어놓았다. 외곽에 높이 10미터쯤 되는 성벽을 두른 것이다. 이곳에서 식민지의 부를 약탈해 바다 바깥으로 실어 나르고, 여차하면 내뺄 생각을 했던 것은 아닐까.

갈레포트로 들어가는 문은 둘이 있는데, 그중 하나는 바닷가 쪽에 가깝다. 이 문을 지나면 바로 앞에 갈레 고등법원이 있고, 옛 식민지 시절 병원이었던 커다란 하얀 건물이 나온다. 지금은 쇼핑센터와 레스토랑으로 사용된다. 병원 건물 아래쪽에 등대가 있고, 그 일대부터 바닷가를 막은 방벽이 시작된다. 방벽은 해안선을 따라 계속 이어져 완전히 한 바퀴를 돈 뒤 가장 높은 언덕의 높은 시계탑 부근에서 끝난다. 앞에서 말한 출입구를 나와 조금 걸으면 시계탑이 보인다. 이로써 갈레포트가 전체적으로 원형임을 알 수 있다. 또 하나의 문은 시계탑 아래쪽에 있다. 워낙 좁은 곳이라 그 문으로 들어가도 금방 지형을 파악할 수 있다.

바다 앞쪽에도 방벽이 있는데, 19세기에 지은 등대에서 시계탑까지 1킬로미터 남짓 해안선을 두르며 내부의 다운타운을 지키고 있다. 방벽의 너비는 넓은 것은 2미터가량, 좁은 것은 70~80센티미터 정도다. 높이는 대부분 그렇게 높지 않다. 30~40센티미터 정도가 대부분이고 그보다 높은 곳도 있지만, 사람의 키를 넘는 곳은 없다.

해벽 어느 곳이나 전망이 좋다. 바닷바람도 시원하다. 언덕이 있는 곳은 바다 아래에서부터 돌을 쌓아 성처럼 만들었고, 그 위는 널찍한 돈대다. 그리고 거기에 높은 시계탑을 세웠다. 시계탑 아래에는 교회 두 곳이 있다. 흥미로운 것은 거기서 훨씬 아래 방벽 안쪽 공터 건너편에 있는 흰 건물이다. 건물의 양식이나 종이 걸린 종탑으로 보아 교회 건물이 분명한데, 앞에 흰색의 커다란 다고바가 있는 것이다. 식민 세력이 물러가고 스리랑카가 독립했다는 징표인가. 다고바 앞 넓은 공간에서 갑자기 고적대 소리가 들린다. 찾아가보니 고적대 연습이 한창이다. 그 앞에서는 중학생으로 보이는 남녀 청소년들이 세 조로 나뉘어 배드민턴 라켓을 들고 체조를 한다. 운동회라도 열 모양이다.

갈레포트의 건물은 17세기의 네덜란드 건물들이다. 아직도 옛 건물들이 고스란히 남아 있어 마치 과거로 되돌아간 것 같다. 특히 건물 1층 바깥쪽에 지붕을 씌운 통로를 만든 것은 서구의 방식이다. 이런 건축 방법을 뭐라고 하는지 도저히 생각이 나지 않는다. 이곳저곳 돌아다니다가 '파라와 스트리트(Parawa Street)'라는 골목에 이르렀다. 남인도에서 건너온 사람들을 '파라와'라고 불렀는데, 그들은 어부와 중개인으로서 이곳 갈레에서 작은 소수자 사회를 이루고 살았다고 한다.

건물들은 모두 기념품 가게나 레스토랑, 숙소로 바뀌었다. 서양인 여행자가 많고, 그보다 더 많은 것이 중국인 단체 여행객이다. 거리와 식당에 중국인이 넘치고, '환영광림(歡迎光臨)', '제공찬청급주숙(提供餐廳及住宿)'이라고 써붙인 가게들이 흔하다. 돌아다니다 지쳐 사람이 드문 카페를 찾아 앉아 있으니, 중국인으로 보이는 어른과 여자아이가 들어온다. 영어로 음료를 주문하더니, 곧 둘이 중국어로 이야기를 한다.

갈레포트 이곳저곳을 기웃거리다가 내일 다시 오기로 하고, 바닷가로 난 문을 통해 나왔다. 이 길을 따라 곧장 나가면 아침에 내렸던 버스 스탠드가 있다. 버스 스탠드 쪽으로 가지 않고 오른쪽으로 접어들면 재래시장인데, 상가들이 꽉 차 있고 장 보러 나온 사람들로 복잡하기 짝이 없다. 상가에서 파는 상품들은 한국과 거의 같아서 별 재미가 없다. 인도의 재래시장이라면 사진 찍기에 정신이 없었을 것이다. 상가 저 멀리 끝에는 붉은 가사를 입은 붓다의 입상이 코브라를 우산으로 쓰고 서 있다. 우선 시장 안을 훑어보고, 밖으로 나와 어물전을 구경하고, 그 뒤의 골목에 있는 차와 곡식을 파는 가게에 들어가 찻잎을 조금 샀다.

다시 시장 안으로 들어가 이것저것 구경을 했다. 붓다의 입상 왼쪽으로는 과일과 채소를 파는 가게가 있다. 바나나, 파인애플, 토마토, 양파, 오이, 대파 등등에 희한한 과일이 한두 가지 있지만, 전반적으로 우리와 다르지 않다. 200루피를 주고 작은 수박 하나를 샀다. 저녁거리다.

갈레포트의 릭샤 운전사

갈레에서 포트와 시장을 둘러보고 나니 너무 피곤하다. 릭샤를 타고 빨리 숙소로 돌아가 쉬어야 한다.

릭샤들이 죽 늘어서 있기에 그쪽으로 가니, 운전사 하나가 미소를 띠며 오라고 손짓을 한다.

"산미라 호텔까지 얼마지요?"
"500루피!"
나를 봉으로 아나보다.
"뭐? 말도 안 돼!"
"얼마로 가려오?"
"100루피!"
"안 돼. 400루피!"
"300루피!"
"오케이!"

이렇게 합의를 보고 출발했다. 한참 가더니 운전사가 어느 나라에서 왔느냐, 스리랑카에 온 지 며칠 되었느냐, 스리랑카를 어떻게 생각하느냐 등등 그렇고 그런 질문을 한다. 그래서 어디서 왔고, 며칠 되었고, 스리랑카 좋은 나라다, 사람들이 매우 친절하다, 이렇게 듣기 좋은 답을 해주었다. 고맙다 하더니, 아들과 딸이 몇이냐고 물었다. 참 별걸 다 묻는다. 그래, 아들도 있고 딸도 있다. 됐냐? 나도 아들이 둘이다. 아들 하나는 콜롬보에 있다. 그 아이는 중병에 걸려 있다. 당신은 나에게 400루피를 줘야 한다. 아니, 300루피라고 약속하지 않았느냐? 그래, 그건 그렇다. 하지만 100루피는 내 아들을 위한 것이다. 으응? 어쩌라고!

평화로운 해변

아침 9시에 다시 갈레로 갔다.

시계탑 아래는 더치 갈레 교회(Dutch Reformed Church Galle)다. 소박하고 작게 지었지만, 안쪽은 휑하니 트인 공간이다. 오로지 벽과 가는 기둥이 지붕의 무게를 지탱한다. 바닥에는 돌로 만든 묘비들이 박혀 있다. 몰타 섬의 성당에서 흔히 보던 것이다. 하지만 몰타 섬의 화려한 묘비들과는 사뭇 차이가 있다. 몰타 쪽이 총천연색 사진이라면 이쪽은 흑백 사진이다. 묘비 아래에는 각종 질병으로 죽은 사람들이 묻혀 있다. 바깥에는 죽음을 상징하는 해골을 새겨넣었다. 연도를 살펴보니, 1662년의 무덤이 가장 오래된 것이다. 교회 밖에는 바다로 바로 통하는 지하통로가 두 개 있다. 성당 담장 안쪽에도 작은 묘비들이 죽 늘어서 있다. 성당은 곧 무덤이기도 한 것이다.

그다음 교회는 갈레 만성(萬聖)교회(All Saints' church Galle)다. 잉글랜드 교회라고 한다. 바깥에 비계를 세우고 보수공사를 하고 있었다. 앞의 네덜란드 교회보다는 크다. 안에는 화강암 위에 세운 기둥이 있고, 그 기둥들이 아치를 이루고 있다. 모두 네 개다. 내부 기둥이니 바깥에 따로 벽이 있음은 물론이다. 지붕은 배의 형상이다. 스테인드글라스도 있어서 네덜란드 교회보다 화려하지만, 그래도 유럽의 성당이나 교회에 비하면 아무것도 아니다.

그 아래로 내려오면 노란 2층 건물이 나오는데 대단히 길다. 이 건물은 과거 네덜란드의 상점이었다고 한다. 다음에는 아케이드가 있는 건물이 있고, 그 앞에 약간 넓은 사각형의 광장이 있다. '거버넌스 레지던시(Governance Residency)'라고 한다. 그 앞의 흰 건물이 앞에서 말했던 갈레 고등법원이다. 초조한 기색의 사람들이 법원 밖을 서성댄다. 역시 앞에서 말했던 흰 건물, 원래 병원이었으나 지금은 식당이 된 건물이 이어지고, 그다음은 등대다. 등대에서 보면 갈레 만(灣)이 육지 쪽으로 쑥 들어간 것이 보인다. 이 말은 갈레포트가 육지에서 튀어나온 반도라는 말이다. 법원과 병원을 잇는 하얀 담벼락에 'AKER SLOOP 1759'라고 써놓았다. 무슨 말인지 모르겠다. 해안 길을 따라 계속 걸으면 하얀 모스크가 나온다. 'Galle Muslim Association'이라고 적혀 있다.

다시 골목길을 기웃대는데, 건물들은 큰 거리의 2층 건물을 제외하고는 골목길로 들어가면 거의 단층이다. 붉은 기와를 얹은 단정하고 예쁜 집들이다. 옛날 서울의 도시형 한옥 같다. 또 아케이드가 있는 건물이 많다. 그냥 기둥만 있는 것도 있고, 아치를 세운 것도 있다. 럭키 포트 레스토랑(Lucky Port Restaurant)이란 곳은 작은 집의 담과 마당에 꽃을 가득 심어 너무나 이쁘다.

어느 골목에서는 젊은 남자가 여자의 허리를 안고 있고, 여자는 고개를 뒤로 젖히고 있다. 남자의 입술이 여자의 입술에 닿을 것 같다. 화보 촬영을 하는지, 사진을 찍고 조명을 비춰주는 사람, 옷을 챙겨든 사람도 있다. 스리랑카 사람이다. 뒤에 다른 골목에서 또 만나 영화를 배우느냐고 물으니, 박장대소하며 그냥 커플이라고 대답한다.

　오전 내내 갈레포트를 돌아다니다가 12시가 넘어 콜롬보로 떠났다.
　콜롬보로 가는 길은 바닷가 길이다. 이따금 관목이 자라고 코코넛 나무가 듬성듬성 서 있다. 그 사이로 어선이 보이고, 무슨 일인지 어부가 부지런히 돌아다닌다. 툭 트인 해변이 평화롭기 짝이 없다. 바닷가에는 모래사장이 있지만 대부분 폭이 좁아 해수욕하기에는 마땅치 않은 것 같다. 중간에 여행자 거리가 형성되어 있는 곳은 해변이 넓어 해수욕하기 좋은 곳이다. 바닷가에 묘지가 자주 보인다. 관 크기만 한 장방형의 석제 묘도 있고, 정방형 묘도 있다. 앞에 사진을 붙인 것도 있다.
　중간에 암발랑다 마스크 뮤지엄(Ambalangda Mask Museum)이라는 곳을 들렀다. 탈 박물관이다. 캔디의 댄스 공연에서 본 가면도 있다. 시간이 넉넉하다면 사진도 찍고 설명도 들으면 좋으련만, 휙 둘러보고 떠나는 수밖에.

　오후 3시 반쯤 되어 콜롬보에 도착했다. 콜롬보를 둘러보려고 온 것은 아니고, 콜롬보 공항에서 인천 가는 비행기를 타기 위해서다. 차로 콜롬보 시내만 한 번 돌았다. 시내로 들어가면 큰 인공호수가 있고, 그 앞에 넓은 잔디밭이 펼쳐진다. 이 두 공간을 앞에 두고 콜롬보 의회가 있다.
　스리랑카는 수도가 둘이다. 하나는 정치와 입법을 담당하는 스리자야와르데네푸라코테이고, 또 하나는 행정과 경제의 중심지인 콜롬보다. 원래는 콜롬보 한 곳만 수도였지만, 1985년에 스리자야와르데네푸라코테를 또 다른 수도로 만들고 이곳 콜롬보는 행정수도가 되었다고 한다.

책벌레의 여행법

스리자야와르데네푸라코테는 스리-자야-와르데네-푸라-코테로 끊어 읽어야 한다고 한다. '승리를 가져온다'는 뜻이란다.

하나 우스운 것은, 나는 '콜롬보'라는 이름이 포르투갈이 스리랑카를 식민지로 삼았던 일과 관련해 혹 콜럼버스와 무슨 관계가 있지 않을까 생각했는데, 전혀 관계가 없고 스리랑카 말인 '콜라 암바 토타'에서 유래한 것이라 한다. '녹색 망고가 있는 해안'이라는 뜻이다. 콜롬보의 인구는 100만 명쯤 된다고 한다. 인도나 한국의 대도시에 비할 바는 아니지만, 큰 도시인 것은 분명하다. 부유층이 사는 고층 아파트도 있긴 하지만 예외에 속할 정도이고, 단층이나 2, 3층의 낮은 건물이 주류를 이룬다. 따라서 도시는 복잡한 느낌이 들지 않는다.

길거리에서 크고 작은 불상들을 볼 수 있다. 불교 국가의 수도답다. 하지만 성당, 모스크, 힌두 사원도 눈에 띈다. 시내를 지나다가 넓은 묘지를 보았는데, 불교도, 기독교도, 이슬람교도, 힌두교도들이 구역별로 묻혀 있다고 한다. 정말 한쪽에 십자가가 빽빽이 들어찬 구역이 있었다. 버스를 타고 지나가며 시내를 둘러보다가, 독립기념관에서 내려 잠시 바람을 쐬었다. 돌기둥 50여 개로 떠받친 건물인데, 사실은 돌이 아니라 콘크리트다. 캔디에 있는 '오디언스 홀'을 복제한 것이라 한다.

콜롬보를 방문한 날은 스리랑카의 독립기념일이었다. 바닷가에서 기념행사가 있다고 해서 찾아갔다. 한국의 해운대처럼 바닷가에 고급 호텔들이 즐비했다. 해변은 모래가 아니라 그냥 흙이었다. 매립을 한 것인지 아니면 바위가 많은 곳에 흙을 덮었는지 알 수 없지만, 폭이 넓고 매우 길었다. 그 해변 끝에 1미터가 약간 넘는 콘크리트 옹벽이 있고, 그 아래에 폭이 좁은 모래사장이 있었는데, 거기에 파도가 밀어닥쳤다. 해수욕을 하고 싶은 아이와 어른들이 웃고 소리를 지르고 있었다. 해변 한쪽 끝에는 무대를 마련하고 다들 참석자를 기다리고 있었다. 그것 때문에 해변에 사람이 구름처럼 모인 듯했다. 공연을 은근히 기다렸으나 끝내 보지 못하고 자리를 떴다. 이제 이것으로 스리랑카는 끝이다. 저녁을 챙겨 먹고 공항으로 가면 그만이다.

돌아다니기가 하도 고달파 찻집을 찾았다가 '오델(ODEL)'이라는 백화점 주차장에서 발견한 문구.

Fat less and body shaping.

살을 빼고 몸매를 다시 만들어준단다. 한국과 같구나.

찻집에 한참을 앉았다가 식당을 찾아가 김밥을 시켜 먹었다. 이제 콜롬보 공항으로 가야 한다.

새로운 여로에 서다

자정을 넘겨 콜롬보 공항을 출발해서 환승하기 위해 홍콩 공항에 내렸다. 홍콩에서 출발한 비행기가 다시 대만 타이페이 공항에서 한 시간을 쉰다. 승객을 더 태운다고 한다. 다시 타이페이를 출발, 오후 4시 30분에 인천공항에 도착했다.

돌아와서

허리 아래까지 내려오는 큰 배낭을 메고 멀리 인도까지 간 것은 몹시 지쳤기 때문이었다. 일상의 노동으로 축적된 피곤 때문에 아무 일도 할수 없어 달아나듯 떠난 것이다. 먹을 것이 마땅치 않아 메기라면과 삶은 달걀로 끼니를 때우고, 밤기차와 야간버스를 타고 뜬눈으로 새벽을 기다린 적도 많았지만, 몸을 짓누르는 듯한 일의 무게로부터 벗어난 것만으로도 머리가 맑아졌다.

이곳저곳 돌아다니며 낯선 경광(景光)과 문화를 접해 놀라기도 하고, 때로는 높은 곳에 올라 아득히 먼 곳을 바라보며 삶의 무의미함을 새삼 느끼기도 하였다. 그러다 머릿속에 문득 떠오르는 생각, 혹은 스쳐 지나가는 낱말과 문장들을 붙잡기도 했다. 2014년 부산국제영화제에 갔다가 산 손바닥만 한 작은 수첩(내가 가장 좋아하는 수첩!)에 나만 아는 방식으로 메모하고, 저녁에 숙소로 돌아와 짬을 내어 정리했다. 태블릿 PC와 롤 형태의 키보드를 가지고 갔는데, 메모한 내용을 정리하기에 아주 그만이었다.

문제는 계속 옮겨 다녀야 하고 일정한 시간에 숙소에 들 수 없다는 것, 숙소에 들어서도 워낙 지쳐 메모를 정리할 시간조차 넉넉하지 않았다는 것이다. 여행 도중 수첩에 계속 메모를 하다가, 어디라도 쉴 만한 곳이 있으면 기차 안이고 식당이고 카페고 할 것 없이 태블릿 PC를 꺼내놓고 메모를 옮겨적었다. 숙소에 들면 바로 침대에 쓰러지려는 몸을 억지로 일으켜 세워 그날의 메모를 정리했다. 메모를 했다 해도 큰 줄거리만 적은 것이어서 그날 즉시 옮겨두지 않으면 자잘한 기억은 쉽게 휘발하고 말았기 때문이다.

괴로웠던 것은 워낙 싼 숙소들에 묵었던 탓에 대부분의 경우 간단한 테이블조차 없었다는 것이다. 바닥에 앉아 의자를 탁자로 삼은 경우도 있었고, 전화기를 올려놓는 작은 나무 상자 같은 것을 침대 위에 올리고 태블릿 PC를 두드린 적도 있었다. 하지만 그런 과정조차 큰 즐거움을 가져다주었다. 메모할 생각이 없었다면 범상하게 그냥 스치고 지났을 것들을 꼼꼼하게 관찰하게 되었던 것이다(혹 여행을 하시는 분들이 있다면 여행기를 써볼 것을 정중하게 권한다). 정말이지 새로운 체험이었다. 귀국 후 인도에 관한 책을 도서관에서 빌리고 도서관에 없는 책은 사들이기도 했다. 여행 전 네루의 《세계사 편력》 등 인도에 관한 책을 읽고 인터넷에서

책벌레의 여행법

정보를 찾기도 했지만, 여행지에서 본 것들을 이해하기에는 턱없이 부족했기 때문이다. 한동안 그 책들을 읽으면서 무척 즐거웠다.

서두에서도 말한 바와 같이, 이 책에는 새로운 정보가 없는 것은 물론이고 새로운 깨침도 없다. 내가 한 모든 이야기는 성인과 현인, 시인과 작가와 학자, 나와 같은 수많은 범인들이 이제까지 말해온 것들의 범위 안에 있다. 그러니 나에게 무슨 새로운 깨침이 있을 수 있겠는가. 청년이라면 자신이 살던 익숙한 곳을 뒤로하고 낯선 시공간을 향해 떠나는 것이 정해진 이치다. 젊음을 소진한 그는 어른이 되어 깨침과 함께 돌아올 것이다. 이와 같은 이치로, 여행 역시 사람에게 새로운 깨침을 가져다주는 법이리라. 하지만 나는 이미 젊은이가 아니다.

나이 든다는 것은 감각이 무디어진다는 것이다. 모든 것이 새롭고 기이했던 시절, 가벼운 바람에 날아올라 저 먼 허공으로 사라지던 민들레꽃, 뜨거운 돌 위에 멈추어 있다가 다가가면 포르르 날아가던 영롱한 무늬의 길앞잡이, 담쟁이덩굴에 덮인 푸른 벽돌 담, 그런 것들이 찬란하게 보이던 시절이 있었다. 그 시절 이성의 눈짓 한번, 말 한마디에 가슴이 무너지던 그런 예민한 감각은 가뭇없이 사라졌다. 그런 감각을 아직도 지니고 있다면 아마도 나는 세상에 보기 드문 시인일 것이다. 이런 이유로 나는 그냥 돌아왔다.

밖으로 나가보면 겉으로 보이는 경광과 문화는 다르지만, 그 안쪽의 사람살이는 세상 어느 곳도 다른 것이 없는 법이다. 나와 내가 삶을 누리는 한국 사회와는 사뭇 달라서 희한한 것이 종종 눈에 띄었지만, '신비한' 인도, '인크레디블 인디아(Incredible India)'는 보지 못했다. 겉으로 보이는 모습이야 다르지만, 21세기의 인간들이 예외 없이 의미를 잃어버린 세상에 산다는 것, 이곳과 저곳의 삶이 본질적으로 다르지 않다는 것만 새삼 확인할 수 있었다. 문득 이런 생각이 든다. 인간의 삶이라는 것도 결국은 짧은 여행이 아닌가. 태어난다는 것은 전혀 알지 못하는 공간으로 뚝 떨어지는 것이다. 원래 어디서 출발했는지는 모르지만. 그렇다, 나는 지금 낯선 여행지에 와 있다. 일상으로 다시 돌아간다는 것은 원래 걷던 길을 다시 걷는 것이다. 이제 나는 다시 나의 여로(旅路)에 선 것이다.

책벌레의 여행법

책벌레의 여행법

강명관 지음

1판 1쇄 발행일 2018년 7월 16일

발행인 | 김학원
편집주간 | 김민기 황서현
기획 | 문성환 박상경 임은선 김보희 최윤영 전두현 최인영 이보람 정민애 이문경 임재희 이효온
디자인 | 김태형 유주현 구현석 박인규 한예슬
마케팅 | 이한주 김창규 김한밀 윤민영 김규빈 송희진
저자·독자서비스 | 조다영 윤경희 이현주 이령은(humanist@humanistbooks.com)
용지 | 화인페이퍼
인쇄 | 삼조인쇄
제본 | 정민문화사

발행처 | (주) 휴머니스트 출판그룹
출판등록 | 제313-2007-000007호(2007년 1월 5일)
주소 | (03991) 서울시 마포구 동교로23길 76(연남동)
전화 | 02-335-4422 팩스 | 02-334-3427
홈페이지 | www.humanistbooks.com

ⓒ 강명관 2018

ISBN 979-11-6080-144-6 03810

* 이 도서의 국립중앙도서관 출판예정도서목록(CIP)은 서지정보유통지원시스템 홈페이지(http://seoji.nl.go.kr)와 국가자료공동목록시스템(http://www.nl.go.kr/kolisnet)에서 이용하실 수 있습니다.(CIP제어번호: CIP2018020425)

만든 사람들
편집주간 | 황서현
기획 | 전두현(jdh2001@humanistbooks.com) 박상경 이효온
편집 | 최정수
디자인 | 김태형 한예슬